B's-LOG presents

ある継母のメルヘン

Spice&Kitty

イラスト 南々瀬なつ　訳 簗田順子

◆
◆
◆

A STEPMOTHER'S MARCHEN

CONTENTS

A Stepmother's Marchen

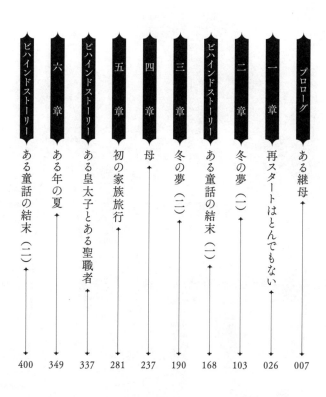

ノイヴァンシュタイン侯爵家

エリアス

侯爵家の次男。
いたずら好きで暴れん坊。
シュリーを母親として
認められずにいる。

ノイヴァンシュタイン侯爵家

シュリー

侯爵家に嫁いで間もなく
未亡人となる。
四兄妹の継母として奮闘中。

ノイヴァンシュタイン侯爵家

ジェレミー

侯爵家の長男。
一度目の人生では、
自身の結婚式にシュリーが来るのを
拒絶したとされるが……？

CHARACTER

A Stepmother's Marchen

ノイヴァンシュタイン侯爵家

レオン＆レイチェル

侯爵家の末っ子の双子。
天真爛漫な性格で、
いつも二人で一緒に
行動している。

ニュルンベル公爵家

ノラ

ニュルンベル公爵家の
一人息子。
どうやら父親である公爵と
確執があるようで——。

皇家

テオバルト

カイザーライヒの第一皇子。
シュリーのことを
何かと気にかけている。

ILLUSTRATION

南々瀬なつ

※この作品はフィクションです。実在の人物、地名、団体とは一切関係ありません。

プロローグ　ある継母

鉄血の未亡人、ブラック・ウィドウ、男狩人《かりゅうど》、ノイヴァンシュタイン城の魔女《まじょ》、貴婦人の恥《はじ》……。この多くの呼称《こしょう》はいったい誰《だれ》のことかって？　他でもない私、シュリー・フォン・ノイヴァンシュタイン侯爵夫人《こうしゃくふじん》のこと。この帝国《ていこく》に私ほどたくさんの別名を持つ者はいないはず。

……自慢《じまん》できる別名でないことは私もよくわかってる。だけど、ずっと前から人の噂《うわさ》なんて気にしないことにしてる。人が私についてどう噂しようと、何を話そうと重要じゃないから。

重要なのは私がひたすらノイヴァンシュタイン家の一族と子どもたちをこの日この時まで無事に守り通したという事実。

そう、私は結局、彼《かれ》との約束を最後まで守った。

もちろん、現実的に弟妹《ていまい》ほどの年齢差《ねんれい》で、これっぽっちも血のつながっていない子を己の子と呼ぶにはかなり無理があるけれど、とにかく法的には間違《まちが》いなく私の子どもたち。彼らがこれまで一度も私を母と呼んだことがなくても、動物の子のように手のかかる四人の子どもたちをしっかり育ててあげたというわけ。

そして明日はこれまでの私の苦労と努力がついに実を結ぶ日。何の日かって？　まさに長男のジエレミーが結婚《けっこん》する日なのだ！

自他ともに認めるノイヴァンシュタインの獅子《しし》、皇太子の剣《けん》である彼は結婚を誓《ちか》うと同時に父親の遺言《ゆいごん》によって、堂々とノイヴァンシュタイン侯爵になるはず。しかも結婚相手は帝国一の美女と噂のハインリッヒ公爵《こうしゃく》家のご令嬢《れいじょう》だ。

ああ、今さらながら感激の涙《なみだ》が込《こ》み上《あ》げる。ジェレミーが子どもの頃《ころ》、はしかにかかって死にかけたのがまるで昨日《のの》ことのようなのに、いつのまにか大人になっちゃって。心を鬼《おに》にして乗り越《こ》えた無数の日々よ、ようやく苦労が報《むく》われるのね！　過ぎし日を労《ねぎら》って乾杯《かんぱい》をしよう！

……なんてことは私のとんでもない勘違《かんちが》いだった。

誰かが言ってた。人はあまりにも呆《あき》れてしまうとむしろ何も考えられなくなるのだと。今の私みたいに。話すどころか何を考えるべきなのかもわからない。

「今、何て……」

「申し上げたとおりですわ。彼が……お義母《かあ》さまには結婚式にお越《こ》しいただかなくて結構だと言っているのです」

真っ白になった頭の中を何とか整理して、ようやく口を開こうとしている私をさえぎり、冷静に言葉を続けるこの美しい娘《むすめ》が、ジェレミーの婚約者《こんやくしゃ》で明日行われる世紀の結婚式の主役、オハラ・フォン・ハインリッヒ公爵令嬢だ。波打つ青白いプラチナブロンドによく似合う幻想的《げんそうてき》な紫《むらさき》の瞳《ひとみ》が、妙《みょう》な憐《あわ》れみの光をたたえているように見えるのは私の錯覚《さっかく》だろうか？

「ジェレミーが本当にそう言ったの？　だけど、どうして自分で言わずに……」

「彼が今忙《いそが》しいのはご存じでしょう。わたくしもようやく暇《ひま》を見つけて出てきたんですの、申し訳ございません。何とか説得しようとしたのですけれど……」

「待って、待ってちょうだい。あの子が何と言ったって、私は二人の結婚式に絶対に参列する義務があるわ。なのにあの子は……」

「正確にはこう言ったんですの」

本当に気の進まないような顔で呼吸を少し整えてから、公爵令嬢が一言一言区切るようにジェレミーの言葉を伝えた。

「いつも口癖《くちぐせ》のように強調しているその義務は、明日二人が結婚を誓った瞬間《しゅんかん》終わる。一日も早く脱《ぬ》ぎ捨《す》てたほうがすっきりするのではないかと」

「……」

私はしばらくぼんやりしたまま口を半開きにしていた。私のみっともない姿を見ながらオハラは、同情と非難が半々に混じった表情で私の視線を受け止めていた。

いったい何と答えればいい？　何て言うの？　こんなこと経験したことも想像したこともないから、何と答えていいのかわからない。

私が知っているジェレミーは、大事なことを人づてに知らせる子ではなかった。生意気そうに座《すわ》って、どんな時でもお構いなしに皮肉と当てこすりで人の気持ちを逆なでするほうが彼には似合っていた。そんな彼が弟ではなく婚約者にこんなことを伝えさせるということは……。

もう顔を合わせるのもうんざりだという意味なのか。明日になればこれまでの虚礼《きょれい》や虚飾《きょしょく》さえ必要なくなるのだから、対面して言葉を交《か》わすのもうっとうしいのだろうか。まさか、まさかそこまで……。話をしようと口を開くと声がかすれてしまった。

「いったいどうしてそんな……」

「はっきり言ってちょっとひどい仕打ちですわね。わたくしもそう思いますわ。でも、彼はもともと頑固《がんこ》ですから……。それに申し訳ない話ですけれど、こうなったのにはお義母さまの責任も少しはあると思いますの」

かなり出過ぎた物言いだったが、私は不快というより戸惑《とまど》いを感じていた。もどかしそうに短くため息を吐《つ》いた未来の嫁《よめ》が、今、長いまつげを伏《ふ》せ、たった四歳《さい》年上の未来の姑《しゅうとめ》に向かって軽蔑《けいべつ》を帯びた声を放った。

「社交界でお義母さまがどんな印象を持たれているのかよくご存じでしょう。もちろんわたくしはお義母さまが良《い》い方なのはわかっていますけれど、ほとんどの方はそう思っていませんわ。彼がお義母さまを恨《うら》んでいるのも客観的に見れば当然のことですから、仕方がありませんわ」

「ジェレミーは私を恨んでいるの？」

「……はっきり申し上げますけれど、お義母さまは前の侯爵様が亡《な》くなられて一月《ひとつき》しか経《た》っていないのに、恋人《こいびと》を連《つ》れ込《こ》んでらしたでしょう。他にもスキャンダルがいっぱいで、ジェレミーと血を分けたご親戚《しんせき》の方も出入り禁止になさったそうですわね。甥《おい》の顔を見たいとやって来た叔母《おば》さまも追い返して……　それでは恨むしかありませんわ。どうしてそんなことなさったんですの？」

そうね、どうしてそんなことをしたのかしら？　理由ならたくさんある。だけど一言も口には出さなかった。私がここでオハラを捕《つか》まえてどんな言い訳をしても、私がそうするしかなかった理由を今さらあれこれ並べ立てても、すべて無駄《むだ》に終わる気がした。

鼻の奥《おく》がツンとする。子どもたちの無関心にはもう十分慣れたつもりでいたけれど、なぜ今さらこんな悲しい気持ちになるのか？

「誰が何と言っても私はあの子の……」

のどに突《つ》き刺《さ》さったひりひりする痛みをごくんと飲み込んで何とか言葉を続けたが、オハラがすぐにさえぎった。

「彼が一度もお義母さまを母親だと思ったことがないのはご存じですよね？　はっきり言ってお話にならないことではありませんか」

……そう、そのとおりだ。常識的に考えて、私より二歳年下の子が私を母親と思うなんて話にならない。私だってわかってる。だけど……だけど……。

「もちろんわたくしはこれからお義母さまとできるだけ仲よくしたいですわ。ですから、今回だけはどうか協力していただきたいんですの。一生に一度の結婚式に雑音が入るのはイヤですもの。おわかりいただけますよね？」

「……」

「ではわたくしはこれで失礼いたします。まだ支度《したく》が残ってまして……。それでもできるだけ頑張《がんば》って説得してみますから。ただ、あまり期待なさらないでくださいね」

最後に気の毒そうなまなざしを私に投げたオハラが立ち上がるまで、私は彼女《かのじょ》を見送ることにも思い至らず、ただぼんやりと固まっていた。

ジェレミー、ジェレミー……。

私が十四歳でこの侯爵邸《てい》に足を踏《ふ》み入《い》れた時から、敵意に満ちた目で私を見ていた子。父親の葬《そう》式《しき》で涙一つ流さず気丈《きじょう》にしていた子。誰も見ていないところでこっそり号泣《ごうきゅう》していた子。はしかにかかって生死の境をさまよい、私を幾晩《いくばん》も眠《ねむ》らせなかった子。

一度も私に心を開いたことはなかったけれど、私が全身全霊《ぜんしんぜんれい》をかけて守り通そうとした幼い少年。

その少年は今、限りなくよそよそしい顔をした青年に成長して……私を突《つ》き放《はな》していた。

⚜

血は水よりも濃《こ》いっていう。

……だけど、きょうだいは他人の始まりって言葉もあるし。一概《いちがい》には言えないと思うんだけど？

でも、子どもなんて育てたってムダだとも言うし。やっぱりご先祖様は賢《かしこ》い。ほんとに子どもなんて育てたってムダだった！

「奥様《おくさま》、大丈夫《だいじょうぶ》ですか？」

「ああ、グウェン。私ほんとに生きていけないわ。死にそうなの」

「奥様……」

「……天下の大バカ者！　性根《しょうね》の腐《くさ》った礼儀《れいぎ》知らず！　育ててやった恩も忘れて！　私にこんな仕打ちをするなんて！　ううっ、グウェン、私ほんとに無念でたまらないの……！」

私が恥も外聞もなくメイド長を捕まえておいおい泣くなんて。だけどどうしようもない。話を聞いてくれる友達の一人もいないのが私の現実だから。

ハァ、私ってほんとに哀《あわ》れだわ。今まで振《ふ》り返《かえ》る暇もなく必死で走ってきたからわからなかったけれど、私がどれほど孤独《こどく》で寂《さび》しいのか今さら気づいた。誰のせいでもない。そうしたのは私自身なのだから。

「どうして私にこんな仕打ちをするの！」

まったくつれないことに、次男のエリアスも、末っ子のレオンとレイチェルの双子《ふたご》も、ジェレミーを説得する様子はこれっぽっちもなかった。それどころかお互《たが》いに顔色をうかがいながら、望まれてもいないことをして恥をかいたら笑いものになると言っているらしい。

本当に無念でどうにかなりそうだ。育ててもらったくせに晴れの日に出席を拒むなんてひどすぎる！

結婚式なんて行くもんか。だけど問題は行くとか行かないとかじゃない。彼らが私をどう思っているかなのだ。

胸中が複雑なせいか食欲もなかった。私は夕食も取らずに毛布を足にぐるぐる巻いて腰《こし》かけ、窓辺にもたれてぼんやり空を見ていた。

こんなにみじめなのも久しぶりだ。気分のせいだろうか、九年前、私が初めてここに来た日の夜空とよく似ているように見えた。黒インク色の夜空に無数にちりばめられた輝《かがや》く星たち……。あの星の数が私がここで流す涙と同じだけあるとは、あの時はまるで知らなかった。

記憶《きおく》をたどって幼年期を思い起こせば、いつも同じ風景が通り過ぎる。博打《ばくち》と闘犬《とうけん》にのめり込んでいた父親、薄汚《うすぎたな》い現実から目を逸《そ》らしてばかりの贅沢《ぜいたく》好きな母親、親譲《おやゆず》りで現実認《にん》知《ち》能力なんか少しもない、絵に描《か》いたような道楽者の卵だった兄。雪だるまのように膨らむ負債《ふさい》で一文無しになった、田舎町《いなかまち》の名ばかりの子爵家《ししやくけ》の一人娘《ひとりむすめ》が私だった。

たった一人の娘を、何とかしてできるだけ裕福《ゆうふく》な家に嫁《とつ》がせようと必死になっていた両親の願いがかなった日は、皮肉なことに私の十四歳の誕生日だった。正確に言えば、都《みやこ》の社交界に私をデビューさせようとじりじりしていた母が、ヴィッテルスバッハに住む叔母さまのお屋敷《やしき》で開かれた宴《うたげ》に私を出席させた日だ。

私が初恋《はつこい》の人に似ていると言ったある男。彼は父と同年配で、夫人と死別していたがそれが「あの」ヨハネス・フォン・ノイヴァンシュタイン侯爵だった。彼は私と結婚する代わりに我《わ》が家《や》の負債をすべて返済するという条件を出し、家族は飛《と》び跳《は》ねるほど喜んですぐに承諾《しょうだく》した。

……そう。私は他でもない家族によって、歳《とし》を取っても初恋の人を忘れられない、非常識で分別《ふんべつ》のない男やもめに売られたのだ！　イヤがって大泣きする私を身《み》の程《ほど》知《し》らずな娘だと殴《なぐ》りつけた御《ご》仁《じん》たちが、私の両親というわけだ。

夫には死別した前夫人との間に四人も子どもがいたのだから、まさに踏んだり蹴《け》ったりだ。長男ジェレミーと次男のエリアス、末っ子の二卵性双生児《にらんせいそうせいじ》レオンとレイチェル。

私がこの家に足を踏み入れたその日から彼らの目に宿った敵意と憤怒《ふんぬ》は、言葉では言い表せないものだった。最初から私を無視していたジェレミーはそれなりに紳士《しんし》だった。エリアスは度が過ぎたいたずらを装《よそお》ったいじめで私を苦しめたし、双子は本物のママを連れて来いと悪態をついた。ああ、彼らに苦しめられて生きてきた間にどれだけストレスがたまったか、神様だけが知っている。

まるで羊みたいに売られてきた私が、夫だという人を愛せると思う？　父親と同じくらいの年齢で、私と再婚《さいこん》した理由も私が初恋の人に似ているからなのに？

それでも彼は私には優《やさ》しかった。いつでも、度が過ぎるほど優しくて思いやりがあった。確かに夫婦《ふうふ》だったけれど、私の体には指一本触《ふ》れなかった。私が望んでいないからという理由だけで。

彼は私を買ったも同然なのに。

私は自分の家族にさえそんなふうに配慮《はいりょ》されたことも尊重されたこともなかった。

彼を愛してはいなかったけれど、それなりに感謝と尊敬の気持ちは持っていた。結婚生活わずか二年余りで彼が肺炎《はいえん》で亡くなるまで、私たちの仲はそれなりに良好で穏《おだ》やかだったというわけだ。

侯爵が危篤《きとく》だという知らせを聞いて駆《か》けつけた親族をすべて追《お》い払《はら》い、子どもたちまで追い出した彼が遺言状を書き取らせたのは、幼妻《おさなづま》である私だった。もしかしたらそれは、私に対する彼なりの最後の思いやりだったのかもしれない。誰にも本物の侯爵夫人扱《あつか》いをしてもらえない私が、彼が死んでからもこの侯爵邸で尊重されるように取った措置《そち》……。私に与《あた》えられた重い責任。

今でも一文字一文字はっきり覚えている。当主のすべての権限はシュリー・フォン・ノイヴァンシュタイン侯爵夫人に臨時委託《いたく》し、それは長男ジェレミー・フォン・ノイヴァンシュタインが成人し、結婚するまで有効だという内容。もしその前に侯爵夫人が死亡したら、ノイヴァンシュタイン侯爵家のすべては皇室に帰属するという短めの追伸《ついしん》も。

傍系《ぼうけい》の親族が大騒《おおさわ》ぎするのは想定内だ。当主の権限とは単純な遺産相続とは次元の違《ちが》う、とてつもない権限なのだから。帝国法ではその権限は長男、または娘婿《むすめむこ》といった後継者《こうけいしゃ》にのみ引《ひ》き継《つ》がれ、後継者が幼すぎる場合には成年式を迎《むか》えるまで当主の男兄弟などが代理をすることになっていた。なのにようやく成人したばかりの幼い後妻に、所属の騎士団《きしだん》を動かすのはもちろん、直系、傍系の親族に関するすべての問題に意見し、議会の一席に座って声を上げることができるなどの権限すべてを委託するという内容の遺言状に、侯爵の自筆署名と捺印《なついん》があったのだ。

みんな侯爵がおかしくなったと騒ぎ出した。私も彼が死を目前にして頭がどうにかなったのかと思ったくらいだから無理もない。

夫は死ぬ前に私に子どもたちを託《たく》した。私を母と呼ぶこと自体がばかばかしいと思っている子どもたち、そのうえ私には分不相応《ぶんふそうおう》な荘厳《そうごん》な侯爵邸まで、すべて私に任された。彼が死んだら、虎視《こし》眈々《たんたん》と侯爵家を狙《ねら》っている傍系の親族が待っていたかのように押《お》し掛《か》けるから、どんな手を使ってでも守ってくれというのだ。私は約束させられた。

それは向こう見ずと言えるほどの信頼《しんらい》だった。そして私は、その信頼に応えて約束を守ったと思っている。

だが隙あらば権限を放棄《ほうき》させようと圧力をかけてくる傍系の親族と、軽蔑の視線を投げつける著名な貴族たちに囲まれて、十六歳になったばかりの私がどれほど恐怖《きょうふ》に震《ふる》えていたかには触れないことにしよう。私がどんなに怖《こわ》くて寂しかったか知りたい人は誰もいないだろうから。

それでも私は何とか方法を見つけ出した。売り飛ばしたも同然の娘が、史上初の類を見ない寡婦《かふ》になったという噂を聞いて駆けつけた実家の家族、私を貶めようと攻めてくる傍系のクズどもなど、どいつもこいつも何とか私を思いどおりにさせようと必死になっている状況《じょうきょう》で、これ見よがしに屋敷の中に、どこの馬の骨とも知れない男を引《ひ》っ張《ぱ》り込《こ》んだのも、その方法のうちの一つだった。

誰も知らないはずだ。数カ月ごとに入れ代わり立ち代わり私の恋人のフリをしていた男たちが、実はすべて報酬《ほうしゅう》を受け取って契約《けいやく》した傭兵《ようへい》たちだったという事実を……。ハハハ。

こんなふうに生きてきたのだ、私は。私をそれとなく見下している使用人たちの手綱《たづな》を引《ひ》き締《し》めるために怖い奥様になり、どこに敵の回し者が潜《ひそ》んでいるかわからないから、使用人たちを一斉《いっせい》にクビにして、誰も信用できないから、子どもが病気になれば私がつきっきりで看病し、甘《あま》く見られないように、はかりごとに支配される貴族社会で、生意気で有名な幼い貴婦人になり……。

子どものくせに夫を食いものにし、名門といわれる家を独《ひと》り占《じ》めしたのでも足りず、三日にあげず男をおもちゃのように取《と》り換《か》える、凄《すさ》まじいブラック・ウィドウ、男狩人、ノイヴァンシュタイン城の魔女になった。

そうやってがむしゃらに、心を鬼にして生きてきたのに……　私に残されたものは何？

ヨハン、私はあなたとの約束を守ったわ。だけど私に残されたものは何かしら？　いったい何がどこから間違っていたというの？

バシッ！

「キャアアーッ！」

うなじを強打された強い苦痛に、馬小屋の前を通り過ぎようとしていた私は、ばったりと前に倒《たお》れるしかなかった。反射的に手でうなじをかばったら、何か生温かいものが流れ落ちるのを感じた。

「エリアス！　気が変になったのか!?」

何とか頭を上げると、涙でにじむ視界に、少し離《はな》れたところからこわばった真っ白い顔で走ってくるジェレミーと、私の後ろで固まっているエリアスの戸惑った顔が入ってきた。自分でやらかしておいて、どうすればいいかわからないでいる様子は、まるで五歳児《さいじ》のようだ。

「石投げてどうすんだよ、このバカ！　死んじゃうだろ！」

「お、オレ、そんなに強く当たるとは……。あ、あのバカが、反射神経が鈍《にぶ》くてよけられなかったんだろ！」

二人の少年が争う叫《さけ》び声《ごえ》がはるかに遠ざかった。私はうなじから血をだらだら流したまま気を失ったのだった。

エリアスが私に度を越したいたずらを仕掛《しか》けることは数え切れないほどあったが、今回のように体に傷《きず》が残ったことはなかった。幸い出血はすぐに止まったが、私のうなじには永遠に消えない傷《きず》痕《あと》が残った。これから私は都の貴婦人の間で流行《はや》る優雅《ゆうが》なアップスタイルなど、考えることすら許されないのだ。

「お母さまに謝《あやま》りなさい」

恐《おそ》れという言葉とはまるで接点のなさそうな強気の少年たちが、父親の厳しい顔の前では、いじいじした子犬のようになるという事実が不思議でたまらなかった。同時に私自身が謝罪の対象になっているにもかかわらず、とても居心地《いごこち》が悪くて仕方ない。

「エリアス！　さっさと謝らないか！　それとジェレミー、お前は弟がこんなことをしでかしている間、いったい何をしていたのだ！」

「申し訳ありません、お父さま」

ジェレミーはうなだれていたので、私にはその表情が見えなかった。同じように肩《かた》を細かく震わせてうつむいていたエリアスが、突然《とつぜん》私をにらみつけて口を開いたのはその時だった。じりじりと燃え上がる炎《ほのお》のような目つきに、一瞬《いっしゅん》、私の体が半分に割れるのではないかと思ったほどだった。

「あんな女は母さんじゃありません！　オレは死んでも認めませんよ！　父さんが何と言ったって……」

シュッ！

空《くう》を切る鋭《するど》い音に、私は思わず短い悲鳴を上げ、手を口に当てた。驚《おどろ》いたのは殴られた張本人エリアスも同じだったようだ。彼はしばらく波のように揺《ゆ》れる目で父親をぼんやり見上げ、今起こったことがまるで信じられないようだった。しかし、そんな次男を凝視《ぎょうし》する夫の視線は氷のように冷たかった。

「今の戯言《たわごと》も謝りなさい」

何度か呆然《ぼうぜん》と瞬《まばた》きしていたエリアスが、また私をにらみつけた。うるんだ暗緑色の瞳に走る雷《かみなり》のような怒《いか》りが、肌《はだ》で感じられるほど生々しかった。

バンッ！

私を殴ることができなくて、何の罪もない壁《かべ》を拳《こぶし》で殴る十四歳のジェレミーが見えた。一緒《いっしょ》に暮らした歳月《さいげつ》を通して、彼がこれほど激しい感情を私に見せたのは、その日が最初で最後だった。

「お父さまが亡くなってから一月《ひとつき》だ。たった一月なんだよ！　なのに、男？　お前、どうかしてるんじゃないのか⁉」

「とんでもない。いたってまともよ！」

「何考えてるんだ？　いったい何考えてるんだよ！　お前がまともなら、あんなどこの馬の骨か知れないヤツとそういう仲になるわけないだろ⁉　好き放題やってるお前を俺《おれ》がほっとくと思ってんのか⁉」

「放っておかずにどうするつもり⁉　相続が気がかりならご心配なく！　どうせ私は再婚するつもりなんてこれっぽっちもないし。ご立派なお父さまの遺言どおり、全部きれいに譲《ゆず》ってあげるから！」

「おい、そんな話じゃないだろ！　いったいどんな魂胆《こんたん》なんだよ！　人から何て言われてるか気にならないのか!?」

「魂胆？　聞いてどうするの？　ふっ、そんなことあなたたちに話すわけないじゃない？」

「お前……」

「今さら気を使うフリしないで！　私がこんなところに閉じこもって、好きであなたたちの尻拭《しりぬぐ》いしてると思ってるの？　母親の真似事《まねごと》なんかしたくてしてるんじゃないのよ！　頼《たの》むから放っておいて！　あなたが大人になって結婚するまでは、私にあなたの言うことを聞く義務は少しもないんだから、大好きな剣を思い切り振《ふ》り回《まわ》すなり、狩《か》りに行くなり、弟たちと私の悪口を言うなり、好きなようにしなさい！」

ジェレミーはすぐにも私を一発殴りそうな様子だったが、何とか歯を食いしばって堪《こら》えた。じりじりと炸裂《さくれつ》していた暗緑色の瞳が徐々《じょじょ》に落ち着いてきたと思ったら、突然、緑色の氷のように固まった。

「……そのとおり。言うとおりにしますよ、夫人」

丁重《ていちょう》な言葉遣いで皮肉った彼が背を向け、出ていく時に強くドアを閉めたので、天井《てんじょう》にひびが入るかと思った。そして私は床《ゆか》にどっかりと座《すわ》り込《こ》んで一人むせび泣いた。

幼すぎた。私たちみんな、強がっていても思いまどい右往左往する子どもだったのだ。

窓辺にもたれてうとうとしてしまったようだ。目を覚ましたのはいつも起きる時刻、空が白み始めた明け方だった。

外は雪が降っていた。白く曇《くも》った窓に映った自分の顔が一瞬、老人のように見えて驚いた。

ハァ、無理もない。いつからか、自分がひどく年老いたように感じていたから。まだ二十三歳なのに、もう六十歳になったような気分。年を取ったら賢明《けんめい》になるというけれど、賢明は置いておいて、ただ老《ふ》けた気分だ。とりあえず雪ね。レオンとレイチェルが喜ぶ……ああ、でももうそんな時期は過ぎたのか。

子どもたちが小さかった頃には、こんなふうに雪が降ると四人で庭に飛び出し遊んだものだ。双子が雪だるまを作りエリアスが雪玉をあちこちに投げている間、ジェレミーは犬と雪野原を疾走《しっそう》した。そして私はここ、自分の部屋で窓から子どもたちが遊ぶ姿を見守っていた。

バカみたいだ。限りなくバカみたいだ。最初からわかっていたのに、あの子たちの中には私が存在するすき間なんてないってこと、最初からわかっていたはずなのに、今さら傷ついてるなんて。

「奥様、お目覚めですか？　お茶をお持ちしましょうか？」

「そうね、いただくわ。……それとグウェン、お願いがあるの」

数カ月前から全国民の間で騒がしく噂されている世紀の結婚式が、もうすぐ幕を開けるはずだ。

どれほど華《はな》やかでまぶしい光景だろう。簡単に結婚を誓い書類にサインして終わった私の結婚とは次元が違うはず。招待客がみんな新郎新婦《しんろうしんぷ》から目を離せないのは間違いない。新郎側の家族からも。文字どおり目の保養になるはずだ……。

私に長所というものがあるのなら、それはきっと、終わった時にそれを受け入れることを知っている点だろう。

幼い頃に両親を亡くしたことが限りなく気の毒だったレオンとレイチェル。いつも意地悪だったけれど、それでも憎《にく》めなかったエリアス。そして……いつも胸を締《し》めつけられた、ジェレミー。

あなたは知らないでしょう。以前ジェレミーが高熱を出して生死の境をさまよった時、私は数え切れない夜をあなたのそばで明かし、私の命とジェレミーの命を取《と》り換えることができるなら、喜んでそうするとまで考えたのよ。私が誰かのためにそんなことを考えるなんて思いもしなかった。

見返りを求めてしたことには虚《むな》しさだけが残るという。だからあなたたちのことは恨まない……。子どもたちにもそれなりに正当な理由があるはずだから。

心配してないわけじゃない。まだ若すぎるジェレミーがうまくやれるだろうか。父親の遺志どおりに、この莫大《ばくだい》な遺産を守り通せるのだろうか。早くから大人の世界に足を踏み入れた私は、心配と不安が先立った。……だけど、それはもう私が関わることじゃないのよね。大丈夫、子どもたちはちゃんと生きていけるはず。そうよ、育てたのは私なんだから！

「奥様？」

私が机の上に物を並べていると、メイド長のグウェンと執事長《しつじちょう》のロベルト、騎士団長のアルベルンがそろって入ってきた。ずっと前から代々この家を守ってきた忠実な家臣、私が信頼してきた唯《ゆい》一《いつ》の存在。

「ハイデルベルクに行くわ。誰にも知らせず、子どもたちにも黙《だま》って行くから支度をお願い」

「ハイデルベルク……わかりました。ところで、何日ご滞在《たいざい》の予定ですか？」

「帰ってこない」

「……えっ⁉」

侯爵領ハイデルベルクの別荘《べっそう》は、ある意味、完全に私の所有物といえる唯一の場所だ。夫が結婚祝いとして私にくれたプレゼントだから。新婚《しんこん》の頃たった一度だけ行ったきりだけど。とにかく、ようやく机に視線を移した三人の目が、皿のように丸くなったのは言うまでもない。

そこに置かれた物は私がこの七年間、決して手放さなかった宝物――屋敷のすべての場所が開けられるマスターキーと、遺言状を入れた箱、そして当主の印章だった。

「お、奥様、それはいったいどういうことでしょうか？」

「奥様が療養《りようよう》に行かれるだけでも驚くところですのに、これでは青天《せいてん》の霹靂《へきれき》でございます！」

「今日はジェレミーの結婚式でしょう。仮にも長男が結婚するんだから、結婚祝いを贈《おく》らないとね」

「えっ？」

「あのろくでなしは間違いなく私が消えるのを心から願ってるはずだから」

腰に手を当ててニヤッと笑うと、先を争って私を引き留めていた三人の顔が、同時に、約束でもしたかのようにこわばった。ハハ、まったくもう。

「リラックスしてよ。事実じゃないの」

「奥様」

「私がいない間、よろしくお願いね……わかるでしょ？」

「ですが、奥様……！」

「若奥様が来たらしっかりお仕えして。これからはジェレミーがあなたたちの主人だから逆らわないでね。あなたたちも知ってるでしょ、あの子の性格、すっごくいいって！」

「いえ、奥様、とんでもない。奥様は坊《ぼっ》ちゃまやお嬢《じょう》さまを苦労して育てられたんですよ！」

執事長のロベルトがこれ以上耐《た》えられないとでも言うように吐《は》き出《だ》した、断末魔《だんまつま》の叫びのような悲鳴に、私は一瞬呆然としたが、すぐにニコッと笑った。

「あなたたちだけでもわかってくれてありがたいわ。でも、そんなこと子どもたちの前で言ってはダメよ！　恨まれてしまうから」

「奥様！」

「さあさあ、こんなことしてる場合じゃないわ。三人とも下がりなさい！」

私の務めはここまで。ふぅ、これからは一人で幸せにならなくちゃ。必死で仕事ばかりしてきたから、まともな恋愛《れんあい》一つしたこともないけど、これからは自分のために少しずつ再スタートしなくては。そう、大丈夫。全部うまくいく。

……というのもやはり、私のもう一つの勘違いだった。

神よ！

一章　再スタートはとんでもない

「……ハッ！」

絶壁《ぜっぺき》から落ちるような感覚に足が空《くう》を蹴《け》って目が覚めた。周りがぼやけて見える中ではっきり思《おも》い浮《う》かぶのは、最後に剣を振《ふ》り回《まわ》していた山賊《さんぞく》のうさん臭《くさ》い笑い。

頭を振ってしっかりしようと頑張《がんば》った。ぼんやりしていた視野が徐々《じょじょ》に戻《もど》り辺りの景色を映し始めて、ようやく自分がどこにいるのかわかった。

……そこは侯爵邸《こうしゃくてい》の私の部屋だった。若くして病死した前侯爵夫人《ふじん》が使っていて、私が足を踏《ふ》み入《い》れてからは私のものになった華《はな》やかな部屋。

どうしてここに戻ってきているのかしら？　間違《まちが》いなくハイデルベルクに行く途中《とちゅう》で山賊に襲《おそ》われたはずなのに。運よく救出されてここに運ばれてきたのかしら？　だけど、私の記憶《きおく》が正しければ、お供の騎士《きし》たちもみんな死んだはずなのに、誰《だれ》が私を助けてくれたの？

不明瞭《ふめいりょう》で半分ぼんやりした感覚に捕《とら》われたまま、こめかみを押《お》さえていた私の目に何かおかしなものが飛《と》び込《こ》んできたのはその時だった。正確に言うと、そよそよ揺《ゆ》れるイチゴ色のカーテンが下がった窓辺にある、優雅《ゆうが》な黄金のドレッサーが私の視線を捉《とら》えたのだった。

いったいどうしてあれがここにあるの？

ドレッサーの何が問題なのかと訊《き》かれたら、問題になることは何もない。問題はドレッサー自体がここにあるはずがないということだった。もともとは前侯爵夫人が使っていて、そのままそこにあったのだが、五年ほど前だったか、エリアスが私と争って、これは母さんのものだとか何とか言って、鏡を割ってしまったのだ。うっ……。

いや、だからどうしてあれがここに戻ってきてるのよ。ただ似てるだけ？　だけどそれなら、代わりに入れたローズウッドのドレッサーは誰が勝手に片づけたの？

狐《きつね》につままれたような気分でベッドから下り、私はずかずかとドレッサーに近づいた。すると丸くツルツルした鏡の表面に私の顔が映り、私は再び何とも表現できないあやふやな感覚に捕われてしまった。

ドレッサーの鏡に映ったのは間違いなく私の姿だった。腰《こし》まで伸《の》びた明るいピンクの髪《かみ》も、若草色の瞳《ひとみ》も間違いなく私だ。だけど……。

おかしい。何が違《ちが》うんだろう？

私は半分無意識に手を上げて指で自分の顔をゆっくり触《さわ》ってみた。確かに何かが違うのに、何が違うのかわからないのだ。全体的にフェイスラインがソフトな感じ。頰《ほお》も少しぽっちゃりしているみたい。目元も丸っこくなったような……。

結論から言うと、不思議なことに普段《ふだん》より若く見えるのだ。これはどういうことなのか？　騒動《そうどう》に巻《ま》き込《こ》まれて、いきなり若返ってしまったの？　普通《ふつう》ならそういう時、どっと老《ふ》けるものではないの？

トントン、ノックの音がしたのはその時だった。

「奥様《おくさま》？」

「ああ、グウェン！　ちょっとこっちに……」

来てくれと言おうとして、私はまた唖然《あぜん》としてしまった。ドアを開けて静かに入ってきたのは、間違いなくメイド長のグウェンだった。確かにそうなのだが……。

「グウェン、痩《や》せた？」

「は？」

いきなり何を訳のわからないことを言っているのかとでも言うような顔をしたグウェンもまた、普段とはまるで違う姿をしていたのだった。グウェンは最近、甘《あま》いものを食べすぎたせいで太っていたのだが、一瞬《いっしゅん》で昔のように細くなったのはまあいいとして、とにかく若く見えた。ホントにおかしいじゃない？　みんなで若返ったわけ？

「何をおっしゃっているのかわかりませんが、とにかく時間がありません、奥様」

私は瞬《まばた》きした。若返った姿よりもよそゆきに感じたのは、他でもないグウェンの態度だった。正確に言うと、彼女《かのじょ》の私に対するまなざしと口調。

メイド長のグウェンは、この荘厳《そうごん》なノイヴァンシュタインの屋敷《やしき》で、私を理解してくれる数少ない人物の一人で、私が子どもたちのためにどれほど苦労したのかよく知っている人だった。

なのにそんなグウェンがどうしていきなり、あんな事務的なまなざしと乾《かわ》いた声で私に接するの

だろうか？　もしかして私が強引《ごういん》にハイデルベルクに行こうとして死にかけたから、へそを曲げてる？

「グウェン、私、何か……」

「ご葬儀《そうぎ》まであと二時間です。急ぎ支度《したく》をなさらなければ」

……何ですって？

「いったい何の……ことなの？　いきなり葬儀ですって？　待って、もしかして子どもたちの誰かに間違いでもあったの？　まさか、そうなの!?」

ああ、山賊に襲われて死にかけたのは私なのに、まさか結婚式場《けっこんしきじょう》で楽しんでいるはずの子どもたちに事故でもあったの？　神よ！

一瞬でパニックに陥《おちい》った私が大声を出すと、グウェンは一瞬ぎくりとして、すぐに不思議なものでも見るような目で、穴の開くほど私を見つめた。そして、優《やさ》しい口調でなだめるようにこう言った。

「奥様、ショックなのはわかりますが、現実を受け入れてください。侯爵様もそう願っているはずです」

「何ですって？」

それはいったいどういうことかと訊こうとしたのだが、出《だ》し抜《ぬ》けに奇妙《きみょう》な既視感《きしかん》に襲われ息が詰《つ》まった。

待って、この状況《じょうきょう》、どこかで見たんだけど……？　どこで？　この正体のわからない既視感の正体はいったい何？

キツネに化かされたみたいに戻ってきた古いドレッサー。なじんでいるはずなのに妙《みょう》によそよそしい部屋の風景。不思議なことに普段より若く見える私と、同じように若く見えるグウェン。そして、グウェンが着ている喪服《もふく》のような黒い服……。

考えに考えた末、ついにこの限りなく不吉《ふきつ》な既視感の正体に気づいた私は、次の瞬間《しゅんかん》、息を大きく吸《す》い込《こ》んだ。そうだ。気づいてしまった。気づかないわけがない。今のこの風景は……。

七年前の夫の葬儀の朝とあまりにも似ていたのだから。


十四歳《さい》になったばかりの私を荘厳なノイヴァンシュタイン侯爵邸に入れた男、夫ヨハネス・フォン・ノイヴァンシュタイン侯爵。彼《かれ》の葬儀が執《と》り行《おこな》われた日は、無情なくらいうららかな日だった。地上の人間たちに何が起きても天は気にも留《と》めないとでもいうように、よく晴れた秋の日。一人の夫の葬儀を二度も執り行う女は、たぶん私しかいないはず。

……神よ、これはいったいどういうことなのですか！

「侯爵が……」

「あの女が例の……」

「かわいそうなのは子どもたちでしょう。ああ、あんなにかわいい子どもたちが……」

「彼女が侯爵夫人ですって？　あんな子どもが？」

「侯爵は亡《な》くなる前にどうかしていたに違いないわ。どうしてあんなとんでもない遺言《ゆいごん》を……」

「どうかしら、侯爵をそこまでだましたんですもの、実はただ者じゃないのかも……」

「バカなことを言うんじゃない。侯爵は間違いなく思考力が衰《おとろ》えていたんだよ」

「そうでなければあんな女に……」

黒い波のように押《お》し寄《よ》せる弔問客《ちょうもんきゃく》のひそひそ話は、辛辣《しんらつ》だったが聞き慣れたものだ。葬儀が開かれている巨大《きょだい》な礼拝堂の姿も、喪服姿で押し寄せた人たち一人一人も、もの悲しく響《ひび》く鐘《かね》の音《ね》も、そして何より……。

「子どもなのに長男だから頑張ってるのね。あんな子どもが涙《なみだ》一つ見せずに……」

私の法律上の子どもたちも。

いつも感情に素直《すなお》な子どもらしく、くすんくすん泣いている、たった十歳のレオンとレイチェルの双子《ふたご》。気丈《きじょう》にふるまおうと頑張っていても、溢《あふ》れる涙を止められずにいる十三歳のエリアス。そして……記憶の中のままぼんやりした顔で黙然《もくぜん》と棺《ひつぎ》のそばに立っている十四歳の少年ジェレミー。

まったく、あの子たちの初々《ういうい》しい（？）姿を再び見ることになるとは。今さらながら感無量だ。

……ホントにどうにかなりそうだ。どうしてこんな怪奇《かいき》現象が起きているのか。夢を見ているのだろうか。肩《かた》の荷《に》をすべて下ろして静かに自分のために生きていこうと心に決めたとたんにこんな夢、いえ、いっそ夢ならいいものの、本当に時間を遡《さかのぼ》って過去に戻ってきたのだとしたら、それはそれで恐《おそ》ろしいことではないか！　あんなに苦労して子どもたちを育てたのに、今さら再スタートなんて、とんでもない！

「ハァ……」

私の口から嘆《なげ》きのため息が漏《も》れ出た。思わず吐《は》いた音だったが、どうやら私の後ろに立っていたミュラー伯爵《はくしゃく》、つまり、夫の弟で子どもたちの叔父《おじ》にあたる人の耳には届いたようだった。

「退屈《たいくつ》なようですな」

「……」

「それでもこの程度は耐《た》えるのが道理ではないですかな。濡《ぬ》れ手《て》に粟《あわ》で何もかも独《ひと》り占《じ》めしたんですから」

あからさまに見下すような皮肉。何気なく腹を探《さぐ》る様子も混じっていた。ハハア、こんなふうに突《つ》っかかってくるとは。

「おっしゃりたいことはそれだけかしら？」

「何？」

「兄君の葬儀に来て、感想がそれしかないのでしたら、もうお帰りいただいて結構ですわ。私、忙《いそが》しいのであなた方の愚痴《ぐち》を聞いてはいられませんの」

ミュラー伯爵は「今何て言った」だの「無礼な物言いですな」だのと言うかわりに、呆《あき》れて言葉が出てこないと主張するような不本意そうなまなざしで私をじっと見つめた。

ふう、まあ無理もない。もともとこの頃《ころ》の私は何をどうしていいのかまったくつかめず、ただ怯《おび》えているだけの子どもだった、それなのに、いきなりこんな出方をされれば生意気に見えるだろう。

私から離《はな》れる様子のない不躾《ぶしつけ》な視線を無視して、私は再び複雑な頭の中をかき回した。

もし、私が本当に過去に戻ったのなら、これは深刻な問題だ。この七年間にあったことをまた繰《く》り返《かえ》すということだから。どうせ誰もわかってくれないあの苦労、もう二度と繰り返したくないのに……！

一人でそんなことを考えている間に葬儀が終わった。そろそろ埋葬《まいそう》が始まる時間だ。私はミサを取り仕切る司祭の祈禱《きとう》が完全に終わるまで待ち、祭壇《さいだん》に歩《ほ》を進めた。私の動きを追う人々の視線は痛いはずなのだが、私はお酒に酔《よ》ったみたいにぼんやりして無感覚だった。

「レディー・ノイヴァンシュタイン？」

「失礼いたします、司祭様。この場にお集まりいただいた皆《みな》さまにお願いしたいことがあるのですが、埋葬が始まる前に夫としばらく二人っきりになりたいのです。ご理解いただけますわよね、皆さま」

ざわめきが広がった。弔問客が咳《せき》ばらいをしたり顔をしかめたりしている間、私は視線を移して子どもたちのほうを見た。正確に言うと、ジェレミーを見たのだ。

相変わらずぼんやりした顔だが、延々と十年近く苦しめられてきた私には、彼が今、私に腹を立てているのがはっきりとわかった。暗く凍《い》てついた暗緑色の瞳がそう語っているんだもの。何でお前がそんなこと主張してんだよってわけね。ああ、まったく困ったヤツ。思う存分にらみつけるといいわ、このガキが。私はビクともしないんだから。

私の要求どおりみんなが出ていった静かな礼拝堂には、香草から立ちのぼる微《かす》かな香りが漂《ただよ》って

いた。棺の上にはノイヴァンシュタインの象徴《しょうちょう》──剣《けん》をくわえた獅子《しし》が描《えが》かれた徽章《きしょう》が載《の》ってい
る。私はしばらくそこに視線をやって、静かに棺のそばにひざまずいた。
「久しぶりね、ヨハン」
微かにささやいて棺の蓋《ふた》をなでると、ざらざらした木材の感覚が手袋《てぶくろ》をはめた掌《てのひら》に生々しく伝
わってきた。これが夢なら、あまりにも具体的すぎるほどに。
もともと過去のこの時点の私は、時間をくれと言って弔問客を追い出したりもしないし、こんな
ふうに一人で座《すわ》って棺に話しかけたりもしなかった。さっきのミュラー伯爵との小さな摩擦《まさつ》もなか
ったことだ。あの時の私は怯えて混乱した状態だったから、葬儀が早く終わって人々の視線から隠《かく》
れることだけを心の中で願っていた。
世間知らずで気の小さい子爵《ししゃく》家の娘《むすめ》から手ごわいノイヴァンシュタイン城の魔女《まじょ》に生まれ変わ
るまで、どれほどたくさんの涙を流しただろうか。
振《ふ》り返《かえ》ってみれば、多くの失敗や事件があった歳月《さいげつ》だ。それをどうにか克服《こくふく》してきた自分が素晴《すば》
らしいと思えるくらいに。そのすべてが……。
「あなたとの約束を守ったと言ったら信じてくれる？　あなたに託《たく》されたあなたの子どもたちは立
派に育った、だけど……とても冷たかった。信じられる？」
死んだ人はしゃべらない。私だって答えを求めていたわけじゃなかった。祭壇の左右に威風堂々《いふうどうどう》
と立ち、見下ろしている聖なる父と母の姿が、まるで私をあざ笑っているようだった。
「何がどこから間違っていたのかしら？　今さらあなたを恨《うら》んだり、あの子たちのせいにしたりす

る気はないんです。すべてお前たちのためだったという言葉がどれほど虚《むな》しいかわかってるから」

私に約束させたのは夫だったけれど、その約束を守ろうとひどいことをしてきたのは私自身だ。

振り返るつもりも、周りを見回す余裕《よゆう》もなく、ただ燃える戦車のように走ってきた私。人々の噂《うわさ》に尾《お》ひれがついて広がるのも、誤解や葛藤《かっとう》が積もりに積もって割れない氷の壁《かべ》のようになるのも、受け入れたのは私自身だった。だから誰のことも恨んでいなかった。ただ……。

「だけど、二度とできないわ。もうこれ以上……あんなふうに踏《ふ》ん張《ば》って、悪口言われながら必死で生きていきたくないの。私、疲《つか》れちゃったのよ」

見返りを求めないということがこんなにつらいとは思わなかった。

私は子どもたちに見返りを求めていたのだろうか。感謝？ 尊重？ ……せめて愛情？

「わかる？ 二度はできないのよ。……ジェレミーの結婚式、絶対に見たかったんだってば」

頭《こうべ》を垂れると流れ落ちる長いピンクの髪が棺の上に広がった。頰を伝って流れる涙の感覚が、夢にしては生々しすぎた。もし、私が本当に過去に戻ってしまったのなら、以前とは違う選択《せんたく》をしろという神のご意思ではないだろうか？ でなきゃこのとんでもない怪奇現象の説明がつかないじゃない……。

どれくらいそうしていたのかわからない。一人で棺の上に突《つ》っ伏《ぷ》して哀《あわ》れなフリをしていた私は、ようやくゆっくり体を起こした。

これで本当にさよなら、ヨハン。どうかこれが最期《さいご》の別れになりますように……。

「……！」

鼻をすって向きを変えた瞬間、まるで予想もしていなかった人物と鉢合《はちあ》わせたせいで、私は危なく悲鳴を上げるところだった。静かだった血の巡《めぐ》りが酔ったみたいに速くなり、心臓が猛獣《もうじゅう》を前にしたウサギみたいにドクドクし始めた。

これこそ幽霊《ゆうれい》だ。この子はいったいいつからここにいたのか？

私から六歩ほど離れた場所に立っている少年は、他でもないジェレミーだった。見慣れた二十一歳の壮健《そうけん》な青年ではなく、まだ少年と青年の間にいる子どもらしい体つきをしたジェレミーだったのだ。目の前の少年と記憶の中の青年が重なって、表現できない奇妙な感傷が湧《わ》き上《あ》がってきた。

「ジェレミー？　どうしてここにいるの？」

あわてて手《て》の甲《こう》で涙をぬぐい、わざと乾いた口調で尋《たず》ねても、ジェレミーは答えなかった。言葉もなく私の濡れた顔を見つめる暗緑色の瞳に、一瞬、混乱の色がよぎったようだった。その姿を見て呆れてしまった。何びっくりしてんのよ、このガキ。私があんたの父親の棺の上で踊《おど》ってるとでも思ったの？

「もう、行かなくちゃ……」

苦笑いを噛《か》み殺《ころ》して歩き出そうとした瞬間、ジェレミーが登場と同じくらい突然《とつぜん》に私の手首をつかんだ。思いがけない行為《こうい》に私はぎくりとした。

「ジェレミー？」

しばし沈黙《ちんもく》が流れた。ジェレミーはしばらく何も言わず私の顔を穴が開くほど見つめ、私もまた問《と》い詰《つ》めるかわりに彼の顔をまじまじと観察した。やはり信じられなかった。まだ顔に産毛《うぶげ》がふわふわした、私よりちょっと背が高いだけのこの少年が、もうすぐ頭を反らして見上げなければならないほど大きくなってしまうという事実が。

社交界にデビューしたてのご令嬢《れいじょう》や若い貴婦人たちが、頬を赤らめ胸をときめかせたノイヴァンシュタインの獅子、皇太子の剣として立派に成長したあんたを見ながら、私は顔には出さなかったけれど、自負心でいっぱいだったのに……。

「お前……」

ジェレミーがとうとう口を開いたのだが、訳もなく胸が締《し》めつけられた。何よ、何なの？　またでも、私の気持ちを逆なでするようなこと言うつもり？

ジェレミーは言葉を続けるかわりに、予想もしなかったことをやらかした。上着のポケットからもそもそ取り出したハンカチを、いきなり私に差し出したのだ。

そして目を真っ赤にした私の面前に押《お》し付《つ》け、ぶっきらぼうに吐き出した言葉がこれだった。

「化粧《けしょう》、剝《は》げてるぞ」

……まったくありがたいこと。おかげで恥《はじ》をかかなくて済んだわね。ハハハ。このクソガキめ。

⚜

夫を土に埋《う》めてから、私が手に入れた最も重要なもの三つ。一つは侯爵邸のすべての場所のドアが開けられるマスターキー、一つは遺言状を入れた箱、最後の一つは家紋《かもん》が彫《ほ》られた印章だった。

それを預けられた過去の私は、文字どおり寝《ね》る間もないほど忙しかったのだが、それは夫がしてきた仕事を一人で完璧《かんぺき》に処理していたせいだった。

侯爵家の家事に関する問題はもちろん、領地と領内の商人ギルド、金鉱から上がってくる各種報告書や嘆願書《たんがんしょ》の理解と処理、収益と支出の計算、皇室に納付する予算の整理と帳簿《ちょうぼ》の管理、騎士の俸給《ほうきゅう》と賞罰《しょうばつ》など。そのすべてを素早《すばや》く習得して処理するには、食事や睡眠《すいみん》の時間を削《けず》っても足りなかったのだ。私が夫と結婚《けっこん》する前から家の中のことを管理してきたメイド長と執事長《しつじちょう》の誠心誠意の助けがなければ、私はたぶんとっくに過労で死んでいただろう。

もちろん、それはすべて過去の話で、今の私は小さな文字がびっちり詰まった帳簿を片手に持って適当に見るだけでも、何が間違っていて何が抜《ぬ》けているのか、すぐに見つけることができた。無数の書類を見ながら一枚一枚判を押すことなど、お茶を飲みながらでもできた。

ミュラー伯爵は侯爵家が黄金の卵を産むガチョウだと皮肉ったが、そのとおりだった。建国当時から皇室を庇護《ひご》してきた由緒《ゆいしょ》正しい家系の名声はもちろん、ギルドと金鉱からの収益は天文学的な金額だった。帝国《ていこく》を治めるのは皇室だが、皇室に見栄《みば》えよく金箔《きんぱく》を施《ほどこ》すのはノイヴァンシュタインだというジョークもあるくらいだ。侯爵家所属の騎士の軍服も、皇室の近衛隊《このえたい》顔負けの華やかさと堅固《けんご》さを誇《ほこ》っていた。

しかし、ヨハネス・フォン・ノイヴァンシュタイン侯爵が生前に遺《のこ》した最も貴重な財産は、物質的なものではなかった。

幼くして両親を亡くし、姉のような歳《とし》の継母《ままはは》と一緒《いっしょ》に残された侯爵家の四人の子どもたちは、人々が言うとおり、目を引く優《すぐ》れた容貌《ようぼう》の持ち主だった。公式行事にそろって参列すると、男女を問わず、みんなが私たちから目を離せないほどだった。

兄妹《きょうだい》のうち唯一《ゆいいつ》、生母から赤毛を受け継《う》《つ》いだエリアスを除き、家系特有の華やかな金髪《きんぱつ》と、輝《かがや》く宝石のような暗緑色の目が美しく、よその子に比べて発育も早かった。

特にジェレミーは同じ年頃《としごろ》の子どもたちの中でいちばん大きかった。まるで雑草みたいにすくすく育つものだから、私が男だったらコンプレックスを感じたかもしれないと思ったりもした。

もちろん、容貌だけが優れているのではなかった。十五歳で騎士に任命され、とんとん拍子《びょうし》で皇太子の剣というまばゆいばかりの肩書がついたジェレミー、兄の足跡《そくせき》を着実についていくエリアス、子どもの頃からファッションと芸術に優れた才能を見せたレイチェル、一度読んだ本の内容は残らず記憶していた幼い秀才《しゅうさい》レオン……。ここまで来ると神様は不公平だと思ってしまう。

しかし！　天は二物を与《あた》えずともいう。誰が考えた言葉か知らないけれど、その深い見識に尊敬を禁じ得ない。十年近い歳月を彼らに苦しめられてきた私の感想を言わせてもらえば、ノイヴァンシュタイン家に流れる血の中でいちばん目立つ特色は、美しい容貌でも素晴らしい才能でもなく、礼儀《れいぎ》知らずで血の気の多い性格だ！

レオンとレイチェルの双子は生まれつき妥協《だきょう》することを知らず、自分の感情に正直な性格だが、気に入らないことがあると大暴れしないと気が済まないレベルだった。夫が死んでからはさらにひどくなった。有能なベテランの乳母《うば》や家庭教師でさえ手に余すレベルだったのだ。

……まあ、この二人は小さかったのだから仕方がないとしよう。気持ちを逆なでされると相手が誰であれ暴力をふるうエリアス。アイツのせいでこの七年間、頭を悩《なや》ませた回数は両手でも足りないんだから！

上には上がいるとでも言おうか？　文字どおり野獣《やじゅう》の子どもと変わりない兄妹の中で、最強を選ぶなら断然ジェレミーだ。ジェレミーはそんなふうには見えないけれど、四人の中でいちばんせっかちだった。結び目を手で解《ほど》くかわりに刀で切ってしまうのだから。少し落ち着くようにと何度も小言を言ったけれど、まるで聞く耳を持たない。

エリアスが血気を持て余して跳《は》ね回《まわ》る子馬だとしたら、ジェレミーはわざと急所に噛《か》みつく猛獣だった。

……ハァ、あのせっかちが爵位《しゃくい》を継承《けいしょう》するまで延々と七年も待ったのだから、私のことが憎《にく》くて当然だ。

だけど、それが私のせいだけとは言えない。そうよ、そうですとも。多くの御曹司《おんぞうし》を恋《こい》わずらいさせている美貌《びぼう》のハインリッヒ公爵《こうしゃく》令嬢、家柄《いえがら》といい評判といい、すべてに遜色《そんしょく》ない彼女と十七歳で婚約《こんやく》したくせに、結婚せずに四年もぐずぐずしていたのは彼自身《かれじしん》なのだから。婚約させるために私はものすごく頑張ったのに……！

とにかく、こんなに性格の悪い獅子の子どもたちと、十年近く泣き笑いしたのだから、私の性格まで変わってもしかたない。

ふぅ、おかげで今では、どんな状況でも、誰の前でも、まったく感情を動かさない自信ができてしまった。

日当たりのいい大きくて華やかな応接間に集まったのは全部で八人。私を除けば七人だ。ミュラー伯爵とその夫人、フリードリヒ侯爵、ペンシュラ伯爵とその夫人、そしてヴァレンティノ卿《きょう》とセバスティアン伯爵《はくしゃく》夫人《ふじん》だ。ミュラー伯爵夫人とペンシュラ伯爵夫人を除けば、全員が死んだ夫の弟妹《ていまい》たちだ。その中でいちばん若いセバスティアン伯爵夫人が、私より七歳上だった。そう、傍系《ぼうけい》親族の代表だと思っている人たちがみんなで、私にプレッシャーをかけようと今日、この場に集まったのだ！　私の記憶そのままに。

怯えたウサギを取り囲んで、のんびり舌なめずりしている猛獣のようだ。ちょっとうなり声を聞かせて、ちらっと牙《きば》を見せれば十分脅《おど》しになると思っている捕食者《ほしょくしゃ》たちは余裕しゃくしゃくだ。

ミュラー伯爵が最年長者としていちばん最初に話をした。腹黒い伯爵様は、お葬式の時のささいないざこざなんか忘れてしまったかのように、偉《えら》そうに口を開いた。

「久しぶりにみんなでここに集まって座っていると、子どもの頃を思い出すな。お兄さまは生前、私たちが一緒に育ったこの屋敷を、とても大切に思っていた」

「ハハ、お兄さまとヨハン兄さまは、いつも家中をひっかき回して、ケンカばかりしていたね」

「そうだったな。そのたびにお前はお父さまのところにちょろちょろ駆《か》け寄《よ》って、告げ口していたよな、オットー」

「本当に今だから言えるんだけど、お兄さまはお母さまの言うとおり、動物と変わりなかったわね。まったく……」

「皆さま、私に思い出話を聞かせるためにいらしたんですの？　ご存じのとおり、私、とても忙しいんですけど」

気乗りしない口調で割《わ》り込《こ》むと、わざとらしく思い出に浸《ひた》った顔をしていた人々は、みんな一瞬で顔がこわばり、一斉《いっせい》に私のほうを見た。余裕しゃくしゃくで取《と》り澄《す》ました猛獣たちが、同時に真顔になって目を光らせている。以前なら相当威圧的《いあつてき》に感じたのだろうが、今の私は何も感じなかった。凶暴《きょうぼう》このうえない獅子の子たちと数年間ともに泣き笑いしていると、こんな干《ひ》からびた女になってしまうのだ。うっ。

息詰《いきづ》まる沈黙が流れた末に、私の無関心そうな顔を周到《しゅうとう》にうかがっていたミュラー伯爵が、機先を制する計画を変えたのか、かなり温和に変貌《へんぼう》した声で口を開いた。

「レディー・ノイヴァンシュタイン。せっかくこうして一堂に会したことですし、忌憚《きたん》なくお話しいたしましょう。最初に言っておきますが、我々は夫人のことを信じられないわけではありませんから、寂《さび》しい誤解はお控《ひか》えくださいますよう。ただ心配しているだけなのですよ」

「心配ですって？」

「心配するのは当然ではありませんかな。夫人もご存じのとおり、ノイヴァンシュタイン家は帝国でも指折りの名声を誇る大貴族の家系ですから。我々が夫人を信じる信じないは別にして、夫人はまだお気の毒なほどお若いし、子どもたちも同様です」

とても優しい口調だった。本気で私を気の毒がっているような、思いやりに満ちた声色《こわいろ》。だから私は、口元を少し柔《やわ》らかくほころばせて目を伏《ふ》せた。本気で感銘《かんめい》を受けているかのように。

「皆さまが何をご心配なさっているのか、思い当たらないわけではありませんわ」

「もちろんそうでしょうとも。ここに集まった者はみんな、お若い夫人がずる賢《がしこ》くて腹黒い輩《やから》にだまされて、誇らしいノイヴァンシュタインの名に意図せず傷をつけてしまうのではないかと心配しているのですが……。失礼ですが夫人、社交界の集《つど》いに行ったことはありますかな？」

「……三、四回ほどありますわ」

「世にも恐ろしい社交界の貴婦人よりさらに恐ろしいのが、彼女たちの夫なのですよ。我々のような……いや、彼らは夫人のような若い女性が、夫の遺志に従っているだけとはいえ、我《わ》が物顔《ものがお》で当主の座に居座《いすわ》り、議会に同席するのを見過ごしはしないでしょうな。いっそ十四歳の青二才のほうが、彼らの立場ではずっとマシだということですよ」

確かにそのとおりだ。すでに身をもって経験したことだもの。戦時や、皇室に大きな異変が生じたのでもない限り、月に一度開かれる貴族院の議会。国中の有名な貴族の中でも指折りの名家の当主と、著名な枢機卿《すうききょう》で構成されたこの議会は、現皇后の弟《こうてい》であるニュルンベル公爵《こうしゃく》が中心となり、帝国のすべてのことに多大な影響《えいきょう》を及《およ》ぼしていた。例え皇帝や教皇であっても、議会の意見を無視するのは難しい。そんなご大層な集いに、私のような青臭《あおくさ》い寡婦《かふ》が居座るのを、彼らが放っておくはずがないではないか？

だが、彼らはすぐに私を追い出したりはしなかった。遜色ないマナーと麗《うるわ》しいほどの気品で武装した彼らに、ただニコニコしながら接していた私を遠からず襲ったのは、他でもない聴聞会《ちようもんかい》だった。死んだ夫が遺した遺言状の捏造《ねつぞう》を問いただす、実に後々まで喜劇のネタにされた聴聞会。

もし、あの聴聞会で皇帝陛下が私の手を取ってくださらなかったら、皇帝陛下とニュルンベル公爵が、侯爵が残した自筆署名の重みについて語り、最近の貴族社会で「亡くなった当主の遺志」がないがしろにされていると言ってくださらなかったら、私はたぶんあの時、わだかまりだらけの傍系親族によって、手段を選ばず権利を剝奪《はくだつ》されていただろう。

当時、皇帝とニュルンベル公爵が何を思って、聴聞会を台無しにしてまで私の味方をしてくれたのか、私にも知りようがない。しかもあの事件をきっかけに、本気で強い女になろうと心に決めた私が、あらゆる悪名を鳴《な》り響《ひび》かせて貴族社会をひっかき回した時も、あの二人は知らんぷりをしてくれたのだ。

ともかく、今この瞬間、ミュラー伯爵が純粋《じゆんすい》に私のことを心配してアドバイスしようとしたのだったら、私は喜んで受け入れるフリをしただろう。

彼らは私を亡き者にしたいはずだ。だけど、私が生きているほうが彼らにとっては都合が良いのだ。生かして彼らの思いどおりに動かすべきなのだ。私が死ねば、侯爵家のすべては皇室に帰属してしまうのだから。自分たちの実利のためにも、彼らは私を守るべきだった。何て皮肉な現実だろう？

普通の若い寡婦がするように、私が長男に家督《かとく》を譲《ゆず》って静かに見守ることを彼らは望んでいた。もっともらしく取《と》り繕《つくろ》うならそういうことだ。さもなければ、自分たちの思いどおりに動かせる相手と再婚《さいこん》させたいのだろう。

早くに父親を亡くした若い当主が、親戚《しんせき》によって一瞬で操《あやつ》り人形に転落させられるのは珍《めずら》しくない。年齢《ねんれい》ではなく、経験や人脈の問題だ。どんなに身分や血筋が優位でも、歳月が積み上げた年輪と、人の心をつかんで揺さぶる老練さは決して侮《あなど》れない。特に母親がある程度の年齢で、社交界へのつても申し分ない貴婦人ならともかく、私のように若い継母では、最悪の状況といえるだろう。

ヨハンはそれを予想して、あんな遺言をしたんだろうな……。私にあんな約束をさせたのもきっと。

彼はいったい何を信じて私にすべてを任せたのだろうか？　私と同じ立場になったらたいていの人は、苦労を耐《た》え忍《しの》ぶより遺された財産で気楽な社交生活を楽しみながら生きることを選ぶはずだ。どうせ自分の子どもでもないうえに、愛で結ばれたわけでもないのだから、楽に生きられる運命を敢《あ》えてねじ曲げ、いばらの道を歩くバカがどこにいるだろうか？　誰にもわかってもらえないし、残ったものは女として致命的《ちめいてき》な汚名《おめい》だけなんだけど？

……そのバカが私だ。くっそー、今にして思えば、私ってホントに意地っ張りだったのね。

「心からのご心配に、感謝しかありませんわ、ミュラー伯爵。でも、私は死んだ夫の遺志に逆らえませんの」

「わかっていますとも。だから我々が夫人を助けられるようにしてほしいとお願いしているのですよ」

私がさりげなく微笑《ほほえ》んで愛想《あいそ》よく答えると、まるで餌《えさ》に食いついた獲物《えもの》を襲う狩人《かりゅうど》のように、待ってましたとばかりに飛びついてきた。ったく。

「どのように助けてくださるのかしら？」

「夫人は今までどおり、家の中のことだけお気遣《きづか》いいただければ結構です。議会や領地に関わる面倒《めんどう》なことは、我々が当分の間、分担して処理します。子どもたちの教育も同様ですな。念のために言っておきますが、我々は誰も夫人の正当な権限に手をつけるつもりはないのです。ただ、亡くなったお兄さまを思ってお助けしたいだけなのですよ」

過去のこの場で私は、内心ブルブル震《ふる》えていたくせに、なだめすかす彼らを何も考えず拒否《きょひ》した。怯えたネコが尻尾《しっぽ》を膨《ふく》らませて爪《つめ》を立てるみたいに。文字どおり、シャーッと威嚇《いかく》しながら追い出したのだ。本当に勇気が有り余っていた。過去の私は。

あの時の私は、人の心を見透《みす》かしておだてたり、自分に都合のいいように利用したりすることを知らなかった。ただ何も考えずに跳《は》ね返《かえ》してばかりいた。何とかして心を鬼《おに》にしようと必死だったのだ。

つらすぎて、誰も見ていない深夜にこっそり泣いたこともあったけれど、そうやってあちこちにぶつかり、転がり蹴られた過去の私がいるから、今の私もいるのだ。

そして今の私は、二度と以前のように生きたくないと思っている。今後どうやって生きていくのか、今から決めなければならないが、以前のような苦労は遠慮《えんりょ》したいのだけは間違いない。最後に非難や恨《うら》み言《ごと》は聞きたくなかった。特に子どもたちからは。

「どうかしら。よく考えてみる必要がありそうですわ。夫を土に埋めてからいくらも経《た》っていない状況で、こんな問題までいっぺんに決めるなんて、手に余りますの。わかっていただけるでしょう？」

私の愛想のいい言葉で、昂《たかぶ》っていた雰囲気《ふんいき》が一気にとろとろに和《なご》んだ。これ以上しつこくはしないだろうが、とにかく考えるフリをしているので、彼らはほぼ成功したと思っているはずだ。今、私を見ているミュラー伯爵のキラキラした目ときたら。チッチッ。

「もちろん、当然わかりますとも。ただ、状況が状況ですから、速《すみ》やかに決めていただくことを望んでいると……」

「あのぉ、私からも一つお願いしてよろしいかしら？」

おおらかな愛嬌《あいきょう》たっぷりの声で割り込んできたのは、他でもないルクレツィア・フォン・セバスティアン伯爵夫人だった。優雅に結《ゆ》い上《あ》げた豊かな金髪と、湖のような青緑色の瞳がまるで絵のような美女。過去に一目だけでも子どもたちに会わせてほしいと何度も必死で頼《たの》んできた、子どもたちの叔母《おば》にあたる女性。

「何かしら？」

「夫人もご存じでしょうけど、私は子どもたちを小さい頃から見てきたので仲がいいんですの。だから私が当分の間ここに留まって子どもたちと過ごせば、子どもたちも早く安定して、夫人もとても楽になると思いますの。どうかしら？」

過去の私は、どうして子どもたちの親戚を頭ごなしに排除《はいじょ》したのだろうか？　欲張りな叔父たちはともかく、なぜ美しくて優しい叔母まで子どもたちと会えないようにシャットアウトしたのか？

それはたぶん、夫の言葉のせいだろう。弟妹たちは誰も信じられないとつらそうに話した言葉。そろいもそろって外と中が違うハイエナどもだという言葉。獅子のフリをしたオオカミだという言葉。そしてもしかしたら、本当にほんのちょっと、私自身の勘《かん》も混じっていたかもしれない。

だけど、だからこそ、最後にみんなから恨まれたのは私だった。

私がこの過去に戻ってくる前、結婚を控えた二十一歳のジェレミーは私を恨んでいた。婚約者を使って結婚式に参列できないようにするほど、私を恥《は》じて恨んでいた。それが彼の、他の人すべての目に映った私だった。鉄血の未亡人、ノイヴァンシュタイン城の魔女。彼らの願いどおりにしてやろう。彼らの企《たくら》みどおりにさせてみよう。

「そこまでご配慮《はいりょ》いただけるのは、私にはありがたいことですけれど、もしや、ご主人がお気に召《め》さないのでは……」

「あら、大丈夫《だいじょうぶ》ですわ。彼にはもう話してありますの」

ルクレツィアがうれしそうににっこり笑うのとともに、一気にほんわかしてきた雰囲気の中で、今度はヴァレンティノ卿が、負けられないと主張する勢いで進み出た。

「では夫人、私もお助けいたします」

「何を?」

「私は近頃《ちかごろ》、時間に余裕があるのです。状況が状況ですから、甥《おい》たちの顔を見がてら、剣術《けんじゅつ》の腕《うで》を磨《みが》いてやりたいと思っておりまして……」

「ジェレミーにはすでに八歳の時から教わっている剣術の師匠《ししょう》がおりますわ」

「それは存じております。しかし、エリアスもそろそろ訓練が必要な歳《とし》ではありませんか？」

何を企んでいるのだ？　ノイヴァンシュタイン家の出身という勲章《くんしょう》がなければ、騎士に任命されることもなかったチンピラ騎士、本業は酒食と賭博《とばく》の道楽者、ヴァレンティノ卿まで甥をそばに置こうと骨を折っている。まあ、そのうちわかるだろう。私はちょっとためらうフリをして、すぐにうなずき純真な笑《え》みをたたえた。

「またとない機会ですわ。では、当分の間よろしくお願いいたします」

それは見ようによっては負けん気と無頓着《むとんちゃく》が入り混じった一種の試験だった。舞台《ぶたい》から退こうと背を向ける準備をしていながら、心の片隅《かたすみ》では過去の選択が正しいことを願っていた。


過去のこの頃は一日中、日課に苦しみ、明け方にちょっと寝ては目を覚ますなり面倒な書類や帳簿に目を通すのが日常だった。

目を開けていても閉じていても、神経がいいかげん過敏《かびん》になっていて、ちょっとした物音にもビクビクとしていた時期。使用人や騎士が私を見るまなざし一つ一つを深読みしていたその時期に、私は初めて貴族院の議会に出席し、家に戻るなり倒《たお》れて、そのまま死んだように眠《ねむ》った。そして目を覚ますと、朝早くから何かに突《つ》き動《うご》かされるように、私が初めてこの屋敷に足を踏み入れた時に持ってきた荷物をめいっぱい持って外に出た。

何にあんなに追《お》い詰《つ》められていたんだろう、私。

半ば正気を失ったまま、永遠に戻らないつもりで何も考えずに飛び出した私を引き止めたのは、他でもない、バルコニーに立って眠そうな目をこすりながら私をそっと見ていた双子、レオンとレイチェルだった。

「偽者《にせもの》ママ、またどっか行くの……？　忙しいね。キャンディ買ってきてよ」

目覚め切れていない大きな若草色の瞳をぱちぱちさせて、もみじみたいな小さな手をそろって振っていた幼い姉弟。

それで我に返った。まともに判断したとは思えない私の出し抜けな行為を阻止《そし》するつもりもなく、魂《たましい》を抜かれたみたいに見ているだけだった騎士の姿も、ようやく目に入ってきた。

私は踵《きびす》を返《かえ》して、屋敷に入るなり使用人をすべて招集し、その場で半分程度を解雇《かいこ》した。誰一人、私を止める者はいなかった。

でも、早朝に東の空が明るみ始める裏庭を散策する余裕ができた今は、使用人を切り捨てるのをしばしやめようと思う。今後の自分の道を決めるのが先だから。

今の状況が私にとって最悪の条件とはいえない。私が本当に過去に戻ってきてしまったのか、それとも今までの出来事が実は生々しい予知夢だったのかはわかりようもないが、とにかく、未来に起こる様々な事件にある程度備えることができるのだから。例えば、あのムカつく聴聞会とか、聴聞会とか……。

いや、聴聞会事件だけじゃなく、過去の社交界における私の評判は、凄惨《せいさん》どころか極悪《ごくあく》レベルだった。何せジェレミーが結婚式に参列できないようにするくらいだから。

……うっ、寂しいけれど、理解できないわけじゃない。人が私をどう噂しようと気にしないのはまあいいとして、ちょっと気にしなさすぎだったようだ。様々な誤解に言い訳しようともしないで、自分の胸に抱《かか》え込《こ》んで苦しんでいたのだから。

私は万人《ばんにん》の憎しみを買ったけれど、子どもたちの状況は違った。人々は子どもたちとは仲よくしたいクセに私のことは排除し、私は私で子どもたちがどんな話を聞いてきても、どんな誤解をしても、説明するつもりも、誤解を解くつもりもなかった。結局、ヤツらの思いどおり、私はどこにも属せないアウトサイダー、公共の敵になってしまったのだ。

今にして思えば、私に好意的な人も少なからずいた。私のようなガキじゃなくて、経験豊富な人たち。彼らのアドバイスや助けに耳をふさぎ目を閉じたのは私だった。何も知らない他人が、気楽に座ってつぶやく忠告などいらない、一人でもうまくできる、そうやって自分を孤立《こりつ》させた若気の至り。

ノイヴァンシュタイン家の威厳《いげん》がなかったら、私はとっくに社交界から追い出されるどころか、貴族社会から抹殺《まっさつ》されていただろう。正確には、私の親権の下《もと》にいる幼いノイヴァンシュタイン家の子どもたちの存在がなかったら。

まったく妙な話だ。私をノイヴァンシュタイン城の魔女に変身させたのは子どもたちなのに、それでもどん底に墜落《ついらく》しないようにしてくれたのも子どもたちだったから。

他の人が私をどう思っていても、子どもたちだけはいつか私の本心をわかってくれるんじゃないかと思っていた……すべて私の勘違《かんちが》いだったけれど。そうじゃなかったら、このムカつく結婚式事件は起きなかったはず。

ハア、もしかしたら、このまま出ていくほうがいいのかもしれない。過去では子どもたちに突《つ》き放《はな》されるまでできなかったけど。思いがけず時を遡った今、さっさと振《ふ》り切《き》って退くほうが、私のためにもみんなのためにもいいのかもしれない。

あれこれ考えながら歩いていると、いつのまにか裏庭の真ん中まで来ていた。かすみ草に油菜《あぶらな》、チューリップとバラが、思い思いに交じり合っている場所には、作りかけの土の城塞《じょうさい》が居座っていた。間違いなく双子が途中まで作ったものだろう。

いつだったか、双子と一緒に土ではなく雪でお城を作ったことがあった。私が壁と柱を作っている間に、レイチェルが折り紙で旗を作った。レオンは氷を小さく削って、人と動物を作ろうと頑張っていた。出し抜けに飛び出してきたエリアスが、ガチガチに固めた雪玉をお城にぶつけるまでは、かなりいい雰囲気だった。

頑張って作ったお城がどどっと崩《くず》れたとたん、レイチェルが泣きわめいて大騒《おおさわ》ぎし、何の罪もない私に八つ当たりしたのは想定内のレベル。しまいにはみんなで雪玉をぶつけ合っていた。

じわじわと蘇《よみがえ》る昔の記憶にとらわれたまま、私は肩《かた》に掛《か》けたショールを地面に敷《し》いて座った。そして素手《すで》でサラサラした土を一握《ひとにぎ》り、未完成の城塞の塔《とう》に載せた。そんなふうに何度か積み上げていくと、他の部分も目についた。立体的に彫られた屋根と塀《へい》、歩哨《ほしょう》に立つ兵士の像など、すべてに手を入れていると、空が白み始めた明け方だったはずが、いつのまにか辺りがすっかり明るくなっていた。

どれくらいそうしていたのだろうか。明け方の訓練を終え三々五々、通りすぎていた騎士たちが足を止め、私をぼんやり眺《なが》めていることに気づくまで、かなりかかった。朝早くからせっせと食材を運んでいた給仕人《きゅうじにん》も、私を捜《さが》しに来た執事もみんな、私を止めるどころか、その場に立ち止まり、あんぐりとしたまま視線を逸《そ》らせずにいた。子どものように土遊びに夢中になっている私をようやく止めたのは、他でもない意外な人物だった。

「……アンタ、ガキか？」

……この小生意気な声の持ち主。問題児の次男じゃありませんか？

私はすくっと立ち上がった。あわてて振《ふ》り向《む》いたそこには、案の定、例のひねくれた顔で私をにらみつけているエリアスがいた。私が覚えている二十歳《はたち》の、怒《いか》れる子馬のような青年ではなく、十三歳の幼い少年エリアスが。

とてもなじみがあると同時に、まるでなじみのない獅子の子のうなり声が、静かな裏庭に微かに響いた。

「弟たちが作ったのに、何でアンタが勝手に手をつける？」

そんなことしか言えないのか。まったくあんたってヤツはまるで変わってないわね、まるで。私は苦笑いを飲み込んで、土のついた手をパンパンとはたいた。そして、何を騒いでるんだというふうに、ニコッと笑みを浮《う》かべた。

「あら、おはよう」

私らしくないおかしな答えに、エリアスは一瞬ギクッとしたが、探るような目つきで私の顔をじろじろ見た。そして次の行動が――

「何だよ、こんなもの⁉」

息まいて近寄ってきて、土の城を一気に足で蹴ったのだった。

どどっ！

ああ、こんなに呆気《あっけ》なく崩れるものにムキになって手をかけるだなんて。まったくとんでもないヤツめ。こら、あんたも兄さんも、仮にも騎士になるヤツが、そんなに気性《きしょう》が荒《あら》くてどうすんの！

以前なら何の真似《まね》だと怒ったところだけど、今の私は十三歳の少年に本気で腹を立てることができなかった。そう、私の精神年齢は二十三歳、酸《す》いも甘《あま》いも知りぬいた大人だものね？

だから、曖昧《あいまい》な笑みを浮かべていたのだけれど、こいつはそれでも気が済まないのか、いざとなったら噛みついてやるぞとばかりに目を剝《む》くのだった。

「と、父さんがこんなくだらないことをさせるためにアンタに遺言したと思ってんのか⁉」

この傍若無人《ぼうじゃくぶじん》で非常識な発言は、まあ、こいつらしいとしよう。でも、なぜ腹を立てているくせに、あんなにうじうじしているの？　何だかまるで……。

「悪かったわ」

「何？」

「悪かったってば」

静かな口調で、ハンカチを取り出し目尻《めじり》を押さえた。汗《あせ》を拭《ふ》こうとしただけだったのだが、意地っ張りの少年の目には大きな誤解を招く行動だったようだ。

「な、何だよ？　何いきなり泣いてんだよ⁉」

どうやら泣いていると思われたらしい。顔を赤くして目を左右に泳がせている姿を見ていると、ふといたずら心が発動した。そういえば、こいつ意外と涙に弱かったよなあ、うん。自分で思いっきりいじめておいて、今さらたじろぐ姿も変わってないんだから。

「お、オレが何したってんだよ⁉　泣くな！」

「ごめん、私、ただ……」

ハンカチで目尻を押さえて肩を丸めると、エリアスの顔はまるで噴火《ふんか》一歩手前の火山みたいに変貌していった。ハハッ、実に久しぶりに見る初々しい姿だ。

「泣くなって言ってんだろ、このバカ！　あんなガキが作った土の塊《かたまり》が崩れたからって泣いてんじゃ……」

「エリアス！」

それは私の声じゃなかった、当然。だって私の声は、声変わり真《ま》っ盛《さか》りの少年の声とは似ても似つかないもの。

さすがは兄弟、同じようにいきなり登場して割り込んだのは、他でもないジェレミーだった。朝早くから他の騎士と楽しく訓練をしたのか、こめかみとうなじにぽつぽつと浮かぶ汗が、朝の日差しでキラキラしながら流れるのが見えた。

「お前、また何かしたのか？」

「お、オレ、何にもしてないよ！　こいつが勝手に一人で泣いてんだよ！」

意地っ張りのエリアスの唯一かなわない相手がこの世にいるとすれば、それは弟と同じくらい、いや、もしかすると弟よりもひどい意地っ張りの兄、ジェレミーだろう。性悪《しょうわる》さと大声では誰にも負けない双子でさえ、一瞬とはいえ従順になるのが、この性格の悪い長男なのだ、ああ。

「じゃあ、俺《おれ》が今見たのは、寝ぼけて見た夢なのか？」

「こいつがレオンとレイチェルが作ったものに手をつけたからだよ！　いったい何様の……」

「お前、ガキか？」

「兄貴、何でいきなりふざ……」

エリアスがカッとなって言いかけた言葉が何であれ、肩に木刀を載せながら「やれるもんならやってみろ」と言わんばかりに凶悪な表情をしたジェレミーの前では、すっかり尻すぼんでしまった。

「……最悪すぎて腹へった」

ぎこちなくつぶやいて、屋敷に向かって爆風《ばくふう》みたいに疾走《しっそう》する勢いだったエリアスが、すぐに立ち止まり、私を見つめた。いったい何事かと思い、じっと見つめ返すと、ヤツは何とも聞き取れない声でぶつぶつ言い、しまいにはふらつきながら行ってしまった。実に水くさい後姿を物珍《ものめずら》しげに見つめたとたん、

「お前」

あっちゃー、ごめんね。危なくあんたの存在を忘れるところだったわよ。

「うん？　どうしたの？」

「……」

降り注ぐ朝の日差しのようにまぶしく輝く金色の髪《かみ》の下にある鋭《するど》い暗緑色の瞳が、私の顔を穴が開きそうなほど凝視《ぎょうし》した。自分で呼びかけておいて、何も言わず、じっと見つめているだけなんて、かなりヒヤヒヤするのだけど、私はじっと見つめ返すことにした。

過去に戻ってしまう前の、ムカつく結婚式事件のせいだろうか？　まだ少年の姿をしたコイツに接するのが、妙に気まずい。いや、気が引けるとでも言うべきかな。訳もなく私のほうが先に目を逸らした。

二人の間に沈黙が続いて、もう耐えられないと思った頃、ジェレミーがあまりらしくない慎重《しんちょう》な口調で口を開いた。

「お前、何考えてんだよ？」

「何のこと？」

「叔母さまのことだよ」

……これは新しいスタイルの言いがかりだろうか。叔母さまがここにいたいと言うからいさせてやってるのに、なぜいきなりそこを責める？　まったくろくでもないヤツ。こら、このクソガキ、そうしないと後で私を恨むんじゃないの！

「あんたたちの叔母さまじゃないの。双子もすごく懐《なつ》いてるみたいだし、当分、ここであんたたちと一緒にいたいって言ってるのよ」

「……」

ジェレミーはそれでもしばらく穴の開くほど私をにらみつけていた。そして私は突然、コントロールできない疲労《ひろう》を感じた。とにかくこやつらは何をどうしてやっても、私をねちねちといじめたがるんだから。最初から知ってれば……。

「夫人、夫人？　あら、ジェレミー」

私を捜しに来たらしいルクレツィアが、にっこり笑ってこちらに近づいてきたのはその時だった。甥のほっぺにキスをする彼女のうねる金色の髪は、少年のもつれた髪の色と完全に一致《いっち》していた。私よりもむしろ彼女が母親役にうってつけだと感じるくらいに。

「朝から訓練してたのね？　まったくお兄さまの子どもの頃とそっくりだわ。お腹《なか》空いてるでしょ、朝ごはんにしましょう」

叔母さまの打ち解けた挨拶《あいさつ》を素直に受け入れたジェレミーが、最後に私をちらりと見て、先に立って歩き出した。そうして後に残された私は、明るく笑っているルクレツィアに、手をガバッとつかまれてしまった。

「夫人はお食事なさいませんの？」

「いえ、私は……」

私は、夫が死んでから食事はほとんど自分の部屋で取っていた。子どもたちと一緒に食卓《しょくたく》につくと、すぐに戦争が始まってしまうから。

これ食べたくない、これ変なニオイ、みたいな文句が止まらない双子と、さっきみたいにねちねちと私をいじめようとする兄弟に囲まれて食事をするなんて。食べたものが鼻に入っているのか口に入っているのかわからなくなるんだから。

……ああ、私ってツイてない。やっぱりすべて譲ってしまって、気楽に生きる道でも探すほうがいいのかな？

「お話ししたいことがあるんですの。子どもたちのことですわ」

「家庭教師？」

子どもたちが食事をしている別館からやや離れたアトリエ。女二人で仲よく朝ごはんを食べている、一見それっぽい風景の中で、私はティーカップを下ろして目を大きく開いた。ルクレツィアはこうした反応を予想していたかのように、見目よく笑った。

「ええ、双子のことですわ」

「双子にはすでに何人かの家庭教師が……」

「それは私も存じています。私が言っているのは、デビュタントの講師ですわ。特にレイチェル、もう十歳じゃありませんか」

ハハーン、そっちの話か。

幼い令嬢の社交界デビューに備えた講師は、普通、十二歳頃《ごろ》からつけるものだ。それより早い場合もあるが、私も過去にはレイチェルが十二歳の誕生日を迎《むか》えてから、講師を招いた。今のレイチェルはまだ十歳。いささか早いと言える。

「まだ、ちょっと早いような気がしますわ。普通は……」

「普通のご令嬢なら十二歳頃から始めるでしょうね。でも、叔母としてちょっと心配と言いましょうか……。双子の仲がいいのは微笑ましいんですけど、好きにさせておく時期が長いと、悪いクセを直すのが大変になるんじゃないかと心配になるんですの。叔母の私にはレイチェルは愛らしいばかりですけれど、他の人の目にはそうは見えないでしょうから」

柔らかく言葉を続けたルクレツィアが、わかっているくせに、というふうに大きく瞬きして見せた。

何も言えないわね。どうやら叔母である彼女の目にもはっきり見えているらしい。双子が一度大暴れを始めると、頑丈《がんじょう》なビッテンベルク宮殿《きゅうでん》までめちゃめちゃになるという事実が……。

はっきり言って、二人のうち率先《そっせん》して悪さをするのはたいていレイチェルだった。レオンはどちらかというと、双子の姉がすることを何でも真似するのが問題だった。幸いレオンは、ある程度の年齢になると、子どものように暴れることはなくなったが、レイチェルは社交界にデビューするまで、まるで進歩がなかった。もしも私という公共の敵がいなかったら、多分レイチェルは社交界で嫌《きら》われ者で礼儀知らずの烙印《らくいん》を押されていただろう。

くすん、そう、私は娘のためにこの身を犠牲《ぎせい》にして悪役を引き受けたのだ……！　そういうことにしておこう！

「一理ありますわね。良《い》い方でもいらっしゃいますの？」

「もちろんですわ、マダム・ルアゼルとおっしゃる、その世界では有名な方がいらっしゃいますの。

幸い私と知り合いですので、快く引き受けてくださるはずです」

待ってましたとばかりに喜ぶルクレツィアを見ながら、私はしばらく悩んでいた。過去に私が招いたレイチェルの講師は、夫が生前親しくしていたバイエルン伯爵夫人だった。とても優しくて温和な人だったのを覚えている。

でも、マダム・ルアゼルは、名前は聞いたことがあっても、どんな人なのかは知らなかった。任せて大丈夫なんだろうか？

……まあ、有名なんだから、それなりのことはするでしょう。それに、ルクレツィアの言葉にも一理あるのだし。どっちにしても私はもうすぐ完全に手を引くことになるかもしれないのだから、早めに講師を入れても悪いことはないのではないか？　最悪、彼女がルクレツィアと組んで、子どもたちと私を仲違《なかたが》いさせたとしても、これ以上悪くなることはないだろうしね？

私は無頓着で冷たい気分にとらわれながら承諾《しょうだく》し、次の日からマダム・ルアゼルが定期的に侯爵邸を訪《おとず》れることになった。

巨大なノイヴァンシュタイン城が静かな暗闇《くらやみ》に閉ざされ、睡魔《すいま》が襲う時間。子どもたちがぐっすり寝ているこの時間に起きているのはいつものことだ。過去とは違う点があるなら、しつこく下がってくるまぶたをこすりながら、一文字でも多く読もうとするのではなく、書類仕事はさっさと終わらせて、考え事だらけの頭を抱《かか》えてぼーっとしていることだろうか。

「あのう、奥様……」

私が二日分の報告書を即断即決《そくだんそっけつ》で処理するのを黙々と隣《となり》で補佐していた執事長のロベルトが、遠慮がちに口を開いた。私は片手で頬杖《ほおづえ》をついて座り、虚空《こくう》を見つめた状態で返事をした。

「どうしたの？」

「……いいえ。もうお休みになってはいかがですか？」

「休んでいいわ。私は考えなきゃいけないことがあるから」

燭台《しょくだい》を持った執事長が、ドアのそばでためらっているのがはっきりわかった。どうしたの？　私があんまり早く仕事を処理するから、ホントにわかっているのか疑ってるの？

私は頭だけをすっと回して、ロベルトに向かって目を大きく開けて見せた。私の疑いの目に、忠実な執事長は一瞬お茶を濁《にご》そうとする素振《そぶ》りを見せたが、すぐに決心したかのように、悲壮《ひそう》このうえない目で、まるで想像もつかなかった言葉を口にしたのだった。

「奥様、差し出がましいようですが……大丈夫でございますか？」

「さあ、大丈夫じゃないことが何かあるの？　どうしたのよ？」

「……いいえ。では、おやすみなさいませ」

人をきょとんとさせておいて、あっさり引き下がる執事長様。私は首を傾《かし》げたが、ちょっと風に当たってこようと思い書斎《しょさい》を出た。真夜中の屋敷は文字どおり人っ子一人いないような静けさだ。以前はこの巨大な場所を毎晩徘徊《はいかい》して、空いている部屋を数えようとしていた。一階で宴《うたげ》が開かれていたら、上階の無数の部屋のどこかで殺人事件が起きても、誰も気づかないような荘厳な城塞。もちろん、実際にそんなことが起きるのは不可能だ。アリの子一匹《ぴき》通さないように、騎士たちが昼夜交代で見張っているのだから。

たぶん、過去には家の中で私といちばんよく顔を合わせていたのは、子どもたちでも、使用人でもなく、この騎士たちだったろう。

身分や社会的地位はともかく、純粋に当主の立場から見た使用人と騎士の違いは、たぶん雇用《こよう》の難しさだろう。忠実な使用人を大勢雇用するのは難しいが、忠実な騎士を配下に持つのはさらに難しい。

剣をくわえた獅子に忠誠を誓《ちか》い、黄金の肩章《けんしょう》をかけた騎士たち。当主が誰であれ、彼らは常にノイヴァンシュタインの先鋒《せんぽう》だった。……仮に彼らの忠誠が私ではなく子どもたちに向いていたとしても、その価値は決してお金には代えられなかった。

「……キャアァーッ！」

静かに黙礼《もくれい》をする騎士たちの前を通り過ぎ、前庭に出るなり私を迎えたのは、他でもない冷水の洗礼だった。

ザアァーッ！

頭のてっぺんから始まって、一瞬で全身がカチカチに凍《こお》りついた。ああ、ヨハンよ、神よ！　この感覚、ホントに久しぶりなんだけど⁉　頭を上げて上を見ると、思ったとおり、長く伸びたバルコニーの欄干《らんかん》に引っかけてあるバケツと、ダダッと内側に消えた双子の金色の影《かげ》が微かに揺れているのが見えた。まったく呆れてしまう。そう、そう、あんたたちが何日もおとなしくしてるわけないのよね！

「な、何だ!?」

「奥様!?」

「奥様、大丈夫ですか?」

私が悲鳴を上げたせいで、辺りはすっかり騒々《そうぞう》しくなった。あらあら、いたずらっ子のせいで夜中にすっかり大騒ぎになっちゃった。私はびっくり仰天《ぎょうてん》して飛び出してきた騎士たちを手で制して、中に走《はし》り込《こ》んだ。いや、走り込もうとした。

「何事だ?」

「ああ、坊《ぼっ》ちゃま……!」

あの子、こんな時間まで寝ないでいったい何してたの? 体の芯《しん》までずぶ濡れでぶるぶる震えている私の視界に、まだ普段着《ふだんぎ》のジェレミーの長い影が入ってきた。戸惑《とまど》いを通《とお》り越《こ》して呆れているヤツの相手をするのは気が進まないので、さっさと通り過ぎようとしたら、ヤツはいったい何を考えているのか、私の腕をつかんで引き止めたのだった。

「また双子か?」

そりゃ他に誰がいるって言うのよ、と言い返してやりたかったが、ガチガチとぶつかる歯の間から出てきたのは、まるで違う言葉だった。

「し、し、死ぬ……!」

我ながらとても情けなかった。お母さまは死ぬわよ、このバカ!

ジェレミーは戸惑いを隠せない表情だったが、それ以上何も言わず、私の肩に腕を回して歩き出した。彼がすでに私より背が高いから可能なことだった。

「グウェン！」

ジェレミーの大声にあわてて駆《か》けてきたグウェンは、溺《おぼ》れたネズミみたいな私の格好に仰天《ぎょうてん》し、あたふたと部屋の暖炉《だんろ》に薪《まき》をくべて、温かいお茶を出してくれた。着替《きが》えてもずっと寒いので、私は毛布でぐるぐる巻きになって暖炉の前にうずくまり、熱いお茶をフーフー冷ましながら飲んだ。

はて、しかし……。

「大丈夫か？」

……コイツはいつまでここでうろうろしているつもりなのだ？

「し、死にはしないみ、みたいよ」

歯がずっとぶつかっていて、しゃべるのもつらくてたまらない。夜中にとんだ災難だ！　まさかあの小悪魔《こあくま》みたいな双子が、こんな時間まで寝ずに私を狙《ねら》っていたことを予想できなかったとはうかつだった。ごめんね、二度とあんたたちのことを無視しないから……！

嘆きの涙を飲み込み、横目でちらっと見ると、そこには片膝《かたひざ》をついて座り、私をじっと見ている少年の真面目な顔があった。暖炉の火に照らされているせいか、暗緑色の瞳が私の目と同じくらい明るい若草色に見えた。

「次からはあんなことさせるな。お前が見逃《みのが》してやるからずっとああなんじゃないか」

どうかな、私がどう対処しようと、あんたの弟妹は最後まであんな調子だと思うけど。あんたとまったく同じで。……という言葉は口に出せないので、私は何も言わず、毛布の中で体をいっそう丸くした。

ジェレミーはそれでもしばらく私のそばに座って私を見つめてから出ていった。得体の知れない意味深な視線からやっと解放された私が、起き上がって千鳥足でベッドに近づき、ばったり倒れた時だった。

「奥様？」

「ああ、ありがとうグウェン。もう寝ても……」

「あのぅ、奥様」

「うん？」

ふかふかのガチョウの毛の枕《まくら》に埋もれた頭をスッと横に向けると、さっきのロベルトとよく似た風情《ふぜい》でドアのそばに立っているグウェンが見えた。あれ？

「どうしたの？」

「その……大丈夫でございますか？」

「何のこと？」

「……いいえ。おやすみなさいませ」

丁重《ていちょう》にあいさつをしてグウェンが出ていき、ぽかぽかした暖気が漂う部屋に一人残った私は、しばらくぼんやりドアを見つめた。

おかしい。みんな何だか少しずつおかしい。何で代わるがわるあんな突拍子もない質問をするの？私が大丈夫かどうかなんて、この時点ではなんの問題にもならないはずなんだけど？

「ハークション！」

くっそー、結局風邪《かぜ》をひいたみたいだ。いくら厚着をしてもざわざわと寒気がするのは、間違いなく風邪の症状《しょうじょう》だ。私のおでことうなじに手を当てたグウェンが、驚《おどろ》いて主治医を呼んでくると言い張った。

「まごうことなき風邪症状ですな。数日間、しっかり食べてよくおやすみになってください」

主治医殿《どの》が妙にしなしなした口調で診断《しんだん》したとおり、私は数日間ベッドの中で過ごした。私が部屋で寝ている間、ルクレツィアが何度かやって来て、快癒《かいゆ》を祈《いの》ってくれた。ヴァレンティノ卿も来てくれた。他に誰が来たのかはわからない。

初めは咳と寒気だけだったのに、しまいには高熱が出た。熱でうなされてずっと寝ているうちに、夢と現実の境目が曖昧になった。このまま死んでしまうとしたら、私は過去で目を閉じるのか、それとも、私が知っている未来に戻るのか……。

「偽者ママ、また仮病《けびょう》？」

……このもっさりした声は誰かしら。どこかで聞いたことがあるんだけど。ああ、そうそう、うちの末っ子レオンだわ。コイツ、誰のせいで私が寝込《ねこ》んでると思ってんの？　いや、それより、何でこの子がここに入ってきてるの？

「……ウェン、グウェン！」

「奥様？　あらまあ何てこと、坊ちゃま、ここにいらしてはいけませんよ」

「何で？　ぼく、何にもしてないのに……」

「うつったら大変です。すぐにこちらへ」

幸いレオンは、普段のように我を張らず、素直に出ていった。私はうつらうつらし続け、寝ては起きてを繰り返し、しまいには横から聞こえてくる話し声に反応する元気さえなくなった。

「ホントに死んでるみたい」

「シッ！　声が大きい」

「エリアス兄さま、偽者ママも死んじゃうの？　じゃあ、パパみたいに土の中に入るの？」

「死ぬわけないだろ？　具合が悪いだけだよ。プッ、何てザマ……」

……我らが礼儀知らずエリアスと、天下無敵のぐずりチャンピオン、レイチェルの極《きわ》めて不道徳な会話も、そのまま聞こえないフリをしてしまった。メイドを呼ぶ元気もなかったのだから。ハァ、こいつらホントそれ病人の前で言うことかって！

「ずいぶん具合が悪そうだな。本当にただの風邪なのか？」

「熱が下がれば大丈夫でございます。ご心配いりませんよ、坊ちゃま」

つらくて昼夜を分かたず寝ている間、現実と過去——あるいは未来がぐちゃぐちゃに入り混じった夢に苦しんだ。熱が下がるまで、きっかり十日かかった。私がベッドでうなされている間、必死で看病したせいか、グウェンの目の下にはクマができていた。

「ようやく熱が下がりましたね。本当によかったです」

「ええ。その間何事もなかったわよね？」

たった十日で何があるのかと思うだろうが、身についた習慣で特に意味もなく訊いただけなのに、着替えを手伝ってくれているグウェンの手が一瞬止まったような気がした。

「グウェン？」

「ああ、ええ、ええ。お腹がお空きでしょう？　すぐに食事をお持ちいたします」

……何だろう？　この突拍子もなく怪《あや》しい感じは？　私の目はごまかせない。我《わ》が忠実なメイド長と長い歳月苦楽をともにしてきた私の勘では、今の彼女の態度は、何かを隠そうとしてはぐらかしているというより、自分でも確信が持てなくてお茶を濁しているという様子だ。

……それとも、私が病《や》み上《あ》がりで敏感《びんかん》すぎるのだろうか？

「奥様……？」

半ばぼんやりしながらも疑念でいっぱいの気分だったが、ふと気がつくと、いつのまにか私は部屋を出て、西の別館の食堂に向かっていた。いったいどうしてここにいるのかわからなかった。何かが私をたぶらかしているのだろうか？

「治ってよかったですね」

頭を振ってすっきりさせようとした。手すりにツタが彫られた華やかな階段と大理石の胸像が、今さら他人行儀《たにんぎょうぎ》に見えた。戸惑う私の視野に、いつものように別館の入り口を守って立っている騎士たちの姿が入ってきた。私はすたすたと歩いて入り口から中に入った。そして、半ば衝動的《しょうどうてき》に振り返った。得体の知れない微妙《びみょう》な視線で私の後頭部を凝視していた騎士たちが、あわてて目を逸らした。

……アイツら、いったい何なの？　この見当がつかない雰囲気はいったい何？　どこがどうおかしいと定義するのは難しいが、間違いなく釈然《しやくぜん》としない感じが空気中に漂っていた。一種の不安だろうか、それとも動揺《どうよう》だろうか……？

そしてそれは、十数年間この屋敷のすべてを扱《あつか》ってきた私にも、なじみなく感じるものだった。間違いなく夫が死んだ直後でさえこれほどでは……いや、私が敏感になっているのだろう。

食堂の中にすたすたと歩いて入っていくと、子どもたちと一緒に食事をしていたルクレツィアが、席から立ち上がって大げさに私を迎えた。

「まあ、夫人。全快おめでとうございます！」

「ありがとう。何事もなかったかしら？」

「何もありませんわ。さあ、おかけになって」

優しく私の手の甲をトントン叩《たた》くルクレツィアに微笑んで見せ、席に着くなり、焼きニンジン相手に勇敢《ゆうかん》に格闘していたエリアスが、チラッと視線を投げ、ぶっきらぼうにつぶやいた。

「今にも死にそうになってたくせに、生き返ったな」

「エリアス、お母さまにその口の利《き》き方は何？」

ルクレツィアが優しく釘《くぎ》を刺《さ》す声に、私はただ目をギュッと閉じていた。おやまあ！　優雅な伯爵夫人、そんなお言葉は控えたほうが、みんなの平和な朝食のためにはいいと思いますわよ！

しかし、心の中で地団太《じだんだ》を踏《ふ》む私の心配が色あせるほど、エリアスは普段のように「何であれが母さんなんだよ」と言いがかりをつけたりせず、ニンジンとの格闘を仇討《あだうち》のように続けるだけだった。私が今日はお日様が西から昇《のぼ》ったのかと、窓の外を見つめたのは言うまでもない。

あの傍若無人さはどうしたの？　私が病気だったからと優しくなるようなヤツじゃないのに……。

ああ、叔母さまの前だからね。

食事の世話をするメイドが私の食事を用意する間、私はエリアスの隣に並んで座っている双子のほうに視線を投げた。入浴したてなのか、きれいにカールした金色の髪を輝かせて、クランベリーサラダを突《つつ》いている姿がとてもかわいくて、愛らしく見えた。……もちろん、あの天使のような見た目にだまされてはいけないことは、今ではよくわかっている。

「ジェレミーは？」

「ジェレミー兄さんはもう食べ終わったよ」

ルクレツィアに訊いたのだが、答えたのはレオンだった。片手でサラダをかき回しながら、その大きなエメラルド色の瞳で私をチラ見する姿がよその子みたいで、まじまじと眺めてしまったのだが、隣で同様にサラダをかき回していたレイチェルが、いきなりフォークを置いてきっぱり言い切った。

「これ、食べたくない」

はいはい。そうでしょうね。もう驚きもしない。双子が食事の時間に大騒ぎするのは、今に始まったことじゃないから。……いや、改めて思ったのだが、もしかしたら私の前でだけわざとそうしていたのかもしれない。

「あら、レイチェル、さっきまでおいしそうに食べてたでしょ。おかずに文句を言ってはいけませんよ」

ふぅ、優しい叔母さまが相手をしてくれるなら放っておこう。今はとても口ゲンカする気には……。

「偽者ママ、食べたくないって言ったの聞こえた？」

「レイチェル！」

ほほう、これが麗しい叔母さまの力、血縁《けつえん》のなせる業《わざ》ってわけ？　まったく驚いたことに、レイチェルは何も言えなくなった。そのかわり、フォークを騒々しくお皿に叩きつけ、ご機嫌斜《きげんなな》めをアピールした。私が感嘆《かんたん》しているのを感じたのか、私のほうを見たルクレツィアが、実に満足そうに笑みを浮かべて見せた。

「お加減がよろしければ、午後からご一緒に出かけませんこと？　ちょうどマダム・ルアーブのサロンから招待状が届いたのですけど、もうそろそろお出かけを始めてもいいと思いますわ」

「ありがたいけど遠慮しますわ」

「家の中にばかりいらっしゃると精神的に疲れてしまいますわ。悲しみは人々と分かち合って、社交界にもお出かけにならなくちゃ。夫人もこうして見るとまるで少女のようですけど、マダム・ルアーブの冬の新作ドレスのラインがとても好評なんですのよ」

まったく正しい言葉だった。とても優しい発言でもあるし。でも、なぜ私は気が進まないのか？　計画どおりに進めるには、ルクレツィアと一緒に今から社交界に居場所を作っておくほうが有利なのに。

「まだ体の具合がよくないんですの。この次はご一緒しますわ」

「そうね、そうしましょう。この次はきっとご一緒しましょうね？」

食事を終えると食堂から出て書斎に向かった。十日間ためた書類をさっさと片づけるには急がなければ。……まったく、身についた習慣というのはどうしようもないもののようだ。仕事をさっさと終わらせないと気が済まないなんて、ああ。

ところで、もうこんなに時が流れたとは。貴族院の議会に出席する日が近づいているのだから……。不安だとか、怖《こわ》いとかではない。多くの枢機卿と貴族のうち、誰が私に敵対的で、誰が役に立つのか把握《はあく》しているから。まず、過去、私にいちばん好意的だったのはニュルンベル公爵だ。彼にもう一度会えたら……。

問題はそこまで考えた時に発生した。飲んではいけない薬でも飲んだのではないかと思うほどだった。階段と廊下《ろうか》を歩いている間、四方に感じる視線で全神経が逆立った。

辺りに使用人と騎士がいるこの荘厳な屋敷に初めて来たわけでもなく、この九年間うまくやってきたのに、なぜ今さら過敏になるのか？　それとも気にしすぎなだけだろうか？　空気中に漂う見当のつかないこのすっきりしない雰囲気は、いったい何なのだろう？　病気が治った時点でこんな不穏《ふおん》な空気が漂う現象は、どう見ても私が起き上がれないことを望んでいる証拠《しょうこ》ではないのか？

……まさか、ホントにそうなの⁉

いや、気をしっかり持とう。私がムダに過敏になっているのだ。そう、過去には一度もこんなことなかったもの。夫が急に倒れた時も、子どもたちが病気だった時も、私が病気だった時も……私が雇用契約《けいやく》した愛人を連れ込《こ》んだ時でさえ、これほど屋敷中を急き立《せた》てる動揺はなかったのに。

「あのぅ……」

「何なの？」

後ろからいきなり聞こえてきた声に思わず驚いて目を丸くした。しかし、すぐに相手が騎士だという事実に気づいて、すぐに表情を緩《ゆる》めた。

「どうしたの？」

騎士が私に近づいて声をかけることなど普通はなかった。彼らの任務はこの屋敷と主人を徹底《てってい》して守ることで、報告と嘆願はすべて騎士団長を通し、その後、報告書を作って当主に報告することになっていた。書面の報告は、騎士団長と副団長に限った権限であり、騎士たちもスキャンダルには徹底して気をつけていた。

ところで、ようやく十代後半程度にしか見えないこの若い騎士が、いったい何のためにためらいの表情を見せながら、私を引き止めたのだろうか？

「ハンカチを……落とされました」

用心深く伸ばした騎士の太い指には、レース飾《かざ》りのついたかわいらしい黄色のハンカチがあった。私はそれを受け取るかわりに騎士の目をじっとにらみつけた。だって、こんなダサいデザインのハンカチは絶対私のじゃないから。もしも血気を抑えられない騎士が私に恋をして、口説いたのだと勘違いしたとしても、私を責める人はいないはずだ。

しかし、その瞬間、私の頭の中にパッと浮かんだ考えは、そんな色っぽい勘違いではなかった。

「ありがとう」

微かに笑ってハンカチを受け取ろうと体を前に傾《かたむ》けた。体を戻したその瞬間に、とても低いささやきが耳元をかすめた。

「団長がお目にかかりたいそうです」

……これは何事か。ミステリアスなお誘いだこと。

騎士団長が私に会いたいなら、手続きは簡単だ。執事長に申し出て、私のところに来ればいい。なのにこの見たことも聞いたこともない、ムダに秘密めいた用心深さの理由は何なのだろう？　いったい何がどうなって、騎士団長が執事長を信用できない怪奇現象が起きているのか？

いつのまにか脈が速くなっていた。私はそそくさと歩き始めて書斎に向かった。

「ロベルト！」

「お呼びですか、奥様。全快おめでとうご……」

「今すぐ騎士団長とメイド長を呼んでちょうだい。できるだけ人目につかないように」

他の人はともかく、執事長のロベルトとメイド長のグウェンは、私が確実に信じられる人たちだ。

騎士団長のアルベルンも同じだった。静かな水面下で正確に何が起きているのか、三人を呼んで聞けばわかるだろう。私の声音《こわね》に尋常《じんじょう》ではない様子を感じたのか、ロベルトは何も訊かず、すぐに任務を遂行《すいこう》した。

マホガニーの机を指でトントン叩きながら、どれくらい待ったのだろう。緊張《きんちょう》した顔で三人が順々に入ってきた。私は彼らに座るように指示し、ドアを閉めた。

ロベルトとグウェンが、焦燥《しょうそう》と疑念が入り混じった顔で視線をやり取りしている間、アルベルンは静かに私を見つめていた。落ち着いた水色の目元に、推《お》し量《はか》るような光が宿っていた。以前は彼の険しい外見だけで怖がっていたこともあったけれど、今は彼が誰よりも名誉《めいよ》を重んじる騎士だということを知っている。

「アルベルン卿」

「はい、奥様」

「ハンカチは誰の好みかしら？」

「……」

寡黙《かもく》な騎士団長は一瞬、言葉に詰まった。私は短いため息を吐《つ》き、他の二人を見た。

「グウェン、ロベルト。あなたたちも何かを知っているの？」

「はい？　奥様、恐縮《きょうしゅく》ですが、どのハンカチのことをおっしゃっているのか……」

グウェンとロベルトの面食らった顔は真実だった。アルベルンはなぜかためらうようなまなざしで二人をチラチラ見ていた。まあ、無理もない。今はまだ、私たちの間に信頼《しんらい》が生まれる前だから。

「アルベルン卿、あなたが誰より名誉を重んじる騎士だというのはよくわかってるわ。本当にこの家のために尽《つ》くしていることもね。もし、この二人に疑わしいことがあるなら、私を信じてこの場で話してちょうだい。今あなたが隠していることが子どもたちと関係のあることなら、一時の猶予《ゆうよ》もないはずよ」

代々この家に仕えてきた執事長とメイド長は、情けない顔で騎士団長を見つめていた。そして、同様に忠実な騎士団長は、私の目を穴の開くほど見つめていたが、ついに例の太い声で口を開いた。

「奥様は、ある程度ご存じなのかと思っていました」

「何を？」

「私が出しゃばることではありませんし、奥様が黙認《もくにん》されているのではないかと思い、ずっとためらっていたのですが……」

「だから何のこと？　私が何を黙認してるの？」

「……」

「もしや、ヴァレンティノ卿やセバスティアン伯爵夫人と関係があるの？　私があの二人を受け入れたのは、子どもたちにできるだけ早く安定を取り戻《ともど》してほしいからなの。でも、今あなたたちの雰囲気を見ていると、その逆になってるようなんだけど、いったい何が起きてるの？」

妙な静寂《せいじゃく》が流れる中で、三人はしばらく視線をやり取りした。そして、アルベルンがさっきとはまるで違う、妙な戸惑いを含《ふく》んだ口調で言葉を続けた。

「その……奥様、何人かの騎士から報告がありました。毎日、午後にヴァレンティノ卿がやって来て、エリアス坊ちゃまに剣術を教えているのは奥様もご存じですね」

知ってるも何も。私が承諾したことだもの！

「差し出がましいようですが奥様……ヴァレンティノ卿がエリアス坊ちゃまにしている訓練の度が過ぎていると言うのです。もちろん、本当に私どもが立ち入ることではないのはわかっておりますが……」

「叔父と甥の間のことだとしても、家臣として憂慮《ゆうりょ》するのは当然のことよ。それで？」

「恐縮です。エリアス坊ちゃまが毎日ひどい体罰《たいばつ》に苦しんでいるようなのです。奥様もご存じでしょうが、亡くなった侯爵閣下も、生前坊ちゃまたちにあのように接したことはありませんでしたので、これは……」

　血の気が一瞬で引くというのは、こういう感覚なのだろうか？　私はしばらく目を閉じて深呼吸した。落ち着こう。ふぅ……、とりあえず落ち着こう。頭を整理して、理性的に考えよう。

「アルベルン卿」

「はい、奥様」

「あなたに対する私の信頼は確かだけれど、この話には盲点《もうてん》がたくさんあるということは指摘《してき》しておくわ。エリアスがおとなしく殴《なぐ》られているような子じゃないのはわかるわよね。間違いなくすぐに私の耳に入ってくるはずよ」

「ええ、私も耳を疑いました。エリアス坊ちゃまが騎士たちに口止めをしたと聞きましたので」

「口止めをした？」

「はい。誰にも知らせるなと箝口令《かんこうれい》を敷かれました」

　私は呆気《あっけ》に取られるしかなかった。エリアスがどうしたって？　どうしてそんな似合いもしないことをしたの？　……まさか、プライドのせい？　プライドが何だっていうのよ？　まったくあの子ったら！

私はもちろん、夫も生前、子どもたちを殴ったことはない。……実は以前に一度エリアスのほっぺを叩いたことはあるけれど、とにかく、父親にも殴られたことがないのに！

ぐつぐつと怒《いか》りが湧き上がり、頭を抱える私に注目していたアルベルンが、静かに咳払《せきばら》いした。

「それと、奥様。これは個人的におうかがいしたかったのですが……」

「うん？」

「奥様が出ていくかもしれないという噂を聞きました」

「……何を言ってるの？」

今度こそ、私の目がまん丸になった。文字どおり気が抜けた私を前にして、三人は再び視線をやり取りした。次に口を開いたのはロベルトだった。

「奥様、それでは出ていくつもりはなかったのですか？」

「今あなたたちが何を言っているのか、一つも理解ができないわ」

「お、奥様。では、ずっとここにいらっしゃるのですね？」

グウェンまでが加わる、この荒唐無稽《こうとうむけい》な現象をどう表現すればいいのだろう？　もちろん、腹の中では出ていったほうがマシかもしれないと、何十回も思ったけれど、一度も口に出したことはなかったんだから！　本当に出ていくとしても、私の好きな時に、いちばん適切だと思う瞬間に出ていくのだ。クソ野郎《やろう》たちの期待に合わせて出ていくのではなく。

「いったい誰が……待って、待って。そう。みんな私が出ていくと早合点《はやがてん》していたわけね？」

こっくんこっくん、ほほう？

「そんな話を誰に聞いたの？」

「その……坊ちゃまとお嬢《じょう》さまが、それらしい質問をなさったもので……」

「いったいなぜ今までそのことを私に一言も言わなかったの？　ロベルト？　グウェン？　アルベルン卿？」

しばらく間があった。水を打ったような静寂が数秒流れ、どこかぼんやりとした目で私を見ていた三人が、先を争って大声を出した。

「私は確かに何度も奥様に書面で報告するべきだと、執事長に申し出ました。しかし、この半月、ただの一度も、そしてどうやら使用人たちが買収されたようで、今日このような……」

「何、それは本当ですか？　奥様、私は騎士団長がおっしゃっている要請書《ようせいしょ》を見たことがありません。エリアス坊ちゃまの話も初耳なのです。これはいったいどうしたことか……」

「恐縮です、奥様。私も同じです。奥様が出ていくかもしれないと思って焦《あせ》りはしましたが、うかつに訊けないと思い、それに臥《ふ》せっておいででしたし……」

愛想笑《あいそわら》いが出るとはこのことだ。腹が立っているのに笑いが出るとは、まったく皮肉だ。ようやく今までの何如んともしがたい雰囲気が理解できた。絶えず私の顔色をうかがっているようなメイド長と執事長、何だか釈然としない騎士たち、屋敷の中に漂っていた奇異《きい》な動揺……。

「とりあえず、三人とも知らんぷりしていなさい。ロベルト、昼休憩《ひるきゅうけい》の時間に合わせて使用人を全員招集してちょうだい」

「エリアス！　あなた、エリアスを見なかった？」

「い、いいえ、奥様……」

なぜこういう時にエリアスもジェレミーも部屋にいないの？　一瞬でもおとなしく家にいたら何か損するわけ？　屋敷の中をさまよった挙句、ついに演武場に飛び込んだ私のなりふり構わぬ姿に、のんびりと剣を磨きながら雑談していた騎士たちが、気絶しそうになったのは言うまでもない。

「お、奥様？　どうなさいま……」

「エリアス！　エリアスを見てない？」

「え？　ああ、エリアス坊ちゃまでしたら、たぶん裏庭のほうへ……」

驚いている騎士たちを後にして、私はすぐに裏庭に走った。今、私の姿がどう見えているかは重要ではない。重要なのは……！

「エリアス！」

エリアスは本当にそこにいた。いたことはいたが、ジェレミーもそこにいた。正確に言うと、二人は適当に噴水台《ふんすいだい》に腰かけて、とても深刻そうな顔で会話していた。その姿を見て、本当に呆れてしまった。

「エリアス！」

ようやく私の呼ぶ声が聞こえたのか、ビクッと頭を動かしたエリアスが立ち上がった。と思ったら、こいつめ、いきなり逃《に》げるつもり？

「どこに行くの？　戻りなさい！」

「や、やだね！　いきなり何の騒ぎだよ」

「エリアス・フォン・ノイヴァンシュタイン！　いつまで逃げるつもりなの？」

「自分だったら止まるのかよ！　く、来るな！」

年齢差を勘案《かんあん》しても、私の脚でエリアスの脚に追いつけるはずがなかった。しかし、神の助けか、やみくもに逃げていた子が、次の瞬間、草の根につまずいて見事に転び、私は飛び込むように走って彼を捕《つか》まえたのだった。

「うわぁっ！　な、何すんだよ⁉」

「何するですって？　なぜ私がここまですると思う？　私も教えてほしいわ！」

私のどこにこんな力があるのか自分でもわからない。悲鳴を上げまくるエリアスの肩を片手で押さえつけ、もう片方の手でシャツの裾《すそ》を引き上げる私の無遠慮《ぶえんりょ》な行動を死んだ夫が見たら、間違いなく十字を切っただろう。

そしてやれやれ、何てこと、証拠はここに手つかずで残っていた。十三歳の少年の、まだ軟弱《なんじゃく》な背中につけられた、色とりどりのあざの数々。

「放せ……」

「この……マヌケが、隠してれば誰にもわからないと思ったわけ？　何で言わなかったの？　何で我慢《がまん》してたのよ？　普段はあんなに強いフリ偉いフリしてるくせに、何で素振りも見せずにやられっぱなしだったのよ！」

込《こ》み上《あ》げる怒りを何とか抑えて鋭い言葉を投げつけると、私の下でもがいていたエリアスが目を丸くした。その姿にますます呆れてしまった。このガキどうしてくれよう？

腰をつかむ手を感じると思ったら、体がいきなり持ち上げられた。

「あのさ、とりあえず落ち着いて……」

「放しなさい!?」

「いや、まず俺の話をき……おおっ！　待て、待ってくれ、シュリー！　落ち着いて、説明を聞いてくれよ！」

「あんたも同罪よ、このバカ息子《むすこ》！」

生まれて初めて大事な大事な長男の背中を殴りまくる光景もまた、死んだ夫が見たら、十字を何十回切っても足りないだろう。同様に、まったく想像もしていなかった珍奇《ちんき》な出来事を体験中の当事者は、よほどうろたえているのか、私を止めることも突き放すこともできずにわめき散らした。

「おおっ！　落ち着けってば！　ど、どこ叩いてんだよ！　落ち着け！　そんなんじゃないんだってば！」

「何がそんなんじゃないのよ！　この救いようのないバカ息子ども！　お父さまがどんな思いでいたか知ってるの？　普段私にしていることの半分でもすればよ……」

「そしたら、出ていくじゃないか！」

出し抜けにわめくエリアスの蛮行《ばんこう》に、私は一瞬、言葉を止めて瞬きした。十代前半の少年の歪《ゆが》んだ暗緑色の瞳に、いつのまにか涙がたまっているのがようやく見えた。

「何を偉そうに……」

「オレ、ぜ、全部知ってるんだぞ！　どうせアンタは好きで父さんと結婚したんじゃないんだろ！　好きでここにいるんじゃないんだろ！」

「……はぁ？」

「オレたち、オレたちのせいで毎日つらくて、そんなことわかってんだよ！　アンタが、アンタがオレたちのこと嫌《きら》いで、めんどくさいと思ってるのだって！　だから……だからオレたちが軟弱で行儀《ぎょうぎ》の悪いクズだってのも知ってるし、だから変わらないとアンタも、アンタも父さんや母さんみたいにいなくなっちまうんじゃないか！」

血を吐くように大声でわめいたエリアスが、ついに涙を流し始めた。この夢にも想像できないようなとんでもない光景に、私は信じられないものを見るような目でジェレミーを見た。

私にボコボコにされた背中をさすっていたジェレミーは、咳払いをして視線を避《さ》けた。まるで彼らしくない行為だったことはあえて言うまでもないだろう。

「……だから、俺も確信が持てなかったんだよ。このバカがそうだって言ってきかないから、聞き流すわけにもいかなくて……」

「うぅーっ……オレが、オレがどうしてバカなんだよ！　そういう兄貴は！　うぇーん……」

「おい、だったらお前こそさっさと白状しろよ。俺を捕まえてうじうじすがりついたのお前じゃないか、この我が家の恥さらしが！」

こんな時でもうなるのだけは絶対にやめない獅子の子たちの様子を見ながら、私は誰かにカナヅチで後頭部を強く殴られたような感覚にとらわれた。冗談《じょうだん》ではなくホントに、頭蓋骨《ずがいこつ》がガーンと鳴った。

なぜ……？　いったいなぜ今さら……？

いや、今変わったわけじゃない。もしかしたら最初からこうだったのかも。過去の幼い私が気づいていなかった事実が、今の私の目に映っているのかもしれない。少なくともまだこの子たちは、母親に続いて父親まで亡くしたばかりの子どもに過ぎないという事実が。

ああ、そうだ。過去には知りようがなかったのだ。私も幼かったのは同じだし、こんなふうに会話をしたことがなかったのだから。子どもたちが何を考えているのか、どんなふうに成長しようとしているのか、これっぽっちも知らないのは当然だった。

怒りと切なさ、憐《あわ》れみの感情が入り混じり、理由がわからないまま胸がうずいた。同時に自分自身にも腹が立った。まだ起きてもいない未来の事件にとらわれて、いったい何をしでかしたのか。結果的に永遠に消えない傷が残ってしまった。

はぁ、過去の私の選択が正しかったということを、こんなふうに証明してもらおうとは思っていなかったのに……私のミスだ。

「叔父さまがそんなことを言ってるの？」

静かに訊くと、泣いていたエリアスが肩をひくっとさせてうなずいた。ため息が出た。同時にそんな言葉を幼い少年の耳元でささやいたヤツに対する怒りが込み上げた。

「ところで、どうして私に訊かなかったの？」

「……オレ、オレは……」

「どうして勝手に判断するのよ」

不憫《ふびん》なエリアスが鼻をすすっている間、ジェレミーは足で何の罪もない芝生《しばふ》を踏みつけていた。輝く秋の日差しが少年たちのもつれた髪の毛を微かに染めていた。

「よく聞いて。私は……あんたたちがとっても自分勝手で生意気で、傍若無人なヤツらだと思ってはいるけど、一度も厄介《やっかい》なクズだと思ったことはないわ。いいわね？　他人の言うことは気にしなくていいの。それと、私はどこへも行かない。いつかはそうなるかもしれないけど、今は違うの」

今まで考えたこともない言葉が勝手に口をついて出た。私をあわてて見つめる暗緑色の視線を感じて、私は激しく息を吸った。

「戯言に耳を傾けたところを見ると、あんたたち、私に気が咎《とが》めてるのね」

「……ヒック」

袖《そで》で涙を隠していたエリアスがしゃっくりをした。ジェレミーは頭をかいて咳払いをしたと思うと、珍しく心和むような笑みを浮かべて、私の目を真っすぐ見た。

「じゃあ、やっぱりホントに戯言に過ぎなかったんだな？　ホントに出ていく気はないんだろ？俺たちが勝手に騒いでただけなんだよな？」

天の父よ、母よ！　今のジェレミーは知っているだろうか？　今、私の目の前でいたずらっぽく笑っている少年が、成長して二十一歳になれば、私を出ていかせる張本人になることを。

もちろん、知るはずもない。私だって信じられないんだから。それでも、皮肉な気分になるのはどうしようもない。それとも、ここにも何か私が見逃していることがあるのだろうか？

「あら、性質《たち》の悪い継母には、さっさと出ていってほしいの？」

腰に手を当て、わざとあてつけがましい口調で一喝《いっかつ》すると、ヤツは肩をすくめて、クックッと少年らしく大笑いした。

「そんなんじゃないよ。ああ、ガラにもなくくよくよしちまったな……。これも全部お前のせいじゃないか、このバカ野郎！」

「ヒック……！　何でオレたちのせいにするんだよ！　そ、そういう兄貴はどれだけ自信あったのさ！　ふぇーん！」

待って、「オレたち」ですって？

「それだけ？」

「うん？」

「あんたたちが隠してたのはそれだけかって訊いてるの。他には何もないのね？」

「俺が知ってるのはこれで全部だけど」

ジェレミーの返事は実に迅速《じんそく》だった。一方、エリアスはそうじゃなかった。赤毛の少年はめくれ上がったシャツをもぞもぞと引き下げ、うつむいていた。過去のいつだったか、エリアスが第二皇子をぶん殴ったおぞましい事件の当日でさえ、もっと堂々としていた。

「エリアス？」

腕組《うでぐ》みをした私と、何か尋常ではない気配を感知したジェレミーが、並んでにらみつける中で、エリアスは一瞬カッとして何か叫《さけ》びそうな勢いで頭を上げたが、すぐに弱々しくもじもじした。

「……レイチェルが……ヒック、だから、叔母さまが連れてきたあの鬼ババアだよ」


貴族の中でもお金が腐《くさ》るほどあり余っている富裕《ふゆう》な貴族が、趣味《しゅみ》で収集する華やかでオリエンタルなタペストリー装飾《そうしょく》のある豪華《ごうか》な応接間。

本館の応接間とは違い、もっと個人的で緊密《きんみつ》な対面をする時に使うこの場所に、今、私とルクレツィア、そしてヴァレンティノ卿が顔を合わせて座っていた。

私の突然の呼び出しに、双子と鬼ごっこをしていたというルクレツィアも、普段どおり甥の訓練のために訪問したヴァレンティノ卿も、面《つら》の皮厚くにっこり笑っていた。何を大げさなとでも言うような態度。そしてそれは私も同じだった。

「早速《さっそく》ですが、申し上げます。今日、この時間をもって、お二人は二度とこのお屋敷に足を踏み入れることはないでしょう。ご兄弟方にもそうお伝えいただければ、私の手間が省けてとても楽ですわ」

しばし静寂があった。ルクレツィアもヴァレンティノも、私の言葉の意味をちゃんと理解していないように見えた。というよりも、自分たちが聞き取った言葉を、本当に私が口にしたのか疑っているような表情だ。

かなり妙な沈黙がしばしあって、まず口を開いたのはルクレツィアだった。優雅な伯爵夫人は、指先で金色のくせ毛をねじりながら、青緑色の瞳を大きく瞬きしてみせた。

「いきなり何のお話ですの、夫人？　もしや、私が何か粗相《そそう》でも……？」

まったくすっとぼけた演技だった。私はその演技に拍手《はくしゅ》を送る意味で、柔らかい笑みを浮かべた。

「使用人を買収したのにには驚かされたと言うべきでしょうね。まるで自覚がありませんでしたから、よくご存じでしょうけど」

「いったい……」

「ああ、わかりますわよ。ご兄妹の中でいちばん若いお二人ですもの、ずいぶんいじめられたんでしょうね。おかわいそうに、惨《みじ》めすぎて大人になっても忘れられずに幼い甥や姪《めい》に八つ当たりするなんて」

ずるずる引きずりたくもなかったし、見《み》え透《す》いた虚礼《きょれい》や虚飾《きょしょく》はとっとと退けたかったので、わざとよどみない口調で話すと案の定、高尚《こうしょう》なルクレツィアの顔が一瞬で真っ青になった。ヴァレンティノ卿は片手で妹の肩を守るように抱《だ》き寄せたが、すぐに冷淡《れいたん》な緑色の瞳で私をにらみつけた。

「お言葉が過ぎますな。そっちこそ、まともな教育を受けたのか疑わしい」

「疑わしいのはそちらのほうですわ。ちょうど今、そちらの名前を系譜《けいふ》から外してしまおうと真剣《しんけん》に考えているところですの。そうしたらとても残念だと思いますけれど」

今のヴァレンティノの顔は、何と表現していいかわからない。怒りと戸惑いがごちゃ混ぜになったと同時に、自分の耳を疑っているような、もやもやした顔……赤くなったり青くなったりしているのがこっけいなのは間違いない。

「そんな権利が……」

「私の言うことが信じられないようですわね。誰かさんの言うとおり、二年も育てた子どもたちを捨てて出ていこうとしている冷血な女に、できないことなどあると思って？　そうでしょう？　どうか二度とお目にかかることがないように祈ってますわ。純粋に、そちらの安楽のためです」

「この……身《み》の程《ほど》知《し》らずの娼婦《しょうふ》め！」

行動を開始したのは、予想外にルクレツィアだった。普段の高尚な仮面を脱《ぬ》ぎ捨《す》ての変貌ぶりは、やはりノイヴァンシュタインの血筋だなあと感嘆するほどだった。

「レディー・セバスティアン、私はあなたの鼻垂れ小僧《こぞう》の甥や姪じゃないんですのよ。言葉にお気をつけあそばすのが身のためだと思いますわ」

微笑みをキープしながらあてこする私の態度に、すぐに立ち上がったルクレツィアが長い腕を伸ばし、私の頰を叩いたのは、まさに一瞬の出来事だった。

「ケツの青いガキが誰に向かって偉そうに!?」

……ここまで自制心がないとは想定外だったと言うべきだろう。確かにこの家の血筋だ。殴られるのが久しぶりすぎて、むしろ新鮮《しんせん》な気分だった。私はしばらく瞬きをしていたが、同じように手を上げて、ルクレツィアの頰を思いっきり叩いた。彼女と同じくらい激しく。

殴り返されるとは思っていなかったのだろうか？　青緑色の瞳が飛び出そうになったのには驚いた。騎士たちにはどんな音が聞こえても入ってくるなと指示しておいたからよかったものの、そうでなければとんだ醜態《しゅうたい》を見せるところだった……。

「この鬼ババァー！」

その瞬間出し抜けに聞こえてきた、まるで想定外の強気な叫《さけ》び声《ごえ》に、私も、ルクレツィアも、ヴァレンティノも、一瞬、約束でもしたように同じ顔になり、同時にドアのほうを見てしまったのは当然だった。

……まさかそんな、私は確かに誰も入れるなと厳命したのに！　もちろん騎士たちが子どもたちを物理的に止めるのは不可能だけれど、それにしても……！

意外な状況に戸惑っている暇《ひま》もなかった。止めようとする騎士たちを振り切ってどっと押し寄せた三人のうち、先頭のレイチェルがすぐにルクレツィアに飛びかかり、それこそ雌《め》獅《す》子の咆哮《ほうこう》を吐き出したのだ。

まるで観客に待ちに待った喜劇の結末を見せるために、最高の実力を発揮する役者のように叫びながら、容赦《ようしゃ》なく拳《こぶし》を振り回し、噛みつき、蹴りを入れたのだった！

「この性悪鬼ババア！　何で偽者ママをいじめるの？　何で偽者ママを怒らせるのよ！　パパは偽者ママが大好きだったんだよ！　私たちよりずーっと好きだったんだから！　叔母さま何で偽者ママの悪口言って殴るのよ！　地獄《じごく》に落ちろおお！」

ルクレツィアが悲鳴を上げて床《ゆか》にへたり込んだのは当然の成り行きだった。神よ！

レイチェルは泣《な》き叫《さけ》びながら、鬼ババアみたいな叔母さまと、もっと鬼ババアみたいなマダム・ルアゼルと叔父さまが、どんなに悪人なのか知ってるかとか、みんな地獄に落ちてしまえだとか、とてもここには羅列《られつ》できないほどの熱弁をふるい、ルクレツィアを殴り、嚙みつき、大騒ぎした。その間、双子の姉の真似をして、屋敷から出ていけとわめき始めたレオンの荘厳な泣き声が、まるで舞踏会《ぶとうかい》の変奏曲のように流れた。

この思いもしなかった展開のど真《ま》ん中《なか》でヴァレンティノ卿は、目の前の出来事にしばし気が抜けているように見えた。自分たちの幼年期を思い出してでもいるのか、とにかく彼は素早く気を取り直した。

チンピラ騎士殿は、こんなガキをしつけて何が悪いとでも言うように偉そうな顔で私をにらみつけていたが、殺されそうな妹を助けに入った。いや、入ろうとした。

「触らないで。レイチェル、レイチェル！」

興奮した猛獣と変わらないレイチェルを獲物から引《ひ》き離《はな》すのは簡単ではなかった。私がようやくレイチェルを押さえて、涙でぐちょぐちょになった顔を私のほうに向けている間に、ルクレツィアがふらふらしながら起き上がった。彼女は半ば魂が抜けたような顔をしていたが、驚いたことに、素早く気を取り直した。実に驚くべき速さで乱れた髪を整えたルクレツィアが次に開始した行動は、肩を震わせて叔父をにらみつけているエリアスにすがることだった。

「エリアス！　愛する甥、ごめんね、エリアス。私が意図せずあなたたちを傷つけていたなら、どうか許してちょうだい。私がどれほどあなたたちのことを愛しているかわかるわね」

髪は乱れ、頬に爪の痕《あと》がついたルクレツィアが、呆気に取られた甥の顔にキスの雨を降らせる姿は、実に壮観《そうかん》だった。そうしてエリアスの頭を自分の豊満な胸に抱き寄せて訴《うった》え続けた。

「私がわざとあなたたちを傷つけるはずがないじゃないの……。全部あなたたちのことを思ってしたことが行《い》き違《ちが》っちゃったのよ。大人も時にはそういうミスをするものなの。どうかわかってちょうだい」

屋敷を倒す勢いで慟哭《どうこく》していた双子が、私のそばにぴったりくっついて、穴の開くほど私の顔を見つめた。二組の大きなエメラルド色の瞳に、何とも表現しがたい混乱と不安が揺らいでいた。

エリアスは一瞬、武装解除でもしたように、その場でコチコチに固まっていた。涙で訴えながら、キスと抱擁《ほうよう》の雨を降らせる叔母と、双子をかき抱《いだ》いて立っている私をかわりばんこに見ているエリアスの瞳に、混乱と不安、無力感が浮かんでは消えた。

……そして次の瞬間、エリアスが叔母の手を逃《のが》れて素早く私のそばにやって来たのと同時に、もう一つの声がこの芝居《しばい》がかった状況に割り込んできた。

「わあ、お前、何してんだ？　母子の像かと思ったよ」

コイツは何でまた現れたのかしら。ああ、頭イタい……。

ジェレミーがどうしていいかわからずにいる騎士たちを従え、威風堂々と入り込んできた。彼はどうやら少し前の場面を目撃《もくげき》したようで、エリアスのことをかなり痛烈《つうれつ》にあざ笑った。そして、エリアスが顔を真っ赤にして叫ぼうとした言葉は、ルクレツィアの限りなく切ない声にかき消された。

「ジェレミー、来たのね。どうかあなただけでも叔母さまの話を聞いてちょうだい」

咳払いをしながら妹に近づき、ハンカチを差し出したヴァレンティノ卿が、今度はジェレミーに向かって、これ以上なく不憫そうな顔をしてみせた。

「何だかひどい誤解があったようだが、お前がお継母さまをなだめてやらねばならないようだな。まったく何て騒ぎだ」

「ジェレミー、私たちがあなたたちのことを大事に思っていること、あなたもよくわかってるでしょ。私の口からはとても言えないけれど、お継母さまがとんでもない誤解をしているようなの。使用人たちを買収したとか何だとか、そうして私たちがあなたたちの顔を見られないようにしようとしてるのよ。どうかあなたが説得してちょうだい……」

人から見れば、今の私は危なっかしい当主で、ジェレミーは万人が認める、名実ともに真っ当な後継者《こうけいしゃ》だった。エリアスと双子に加えられた卑劣《ひれつ》な悪業をジェレミーが巧妙《こうみょう》に避けられたのも、それが決定的な理由だろう。

そうだ。彼らはどんなことをしてでも私を追い出し、操り人形にできる後継者を手なずける必要があった。使用人を多数買収して、重要な報告が私の耳に入るのを防いだのも、エリアスとレイチエルに激しい特訓をして、私が出ていくと洗脳したのも、全部、緻密《ちみつ》な仲違《なかたが》い工作なのだ。

……危なく成功させるところだった。

めそめそしているエリアスをあざ笑っていたジェレミーが瞬きした。そうして肩をすくめて特有のずるそうな口調で言ったのがこれだった。

「お母さまはお二人のことがお嫌いなんですよ。息子がお母さまの権威《けんい》に逆らってはいけませんから。嫌気《いやけ》が差したお母さまが出ていってしまったら、つらいのは僕たちです。親がいないから礼儀知らずだなんて言われたくありませんよ」

その瞬間、ジェレミーの頭がどうかしてしまったのではと疑ったのは言うまでもない。コイツは今、何を言ったのだ。お、お母さま？　お母さまですって？

もちろん法的には私はコヤツらのお母さまだ。でも！　私が一生コヤツらの口から聞いたことも、聞くはずもないだろうと思っていたその言葉を聞いているこの瞬間、何だかぎこちなくて、体中がむずむずするのはなぜだろう？

全員がドン引きする混沌《こんとん》とした静寂の中で、最初に気を取り直したのは、やはりヴァレンティノ卿だった。チンピラ騎士殿は不満そうに、滑稽《こっけい》でしょうがないと主張するような笑みを浮かべて口を開いた。

「蛙《かえる》の子は蛙だな……お前が混乱しているのは理解する。ヨハン兄さまのこともメロメロにした女だからな、お前一人言いくるめるのは簡単だったろう。しかし……」

「何をおっしゃっているのか、僕は脳が筋肉なので理解できませんが、とにかく叔父さまが言いたいことは、お母さまが実は家出をしようとしてるのに、嘘《うそ》をついているということですか？」

「いや、私は」

「お母さまは嘘をつく方ではありません。そんなことができるほど図太い方ではないのです。それに、僕はこれでも従順な息子ですからね。年末の親孝行賞を狙ってみようと思ってるんですよ」

エリアスの「兄貴、何バカなことを……」とつぶやく声が微かに響いた。私も同じように叫びたい気持ちだったが、一方では、アイツらがジェレミーに傷つけられ、あてこすりを言われているのを見ていると、笑いが込み上げてきた。私は、仲よく私にくっついている我が子のエメラルド色の視線を感じながら、開いたドアの外でカッコつけて立っている騎士たちに目で合図した。そして最後に、落ち着いてこう言った。

「馬車はお貸しできませんので、好きなようにお帰りください。万一、また子どもたちに近づいたら、その時はすぐに系譜から抜きますから、そのつもりでいてください」

ルクレツィアとヴァレンティノ卿を追い出した後、私がしたのは買収された使用人を追い出すことだった。過去にもそうだったように、一瞬で使用人の半分以上が減ってしまったのだが、特に心配することはなかった。ノイヴァンシュタイン侯爵邸で働きたがっている人材は、常にあり余っていた。他に比べて待遇《たいぐう》が手厚かったから。

マダム・ルアゼルが追い出されたのも当然だった。レイチェルが一日と置かず細いふくらはぎをメタメタに叩かれても私に何も言わなかったのも、エリアスの理由と一致した。マダム・ルアゼルは今さら態度を変え、すべてルクレツィアのせいにして善処を求めたが、私は彼女が二度と他のどこでも礼儀作法の教師として働けないようにするつもりだ。

そんなふうにネズミを追い出して、ようやく屋敷の中に平和な気配が戻ってきた。

……静かだという意味の平和ではない、当然ながら。

ドタドタドタドターン！

「これオレんだぞ、短足め！」

「偽者ママ、ママァ！　エリアス兄さんがぼくのキャンディ取った！」

「だーれが俺の剣に触ったんだ!?　俺のものに触るなって言っただろ！」

「オ、オレ、触ってないもん!?」

「おやまあ、そうですか？　うちで俺の剣でいたずらするヤツ、お前以外に誰がいる！」

「ああっ！　あっ！　叩くなよ！　だったら兄貴もオレのものに触るなよ！」

「お前のものなんて触ってないけど？　ワオ、顔が真っ赤だぞ！」

「ママ、エリアス兄さまがレオンを叩くのぉ！」

……朝から騒々しいわね。ハハ、ノイヴァンシュタイン邸が静かになったら、それは帝国滅亡《めつぼう》が迫《せま》っているということか。まあ、みんなが変わってないということは、幸いと言えば幸いなのか。性質の悪い大人のせいで暗くならずに済んで本当によかった。

「いいかげんにして食事しなさい！」

「これはいかがでしょう、奥様？」

「うーん……ちょっとくすんでる感じね。上着を脱ぐ時期だから、明るいほうがいいんじゃないかしら」

このドレスルームも総入《い》れ替《か》えしなくちゃ。過去の私の趣味って、こんなだったっけ？　どれもこれも歳に似合わず老けて見える服ばかりじゃない。

……まあ、無理もないか。あの時の私は、一日も早く大人に見られたくて必死だったんだから。

夫が死ぬ前も後も、何とかして威厳のある貴婦人に見られたくて頑張ってた。何が似合って何が似合わないのか考えもせずに……。

そろそろ社交界での地位を確実にするには、服やアクセサリーにも気を使うべきだ。これからの七年間、何が大流行するのか知っているのが私の強みだ。

グウェンと一緒にあちこち引っくり返して選んだのは、クリーム色のラングレーズドレスだった。去年の生誕祭に夫がプレゼントしてくれたもの。少し流行遅《おく》れだけれど、格式の高い席に着ていくのならなかなかいい。

ヨハン、私に力を貸して。うまくやれるように。以前とは違う方向に進めるように……。支度を整えて階下に降りた私は、正門に直行しようとしたが、気が変わって食堂のほうに歩《ほ》を移した。そして、そこには案の定。

「わたし、卵嫌い！」

「聞いたところによると卵は美容にいいらしいぞ。もしかしたら、そのブタの毛みたいな髪が少しはマシになるかもしれないぞ」

「はあ？　そういうエリアス兄さまは！」

「まったくエリアス兄さんは自分を顧《かえり》みるってことを知らないんだから」

「ところで、さっきからこのニンジン頭が俺を怒らせてるんだよな？　フォークで刺してやろうか？」

「……みんな」

嘆息《たんそく》するように吐き出すと、神聖な食卓を囲んでいがみ合っていた子どもたちが一斉に私のほうを見た。双子の姉のオムレツをかわりに食べようとしていたレオンが目を丸くして叫んだ。

「ママ、家出するの？」

「……いいえ」

「レオン、しょうもないこと言うなよ。ところでお前、その服着てるとそんなにブサイクに見えないな」

ジェレミーがエリアスをフォークで刺す真似をしていたが、私に向かって意地悪くそう言うと、みんながキャッキャッと大笑いした。コイツら、そう来るか？

「まったくうれしいこと言ってくれるわね？」

「何でさあ？　息子が母親を褒《ほ》めてるだけじゃないか」

「ジェレミー兄さま悪い子だね。どうしてママをからかうの？　ママが家出したらジェレミー兄さまの責任だよ！」

「いや、おい、何だよそれ……」

うっ、エライ！　さすが私の娘だわ！

こないだの事件以後、双子に変化があったとすれば、私の呼び方から「偽者」が抜けたということだろう。そのうえ私に理解できない彼らだけの理由で、態度も少し変わっていた。

……従順になったという意味では決してない。困ったいたずらが減って、甘えることが増えたのだ。

「とにかく私は出かけるから、いたずらしないでおとなしくしてなさい」

「オレは子どもじゃ……あ、どこに行くんだよ？」

「貴族院の議会」

「で、いつ帰ってくるんだよ？」

「お昼過ぎに戻るわ。あ、お菓子《かし》でも買ってくる？」

「オレはレオンじゃないぞ」とカッカしているエリアスをはじめ、みんな正門までぞろぞろ私について来た。待たせておいたお供の騎士のまなざしが尋常ではなかった。なぜ十字を切っているのか。

「じゃ、行ってくるわね」

「早く帰ってきて、ママ！　帰りにキャンディ買ってきて！」

「ぐずぐずしてないでサッサと帰ってこい！　強盗《ごうとう》に遭《あ》うぞ！」

「強盗のほうが怖がりそうだな」

「おお、一理あるな」

キャンディをねだって並んで手を振る双子と、礼儀知らずなやり取りをしている息子二人に見送られ、私は待望の貴族院議会に向かったのだった。

二章　冬の夢（一）

カイザーライヒの首都、ヴィッテルスバッハ在住の貴族のうちでも、指折りの名門家の当主六人と、著名な枢機卿《すうききょう》七人で構成された議会は、各種法案の討議や国家の重大事を論じ、皇室と教皇庁に請願《せいがん》、嘆願《たんがん》する権限を持っている。

パッと見にはそれぞれが皇室と教皇庁の権力を代表しているように見えるが、実際にはお互《たが》いの利害関係が蜘蛛《くも》の巣《す》のように細かく絡《から》み合《あ》っていた。貴族席に座《すわ》ったからといって、必ずしも皇室側ではないし、枢機卿席に座ったからといって、無条件で教皇側というわけでもないということだ。皇室と教皇庁が牽制《けんせい》に牽制を繰《く》り返《かえ》す中で、巧妙《こうみょう》に利益を得ることが、議員たちの究極の目的だった。

いつのまにか秋が足早に過ぎて、初冬に入っていた。爽《さわ》やかだが冷たい午前の空気に包まれたバーデンベルク宮。議場に入場する紳士《しんし》たちの姿が、見知らぬ人のように感じられた。私の最近の記《き》憶《おく》よりずっと若く見えるのだから。

ふぅ、過去のように、体が麻痺《まひ》しそうなほどの緊張感《きんちょうかん》はない。少し、ほんの少しはドキドキしている。どうか計画どおりにうまくいきますように……。

「ああ、すみま……」

長く下ろした髪《かみ》の上に被《かぶ》った帽子《ぼうし》を脱《ぬ》ぎ、通路に入ろうとした瞬間《しゅんかん》、速足で通り過ぎた誰《だれ》かと肩《かた》がぶつかった。時々、わざとぶつかって、謝《あやま》るフリをしながら口説く男性がいるので、あえて目を伏《ふ》せて、床《ゆか》に落ちた帽子に手を伸《の》ばしたのだが、向こうが先に帽子を拾って渡《わた》してくれたのだった。

「……ありがとう……ございます」

真っ黒い祭服姿で立ち、服と同様に暗黒の視線で私の顔を穴が開くほど見つめている、二十代前半くらいの枢機卿と向き合って、私はしばし瞬《まばた》きをした。誰だかわからなかったのではない。とてもよく知っている人だ。

知らないわけがない。伯爵家《はくしやくけ》出身の前途《ぜんと》有望な若き聖職者リシュリュー枢機卿。この聖職者は過去にも何かというとこんなふうに私をじっと見つめていたのだが、話でもあるのかと思って声をかけても、いつも祈禱文《きとうぶん》以外は二言以上話さない人だった。寡黙《かもく》なことで有名で、別名は沈黙《ちんもく》の鐘《かね》。

私の聴聞会《ちようもんかい》の時にも一言もしゃべらず、ただ私をにらみつけていた。ところが……。

「おはようございます、司祭。レディー・ノイヴァンシュタイン？　いらしたんですね。ようこそ」

後ろから出《だ》し抜《ぬ》けに聞こえてきた耳になじんだ声のおかげで、私は限りなく苦手な相手から逃《に》げ出《だ》せたのだった。声のほうに頭を回すと、すぐにスキがないほど深くて青い瞳《ひとみ》とぶつかった。

「ニュルンベル公爵《こうしやく》様。お久しぶりです」

「お葬式《そうしき》以来ですかな。顔色がよくて何よりです」

「ご心配いただいて恐縮《きょうしゅく》ですわ」

現皇后の弟で「碧眼《へきがん》のオオカミ」。ニュルンベル家の当主、ニュルンベル公爵。過去のクソッタレ聴聞会事件の当日、なぜか皇帝陛下《こうていへいか》とともに、驚くほど私を守ってくれた人。

今思い出しても、本当に珍《めずら》しくて妙《みょう》なことだった。皇帝はともかく、エリザベート皇后はいつも私が気に入らないどころか、敵対視する様子がはっきりと感じられるのに、なぜ彼女《かのじょ》の弟である公爵は、あんなに私に好意的だったのだろうか？

私たちが挨拶《あいさつ》をしている間に、沈黙の鐘殿《どの》はいつのまにかプイッと中に入ってしまっていた。何とも形容しがたい、温かみを含《ふく》んだまなざしで私を見ていたニュルンベル公爵が手を差し出した。

「当然のことですよ。では、入場しましょう」

ニュルンベル公爵のエスコートで議場に入ると、私たちがいちばん最後だった。巨大《きょだい》な正方形のテーブルの左側にはハインリッヒ公爵、シュヴァイク侯爵《こうしゃく》、バイエルン伯爵、そしてハーテンシュタイン伯爵まで、みんな上品に座って、刺《さ》し貫《つらぬ》くようなまなざしで私を凝視《ぎょうし》していた。

右側にはリシュリュー枢機卿を中心とした、黒い修道服姿の七人の枢機卿が、敬虔《けいけん》なようでいて腹の中が読めない顔をして座っていた。

「ニュルンベル公爵、レディー・ノイヴァンシュタイン」

「レディー・ノイヴァンシュタイン、ご夫君《ふくん》の訃報《ふほう》にあらためて哀悼《あいとう》の意を表します」

「レディー・ノイヴァンシュタイン」

「天の父と母が心の安息をくださいますよう、レディー・ノイヴァンシュタイン」

みんなそろって上品な顔をして丁重《ていちょう》に挨拶をしてくるが、腹の中では、私が本当に現れたことに驚愕《きょうがく》している様子がありありと見て取れた。過去にはまるで気づかなかった、うわべだけの、気に障《さわ》る雰囲気《ふんいき》。

……無理もない。少数の枢機卿を除けば、大部分が三十代前半から四十代後半、私の現在の精神年齢《ねんれい》と比べたら、以前のように大きな差があるわけではなかった。二大公爵家のニュルンベル公爵とハインリッヒ公爵も、まだ四十になっていないはずだ。

少し前の、親戚《しんせき》がらみの子どもたちの事件も、広まるだけ広まっているはずだった。彼《かれ》らが私を、血も涙《なみだ》もない冷血な女として吹聴《ふいちょう》したのは火を見るより明らかだった。ここで唯一《ゆいいつ》、私に好意的なのがニュルンベル公爵だということが、幸いといえば幸いだろうか？

過去に私と姻戚《いんせき》関係になったハインリッヒ公爵は、あくまでもノイヴァンシュタイン家と婚約《こんやく》したいと思っているだけだった。聴聞会が開かれた当日に彼が生ぬるい中立的な態度を見せたにもかかわらず、私が彼の娘《むすめ》オハラとジェレミーの婚約を進めたのは、ひたすら子どもたちと一族の未来のためだった。

……もちろん、これからは話が変わるだろうが。

ふぅ、いっそニュルンベル公爵に娘がいたらよかったのに。しかし、私の知る限りでは、彼にはジェレミーと同じ年頃《としごろ》の息子《むすこ》が一人いるだけだった。近い将来、帝国《ていこく》最強の騎士《きし》の座を賭《か》けて、ジェレミーと激しく闘《たたか》うことになるニュルンベルのオオカミだ。もしかしたら、公爵が私にあんなに寛容《かんよう》なのは、似たような息子がいるからかもしれない。

腹の中で何を考えていても、うわべは静かに笑《え》みを浮《う》かべて挨拶しながら席に着いた。ノイヴァンシュタイン家当主の指定席、中央に座ったニュルンベル公爵のすぐ隣《となり》だった。夫が生前、座っていた席だ。

「開会に先立ち、少し前まで仲間だった故人を追悼《ついとう》するため祈《いの》りを捧《ささ》げようと思います。リシュリュー司祭？」

ニュルンベル公爵が妙に強圧的な口調で宣言すると、意味のわからない真っ黒な視線で私を穴が開くほど見つめていた、沈黙の鐘殿が十字を切った。そして、祈禱文を読み始めた。

長くゆっくりした祈禱文の朗読が終わり、みんなが短い嘆息《たんそく》とともに十字を切っている間、私はニュルンベル公爵のほうに顔を向けて、微《かす》かな笑みとともに、まるで今思い出したかのように口を開いた。

「ああ、公爵様。もうすぐ追悼の宴《うたげ》を開くつもりですの。招待状をお送りしますから、奥様《おくさま》とご一《いっ》緒《しょ》にお越《こ》しくださいね？」

これは過去では公爵が私に提案したのだった。侯爵を追悼する宴を開こうと思うのだがどう思うかと、私に尋《たず》ねたのだ。その時の私は仕事に疲《つか》れて正気ではなかったので、考えておきますなどと言って、まごまごしながらごまかしたのだった。今にして思えば、私の立ち位置を明確にする機会だったのに……。

異常なくらい私に親切な公爵様は、しばらく手で顎《あご》の先をいじっていたが、すぐにゆったりと笑みを浮かべてみせた。

「追悼の宴ですと……？　それはまた、何と言いましょうか、不思議ですねえ。私も夫人に似たような提案をしようと思っていたのですよ」

「お心遣《こころづか》い、ありがとうございます。でも、それはこちらで行うべきだと思いますので……当然、来ていただけますわよね？」

「もちろんですとも。実は皇帝陛下も故人をとても懐《なつ》かしがっていらっしゃるので、夫人と相談しようと思っていたのです」

「コッホン、あのぅ、レディー・ノイヴァンシュタイン？　何だか仲間外れにされている気分ですな。時期はいつ頃《ごろ》がいいと思われますかな？」

ハインリッヒ公爵が咳払《せきばら》いとともに親しげに話しかけてくると、私は込《こ》み上《あ》げる会心の笑みを飲み込まなければならなかった。

彼らが腹の中で何をもくろんでいても、皇室の財源の半分以上を出資しているノイヴァンシュタイン家の立ち位置は、いくら私が青臭《あおくさ》い寡婦《かふ》でも簡単に変わりはしなかった。そんな一族の臨時当主である私と、皇后の弟で皇子たちの叔父《おじ》であるニュルンベル公爵が、皇帝陛下の忠臣の追悼の宴を企画《きかく》しようとしているのだから、そこに顔を出せないとしたら体面が傷つくはずだ。

「あら、ハインリッヒ公爵も来てくださいますの？」

「それはもう、当然ではありませんか。ヨハネスは私の親友でもあったのですよ」

「そうですとも。皇帝陛下の忠臣を追悼する宴なのですから、みんな出席するのが当然です」

とりあえず、第一歩は何とか踏《ふ》み出《だ》せたようだ。クソッタレ聴聞会を防ぐためには、この宴がカギになるはずだった。

馬車のドアが叩《たた》き壊《こわ》され、転げ落ちてあちこちにぶつかる苦痛の叫《さけ》び声が生々しい。外で伸びている騎士たちの血の臭《にお》いがひどく鼻についた。ドンと音がして、ドアが完全に壊《こわ》れたなと思ったら、鮮血《せんけつ》が滴《したた》る剣《けん》を持った山賊《さんぞく》のうさん臭《くさ》い笑みが襲《おそ》ってきた。

「俺《おれ》たちを恨《うら》むなよ。お前の運命なんだから」

私はギュッと目をつぶり悲鳴を上げた。結婚《けっこん》して以来初めて、子どもの頃のように悲鳴を上げまくった。

「……う、ううううー、ぐうあああっ！　キャアーッ！」

自分の悲鳴に驚《おどろ》いて目を開けた時には、侯爵邸《てい》の部屋の見慣れた天井《てんじょう》が視界を覆《おお》っていた。呼吸が乱れている。ただの夢だろうか？　背中が冷《ひ》や汗《あせ》で濡《ぬ》れていた。ところで、私の体はなぜこんなに重いのだろうか？　まるで金縛《かなしば》りにでも遭《あ》っているみたいにビクともしない。

「グ、グウェン！　グウェーン！」

恐怖《きょうふ》に青ざめうなされながら、ようやく何とか頭を上げた私の目に飛《と》び込《こ》んできたのは、他でもない、ベッドに乗っかって好き放題に手足を伸ばし、グーグー寝《ね》ている双子《ふたご》だった。パニックが次《し》第《だい》に治まってくると、戸惑《とまど》いのため息が漏《も》れ出た。

「あんたたち、どうして……」

獅子《しし》の子も寝てる時はかわいいんだっけ？　私を圧死寸前の状態にしておいて、気持ちよさそうに寝ている二人は、本当に天使のように見えた。目を開けている時もこの状態を維持《いじ》してくれたらいいのに……。

ガタガタガタン！

「お、奥様？　大丈夫《だいじょうぶ》でございますか？」

「な、何だ、何だ、何だ⁉」

「何だ、何だ⁉　何事だ⁉」

……うーん、どうやら私の悲鳴が少しばかり大きかったみたいだ。顔面蒼白《そうはく》になって騎士たちを連れて飛び込んできた忠実なメイド長はまあいいとしよう。鳥の巣みたいな頭で寝ぼけたまま、やみくもに駆《か》けつけたコイツらは何なのだ。この屋敷《やしき》で、朝っぱらから騒《さわ》ぎを起こす張本人になろうとは思ってもみなかったのだけど。

「ううーん……どしたの、ママ？」

しばしの静寂《せいじゃく》があった。目をこすりながらゆっくり起き上がる双子を、みんながぼんやり見つめる中で、まず行動を起こしたのは、当然、頼《たよ》れる長男だった。ジェレミーはもつれた金色の髪を掻《か》き上《あ》げながらあくびをしたと思ったら、出し抜けに大爆笑《だいばくしょう》したのだった。本当に性質の悪い、いたずらっ気たっぷりの笑いだった。

「プハハハ！　おい、レオン、レイチェルはいいとして、お前ここで何してるんだ!?　プハハハハ！」

眠《ねむ》そうな目できょろきょろしていたレオンの顔が、カッと真っ赤になったのは言うまでもない。レオンはまだ十歳《さい》だ。眠れなくて、明け方に母親の部屋に入ってきたことが恥《は》ずかしい歳《とし》では決してないのだが、恥ずかしいと思わせるあくどい才能がジェレミーにはあった。

「ぼ、ぼくはただ……」

「ジェレミー兄さま、うるさいよ！　わたしの片割れをからかわないでよ！　バカあほマヌケ！　死んじゃえ！」

「おかしいんだからしょうがないだろ！　プハハハ！　それよりお前、寝起《ねお》きの顔、マジでブサイクだな」

「そ、そういうジェレミー兄さまは！」

「何だよ、朝からブタでも捕《つか》まえてるのかと思ったぜ……」

「エリアス兄さん、ママにそんなこと言ったら、家出するかもしれないよ」

「お前は黙《だま》ってろよ、短足！」

「エリアス兄さんも短足だよ！」

「誰が短足だって！」

「俺以外はお前らみんな短足だけどな。知らなかったのか？」

「兄貴がいちばん短いだろ!?」

「おやまあ、そうですか？　背も低いクセに、俺に対抗《たいこう》しようってのか？」

「ああっ！　何で暴力ふるうんだよ！」

……はぁ、これでこそ正常ってわけね。運命を呪《のろ》うわ。私はかなりあやふやな視線をやり取りしている騎士たちとグウェンに、大丈夫だと目で合図を送った。そして、朝っぱらから大騒ぎ中のジェレミーとエリアスを無視して、息まいている双子を両腕《りょううで》で包《つつ》み込《こ》んだ。

「レオン、レイチェル。私と一緒にお出かけしようか？」

「どこ行くの？」

「かわいい服を見に。行かない？」

「レイチェルが着たら、かわいくないと思うけど、俺も行く」

「クワァーッ……！　オ、オレも！」

「ママは兄さんたちには訊《き》いてないけど！」

ついに報復の機会をつかんだレオンの強気の一蹴《いっしゅう》に、死んだフリをしているエリアスの頭を腕《うで》で締《し》めていたジェレミーが、腕を緩《ゆる》め顔をしかめた。そして、こう叫んだ。

「わあ、子どもを差別するのか！」

「そうだ！　わあ！　よくそんなことができるな!?　雑誌に投稿《とうこう》してやる！」

……結果的には、素朴《そぼく》で平和な何かを期待した私がバカだった。

急に家族全員が朝ごはんを終えるなり一緒に出かけるという、とんでもないことが起きてしまった。有名な衣装室《いしようしつ》やサロンや宝石商やカフェが密集した貴族占有《せんゆう》通りに向かう間中、馬車の中では地獄《じごく》絵図が繰《く》り広《ひろ》げられていたことは、説明するまでもないだろう。

「ところで、何でいきなり服を見に行くのさ？」

「ジェレミー、窓を開けないでってば。宴があるって言ったじゃない」

「宴って？　どこでやるの？　誰が来るのさ？」

「追悼の宴！　あんたたちのお父さまの追悼の宴よ。知ってる人たちはみんな来る……レオン、それキャンディじゃないからなめちゃダメ」

「ウェーッ！　これ、苦い！」

「それは香石《こうせき》ってんだよ、短足が。プハハハ！　オレは新しい服なんていらないんだけどな。なぜならオレは……」

「何を着てもみすぼらしく見えるからな」

「黙れよ！　兄貴よりマシだろ!?」

「ふざけんな。ただでさえ見苦しいその面《つら》、もっとしかめっ面にしてやろうか？」

「ママ、お兄さまたち、このまま捨ててっちゃダメ？」

忠実なお供の騎士たちの耳の具合が本当に心配になる。商人たちをお屋敷に呼べば済むことなのだが、こうして出かけることで、人々に確実に見せつけたいという、私のやや幼稚《ようち》な欲望が、今日のこの現象の原因だ。うっ。

……それでも、馬車から降りるなり、四方八方から私たちに注がれる視線に、ちょっと満足した気分になる。フー、そうだ。私の子どもたちは、小さな頃からどこへ行っても羨望《せんぼう》のまなざしの対象だったのだ。この美しい容貌《ようぼう》の裏に隠《かく》された本性《ほんしょう》を見たら、みんなびっくり仰天《ぎょうてん》するだろうけど。

夫が生きていた頃、つまり、彼がまだ病人になる前は、時々こうして、みんなで有名レストランに出かけたりした。考えてみたら、最後にそんなことをしたのはもう一年も前だ。久しぶりのお出かけだからか、レオンもレイチェルも少し怖《こわ》がっているようで、エメラルド色の瞳を大きく見開き、私の両手をギュッと握《にぎ》っていた。周囲の珍しい建物や人々の視線に、らしくなく、きょとんとしている姿がとてもかわいかった。一方、長男と次男は、たいしたことないという態度で、まるでここが自分の庭であるかのようにふるまっていた。

「ああ、こんなところは退屈《たいくつ》だな。武器商《ぶきしょう》はいないのかな？」

「ジェレミー、エリアス。武器商のところに行きたいなら、騎士たちと一緒に行ってきなさい。私たちはあの赤い屋根の建物に行ってるから」

何が何でも私と双子をからかいたくてやきもきしている二人を、一時でも引き離《ひはな》しておくほうが、衣装室の主人と私たちの平和のためになるだろう。幸いジェレミーとエリアスは、どうしたことか、おとなしく私の言葉に従ったので、私は双子だけを連れて、今、都の貴婦人たちの間で噂《うわさ》になっている二大デザイナーの一人、マダム・メリーシャの衣装室に入った。事前に連絡《れんらく》もしてある。

「そうなんですの、それで夫が……あら」

「夫人、夫人。ちょっとご覧になって」

「あら、あらあら……侯爵夫人《こうしゃくふじん》じゃありませんこと？」

「ほんとですわ。あの子たち……あらあら、まあまあ」

「子どもが子どもを連れてるみたいね。まあ……」

マダム・メリーシャの衣装室は、貴婦人だけでなく、少年少女のための最新モードを扱《あつか》っていることで有名なところだ。近頃流行《ちかごろはや》りのクジラの骨のコルセットに、つばの狭《せま》い帽子を被せた石膏《せっこう》マネキンと、様々な大きさの手袋《てぶくろ》が陳列《ちんれつ》された応接間の中、窓辺のテーブルに座って仲よくお茶を飲みながらおしゃべりしていた貴婦人たちが、一斉《いっせい》に声を落としてひそひそ話をし始めた。はぁ、実に見慣れた光景だこと。

「いらっしゃいませ、レディー・ノイヴァンシュタイン。時間を合わせていただき恐縮ですわ」

中から走り出てきて、私に向かってにっこり笑うマダム・メリーシャ。波打つダークブラウンの髪と、明るい栗色《くりいろ》の瞳が温かい印象を与《あた》える名デザイナーの姿に、私は少しだけ、緊張が緩むのを感じた。もちろん、マダム・メリーシャも他の有名衣装室も、我《わ》が家《や》を顧客にできるのは、またとない機会なのだから、親切にするしかないわけだ。それが、私がノイヴァンシュタイン家の当主として持っている、利点のうちの一つだ。権力とお金はあり余っているのだから。

「お目にかかれて光栄ですわ。お忙《いそが》しいのにお時間作ってくださって、ありがとう」

「とんでもない、私こそ光栄ですわ。夫人とお子さまたちの服をお仕立てになるんでしょう？」

「ええ。上の息子たちももうすぐ来るはずですわ。似合うものが見つかるといいのだけれど」

「とりあえず、サイズを測ってみましょう。特にご希望のデザインはおありですの？」

衣装室のスタッフにサイズを測ってもらってから、マダム・メリーシャが見せてくれる様々なカタログを見ている時だった。向かいの部屋でサイズを測っていたレイチェルが、いきなり、ここ一帯が自分の縄張りだとでも言うように、勇ましく咆哮《ほうこう》した！　マダム・メリーシャは椅子《いす》から半ば飛び上がり、スタッフたちは度肝《どぎも》を抜《ぬ》かれ、お茶を飲んでいた貴婦人たちは、ティーカップを引っくり返した。スタッフにもらったクッキーをかじりながら、好奇心《こうきしん》いっぱいの目でマネキンを見つめていたレオンは、悲鳴を上げてマネキンを蹴《け》った、神よ！

「いったい何事……」

「ママ、わたしをこのわるーいところから連れ出して！　わたし、こんなせまっくるしいところで一人でじっとしてるなんて、まっぴらゴメンなの！」

たかがサイズを測るだけなのに、ほんのちょっとも我慢《がまん》できないということか？　まったく子どもってヤツは！　結局、レイチェルがサイズを測り終えるまで、私がそばで見守っていなければならなかった。マダム・メリーシャが妙に楽しそうな笑みを浮かべているのは、見て見ぬフリをした。うっ。

その間、衣装室には続々と客が入ってきた。巨大な窓の外から私たちを見て、どうやら好奇心でのぞいていく人が多いように感じるのは、私の錯覚《さっかく》だろうか？

何とかサイズを測り、追悼の宴のための私と双子の衣装をあれこれ選んでいる頃、ジェレミーとエリアスが現れた。二人の獅子は、自分たちに向かって注がれる人々の視線や、はにかんだ挨拶の言葉などは受け流し、すぐに私に近寄ってきた。あら、ところでジェレミーは、何をそんなにふてくされているの？

「ジェレミー？　どうかしたの？」

「ああ、ムカつくヤツがいたんだよ！」

「何？　いったい何事？」

けっこう熱くなっているのか、言葉が続かず息まいているジェレミーのかわりに、エリアスが説明を始めた。エリアスは、兄が歯ぎしりしている姿がいい気味だとでも言うような口ぶりで、よどみなく話した。

「それが、兄貴が気に入った剣を、どっかのガキが横取りしたんだよね？　それでも足りなくて、のろまって言い捨てて逃《に》げたんだ。それでこのザマってわけさ」

「黙れよ！　ああ、アイツ、また現れてみろよ！　その場で脚《あし》引《ひ》き裂《さ》いて殺してやるからな！」

スタッフやお客たちは、そろって気絶しそうだった。

ここが公共の場であるという自覚はまったくなく、個性たっぷりの暴言を吐《は》きまくったジェレミーが、ようやくニヤッと笑って私を見た。

「着《き》せ替《か》えごっこは終わったのかな？」

「……ジェレミー。あなたとエリアスもサイズを測って」

「あ、何でさあ？　俺のサイズは俺が知ってるんだよ！」

「大きくなってるかもしれないじゃないの。お父さまをしのぶ宴なんだから、品のいい格好をしなきゃ」

「俺はともかく、コイツは大きくなってないぜ。それはそうと、人の目がそんなに大事なのか？」

「そうよ！　メチャメチャ大事なのよ！」

堪忍袋《かんにんぶくろ》の緒《お》が切れた私が、ぶっきらぼうに言い捨てると、ジェレミーとエリアスは、一瞬《いっしゅん》目をぱちくりして見つめ合っていたが、すぐにもじもじして頭を掻きながら、おとなしくスタッフについて行った。まったく、最初から言うとおりにできないわけ？

「ほんと、お兄さまたちったら、もう」

レイチェルが、まるで貞淑《ていしゅく》なちびっ子レディーみたいに、腰《こし》に手を当てて嘆息する姿は、実に見ものだ。すると、さっきから真意を測れない笑みをたたえた目で私を見つめていたマダム・メリーシャが咳払いをした。

「コホン、レディー・ノイヴァンシュタイン。仕上がりはいつ頃がよろしいかしら？」

「普通《ふつう》はどのくらいかかるんですの？」

「五名様ですから……早ければ十日から十五日で仕上がりますわ。もしもその前に……」

「七日以内に送っていただけたら、お値段の三倍お支払《しはら》いしますわ。スタッフの手間賃も別に差し上げます」

拝金主義って言葉があったよね？　私の強気な提案に、マダム・メリーシャは、細かいスケジュールがびっちり書き込《こ》まれたカレンダーには目もくれず、すぐに承諾《しょうだく》した。忙《せわ》しなく行ったり来たりしていたスタッフの顔が明るくなったのは言うまでもない。

「ああ、シュリー、俺、狩猟服《しゅりょうふく》も新調したいな」

子馬みたいなジェレミーとエリアスの衣装のデザインを最後に選んで、他のお客が座っているテーブルから遠く離《はな》れたソファに座って、一息ついている時だった。向かいの壁面《へきめん》をほとんど覆いつくすような巨大な窓の外にちらつく何かの影《かげ》に、私はその場で固まってしまった。

「シュリー？」

ずんずんと近寄ってきて、狩猟服がどうのと騒《さわ》いでいたジェレミーが、咳払いをしてそっと私の顔色をうかがい始めた。私は返事をする余力もなく、一瞬のうちに襲ってきたパニックの中でじたばたする。

「シュリー、どうした？　すねてんのか？」

「……」

「さっきのはただ……コホン、お前がカッカするとこ見たかったんだよ。知ってるだろ、俺、なんも考えてないって」

……自覚してるんなら大変結構なんだけど、とにかくそんなことじゃないんだってば。クッソー、絶対見間違《みまちが》いじゃないんだけどなあ。よりによってこんな時に……ほぼほぼ忘れてたのに……！

「ママが家出したら、ジェレミー兄さんのせいだからね！」

「ジェレミー兄さまのバカァ！　毎日ママをからかって！　お兄さまなんてもう知らない！」

「兄貴はいつもそうだろ」

「いや、だからその……コホンコホン、あ、シュリー、マジですねてる？」

私は何とか気を取り直し、ゆっくり頭を振《ふ》った。とりあえず落ち着こう。子どもが一緒だ。

「ジェレミー」

「うん、うん？」

「弟や妹たちを見ていてくれる？　ちょっと行くところがあるの」

「どこに行くのさ？　一緒に行くよ！」

「すぐに戻《もど》るってば」

「だからどこ？」

しつこく浴びせられる質問に、私はドキドキし始めた胸を、片手でギュッと押《お》さえた。落ち着こう、落ち着け、ふぅ……。ジェレミーは勘《かん》のよさが半端《はんぱ》ない。私が少しでも顔に出せば、間違《まちが》いなく勘づくだろう。だから私は、片手でジェレミーの手首をつかんで低くささやいた。

「……女性用品を買いに行くのよ。訊かないで」

「あ……！」

気の抜けた声を出し、顔を赤らめるジェレミーの姿は、かなりの見ものだったが、今の私にはそんな余裕《よゆう》はなかった。

衣装室を抜《ぬ》け出《だ》し、裏側の、ちょっとひっそりした路地に歩いて行った。しばし立ち止まって周囲を見回したら案の定、突然《とつぜん》飛び出してきた手が私の肩をつかみ、狭い路地の中に引《ひ》き ずり込《こ》んだのだった。

「久しぶりだなあ、かわいい妹。二年ぶりくらいかな？」

私の感覚では六年ぶりだ。六年ぶりに顔を合わせるルーカス・フォン・アグファ、私の兄のイタチみたいな顔をじっと見ていると、まったく感慨深《かんがいぶか》いものがある。二度と会うことはないと思っていたからだろうか。私が過去に戻ってきた以上、必ず一度はぶつかるということを、うっかり忘れていたのだ。

「あまりうれしくなさそうだな。おい、寂《さび》しいじゃないか。たった一人の兄貴なのに……」

「都へは何しに来たの？」

吐《は》き出《だ》す私の声に冷気が流れた。ルーカスは私と同じ若草色の瞳を大きく見開いたと思うと、すぐにヒッヒッと笑った。

「お前に会いに来たのさ、当然。俺が……」

「あら、お父さまが倒《たお》れたの？　それともお母さまがケガをした？　全部嘘《うそ》だってわかってるんだから、もう帰って。私にはあげるものなんて何にもないんだから」

無関心な口ぶりで一喝《いっかつ》すると、ルーカスが一瞬たじろいだ。その姿を見ていると、失笑《しっしょう》が出る。過去でもこうだった。夫が死んだ後、両親も兄も親戚も、先を争って訪ねてきて、分け前にありつこうと必死だったのだ。毎回追い返してはいたけれど、ルーカスはとにかくしつこかった。必ず両親の具合が悪いと言って金銭を要求した。二度ほどお金を渡した記憶がある。最終的には、彼がお屋敷まで訪ねてきてどんなに哀願《あいがん》しても、絶対に会ってやらなかった。

「お前、ずいぶん変わったんじゃないか？　人は都で暮らせば変わると言うが、お前はそんな子じゃなかったろう」

「……」

「ああ、ちょっと聞いてくれ。俺、三日間何も食べてないんだ。話にならないだろ？　れっきとした貴族の息子なのに、みっともないじゃないか。腐《くさ》るほど金があるんだから、助けてくれよ。それとも、しばらくお前の家にいさせてもらうか」

「頭がおかしくならない限り、その手には乗らないわよ！　何が三日食べてないよ。騎士を呼ぶ前に消えて。相手をしてる暇《ひま》なんてないんだから、痛い目に遭いたくなければ二度と訪ねてこないで。いいわね？」

ルーカスのマヌケそうな顔をどう表現すればいいのかわからない。こうすればよかったのだ。過去でも最初からこうすればよかったのだ……。兄という御仁《ごじん》の情けない姿を背にして、子どもたちのところに戻ろうとした時、ヤツがいきなり私の肩をつかんで、壁《かべ》に強く押しつけた。背中がドンとぶつかり、苦痛が押《お》し寄《よ》せる。

「何をする……」

「甘《あま》い顔してりゃこのアマ、侯爵夫人になったからって、それが兄貴に向かって言うことか？　俺を脅迫《きょうはく》してるつもりか？　そんな目で俺を見るほど、お前がどれだけ偉《えら》いんだよ？　いつまでもその場所に座ってられると思うなよ？　どうせ追い出されれば戻ってくるところなんて……」

「おい！」

ボコッ！

ルーカスが卑劣《ひれつ》な目をして取って食いそうな勢いで私に迫《せま》り、ほざいていた言葉がみっともなく途切《とぎ》れたのはその時だった。正確に言うと、私たちが立っている狭い路地の中にいきなり飛んできた、いや、飛んでくるように走ってきた誰かが、ルーカスを蹴とばしたのだった。

私の肩を粉々にする勢いでつかんでいた力が抜け、次の瞬間ルーカスは、とても気の毒な悲鳴を上げ、地面に転がっていた。

「チェッ、新しいブーツなのに……。まったく無礼なヤツだな⁉　馬車の車輪に轢《ひ》かれたイタチみたいな顔しやがって、女の子がイヤがってるだろ！」

声変わりが失敗したのか、妙に甲高《かんだか》くてキンキンした声だ。半分魂《たましい》が抜けた私の視野に入ってきたのは、自分の体ほどもある剣を持った少年だった。

背は高いが、まだ子どもなのは明白で、せいぜいジェレミーと同じくらいだろうか？　妙に見覚えのある顔なのだが、どこで会ったのかは思い出せない。もつれた黒髪《くろかみ》と冷たいくらいの真っ青な瞳。絶対知ってる顔なんだけど。どこで会った……？

私が戸惑っている間、この突拍子《とっぴょうし》もない少年は、しばし舌打ちして頭を掻いていたが、すぐに地面に伸びているルーカスに向かってためらいなく前進した。そして、片手でルーカスのうなじをつかみ、もう片方の手で、どうやら近所で買ったばかりに見える剣の刃《やいば》を突《つ》きつけたのだった。

「おい、おっさん」

「うわぁぁっ！」

びっくり仰天したルーカスが、恐怖のあまり悲鳴を上げた。……ちなみに、ルーカスは二十一歳だ。まったく滑稽《こっけい》だよね？

「コイツ、うるせえな。黙れ！　舌切っちまうぞ」

「うわぁっ！　た、助けてく……」

「黙れって言ってんだろ？　おい、オレの目見ろよ」

「ふぅー……手、放せよ⁉　ガキのくせに、俺を誰だと思ってー」

「お前が皇太子でも××剝《む》いてやるよ。歯も抜いてやろうか？　いっそのこと歯ぐきごと取り出してやろうか？」

「……な、なんてことを⁉」

「おい、あの女の子に二度と絡《から》むなよ。うろついたり道で会ったり、考えるのも夢を見るのもダメだからな。アソコ、切られたくないならな」

神よ！　背筋が寒くなるような、恐《おそ》ろしい宣告だ。いや、そんなことより、口が悪いのはうちの子たちだけかと思っていたけど、最近の男の子はみんなこんな感じなのね。

「わかったのかよ。黙ってないで、返事しろよ！」

「わ、わ、わ、わかりました」

真っ青になったルーカスが、慌《あわ》てて頭を上下に動かすと、少年はようやく、つかんでいたうなじを振《ふ》り払《はら》うように放した。慌てふためき一目散に逃げだした兄の、大変見苦しい後姿を見送っていると、独り言を言いながら舌打ちしていた少年が、ようやく剣を片方の肩に載《の》せ、私を正面から見据えた。

「大丈夫か？　どうしてあんなヤツと関わり合いになった？」

「……まったくだわね」

「うん？」

「兄なのよ。とにかく、助けてくれてありがたいわ」

「兄貴だって？　あんなヤツが？」

信じられないというように舌を巻いた少年が、目をパチパチさせて私を見た。清涼《せいりよう》な秋空のような瞳が、私の頭のてっぺんから爪先《つまさき》までをなめるように見て、すぐに私の顔と髪《かみ》を穴が開くほど見つめた。

私は、この少年の正体を類推しようと、頭を回転させていた。間違いなく知った顔なのに、なぜすぐに思い出せないのだろうか？

「チッ、兄貴だろうが何だろうが、あんなヤツは痛い目に遭わせるに限るんだが、もしかして、オレのせいであんたが困ったことになるんじゃないよな？」

少し前までの険しい気配は跡形《あとかた》もなく消えて、頭を搔いている姿が何だか面白《おもしろ》い。妙に素直《すなお》に感じてだろうか、ひとりでに笑みが浮かんだ。

「困ったりしないわ。むしろよかったと思ってるの」

「それならいいんだが……。ところでお前、変わったしゃべり方だな？　おふくろと話してるような気分だぜ」

……くすん、そりゃ無理もない。この子から見れば、私は似たような年代の令嬢《れいじよう》だろうから。知らず知らず、うちの獅子の子に接しているような口調になってしまった。

首を傾《かし》げ、私をじっと見ていた少年が、ニヤッと笑ったのはその時だった。こうして見るとなかなか品のある顔立ちの、幼い正義の味方君は、自分の体ほどもある剣を片方の肩に載せたまま、空いた左手を私に差し出して、人情味たっぷりの口調でこう言った。

「とにかく、連れがいるところまで送ってやるよ。ところでお前、どこのご令嬢だ？　オレの周りにお前みたいな子いないんだけどな」

「……あんたはどこの御曹司《おんぞうし》なの？」

「オレ？　高貴な家の息子」

何にも言えない。実際持っている剣も服も靴《くつ》も、相当高価なものなのは間違いない。それなりの貴族の家の息子だとして、相手が皇太子でもアレを剝くとか言っちゃうくらいだから……コイツの親もさぞかし頭痛いんだろうな。

顔も知らないよその子の親に共感しながら、目の前に出されたごつい手をそっと握る。意外に温かい気配が漂《ただよ》っていた。

タコができて荒々《あらあら》しい感触《かんしょく》の手を見る限り、どうやらコイツも、うちのご立派な長男に負けないくらいの剣術《けんじゅつ》好きみたいなんだけど……。

正体不明の少年にエスコートされて衣装室の前に到着《とうちゃく》すると、なぜか入り口の階段に腰かけたジェレミーの金髪《きんぱつ》がいちばん最初に目に入った。次の瞬間、暗緑色の瞳がこちらに固定されたと思ったら、すぐにガバッと立ち上がったジェレミーが、いきなり大声で叫んだではないか。

「ホォ？　お前、さっきのクソッ……！」

さっきの？　きょとんとして頭を回すと、何が面白いのか、悠々《ゆうゆう》と笑う黒髪の少年が見えた。

「おやおや、お前はさっきののろま野郎《やろう》じゃないか？　そんなにのろくて騎士になれるのか？」

「この野卑《やひ》な野郎が！　人のもの横取りしたくせに、ニヤニヤしてんじゃねえよ!?　熱でもあるのか？」

「正確に言えばオレのものだろ、オレが金を出して買ったんだから。恨むんなら自分のとろくささを恨むんだな？　とにかく、お前と遊んでる時間はない……」

「坊《ぼっ》ちゃま、坊ちゃま！　いったいいつのまにこんなところまでいらしたんですか、ずいぶん捜《さが》したんで……逃げるのですかあ!?」

お供の騎士と思われる男が一人、不意に現れて、痛嘆《つうたん》に堪《た》えない勢いで叫んだおかげで、幸い二人の少年がここで取っ組み合いすることはなかった。正確に言うと、舌打ちしていた黒髪の少年が、実に驚くべきスピードで、お供の騎士を撒《ま》いてヒューッと走り去ってしまったのだ。その後を猛《もう》スピードで追いかけようとするジェレミーを、私が何とか引き止めた。

「おとなしくしなさい、剣は別なのを買えばいいじゃない！」

「ああ、あのクソッタレ横入り野郎、逃げたのか？　見つけたらただじゃ置かないぞ！」

しばらく歯ぎしりしていたジェレミーが、突拍子もなく真面目《まじめ》な顔をして私の目を見つめた。

「ところで、何でアイツがお前と一緒にいたんだ？」

「……うん。知り合いの息子さんだから挨拶したら、何だかこうなっちゃったの」

「ほぉー？　どこのクソ犬か知らないが、ちゃんとしつけしろって言っとけよ。ちっくしょう」

……自分は棚《たな》に上げちゃって。

私の夫ヨハネス・フォン・ノイヴァンシュタインをしのぶ追悼の宴。この宴のために、応接間をはじめ、本館一階のインテリアのすべてに手をかけた。

招待状をいくつ出したかさえわからない。予算が宮殿《きゅうでん》で行われる宴を超《こ》える超豪華版《ちょうごうかばん》なのだから。都中《みやこじゅう》の指折りの名家や枢機卿はもちろん、皇室の人々も来る予定だ。皇太子とジェレミーは子どもの頃から親しかったし、私と一緒にこの宴を計画したニュルンベル公爵は、皇后の弟。だから、私が朝早くから何度も忙しなく会場を確認《かくにん》し、使用人たちに小言を言うのも無理はないのだ。だけど、何と言ってもいちばん大変だったのは……。

「少しでもおとなしくしていられないの？」

早々に正装させた甲斐《かい》もなく、すぐに裏庭で走り回って、全身泥《どろ》だらけの双子に着替《きが》えるよう言い聞かせ、服の色が気に入らないと不平を言うエリアスをなだめ、剣を持っていくと主張するジェレミーと口ゲンカし、魂がすっかり抜けてしまった。何で宴に剣が必要なのよ！

「強情《ごうじょう》もいいかげんにしなさい！　あなたはまだ騎士に任命されていないのよ！」

「任命されるけど!?　たぶん来年には任命されるけど!?」

「今は違《ちが》うんだから、一日だけでもどうか言うことを聞いて！」

「ガキかよ！」

「そっちの方が、まるでガキだけど!?」

ジェレミーはかなりしつこかったが、私も負けていなかった。どうせ後には名声を轟《とどろ》かせるのに、何を焦《あせ》っているのか。

結局、今回だけは私が勝った。魂がすっかり抜けてしまいはしたが、マダム・メリーシャの衣装室で、私の手で選んだ衣装を着た子どもたちを見ていると、ひとりでに満足の笑みが浮かんだ。

同じあんず色のドレスとスーツを着たレイチェルとレオン、青い燕尾服《えんびふく》姿のエリアス、朱色《しゅいろ》の少年用の騎士服姿のジェレミー。とにかく、容姿だけは認めてあげなきゃ。ふぅ……。

子どもたちの支度《したく》が終わったのを確認してから、あたふたと着替えをした。深く開いたスクエアネックのラインと、リボンで装飾《そうしょく》された胸当てが目を引く水色のドレスは、来年の後半まで流行するデザインだ。ピンクの髪は太く編んで、ところどころをピンで留《と》めた。最近流行りの華《はな》やかなアップスタイルにしたいのだが、私には不可能なのだ。ある根性《こんじょう》の悪いヤツが、私のうなじに鮮《せん》明《めい》な傷跡《きずあと》を残してくれたから。うっ……。

「どうやら今日はシュリーから客を守らなきゃならないようだな、弟よ」

「おお、そのとおりだ。正確には、客の視覚を守ってやるんだ」

……我慢だ。我慢は美徳だ。それにしても小憎《こにく》らしいヤツらだ。

我が家が主催《しゅさい》する追悼の宴なのに、子どもたちの親族も、私の親族も、徹底《てってい》して除外されたという事実は、ちょっと皮肉かもしれない。

とにかく、私の漠然《ばくぜん》とした不安など色あせてしまうほど、時間に合わせて、華やかに着飾《きかざ》った来客が、続々到着し始めた。私は長い挨拶をやり取りしながら、親切な当主の役割をしっかり果たし、来客は腹の中でどう思っているかはともかく、表向きは本心に見える微笑《びしょう》で歓談《かんだん》していた。葬儀《そうぎ》の時のあからさまな敵意を帯びた視線とひそひそ話は、とりあえず保留状態というべきか？　この宴は、腹の探《さぐ》り合《あ》いというわけだ。

「実に素晴《すば》らしい宴ですな、夫人」

「ハインリッヒ公爵様。ようこそ」

「ああ、これはうちの娘です。オハラ？」

過去の私の未来の嫁《よめ》、オハラ公爵令嬢の十二歳の姿を見ているとは、実に感慨深い。ドレスの裾《すそ》を軽くつまんで、非の打ちどころのない姿勢で挨拶するプラチナブロンドの少女は、いずれ都いちばんの美女に成長するのが納得《なっとく》できるほどかわいかった。

……まあ、それでも、私の目にはレイチェルがいちばんかわいいんだけど。

「お目にかかれて光栄です、レディー・ノイヴァンシュタイン」

「ようこそ、お嬢様《じょうさま》。ゆっくり楽しんでいってちょうだいね」

はにかんで頰《ほお》を赤らめたオハラが、紫《むらさき》の瞳で瞬きしながら、私のそばに立っている子どもたちを見た。正確に言うと、ジェレミーを見たのだ。ジェレミーは退屈そうな表情で、指で私の編んだ髪をつんつん突《つつ》いていた。

コイツはいったい……？　あんたの未来の婚約者になるかもしれない少女が見てるっていうのに。

もちろん、それは今後のあんたの気持ち次第なんだけど……。

とにかく、過去のように、私の思いどおりに子どもたちの婚約を進めるつもりはなかった。まだ、みんな子どもだから、あとで好きな人ができたら、その時考えればいい。

「レディー・ノイヴァンシュタイン」

「ニュルンベル公爵様、公爵夫人。ようこそ。よくいらしてくださいましたわ」

明るく挨拶する私に、慈愛《じあい》を込《こ》めた微笑で歓談する公爵とは違い、やや弱々しい雰囲気の公爵夫人は、ただ静かに、どこか悲しそうな瞳で私を見つめるだけだった。哀悼の意味ではなかった。過去にもこの公爵夫人は、いつもこんな得体の知れない哀愁《あいしゅう》を帯びた瞳で、私に接していた。だから慣れていると言えないこともないが、何となく気まずい気分だった。

「これがうちの不肖《ふしょう》の息子です。ここで粗相《そそう》をしないことを祈ってい……」

「お父さまはどうしていつもオレのことをそんなふうにおっしゃるんですか？」

親切なニュルンベル公爵の独特な紹介《しょうかい》とともに、不意に登場して文句を言う少年の姿に、私は予期せず固まって、衝撃《しょうげき》を受けてしまった。

そう、そうだ。やはりそうだった。どうしてすぐに気づかなかったんだろう？

「あれ？　お前はあの時の……」

ようやく正義の味方の正体に気づいた私は、一歩遅《おく》れる自分の感覚が恨めしいと同時に、ニュルンベル公爵夫妻に、深い憐憫《れんびん》を感じてしまっていた。どうやら無敵の公爵が私に親切なのは、これが理由のようだ。

「ノラ、侯爵夫人にお前とは、無礼じゃないか？」

「え……？　何？　コイツが侯爵夫人だって？」

「このバカ息子！」

そうだ。黒い少年用の礼服姿で、青い目を丸くして私を見ていた黒髪の公子《こうし》は、他でもない、ルーカスを容赦《ようしゃ》なくやっつけた、あの少年だったのだ！　どうりで見覚えがあるはずだ。コイツがジェレミーの唯一のライバルになる、あのノラ・フォン・ニュルンベルだったとはね？

「無礼をお許しください、夫人。もしや、息子と面識がおありですかな？」

「え？　ああ、それは……」

かなりうろたえてしまった。ここで不肖の公子が私と出会ったいきさつをべらべらしゃべってしまうと、大恥《おおはじ》をかくことになるんだけど……！　あの透《す》き通《とお》った青い目を見ても、ニュルンベル家を連想しなかった私もどうかと思うけど……。

私の目に宿った哀願の色を読んだのか、幼い公子が妙な表情で沈黙する中、嵐《あらし》の前の静けさを本当の嵐に変えたのは、他でもないエリアスだった。エリアスはレオンと同じ姿で、フォアグラを載せたクラッカーをかじっていて、急に驚愕に満ちた表情になったのだが、ようやく出てきた言葉がこれだった。

「兄貴、アイツ、あの時のひったくりじゃないか？」

「何……？　アイツが何でここにいるんだ？　おい！」

実に凶暴《きょうぼう》なジェレミーの咆哮に、ノラはしばしためらっていたが、すぐに負けないくらいふてぶてしく仕返しを始めた。

「これはこれは、あの時ののろまじゃないか？　お前、ノイヴァンシュタイン家の息子だったのか？　家名に泥を塗《ぬ》るなよ、家の恥だな」

「殴《なぐ》られそうになってとっとと逃げたくせに、口だけは達者だな。お前こそ家の恥だ、この泥棒《どろぼう》野郎が！」

私は呆《あき》れて、二人をかわるがわる見た。悪縁《あくえん》って、こういうことを言うのだろうか？

ジェレミーがノイヴァンシュタインの獅子なら、ノラはニュルンベルの飢《う》えたオオカミだった。歳も同じ二人が初めて剣を合わせたのは、一一一八年の建国記念祭の剣術大会。長引いた末、引き分けになった決勝戦が、宿命のライバルの始まりだと言えるだろう。みんな歓呼《かんこ》し、悲鳴を上げて大騒ぎだった、はず。私はその時、もしや長男がケガでもするんじゃないかと気をもんで、気絶しそうだったから……。

「愚《おろ》かなヤツほど自分が見たいものしか見ないものさ。自分の姿が投影《とうえい》されてるからな」

「何言ってんだよ？　逃げるしか取《と》り柄《え》がないのかと思ったら、哲学《てつがく》者だったとはな？　口先だけじゃなく、かかって来てみろよ？」

「ジェレミー！」

「ノラ！」

結局ニュルンベル公爵と私が、この情けない取っ組み合いを止めることになった。公爵は息子の頭にゲンコツを見舞い、私はジェレミーの背中を叩《たた》いた。

「ああっ！」

「あっ！　痛いよっ！」

「ジェレミー、お客様に失礼でしょ？　すぐに謝りなさい！」

「何でさ⁉　アイツが先に始めたんだろ！」

「ノラ、すぐに失礼をお詫《わ》びしなさい」

「どうして？　人が正当に買ったものを、いつまでもぐずぐず言ってるのはアイツ……ああっ！　どうして叩くんだよ⁉」

「気苦労が……絶えませんわね」

はにかみ屋の公爵夫人が、私にこんなことを言うのだから、よっぽどだ。お互いさまではあるけれど……。それでも私がノラとどうやって出会ったかはうやむやになったから、幸いだというべき？

「皇太子殿下《こうたいしでんか》のお成りです！」

誰かの力強い大声に、息子たちを捕まえてガミガミ言っていた私たちも、思い思いにグラスを傾《かたむ》けながら私たちを見物していた客たちも、約束でもしたかのように同時に静かになって、粛然《しゆくぜん》と姿勢を整えた。

「帝国の若き鷲《わし》のお出ましですな」

「相変わらずお元気そうですな、皇太子殿下」

お供をぞろぞろと連れ歩いている、十七歳になったばかりの皇太子、テオバルト・フォン・バーデン・ヴィスマルク。彼の登場で、あちこちに息を吸《す》い込《こ》む音と、丁重な挨拶の言葉が降り注いだ。

シャンデリアの光を受けて輝《かがや》くホワイトシルバーの髪をなびかせ、こちらに近づいてきた皇太子が、金色の目元を細めて口を開いた。

「やっとお目にかかれましたね、獅子たちの母上。噂どおり髪は桜の花、目は若草のようですね」

……いったい何だろう、この気が重くなる挨拶は？　獅子たちの母上？　以前皇太子が私をこんなふうに呼んだことはなかったのに。エリアスが笑いを嚙《か》み殺《ころ》しているのが小憎らしい。

「お越しいただき光栄でございますわ、皇太子殿下」

「そんな寂しいことを。私が来なくて誰が来るんですか？　ハハ」

「皇太子殿下」

「叔父上《おじうえ》、叔母上《おばうえ》、来ると言ってあったでしょう、ハハ……。おお、従弟《いとこ》のノラよ、久しぶりだなあ。ずいぶん背が伸びたな？」

嚙《か》みつき合う勢いでうなっている、猛獣《もうじゅう》の子みたいな二人の少年の相手をした後で、こんなに丁重で品のある皇太子を見ると、心身が浄化《じょうか》された気分になる。

父親に殴られた頭をなでていたノラは、青い目で皇太子をチラ見していたが、すぐに氷のように冷たい声を発した。

「ノラ……！」

「おやおや、羨《うらや》ましいですか？」

「いいんですよ、叔母上。ハハ、ぶっきらぼうは相変わらずですね」

「オレは生まれてから今までずっとこうだし、皇太子殿下はオレが素直になれるほど親切な方ですね」

冷たいどころか生意気に感じる口振《くちぶ》りで言《い》い募《つの》った公子は、プイッと後ろを向いて遠ざかってしまった。そして、ニュルンベル公爵はため息を吐《つ》いた。

「申し訳ございません、皇太子殿下。あやつは最近一層……」

「ああ、気にしないでください。平気ですよ」

少しバツが悪そうに笑ってみせた優《やさ》しい皇太子は、柔《やわ》らかい金色の視線を一瞬私に固定したが、すぐに背中をさすっているジェレミーに声をかけた。

「久しぶりだな。元気そうで何よりだ」

「元気じゃないわけありませんよ。アイツがよりによって殿下《でんか》の従弟だったとは……」

低くつぶやいたジェレミーも、後ろを向いて行ってしまった。

聖なる父よ、母よ！　この時代の少年たちにご加護を！　子どもの頃からいちばん親しくしてきた二人の少年から、そろって拒絶《きょぜつ》された皇太子は、啞然《あぜん》とした顔で私を見つめるだけだった。

「二人とも、どうかしたんですか？」

もちろん、悪縁で結ばれた宿敵の登場のせいもあるけれど、うちの子たちはもともと他の大人の前であんな態度を取ってたかしら？　間違いなく過去にはこれほどひどくなかったはずなんだけど、過去より子どもたちと親しくなった今のほうが、どうして胸騒《むなさわ》ぎがするんだろう。それでも幸いなのは、エリアスと双子が、まだおとなしくしていることだ。

「エリアス、お願いなんだけど、弟たちを見ていてくれる？」

「何で？　それは兄貴がすること……」

「ジェレミーよりあんたのほうが、双子と仲がいいじゃないの」

「仲がいい？　別によくないけど？」

……期待した私がバカだった。嘆《なげ》きの涙を飲み込んでいたら、そんな私を妙にキラキラした目で見ていたテオバルト皇太子が、とても優しく声をかけてきた。

「大変ですねえ」

「アハハ……」

「あまり心配しなくてもいいのではありませんか。同じ年頃の子どもも多いですから、子ども同士で勝手に遊ぶでしょう？　とりあえず、私と一杯《いっぱい》いかがですか」

品のある皇太子の言葉だからか、妙に説得力があった。私は素直にテオバルトが差し出すグラスを受け取り、ピリッとした香りを感じるワインで唇《くちびる》を湿《しめ》らせた。

「それはそうと、夫人にお目にかかるのはこれが初めてですが、前にも会ったことがあるような気がするんですよ。もっと早くご挨拶に来ていれば……」

「今日、こうしてお目にかかれただけで光栄ですのに。皇帝陛下はお元気ですの？」

「いつもお元気ですよ。ハハハ。ジェレミーが今日に限って、なぜあんなにふてくされているのかわかりませんが、私とは子どもの頃から親しくしていましたから、これからもアイツとのおしゃべりがてら寄らせてもらいますよ。歓迎《かんげい》してくださいね」

「もちろんですわ。皇太子殿下なら、いつでも大歓迎ですよ」

優しく笑いながら答えると、金色の瞳がすぐに異彩《いさい》を放った。私の見間違いでなければ、本気で自分の言ったことを守りたがっているということだろう。ふーん、これもまた不思議だわ。さっきの変な挨拶はまあいいとして、皇太子って、私にこんなに好意的だったかな？

……確かに、あの時と今とでは、状況《じょうきょう》がちょっと違うか。

現皇后のエリザベートが生んだのは、第二皇子だけだ。テオバルト皇太子は、産褥《さんじょく》熱で早世した前皇后が生んだのだ。

私が侯爵邸に来る前、つまり、子どもたちが今よりもっと小さな頃から、テオバルトとジェレミーは付き合いがあった。皇太子に同じ年頃の友だちを作ってやりたいという、皇帝と夫の考えだった。本来その役割は、エリザベート皇后の甥《おい》であるノラ公子が務めるべきなのだが、私の記憶が正しければ、公子と皇太子は、それほど親しくなかった。

……さっき見たとおりなら、なぜかノラのほうで、一方的にテオバルトを嫌《きら》っているようだったけど。

とにかく、ジェレミーが後に皇太子の剣と呼ばれるようになったのも、テオバルトとの関係が影《えい》響《きょう》したといえるのだが、この品のいい皇太子が、特に私に好意的だったり、ざっくばらんに接したりしたことはなかった。当然だけど。むしろ、避《さ》けたい相手だったはずだ。夫が死んでいくらも経《た》たないうちから、雇用契約《こようけいやく》した愛人を居座《いすわ》らせて、社交界を震撼《しんかん》させた私だから。当時の私の悪名も大したものだった……。

「大丈夫ですか？」

「え？　ああ……」

「急に悲しい目をなさったので。故人を思い出していらっしゃるんですね」

くすん、善良な皇太子殿下、とっても慈愛に満ちたお言葉なんだけど、勘違《かんちが》い……。

「気の済むまで悲しんでください。ここひと月の間に、いろいろなことがあったでしょうから。ようやく成年式を迎《むか》えるお歳なのに……。このやるせなさをどう表現していいのかわかりません」

驚くほど優しい口調だった。一瞬、この人、どうして私にこんなに優しいんだろうと思うほどに。人からそんな風に言葉をかけてもらえるとは思ってもいなかったから、胸の片隅《かたすみ》がピリピリとしびれてきた。

……私、どうしたんだろう。お酒のせいかしら？

「皇太子殿下」

すぐそばから不意に聞こえた声に、私たちは二人そろって首を回した。そして、意外な人物と顔を合わせた。

「ああ、リシュリュー枢機卿。出席なさっていたのですね。お元気でしたか？」

例の黒い祭服姿の沈黙の鐘、リシュリュー枢機卿だった。本当に来るとは、私も予想していなかった。明るい光に映《は》えた茶褐色《ちゃかっしょく》の髪の下の漆黒《しっこく》の瞳が、グラスを持った私たちをかわるがわる見つめ、無遠慮《ぶえんりょ》に私の顔に固定された。そして、目は私を見ながら、言葉はテオバルトにかけたのだった。

「先日の十一条の件について、折り入ってお話がございます」

「うわっ、ここまで来て仕事ですか？　ちょっと勘弁《かんべん》していただけませんか？　いやはやまったく……。では夫人、ちょっと失礼します」

いたずらっぽく文句を言いながらも、素直に歩き出した善良な皇太子を見ていると、エリザベート皇后が心から羨ましいと思った。

それに比べて沈黙の鐘殿は、私に挨拶すらせずに、最後までえげつない視線で穴の開くほど見てくるだけだった。何を考えているのかわからない視線で、ただでさえ暗い印象のせいか、忌《い》まわしい感じがした。過去では特に気にしたこともなかったのだが、今は何だか気に障った……。

私はしばし空いたグラスを置いて、宴が開かれている巨大なホールを見渡《みわた》した。正確に言うと、特別に雇うことのできた有名な楽団の変奏曲が流れる中、それぞれ気の合う者同士で山海の珍味《ちんみ》を味わい、お酒を飲み、会話を楽しむお客たちを見ていた。

こういう場所での私の立場は、とても微妙《びみょう》だった。帝国の歴史上、例を見ない、若い女性当主。高齢《こうれい》の男性だけである派閥《はばつ》に属することもできないし、だからといって、同じ年頃のご令嬢の仲間に入ることもできなかった。

一般的《いっぱんてき》に、貴族の娘の結婚適齢期《てきれいき》は十六歳から二十三歳くらいだが、今の私の歳で早々《はやばや》と結婚している令嬢は、新婚《しんこん》ほやほやか、妊娠《にんしん》しているなどの理由で、こういう席は避けるのが普通だった。

未婚《みこん》の令嬢とは、共感し合うのは難しかった。過去に親しくしていた令嬢がいなかったわけではないが、ほとんどが、おこぼれにあずかろうとして近づいてくる人々ばかりだった。私も当時は、特に味方を作ろうと努力をしていたわけでもなかった。

私が今狙《ねら》っているのは、貴婦人たちのグループだ。ある程度年齢を重ねていて、子どものいる夫人だ。社交界にデビューしたての適齢期の令嬢たちは、御曹司たちと意気投合し、楽しくおしゃべりをしたり、ささやき合ったりしていた。私は若者たちの前は通り過ぎ、会場の一方に集まっている夫人たちに近づいた。

「お料理はお口に合いますかしら？　不自由はございませんこと？」

プチフールとグラスを持っておしゃべりしていた夫人たちは、一斉に私のほうを見た。親し気な笑みを浮かべてはいたが、雅《みやび》な目元は、明らかに何かを探《さぐ》っていた。面識のあるバイエルン伯爵《はくしやく》夫人が、最初に口を開いた。過去に私がレイチェルの講師を頼《たの》んだ夫人だ。

「ご趣味《しゅみ》がよろしいですわね、レディー・ノイヴァンシュタイン。ご招待いただいて光栄ですわ」

「皆《みな》さまにお越しいただけて、私こそ光栄ですわ。あのう、今後ともよろしくお願いいたします。お目にかかれて本当にうれしいですわ」

にっこり笑って、世間知らずな少女のような打ち解けた口調で答えると、注意深く顔色をうかがっていた瞳が、サッと視線を交えた。私がやや興奮したような面持ちでバイエルン伯爵夫人の前の席に座ると、意味深長な表情を浮かべていた夫人の一人が、言葉を投げてきた。

「思いもしなかった温かいおもてなしですわ。ところで夫人、ちょっと妙な噂を聞いたんですのよ」

「妙な噂？　私の？」

純真そうに目を見開いて尋ねると、再び素早《すばや》く視線が交えられた。次に主導権をバトンタッチされたのは、シュヴァイク侯爵夫人とハーテンシュタイン伯爵夫人だった。

「大したことではありませんのよ。以前サロンで偶然《ぐうぜん》セバスティアン伯爵夫人にお目にかかったんですの。あの方のお話をすべて信じているわけではないんですけれど……」

「そうね。うかつに片方の話だけを聞いて判断してはいけませんわ。双方《そうほう》のお話を聞かなければわかりませんもの」

「ああ……それ、何のお話かわかる気がしますわ。すべて私が至らないせいですの」

注意深く答えると、好奇心を帯びた視線が一斉に刺《さ》さってきた。私は会心の笑みを堪え、わざとぎこちなく目を伏せた。そして、ためらいがちに、つっかえながら言葉を続けた。

「実は……皆さまもご存じのとおり、夫は情に篤《あつ》い人でしたの。子どもたちにもいつも優しくて」

「もちろんですとも。前侯爵様が良《い》い方だったのは、みんなが存じてますわ」

「恐縮ですわ、レディー・バイエルン。実は私、夫の葬儀を終えてから、セバスティアン夫人に、ここに留まって子どもたちを見てくださるようお願いしたんですの。そうすれば子どもたちも早く気持ちが安定すると思ったものですから」

「あら、無理なお願いではないと思いますけれど」

「ええ。でも、あの方の教育方針は、私や夫とは違いますの。厳格すぎるというのかしら……。あの方が私のことを気に入っていないのはわかっていましたけど、子どもたちまで傷つけるのは我慢がならなかったのです。それで思わず、失礼なことをしてしまったのですわ」

私はすでに有名衣装室に子どもたちを連れていき、その姿を見せつけている。今日の宴も同様だ。

……少し騒々《そうぞう》しくしてしまったが、とにかくこの場にいる夫人たちは、社交界常連の古だぬきであると同時に、母親でもあった。彼女たちを囲《かこ》い込《こ》むのにいちばん確実な方法は、とりあえず、子どもに関して共感してもらうことだろう。うなだれている私を、特有の悲しげな瞳で見つめていたニュルンベル公爵夫人が、不意にうなずいて見せた。

「わかりますわ。子どもたちのことですもの」

「レディー・ニュルンベルのおっしゃるとおりですわ。まったく、そんなことがあったなんて。私でも黙っておりませんわ。皆さん、そうじゃございません？」

「当然ですわ。私だって、うちのフントを人に傷つけられたら我慢なりませんもの。夫たちは理解できないようですけどね……。ああ、少し前に夫が連れてきた剣術の師匠《ししょう》が、うちのフントを好き勝手に殴ったんですのよ？」

「まあ、何てこと。本当ですの、レディー・バイエルン？」

「本当ですとも。私、問いただしましたの。そうしたら、その図々《ずうずう》しい輩《やから》が、夫が好きなようにしてもいいと言ったと言うんですのよ。私が夫に、今度あんな無礼者を連れてきたら、あなたの目を引っかいてやるからと脅《おど》したからそれで済んだものの、そうでなければ今頃《いまごろ》息子は家出していたかもしれませんわ」

けらけらと笑い声が出た。優雅《ゆうが》な貴婦人たちが扇《おうぎ》で口を隠して、涙を浮かべて笑う姿に、向かい側の席に集まって、タバコを吸いながら取りすましていた夫君《ふくん》たちが、チラッとこちらを見た。

「とにかく、ノイヴァンシュタイン夫人は悪くありませんわ。ちょっと融通《ゆうずう》の利《き》かないところはあったかもしれませんけれど……」

「ええ、私も少し後悔《こうかい》していますの。ご存じのとおり、私、経験も知識もないものですから……。あのう、今度こんなことが起きたら、夫人たちに賢明《けんめい》な助言をお願いしてもよろしいかしら？」

「もちろんですわ。ああ、まだお若いのに、前妻のお子さんを育てるなんて、簡単なことではありませんわ。いつでも相談してくださいな」

かわいいとでもいうように注がれる、仲間意識と優越《ゆうえつ》感が入り混じった反応。すべて狙いどおり。世間知らずで裏表がなく、謙遜《けんそん》しながら何でも学ぼうとする若い寡婦の演技は大成功だ。彼女たちの夫と同じ当主の地位にあるうえに、このうえなく若い私のほうから、ざっくばらんに近づいて助言を求め、愛嬌《あいきょう》を振りまくのだから、優越感を抱《いだ》かずにはいられないだろう。

何も知らなかった過去には、ただ舐《な》められたくなくて、若気の至りで鼻を高くし、ネコみたいに爪《つめ》を立てていた。甘《あま》く見られるということが悪いことばかりではないという事実、人を丸め込んで味方にするには、プライドがすべてではないという事実を知らなかったのだ。

社交界で、いちばん上層階にいるのは貴婦人たちだ。どんなに流行の変化が速くて、青臭いご令嬢たちがのし上がってきても、年輪と経験を積み、古だぬきと変わらない貴婦人たちを引きずり下ろすことはできないはずだ。そのうえ、世界中に伝わる悠久《ゆうきゅう》の伝統、最も決定的でひそやかな武器こそ、彼女たちの専売特許。つまり、閨《ねや》の睦言《むつごと》だ。

よしよし、今日の私の目的はだいたい成功したようだ。この調子で……。

「キャアーッ！」

「まあ、何てこと……！」

「誰か、誰か止めて！」

活気の中にも上品な雰囲気を維持していた会場が騒々しくなったのはその時だった。正確に言えば、二階のバルコニーに続く階段から、美しく着飾ったご令嬢多数が、どうしていいかわからず駆《か》け下《お》りながら、驚愕に満ちた悲鳴を上げていた。お母さまたちは怯《おび》えて立ち上がり、お父さまたちは戸惑いの視線を交え、子どもたちは好奇心に満ちた顔で、楽しそうに階段を駆け上がった。

神よ、今度はまた何事でしょうか？　私は、もしやジェレミーが、未来のライバルと殴《なぐ》り合《あ》いでも始めたのではないかと、急いで駆け上がった。そして、ついに到達《とうたつ》した二階のバルコニーには、

オー、何てこと！

ドタバタドッテン！

「ジェレミー！」

蘭《らん》の花と油皿《あぶらざら》で華やかに装飾されたバルコニーは、すでに難破船状態だった。火がついたように殴り合っている四人の御曹司の中には、間違いなくジェレミーが入っていた。

私の予想と違っていたのは、相手がニュルンベル公子ではなさそうだということだった。それどころか、公子とジェレミーの二人で他の御曹司二人を相手にしているようだった。いったいどうして二人が共闘したのかはわからないけれど……！

普通、こういう類のケンカに巻《ま》き込《こ》まれるのはエリアスなのだけれど、どうしてジェレミーがこんなことをしているのか？　同じ血の気が多い性格でも、ジェレミーは手が先に出るタイプではな

かった。まして、相手は宿命のライバルでもなく……。

「兄貴、やめろ！　落ち着けよ！」

「やめて、ジェレミー兄さま！　ママに叱《しか》られる！」

怒《いか》れる子馬のようなエリアスとおちびの双子が、どうしたことか、加勢するどころか兄を止めようと必死になっているのは誠《まこと》に奇特《きとく》だったが、それほど効果はなかった。当然。

ジェレミーもノラも、ようやく十四歳だ。そして相手は十代後半に見える御曹司だった。歳《とし》の差を勘案《かんあん》すれば、比較《ひかく》にならないのが当然だったが、生まれつき武骨な少年と、一生本を読んでいるだけのように見える青年たちは、なかなか互角《ごかく》に勝負していた。

着飾った、身分の高い家の息子たちが、夜市の闘犬《とうけん》のように絡み合い、激しく嚙《か》みつくお芝居《しばい》みたいな光景に、慌てて駆け上がってきた客たちは皆、誰ということなしに呆けた顔になったのは言うまでもない。敬虔な枢機卿たちは、祈りのような言葉をつぶやきながら十字を切った。

私が慌てて止めに入ろうとした瞬間、いつのまにか近くにいたテオバルトが私の肩をつかみ、一足早く出ていった。身分では誰も追随《ついずい》できない皇太子は、すべての騒ぎを打ち切るくらい大きくて断固とした声で叫んだ。

「命令である、皆の者、やめよ！」

ニュルンベル公爵もお出ましになった。貴族社会の二大名家の一つである鋼鉄の大公爵は、私が初めて見る非常に冷厳な顔で、息子に向かって質問した。

「いったいなぜこんな騒ぎを起こしたのだ」

テオバルトの命令で、一瞬で騒ぎが収まる。私の長男とニュルンベル公爵の息子が争った相手は、ハインリッヒ公爵の甥にあたる、伯爵家の息子たちだった。

私がかわりにお詫びいたしますと、頭を下げるハインリッヒ公爵に心からお詫びした後、我が家とニュルンベル家の家族が集まった。

腕組《うでぐ》みをして気分よさそうに笑っているテオバルトとは対照的に、ニュルンベル公爵夫妻は深刻そうだった。公爵は冷たい雰囲気を醸《かも》し出していて、侯爵夫人はそわそわして、絶えず両手を握ったり開いたりしている。

「ノラ！ さっさと答えないか！ いくら分別《ふんべつ》がなくても、なぜ皇太子殿下のいらっしゃる席で騒ぎを起こしたのだ！」

おお！ まさに天井のシャンデリアが震《ふる》えるほどの激しい叱責《しっせき》だ。我が家に大人の男性の怒鳴《どな》り声が響《ひび》くのは久しぶりだ。それでも、分別のない公子は、顔をしかめて私のほうをチラッと見たが、相変わらずだんまりを決め込《こ》んでいた。いったいなぜあんなに激しいケンカをしたのか、だんまりを決め込んでいるのは、ジェレミーも同じだった。

「まあ、唇が裂《さ》けてるわ……！ ジェレミー、いったいどうしたの？ なぜケンカしたの？」

「……ああ、知らねえよ。あのマヌケなヤツらが怒らせるからだろ！」

「だからなぜ？ なぜそんなに腹が立ったの？」

「……」

「エリアス、ジェレミーがどうしてケンカしたか知ってるの？」

まったくいい気味だとでも言うように、兄に向かって舌を出していたエリアスが、素早く頭を左右に振った。

「ううん。兄貴と公子がバルコニーで話しているのを見ただけ。二人が仲直りしたんだと思って、アンタに言われたとおり双子を見に行ったんだよ。そのうちご令嬢たちがキャアキャア騒ぎ出して、見に行ったらひ弱なヤツらとケンカしてたのさ」

それほど役に立つ情報ではなかった。私は意気揚々《いきようよう》と兄たちを見ている双子のほうを見たが、何かを知っているようではなかった。

「ジェレミー、理由は何なの！」

「ああ、ホントに何でもない……ハックション！　ゴホン、ゴホン！　シュリー、風邪《かぜ》ひいた」

「風邪ひいたフリして逃げる気ね！」

「違うよ、ハ、ハックション！　ホントに急にフラフラするんだよ」

頭を力なく抱《かか》えて、私の肩にもたれるジェレミーの無様な姿を見ていると、何だか呆れてしまった。バレバレの下手な芝居《しばい》はやめろと一喝するのが筋なのだが、この頃コイツがはしかにかかったことを思い出し、いっぺんで弱気になってしまった。くすん、どうやら私、何もできないみたい。

「さっきまで平気だったのに、急にどうしたの？　どれどれ……」

バァーンッ！

空気を鋭《するど》く切る音に、私も子どもたちも、約束でもしたかのように同じ表情になり、同時に音のほうに視線を向けた。ぽかんとした私の視野に入ってきたのは、頭が片方に傾いた公子と、怒りの化身《けしん》のような公爵だった。何てこと。

双子が私のスカートをギュッとつかむのを感じた。部屋の中の空気が一瞬で凍《こお》りついたのは言うまでもない。ニュルンベル公爵は、込み上げる怒りを鎮《しず》めるように、しばらく手で額を押さえていたが、ついに落ち着いた声で命令した。

「ノイヴァンシュタイン侯爵夫人と皇太子殿下に無礼を詫びなさい」

「……」

「ノラ！」

血が流れる唇を噛みしめたノラが、父親に負けない冷たく凍りついた青い瞳で、テオバルトのほうをチラッと見た。脇腹《わきばら》に添《そ》えた拳《こぶし》が白く震えているのは尋常《じんじょう》ではなかった。その時、公爵が再び手を上げた。

「コヤツ、これでも……」

「あの、公爵様！」

渋《しぶ》い顔をして固まっていたテオバルトが、なぜか私を見た。何はさておき、私は公爵の腕をつかんで、半ば哀願するように言葉を続けた。

「公爵様、とにかく落ち着いてください。まだ子どもじゃないですか。それなりに理由があったはずですわ」

ニュルンベル公爵は、人の家のことに口を挟《はさ》むなと一喝したりせず、丁重な表情の私と、真っ青になって肩をぶるぶる震わせている妻を交互《こうご》に見ると、幸いなことに手を収めてくれた。

「レディー・ノイヴァンシュタイン。皇太子殿下。息子の無礼をどうかお許しください。私どもは、どうやらこれで失礼したほうがよさそうです」

「でも、公爵様……」

「申し訳ありません。またお目にかかりましょう、夫人。お前はこっちに来い！」

「あ、あの、叔父上、落ち着いて……」

息子のうなじをつかんで荒々しく追い立てるニュルンベル公爵と、唇を噛んでついて行く公爵夫人、そして、戸惑った様子でその後を追う皇太子の姿を見て、私は訳もなく、分別のない公子に対して、正体不明の憐《あわ》れみを感じた。

フー、男の子ってまったく。夫も以前、私のことでエリアスを殴ったことがあったが、その時と今では、次元が違った。他の子どもたちの見ている前で、あんなに派手に殴られたら、絶対に恥ずかしいはず……。

「シュリー、お前もあんなふうに殴るのか？」

「何よ、殴られたいの？」

「そうじゃないよ。とにかく、公爵様が怒るとマジで怖い……ハックション！　ゴホンゴホン！

ああ、ホントに死ぬかも」

不吉《ふきつ》な予感ほど当たるという。予感というより既視感《きしかん》だけれど、とにかく、その日からジェレミーは本当に臥《ふ》せってしまった。病名はやはりはしかだった。

最もありふれた伝染病《でんせんびょう》のはしか。私も子どもの頃にかかったから、どれほど苦しいかよく知っている。お屋敷の中ではしかにかかったことがあるのは、私と執事長《しつじちょう》のロベルトだけだったから、他の使用人も子どもたちも、徹底的《てっていてき》に接近禁止だった。

「いったいこれって……ゴホンゴホン！　チックショー、サイテーだな」

具合が悪くても絶えず暴言を吐く姿は今さらながら不思議だ。もちろん、そんなふうに騒ぐのも長続きしなかった。うなじの辺りから下の全身に赤い発疹《ほっしん》が出て、高熱でうなされるジェレミーを見るのは居たたまれなかった。いつかケロッと治るとはわかっていても、怖くなるのはどうしようもなかった。未来の最強騎士でさえ、病魔《びょうま》の前ではどうしようもないとはおかしな話だ。

私が一日中ジェレミーのそばにいる間、エリアスと双子も怯えたように、すっかり萎《しお》れてしまっていた。あんなに望んでいた静かな侯爵邸なのに、空気はまたとなく不安だった。私はどうして子どもたちがお行儀《ぎょうぎ》よくしてくれることを望んだのだろう？　朝早くからお屋敷をひっかき回す活気を取《と》り戻《もど》したかった。

「……シュリー、いるのか……？」

「うん。いるわよ」

「俺、死ぬのかな……？　死ぬんだな」

「バカなこと言わないで。何で死ぬのよ」

「まあな。お前が清々するのは見たくないからな……」

病気だと子どもになるってことか。ジェレミーはすごい高熱にうなされ、一日中寝ては起きてを繰り返し、途中《とちゅう》でそんなことをつぶやいた。しまいには熱に浮かされてもうろうとしたエメラルド色の瞳に、妙に必死な様子をたたえて、普段《ふだん》なら絶対に言わないこと、夫が死ぬ前にあったことを口にした。

「お前が本気で嫌いだったんじゃない……お父さまが俺たちよりお前のほうが好きなような気がして、嫉妬《しっと》してただけなんだよ」

「もういいの。嫌いだって言ってもかまわないわ」

「亡《な》くなったお母さまの部屋を使われるのが何だかイヤだったんだ。……だけど俺、実はお母さまの顔もろくに覚えてない。お母さまってどんな顔だっけ……？　シュリー、知ってる……？」

私はベッドのそばにひざまずき、布団《ふとん》の中に腕を入れて、火のように熱い少年の手をギュッと握った。かわいそうな子。生みの親がまだ必要な歳なのに……。だけど、ここにいるのは私だけだ。

私は過去にもそうしたように、手で冷や汗に濡れた金色の髪を撫《な》でつけ、真っ青な額に口づけをした。

「今は私が母親じゃない。かわりに私の顔を覚えてくれたらダメかな……？」

ジェレミーは焦点《しょうてん》の合わない暗緑色の瞳で、私の顔をじっと見ていたが、すぐに私の首に腕を回し、沈《しず》んだ声でささやいた。

「熱を下げてよ、シュリー。俺のことをいじめるなって、聖母様を怒ってよ」

私にそんな力があったらどれほどいいだろう。私が時間を飛《と》び越《こ》えてきたと言っても、神様のところに行って責めるのは不可能だ。

現実では神より人のほうが親切だ。ジェレミーが寝込《ねこ》んでいる間、心配して手紙をくれる人、あれこれ助言をしてくれる人、珍しい薬を送ってくれる人などがいた。中でもニュルンベル公爵夫人が短いメモとともに送ってくれた特製のキャンディは、高熱でうなされる少年の苦痛を和《やわ》らげるのに、とても役に立った。

ありがたい人はもう一人いた。しつこい咳《せき》と真っ赤な発疹がようやく治まってきた頃、テオバルト皇太子が訪ねてきた。彼は早く見舞《みま》いに来られなくて申し訳ないと言って、笑みを浮かべた。

「私ははしかにかかったことがあるので、大丈夫でしょう。血気盛《さか》んなヤツが、寝たきりでうなされているのを見たくてね」

断る理由はなかった。結果的にテオバルトの訪問は、ゆっくり始まっていた回復に拍車《はくしゃ》をかける効果を呼んだ。正確に言うと、何日も病《や》んで元気をなくしていたジェレミーが、普段のような姿を取り戻したのだった。

「あれ……。殿下、いったいここで何をしてるんです？　皇太子ってのはずいぶん暇なんですねえ」

「ああ、羨ましいか？　羨ましかったら君も来世で皇太子に生まれ変われよ、コイツ」

「身分を乱用してますね。ノブレス・オブリージュを知らないな」

……普段のように小憎らしいってことは、間違いなく回復してるってことだ。この図々しさほどこにも行かない。

「早く治せよ。キツネ狩《が》りに行くんだろ。母上の目にクマができてるぞ、この親不孝者めが」

「こんなにいい息子を持ったことに感謝してほしいですね」

「ったく、君はいつ謙遜を覚えるんだ？」

「皇太子殿下が僕に剣術で勝ったら考えてみますよ。シュリー、お腹空《なか》いた」

こんなふうに、一日中おしゃべりしているだけだったけれど、テオバルトはジェレミーが完全に治るまで毎日やって来て、話し相手になってくれた。おかげで私は、何日かの間、不安になっていた他の子どもたちに目を向け、なだめる余裕ができた。こんなにいい人だったことを、過去には知らなかったことが申し訳ないほどの好意だった。

「ところで君、あの時何であんな殴り合いしたんだ？　ホントに気になってるんだよ」

はしかにかかってから十日になる夕方、他の子どもたちが食事を終えたことを確認した私が、チキンスープを飲むジェレミーを見守っている間、テオバルトがふと質問を投げた。私でさえ半分忘れていた事件だった。

何日も食べられなかったことに八つ当たりでもするように、乱暴にスープをすくっていたジェレミーが、顔をしかめて皇太子をにらみつけ、吐いたセリフがこれだった。

「従弟の野郎に訊いたらいいでしょう？」

「ジェレミー……」

病気の子に小言を言うのもなんだけど、ため息が出るのはどうしようもなかった。弱気になっていたのがバカみたいに感じるくらい！

痛嘆の涙を禁じ得ない私に、善良な皇太子が実になれなれしく、ニコッと笑ってみせた。

「いいんですよ、夫人。ハハ。君もアイツもしっかり口を閉じているのに、私はどっちにせがめばいいんだ？」

「どうやら従弟から嫌われてるみたいですね。でも、アイツどうしてそんなに殿下が嫌いなんですか？」

「そこまでストレートに訊かれたら悲しいだろう。別に嫌ってるわけじゃないさ。たぶん、思春期だからだろ」

「意外に現実逃避《とうひ》型なんですね」

「グッ！　事実で攻撃するのは卑怯《ひきょう》だぞ！」

「ああっ！　病人にこんなことするのは卑怯じゃないんですか!?」

私は二人がベッドの上で取っ組み合いするのを放っておいて、お盆《ぼん》を持って出た。

メイドたちに空いたお皿と食器を渡してから書斎《しょさい》に寄り、今まで見ていなかった書類をだいたい処理してから再び部屋に戻ると、どうしたことか、二人はてんでに伸びてグーグー寝ていた。

ふと、引き出しの上に置いてある、蓋《ふた》の開いたキャンディの瓶《びん》が目についた。粉にして、少しずつ牛乳で溶《と》いたものだが、どうやらただの飴《あめ》だと思ったようだ。薬飴を仲よく食べて、眠りこけている未来のエリートを見ていると、ひとりでにため息が出る。二人とも、飴を食べる歳じゃないんじゃないかな？

私は皇太子を起こすべきか少し迷って、すぐに考え直し、手足を好き勝手に伸ばして無防備に寝ている青年と少年の姿勢を真っすぐにして、毛布を掛《か》けてやった。
長男と皇太子が、仲よくくっついて寝ている姿を見ることになるとは。一生からかってやる。腹の中でそんなことを思いながら、ぐっすり眠った二人を見守っていると、二人に共通する部分が頭をよぎった。テオバルトもジェレミーも、幼い頃に母親を亡くしているし、それぞれが帝国と名家の後継者《こうけい》でもある。二人が親しくなるのも当然だった。テオバルトには父親がいるが、私が知っている皇帝陛下は、それほど息子たちに優しい人ではなかった。
……ああ、そういえば、ニュルンベル公子は、その後どうなっただろう。大丈夫だろうか。公爵は意外と厳しい方のようだけど……。
以前は知らなかった少年たちへの思いが頭の中で流れている間、私はいつのまにか、柔らかいシルクの毛布を手で軽く叩きながら、鼻歌を口ずさんでいた。過去のいつだったか、双子に時々歌ってやった子守歌《こもりうた》だ。
……ハア、誰かに見られたら笑われるね。
「花はベッドを取り巻いて
羊も僕らに入ります
夜のフクロウは優しく歌うよ、おやすみなさい
おやすみ赤ちゃん、かわいい赤ちゃん
夢で天使に守られて

楽園の夢を見ながらおやすみよ、赤ちゃん……」

「……無事に回復してほんとによかったですわね。気苦労が絶えなかったでしょう」

「ご心配いただいて恐縮ですわ。送っていただいたお見舞《みま》い、ほんとに役に立ちましたわ」

長男を不気味なほど苦しめていた腹立たしい病魔が、ついに退いた爽快な初冬の午前。

私は早い時刻からニュルンベル公爵邸を訪問し、うちのお屋敷とはまた違う、古風な趣《おもむき》のある応接間に座って、公爵夫人と顔を合わせていた。一度お目にかかってお礼を言わなければと思っていたところへ、公爵夫人のほうから、お茶を飲みにいらっしゃいと、招待してくれたのだ。

正直、ちょっと驚いた。ヴィスマルク皇家の象徴《しょうちょう》は、猛獣のくちばしを持った白い鷲。その鷲を戴《いただ》く六匹《ぴき》の猛獣の頂点は断然、皇族の血がいちばん多く入った外戚《がいせき》の家系、碧眼《へきがん》のオオカミだ。

ノイヴァンシュタイン家が皇室の物質的支援《しえん》を担《にな》っているなら、ニュルンベル家は、皇権の安定と政争を担っていた。家系の優劣《ゆうれつ》で階級が決まる社交界の頂点は、現皇后の義妹《ぎまい》に当たるハイデ・フォン・ニュルンベル公爵夫人になるべきなのだが、私が記憶する限り彼女は、社交的な集まりを楽しむタイプではなかった。病弱でもあり、多少内向的で、派閥にも属さず、いつも徹底した中立を固守していた。

どうしていつもこんなに悲しい目をしているのかわからないが、そんな公爵夫人が、なぜ今日、この時点で、私を招待しておいて話があるのにためらっているような、焦燥《しょうそう》した顔で座っているのか？

細くてコシのない白い髪に、白くてか細い体の公爵夫人は、こうして見ると、壊れそうな蠟人《ろうにん》形《ぎょう》のようだ。こんなにか弱そうな人が、オオカミ父子に悩《なや》まされて苦労しているのかと思うと、同情を感じてしまう。ためらいがちな口ぶりで話を切り出す声も、見た目と同じでとても静かだった。

「あのう、レディー・ノイヴァンシュタイン……実はお願いしたいことがありますの」

「私に？　私にできることでしたら、何でもおっしゃってくださいな」

とりあえず、彼女が差し出す手を握るのは私にとって有利なはずだ。なかなか味方を作らない、中立地帯の公爵夫人を取《と》り込《こ》む機会がこんなに早く来るなんて。

「実は……息子のことなんですの」

細い手を絶えずもぞもぞさせながらささやく公爵夫人の言葉に、私は一瞬、目を大きく開いた。公子のことで、私に頼みたいこととは何だろう？

「公子のこととは……？」

「……お気づきでしょうけど、ノラは寂しい子なんですの。兄弟もいませんし、従兄たちとも親しくありませんわ。どうしてなのか、あの子の胸の内まではわかりませんが、このままではどんどんひねくれるばかりのような気がして……」

ため息を吐くように話す公爵夫人が、深い哀愁を帯びた水色の瞳で、じっと私を見つめた。私はきょとんとして聞いているだけだ。

「それで、息子が夫人のお子さんと親しくなれば、少しはよくなるような気がいたしまして……夫人はお若いのに、あんなに子どもたちをうまく扱ってらして、驚いてますのよ。間違いなく才能ですわね。母親の私にも心を閉ざしてから長いのですが、夫人は息子と歳も近いですし、心を開くのではと思ってますの」

まったく思いもしないことだった。私が子どもたちをうまく扱っているように見えていたのか？ もちろん、過去よりはマシだけれど、相変わらず疲れてボロボロなんだけど。

「ああ……うーん、それで私は、何をすればよろしいのかしら？ 子どもたちが親しくなれるかどうかは、私にはどうすることもできないような気がしますけれど。子どもたちが親しくなるきっかけが必要……」

「ですから私、私が言いたいのは……無理なお願いでなければ、ノラと話をしていただけないかしら？」

「……は？」

「ご迷惑《めいわく》ですわよね。お断りなさっても責めたりしませんわ。夫はムダなことをするなと言うけれど……母親と父親では気持ちが違いますもの。とりあえず夫人とお近づきになれたら、自然とお子さんたちとも親しくなるんじゃないかと……」

私にここまで胸の内を明かす、公爵夫人の心情が理解できないわけではなかった。それでも、訝《いぶか》しいことに変わりなかった。まだ二回会っただけだけれど、そこまで救いようがない子ではなさそうなのに。

それに、親の言うことも聞かない子を、知り合ってからいくらも経たない、青臭い（少なくとも他人の目には）私が何とかできると思っているのだろうか？　どう考えても、これには何か裏がありそうな気がするんだけど……。

それでも、公爵夫人への同質感とか、ジェレミーと双璧《そうへき》をなすライバルになる少年への憐憫のせいかもしれない。我が家の獅子の子だけで十分ですと断るのが正解なのに、なぜか私はためらっていた。

ドスン、という騒々しい足音とともに、執事の声が響いたのはその時だった。私も公爵夫人も、同時に頭を動かした。

「坊ちゃま？　黙ってどちらにお出かけだったのですか？」

「うるせえよ！」

……本当に妙だこと。何だか初めて会った時とは、イメージがずいぶん違っているみたい。あの時は少々荒《あら》っぽかったけど、それなりに優しい子に見えたのに……。

「ノラ、どこに行ってたの？　お客様にご挨拶なさい」

「ごきげんよう、公子」

母親が呼ぼうがどうしようが、そっぽを向いて上に向かう階段をドスンドスンと上がっていた公子が、ふと歩みを止めてこちらを見た。

ふーん、かなり気まずい雰囲気なんだけど。見てはいけないものでも見たように、奇怪極《きかいきわ》まりない顔をするのはやめなさい。あんたが正義の味方だとは、まるで知らなかったんだってば、コイツめ！

「ハァ……まったく見ものですねえ」

コイツ、何を言い出すのやら。見ものってどういうことなのよ！　公爵夫人の顔が、死体のように真っ青になって気の毒だ。私が彼女の手を握り、大丈夫ですよと微笑《ほほえ》んで見せている間、礼儀《れいぎ》知らずの公子は、舌打ちをしながら、ピューッと階段を駆け上がってしまった。あらあら、エリアスの十五歳の頃を見ているようだこと。

青い蝶《ちょう》の羽のようなハンカチを取り出し、公爵夫人が口も開けずに涙を拭《ぬぐ》う姿は、本当に気の毒だった。私は悪魔《あくま》に魂を売った心情でこう言うしかなかった。

「とりあえず一度……やってみますわ」

案の定、うるうるしていた公爵夫人の瞳に、すぐに明るい光が宿った。もうどうしようもない。

私はどうやら、今も昔も、人の子どもの尻拭《しりぬぐ》いをする運命のようだ——！

こうして行きがかり上、公爵夫人の要請《ようせい》を受け入れた私は、当分の間公爵邸を訪《おとず》れ、反抗的《はんこうてき》なオオカミの子と、一日一時間対面する約束をした。公爵夫人は、公子をうちのお屋敷にやるべきではないかと主張したが、初対面の印象がよくない宿命のライバルをむやみに会わせては、何が起きるかわからない。

「お願いを聞いていただくだけで恐縮ですのに、そんな面倒《めんどう》なことを……」

「とりあえず私がこちらにうかがったほうがいいと思いますわ。まずはやってみましょう」

「でも……それでは初日だけノラをそちらに行かせて、夫人をお連れするようにしますわ」

どうやらこのか弱い夫人は、私が適当に言い訳をして逃げるかもしれないと、戦々恐々《せんせんきょうきょう》としているようだ。くすん、何でわかっちゃったのかなあ。


「ついて来るな！　邪魔《じゃま》しかできないくせに、自分が役立たずだってことわかってないんだな？」

「邪魔だって⁉　兄貴よりオレのほうがいっぱい捕まえられるもんね？　兄貴こそ足手まといなんだよ！」

「訳のわかんないこと言ってんじゃねえよ。お前が一匹でも捕まえたら、お前の弟になってやるよ！」

「じゃあ、ジェレミー兄さんがエリアス兄さんになるの？」

「コイツ、何言ってんだよ。ワオ……」

「ママ、お兄さまたちにさっさと行けって言っちゃダメ？」

ああ、うるさい。この騒々しさを実は喜んでる私も私だけど。

比較的《ひかくてき》暖かい、お天気のいい初冬の午後、はしかで死にかけたのが信じられないほど回復したジェレミーはエリアスと新調した狩猟服を着て、テオバルト皇太子に招待されたキツネ狩りに行く支度をしていた。そういえば過去にも、狩《か》りに熱中し始めたのはこの頃だったっけ。親切なテオバルト皇太子は、ジェレミーが完治した後にも、口実を見つけてはお屋敷を訪ねてきた。今日のように外で会わずとも、ジェレミーを宮殿に呼べばいいものを、あえて訪ねてくるところが気さくな皇太子らしい。

……もともとこんなに気さくな人だったろうか？　過去とはまるで違う現象がよく起きているようだ。

「はいはい、ケンカしてる間にキツネが逃げちゃうわよ。早く行きなさい！　気をつけて、無理しないで」

「キツネは獅子から逃げ切れないだろ？」

謙遜という名の美徳とは遠いところにいるジェレミーが、鼻を高くして大笑いした。そして、これ見よがしに矢筒《やづつ》を肩に掛け、健康的でいたずらっぽく輝くエメラルド色の瞳で私を見た。

「幸運を祈っててくれよ。最初に捕まえたキツネで、襟巻《えりまき》作ってやるよ」

「はいはい、期待してるわよ」

「気をつけて、お兄さま方！　ペットにするキツネ連れてきて！」

「ぼくのも！　二匹《ひき》連れてきて！」

「ハン！　兄貴が一匹でも捕まえたら、兄上様と呼んでやるよ！」

「おい、さっきから何だよ、まったく……」

最後までじゃれ合いながら馬に乗った二人と、後に続くお供の騎士たちが、ようやく正門を出ていった。凶暴な獅子の子と、若い鷲の追撃《ついげき》に耐《た》えなければならないかわいそうな森の友だちのために、今から哀悼の意を表しておこう。

ジェレミーとエリアスが狩りに行ったおかげで暇になった昼間、私はニュルンベル公子が来る予定のシエスタの時間まで、双子と思いっきり遊んだ。一緒にポニーに乗って、鬼《おに》ごっこやかくれんぼをしているうちに、あっというまに時間が過ぎた。

双子におやつを食べさせて、昼寝《ひるね》をさせるようメイドたちに指示した後、私も公爵邸を訪れる支度をした。今日に限って、上の息子たちが早々と外出したのは、幸いといえば幸いだ。

「うーん、奥様？」

「うん？」

グウェンに髪をとかせていたのをやめて振《ふ》り向《む》くと、そこには近頃なかなか見られない、困惑《こんわく》した瞳のロベルトがいた。瞬間的に心臓がドキッとしたのは言うまでもない。

「どうしたの？　まさか、事故でも……」

「違います、奥様。そんなことではなく……今、お屋敷の外に、アグファ子爵夫人《ししゃくふじん》と、若子爵だと主張する者たちが来ております。どういたしましょうか？」

一瞬、頭の中が真っ白になった。母と兄が訪ねてきた……？

ああ、そうだ……ほとんど忘れていた。今までロベルトには、ノイヴァンシュタイン家の傍系《ぼうけい》親族から来るすべての連絡だけでなく、私の実家から来る連絡も、すべて遮断《しゃだん》するように指示していたのだった。兄を追い返したのは少し前のことなのに、母がこんなに早く行動に移すとは思わなかった。

私の顔が尋常じゃなく見えたのか、銀のブラシで髪をすいていたグウェンが、責めるような瞳でロベルトを見た。ロベルトが咳払いをする。

「お会いになる必要はないかと思います、奥様。私どもが追い返し……」

「いいえ」

「はい？」

「別館の応接間に入れて。どうせ一度は会わなきゃならないんだから」

過去に母と最後に対面した瞬間を思い出した。恩知らずのバカ娘だと悪態をつく母と向き合う私の横には、雇用契約した愛人が座っていた。

当時の契約傭兵《ようへい》さんは、自分の過剰《かじょう》演技に心酔《しんすい》していたのか、私に同情したのかわからないが、頼んでもいないのにクズのチンピラになりきって、母が歯ぎしりしながら逃《に》げ帰《かえ》るように仕向けてくれた。それが私が覚えている母の最後の姿だ。

このまま追い返すほうがいいのかもしれないが、今回だけは顔を見てはっきりさせておきたかった。今後二度と、私にも、このお屋敷にも、子どもたちにも接近させないように。私は実家の家族が、子どもたちの周りをうろつくのを放っておくつもりは毛頭なかった。

時間を遡《さかのぼ》ってから多くのことが変わった今、以前は知らなかった何かに気づくかもしれないという、漠然とした予感もあった。もちろん、情報レベルの話だ。

幸いなことに、上の息子たちは外出中で、双子はお昼寝中だ。公子が来るまでには時間がある。そしてここは、忠実な騎士たちがあちこちにいる、私のお屋敷の中だ。実家の家族を適当にあしらい、完全に追い出すまで長くはかからないだろう。

ある童話の結末（一）

「あんた、バカなの？　ホントにどうかしちゃったんじゃないの？　いったい何考えてあんなことしたのよ!?」

「ああ、まったく、だからそれさ、それなりの理由があったんだよ！」

「それなりの理由っていったい何なの!?　皇子様を殴《なぐ》るなんて！　一歩間違《まちが》ったら今頃《いまごろ》右手を切り落とされていたのよ！」

「切られてないんだからいいだろ！　アンタの手でもないのに、何の関係があるのさ!?」

「何ですって!?」

上の階から聞こえてくる声はとてもうるさくて、彼《かれ》が立っている裏庭の入り口までよく聞こえた。ジェレミーはしばらくそのまま立って耳をそばだてていたが、重く沈《しず》んだ表情の騎士《きし》たちに目で合図をして、ゆっくりその場を離れた。

雨が降っている裏庭の片隅《かたすみ》に、レイチェルが一人でしゃがんでいた。小さな顔にだらだらと流れているのが、雨滴《うてき》なのか涙《なみだ》なのかわからなかったが、泣いているのは間違いないと、ジェレミーは内心思った。近づくと、レイチェルが頭を上げた。こうして見ると、池に落ちたひよこみたいだ。

「わざと風邪《かぜ》ひくつもりか?」

「……うっ、うっ」

「やらかしたのはエリアスなのに、何でお前が泣いてるんだ? お前も一緒《いっしょ》にぶん殴ったのか?」

レイチェルは泣きじゃくるばかりで何も言わない。中に入ろう、ホントに風邪ひくぞ、なんてことは決して言わないジェレミーは、髪からしたたる雨滴を手の甲《て　こう》で拭《ぬぐ》いながら、妹の姿を見ているだけだった。

「……うっ、ぐすん。ジェレミー兄さま」

「何だ?」

「うっ、お兄さまは、帝国《ていこく》でいちばん強い騎士なんでしょ? お兄さまが、皇子様よりも皇太子様よりも強いんでしょ?」

「当たり前だろ? お前は俺《おれ》をバカにしてるところが欠点だな」

一瞬《いっしゅん》頭をよぎったムカつく公子《こうし》の野郎《やろう》を無視して答えると、レイチェルが濡れた瞳《ひとみ》を大きく見開いた。珍《めずら》しく切羽詰《せっぱつ》まって必死のようだ。

「ううっ、それじゃあ、あのね、あのねお兄さまぁー」

「……」

「今度誰《だれ》かが偽者《にせもの》ママに悪いことしようとしたら、お兄さまが殺しちゃって」

目の中に流《なが》れ込《こ》んでくる雨滴のせいで、ジェレミーはしばらく目をギュッと閉じてから開いた。

一瞬ピカッ、と四方が明るくなったと思うと、ゴロゴロと雷《かみなり》の音が天地に響《ひび》いた。

「ああ」

「ホントに殺しちゃってよ。騎士として誓《ちか》って」

「ああ。誓うよ」

その時ジェレミーは十七歳《さい》、レイチェルは十三歳だった。彼らの法律上の母親は、たった十九歳、ある年の出来事だった。

⚜

ノイヴァンシュタイン侯爵邸《こうしやくてい》の雰囲気《ふんいき》は、凄惨《せいさん》このうえなかった。この家の女性当主が、何カ月か前に、その辺のチンピラみたいな行きずりの愛人を引《ひ》っ張《ぱ》り込《こ》んで騒動《そうどう》を起こした時も、ここまで落ち着かない不穏《ふおん》な空気ではなかった。そして、こうなった原因は自分たちにあることを、エリアス・フォン・ノイヴァンシュタインは、とてもよくわかっていた。

「どうなった?」

「ご自分で確かめられてはいかがですか?」

「ああ、それは……」

「疲《つか》れて眠《ねむ》っていらっしゃいます。ご気分はいかがですか?」

ベテランメイド長の冷たい口調に、長く赤い髪《かみ》を一つに束ねた青年は、うーん、とうめき声を飲《の》み込《こ》んだ。予想しなかったわけではないが、自分も当事者と同じくらい戸惑《とまど》っているということを、何と表現すればよかったのだろうか？

昼間のハインリッヒ公爵令嬢《こうしゃくれいじょう》の訪問が、すべてのことの発端《ほったん》だった。いったい二人で何の話をしたのか、公爵令嬢が帰ってから、それこそ死体のような顔色のシュリーが、子どもたちを呼び出し問いただした時、エリアスは普段《ふだん》どおり、つっけんどんに返事をした。そうだ、たぶんそれがいけなかったのだ。

彼にとっては見たことも聞いたこともない話だったし、からかい半分で普段どおり返事をしただけなのに、そんなに深刻に受け止められるとは思わなかった。

「オレが脳みそ空っぽだってのはわかって……」

自嘲《じちょう》気味につぶやいて、頭を抱《かか》えるエリアスの横に座《すわ》って、限りなく真面目な顔をしたレオンが、そっと口を開いた。

「兄さん……ジェレミー兄さんがホントに偽者ママに、結婚式《けっこんしき》来るなって言ったの？」

いまだに懲《こ》りずに偽者ママと呼んでいるコイツらも大概《たいがい》だなと、エリアスはしばし考えた。そういう面では、彼も後ろめたいところはあるのだが。

「そんなこと、オレが知るかよ！　ああ、マジで勘弁《かんべん》してくれ……」

「わたしは違《ちが》うと思う。ジェレミー兄さまが、いくらエリアス兄さまに負けないくらいバカでも、そこまでひどいバカじゃないでしょ？　仮にそうだとしても、婚約者《こんやくしゃ》を使うような情けない人間じゃないし」

異議を唱えたのはレイチェルだった。春に十七歳になったノイヴァンシュタイン家のご令嬢《れいじょう》は、波打つ金色の髪を、わずらわしそうに片方の肩《かた》に寄せ集め、兄弟を交互《こうご》に見つめていた。

「お前、ちょっと言いすぎだぞ」

「エリアス兄さまも同じでしょ？　どうしてあそこであんなこと言うわけ？」

「そうだよ、兄さんは笑わそうとしたんだろうけど、全然面白くなかったよ」

さっきまで何も言わなかったくせに、双子《ふたご》の片割れがしゃべり出した途端《とたん》、待ってましたとばかりに割《わ》り込《こ》んでくるレオンの横暴さに、エリアスの口から実に痛烈《つうれつ》な舌打ちの音が漏れ出た。

「ああ、それじゃお前らが何か言えばよかっただろ？　チェッ、ホントの元凶《げんきょう》は逃《に》げて、オレにばっかり火の粉が飛んでくるな」

「とにかく、どうするの？　みんなこのまま黙《だま》ってるの？」

「レイチェル、お前はどうしたいんだ？」

「ジェレミー兄さまをやっつけるとか、問《と》い詰《つ》めるとかしなきゃでしょ。あのバカが、今何を考えてるのか知らなくちゃ」

「お前にそんなに行動力があったとは、知らなかったな」

文句を言いながらもエリアスは、内心妹の意見に同意しているのを自覚した。彼が知っている兄という人間は、問題を避《さ》けようとする性格とは、かなり縁遠かった。あんな通告をしたいなら、間違いなく自分の口でしていただろう。

「わかったよ、かわいい妹よ。では、あのうわべばっかり飾《かざ》り立《た》ててる愚《おろ》か者《もの》をやっつけに行こうか」

ジェレミーはその時、宮殿《きゅうでん》で勤務していた。皇太子が休暇《きゅうか》を取らせてくれたのに、婚礼《こんれい》前夜までしっかりと仕事に邁進《まいしん》していて、まったく融通《ゆうずう》が利《き》かないとエリアスは思っていた。バカは苦労するって言うけど、兄貴もまったく……。

「おや、ノイヴァンシュタイン家のご子弟方《していがた》ではありませんか？　こんばんは。ジェレミー卿《きょう》に会いにいらしたのですか？」

早足で宮殿のホールを通り過ぎようとしていた行政部の官僚《かんりょう》が、うれしそうに挨拶《あいさつ》しながら放った質問に、エリアスはしばし考《かんが》え込《こ》んだ。とりあえず、やみくもにここに来てしまったが、あの凶暴《きょうぼう》な兄が、万一ご機嫌斜《きげんなな》めだったらどうしよう？

……えーい、知るか。

「さあ、よく聞け、弟妹《ていまい》たちよ。まずはオレが先に入って様子をうかがってくるから、お前たちは外で待機していろ」

どうやら似たような心配をしていたようで、素直《すなお》にうなずく双子たち。後先も考えず、やみくもに行動する性格は、やはりうちの血筋だ、と考えながら、エリアスは悲壮《ひそう》な顔で執務室《しつむしつ》に入って行った。

「よお、イケイケの近衛《このえ》部隊長殿《どの》！　お忙《いそが》しいかな？」

机の上に部隊長日誌を無造作に放り出したまま背を向けて座り、窓の外を凝視《ぎょうし》していた青年が、ゆっくりこちらを向いた。

波打ちながら耳を覆《おお》う華《はな》やかな金髪《きんぱつ》、燃えるような暗緑色の瞳と、彫刻《ちょうこく》のような容貌《ようぼう》を持つ長身のうら若き青年。

世紀の結婚式を目前に控《ひか》えた帝国最強の騎士——ノイヴァンシュタインの獅子《しし》であり、皇太子の剣《けん》である、ジェレミー・フォン・ノイヴァンシュタインだ。

一瞬、訪問者が誰だかわからなかったようで、暗く沈んだ瞳を何度か瞬《まばた》きさせた後、徐々《じょじょ》にエリアスに焦点《しょうてん》を合わせた。

「何だ？　何しに来た？」

「オレのたった一人の兄上が、大丈夫《だいじょうぶ》なのか見に来たんだがね」

「大丈夫じゃないわけないだろう？」

ぶっきらぼうに言い放ったジェレミーが、再び視線を窓の外に移した。やはり気分がよくないようだ。まあ、気分がいいわけないか……。苦笑いを飲み込みながら、エリアスは近くにあった椅子《いす》を引き寄せ、勝手に座った。

「明日はいよいよ結婚式だな、兄貴。四年間ずるずる引っ張って、とうとう心を決めたってわけか？」

「……」

言葉では表現できない静寂《せいじゃく》が流れる中で、エリアスは兄の胸《むな》ぐらをつかんで、荒々《あらあら》しく揺《ゆ》さぶりたい衝動《しょうどう》を何とか抑《おさ》えた。我慢《がまん》だ、コイツだって胸中複雑だろうから、配慮《はいりょ》するつもりで我慢しよう。決して怖《こわ》いからじゃないぞ……。

「まあ、兄貴の心情がわからないわけじゃない」

「……」

「時々、もしアイツが出ていったらどうなるかって考えたこともあるよ」

「ありもしないことを何でムダに想像する？」

「兄貴は考えないの？」

「以前はよく考えたよ。つまり、腹が立つたびに、自制するための方法としてな」

「兄貴にそんなに自制心があるとは知らなかったよ」

普段ならこの辺で何かが飛んでくるべきなのに、驚《おどろ》いたことに、ジェレミーは特に反応しなかった。らしくない姿にエリアスは再び苦笑いを飲み込み、長い脚《あし》を組んで椅子の背にもたれかかった。

「アイツに初めて会った時のこと覚えてる？　オレたちみんな、大騒《おおさわ》ぎだったよね。親戚《しんせき》たちは、もしアイツが子どもでも産んだら、オレたちみんな冷や飯食わされるって噂《うわさ》するし、父さんは毎日アイツの横にくっついてばっかりいるし、まったく大騒ぎだった。何がそんなに不安だったのか、今は思い出せもしない」

「俺たちみんな、ガキだったのさ、このバカ」

「……ああ、ガキだったよな」

アイツも含《ふく》めてさ、次の言葉をつぶやいたエリアスは、兄の視線を追って窓の外を見た。いつのまにか雪が降っていた。暗闇《くらやみ》に包まれた、宮殿のドーム形の屋根が雪で白く光る風景が、限りなく不思議に感じられた。

彼女も彼らと同じ子どもだということに気づいた時には、すでに手遅《ておく》れだった。彼らを取り巻く環境《かんきょう》は急変し、少女の肩にかかった責任は重く、あまりにも堅固《けんご》な障壁《しょうへき》が、少女と彼らの間に横たわっていた。

「兄貴がどうしてぐずぐずしていたのか、わからないわけじゃないよ」

弟がぶつぶつぶつぶやく声を右から左に聞き流して、ジェレミーは苦々しく目を伏《ふ》せた。エリアスなら当然わかっていたはずだ。シュリーがそれを知っているかはわからないが。

もし、シュリーが彼らにとってどんな存在かと訊《き》かれたら、何も言えない。いったい何と答えればいいのだろう？　姉だというには気持ちが深入りしすぎていたし、だからと言って、母だと言うには気持ちが複雑だった。それだけ彼らの関係は奇妙《きみょう》だったのだ。

七年だ。彼らの父親が死ぬ前の歳月《さいげつ》まで入れれば九年。ほぼ十年近い歳月、十代前半から始まって今まで、彼らの人生の半分を彼女と過ごした。兄妹《きょうだい》のうちいちばん年上のジェレミーと、たった二歳しか違わないのに、保護者という重責を背負った少女と。

決して簡単なことではない。時には恨《うら》めしいこともあった。れっきとした後継《こうけい》者で、男であるジェレミーがいるのに、なぜ彼女は、いつもトゲをむき出しにして、すべてを抱《かか》え込《こ》もうとするのか。なぜあんなに陰口《かげぐち》を叩《たた》かれても、一人で責任を取ろうとしたのか。

もちろん、そうなったのには、彼と弟妹たちの責任もあるのはわかっていた。笑って近づいてきた少女の手を、最初に突《つ》き放《はな》したのは彼らのほうだったから。お前なんかお母さまじゃないと、絶対にそうはならないのだと、傷つく言葉を言い放ち、あらゆるいたずらで彼女を苦しめたのは彼らだった。言い訳をするなら、彼らがみんな子どもだったということだけだ。

父親が死んでから、彼女までいなくなるんじゃないかと思うと怖かったというのは矛盾《むじゅん》だろうか。人の気持ちというのは、簡単に調節できるほど単純ではないはずではないか……？

分別《ふんべつ》のない少年時代の一時《いっとき》には、一つ屋根の下、いつも手の届くところにいる少女を見るたびに、限りなく妙《みょう》な気分に陥《おちい》ったりもした。動物の子と変わりないと自分を責めたり、彼女がムカつくほどかわいくなければいいと神に祈《いの》ったりもした。

そしてある瞬間《しゅんかん》から、他人が彼女を継母《ままはは》と呼ぶたび、気に障《さわ》り始めた。何も知らない連中が、なぜ人の母親を捕《つか》まえて、継母、継母と呼ぶのか。

言葉では表現できない複雑な感情の塊《かたまり》は、月日が流れるほど、解《ほぐ》れるどころかしっかりともつれた糸になった。今では、彼女がどんな存在なのか、一言で定義はできない。ただ、はっきりしているのは、彼女がいなくなるなんて想像もできないということ、そして、誰かが彼女を侮辱《ぶじょく》するのは、我慢ならないということだ。

これはきっと、エリアスも同じだろう。そうでなければ、あの時、第二皇子をやみくもに殴ったりしなかったはずだ……。

七年の間、彼女が彼らの母として行ってきたすべてのこと。彼女は彼らが何も知らないと思っていたのだろうか？　すべての内幕を彼らが本当に少しも知らず、知ろうともしなかったと思っているのだろうか？

いつのことだったか、ジェレミーがはしかにかかって、数え切れない夜を苦しみもだえていた時、彼女がそばで流した涙が、どれほど彼の胸を押《お》しつぶしていたのか、彼女は知っているだろうか……？

「けど、結局こうなったじゃないか。だったら何でそんなにぐずぐずしてたんだよ？　どうせならさっさと――」

「お前、ものを考えたことあるのか？」

「さあな、頭脳は双子が全部持ってっちゃっただろ」

「俺があの時すぐに結婚《けっこん》してたら、みんなの思惑《おもわく》どおり、当主になってただろうな。アイツらが喜ぶのを、黙って見ていられるか？」

お前はこんな基本的な素養も足りないのだというふうに言い放つジェレミーに、エリアスの顎《あご》が力なく下がってしまったのは言うまでもなかった。

「兄貴……それじゃ純粋《じゅんすい》に、人を喜ばせるのがイヤでそうしたのかい？　何だよ、それ……？　何考えてるんだ⁉」

「子どもの頃《ころ》みたいに踏《ふ》んづけてやろうか？　知ってのとおり、俺はムダな腹の探《さぐ》り合《あ》いは嫌《きら》いだし、政治もうんざりなんだよ。そんな俺が、しかも十七歳で結婚しちまったら、シュリーは？」

「あ……」

「シュリーだって、すべてをお見通しってわけじゃないだろ？　いろんなヤツらがアイツに歯ぎしりさせたこと、知ってて知らんぷりしてるのか？　それともホントに知らなかったのか？　爵位《しゃくい》を譲《ゆず》り受《う》ければ、すべてがハッピーエンドだと思ってるのか？　そこからが始まりだろ？」

「いや、オレは……」

「もちろん、これ以上先延ばしにはできないだろう。ぐずぐずするほどつらくなるのはアイツだから。俺はただ……クソッ、俺がすべてを譲り受けても、アイツを完璧《かんぺき》に守れる力ができるまで、保留にしたかっただけなんだ」

エリアスは、情けない顔で座っていた。チッ、という舌打ちの音を響かせたジェレミーは、手《て》袋《ぶくろ》を脱《ぬ》ぎ、膝《ひざ》の上に載《の》せた剣の柄《つか》を、ゴシゴシと磨《みが》き始めた。頭がごちゃごちゃになると飛び出す癖《くせ》だった。

「とにかく、俺は結婚もしたくないし、当主の役割なんて性《しょう》に合《あ》わないけど、母上様が休みたいんだってよ！　だからこのあたりでおとなしく言うとおりにしてやるべきだろ？」

「……兄貴」

「何だよ？」

「じゃあ何でアイツに結婚式に来るなって言ったのさ？」

兄弟が視線を交《か》わしている間、しばし静寂があった。ジェレミーはしょうもない質問をされたかのように、凄《すさ》まじい目つきでしばらく穴の開くほどエリアスを見つめていたが、しまいに口にした言葉がこれだった。

「そのでたらめ、何のことだ？」

固く閉じた執務室のドアが、予告もなくガタッと開いたのはその時だった。こんなことをしでかすのは、当然双子しかいない。どうやらドアの外で盗《ぬす》み聞《ぎ》きをしていたようで、尋常《じんじょう》じゃない勢いで入ってきた双子は、ジェレミーに向かって先を争って咆哮《ほうこう》した。

「お兄さま、じゃあやっぱりお兄さまがそう言ったんじゃないのね？　偽者ママに結婚式に来るなって、言ってないのね？」

「ジェレミー兄さん、いったいどういうことなのか、論理的に説明してよ。兄さんの婚約者が何かを曲解してるの？　それとも、兄さんが知らないフリしてるの？」

「……おい、お前らみんなしていったい何言ってんだよ？　誰が結婚式に来るなって言ったんだ？」

呆気《あっけ》に取《と》られたジェレミーを見ながら、エリアスは心臓がドキンとして、階段から落ちるように感じた。何だよこれ！　やっぱりそうじゃなかったんだ！　いったいどうしたらいい——。

「ジェレミー兄さんが偽者ママに結婚式に来るなって、兄さんの婚約者が言ってたって聞いたけど？　事実じゃないの？」

近頃《ちかごろ》推理小説にハマっているせいか、取り調べのようになったレオンの発言のおかげで、再び静寂が流れた。エリアスが何とも表現できない顔で固まっている中、ジェレミーはしばらく瞬きをしていたが、ゆっくりと立ち上がった。そして……。

「何がどうしたって!?」

「お、お兄さま、待って、ちょっと待って！」

剣を握《にぎ》ったまま飛び出そうとしたジェレミーを捕まえて、すがりついたのはレイチェルだった。

レイチェルはジェレミーの腕《うで》にほとんどぶら下がるようにして、ギャアギャアとわめいた。

「落ち着いて！　どうしてこんなことになったのか、考えてみようよ！　相手はお兄さまの婚約者よ！」

「お前が何を心配してるのか知らないが、とにかく俺は、女は殴らない！　なぜなら、それは騎士道に反する……」

「今のお兄さまの勢いだと、殺しても足りなそうなんだけど？　とりあえず頭を冷やして座って！」

レイチェルは近頃口調がシュリーに似てきていて、幸いなことに、それはとても効果的だった。今すぐ飛び出して誰かを斬《き》りかねない、殺気立ったジェレミーが、長く深呼吸しながら席に着くまでの間、エリアスとレオンは、魂《たましい》を抜《ぬ》かれたように視線を交えた。

「兄貴、それじゃ兄貴は、アイツに結婚式に来るなとか、それと似たようなことも言ってないんだな？」

「おい、何でそういう話になるんだよ！　俺が誰のために結婚すると思ってるんだ！」

「それじゃ兄貴の婚約者が何でそんなことを言ったのか、思い当たることはないの？」

「ないよ！　勘弁してくれ！」

怒《いか》り爆発《ばくはつ》の口調で返事をしたジェレミーが、込《こ》み上《あ》げる怒りを抑えてため息を吐《つ》き、青筋の立ったこめかみを手でギュッと押した。レイチェルが、ハァッと失笑《しっしょう》した。

「いつかこんなことになるんじゃないかと思ってたわ。だからわたしが、あの女は気に入らないって言ったじゃない！」

「ああ、愛《いと》しい妹よ、今はそんなこと言ってる場合じゃないんだけどね……」

「エリアス兄さまに何がわかるの？　バカなこと言って事を大きくしたくせに！」

「コイツ、何を言ったんだ？」

ジェレミーが一際《ひときわ》低いトーンで尋《たず》ねると、エリアスは必死で頭を左右に振《ふ》り始めたが、レイチェルはそれをあっさり無視して、すぐに正直に打ち明けた。

「偽者ママがわたしたちに、お兄さまはどうしてそんなことを言うのかって、何とかしてくれないかって言ったのに、エリアス兄さまったらそこで、来るなって言われたのに行って大恥《おおはじ》かいたら笑いものだぞって言ったの。そしたら偽者ママがおいおい泣《な》い――」

「エリアスゥー！」

「ああ、何でオレだけ責めるんだよ!?　オレも一瞬うろたえて、何を言えばいいのかわからない状態だったんだよ！」

そんなふうに一騒動が去った後、四兄妹はそろって深刻な顔をして、膝を突《つ》き合《あ》わせていた。

まず口を開いたのは、兄妹のうち最も頭脳派のレオンだった。ジェレミーの十七歳の頃とよく似ているが、もう少し痩《や》せていて、知的な雰囲気を与《あた》える青年は、メガネを鼻梁《びりょう》の上で押《お》し上《あ》げ、例の取り調べのような口調で切り出した。

「ジェレミー兄さん、結婚はやめなよ。それがいちばんいい方法だと思うよ」

「そうよ、ジェレミー兄さま。あんな女とは、婚約破棄《はき》しちゃえばいいわ！」

さすがに双子なだけあって、一緒にギリギリと歯ぎしりしているレオンとレイチェルとは違い、エリアスはより現実的に問題を直視して、兄妹に衝撃《しょうげき》と恐怖《きょうふ》を与えた。

「もし兄貴が正当な理由もなく、つまり、誰もが納得《なっとく》できる、例えば、新婦にスキャンダルがあるとかいう理由もなく、婚礼を目前にして婚約破棄なんかしちゃったら、ハインリッヒ公女は恥をかくなんてもんじゃないだろ。すごくいい気味だとは思うけど、結果的にそれで困った立場になるのはシュリーだよ、兄貴じゃなく」

「あら、じゃあエリアス兄さまは、ジェレミー兄さまに、あんな陰険《いんけん》な女と結婚しろって言うの？」

「あんな陰険な女だったってことが、今わかっただけでもいいんじゃないのか？　どうせ好きで結婚するわけじゃないんだろ。つまり、貴族の中でホントに愛し合って結婚する人なんてそれほどいないだろ？　クソッ、あのとんでもない女が、何を考えてあんなことを言ったのかわからないけど、殺すにしても離婚《りこん》するにしても、結婚してからにしろよ。兄貴がさっき言った言葉が真実ならな！」

最後の件で、エリアスの声が爆発するように高くなった。双子が目を白黒させて固まっている間、ジェレミーは無表情で弟を見つめていたが、ぶあいそうに言った。

「お前、今、俺に腹を立ててるのか？」

「……いや、あの女に腹を立ててるのさ」

「とにかく、お前の言うことにも一理ある。俺がいきなり婚約破棄を要求すれば、すべての尻拭《しりぬぐ》いをシュリーがすることになるだろう。それでなくても噛《か》みつくのが好きな連中が、何と言って騒《さわ》ぎ出すか、見なくてもわかるしな」

「それじゃお兄さま、このまま結婚するつもりなの？」

レイチェルが慎重な口調で問うと、ジェレミーは複雑な顔をするばかりだった。その時、レオンが嘆息《たんそく》するように口を開いた。

「ジェレミー兄さん、僕《ぼく》にいい考えがあるよ」

「何かな、学者さん」

「兄さんが本当に結婚するつもりなら、とりあえず何も知らないフリして、明日結婚式場に行ってよ。そして、ぼくらの中の誰かが、式が始まる前に家に戻《もど》って、偽者ママを連れてくるんだ。ほら、何だっけ、最近ご令嬢の間で流行《はや》ってる、その……」

「サプライズイベント？」

「そう、それだよ、レイチェル、サプライズ。サプライズイベントのフリをするんだ。そうすれば偽者ママは喜んで、あの女は恥をかくだろ？」

ガタガタガターン！

エリアスが突然《とつぜん》椅子から落ちて転がったせいで、意気揚々《いきようよう》と話していたレオンも、目をキラキラさせ始めたレイチェルも、同時に短い悲鳴を上げた。それには構わず、元気に立ち上がったエリアスは、高い位置で束ねた赤毛を猛烈《もうれつ》に振りながら、たった一人の弟に駆《か》け寄《よ》った。

「この奇特《きとく》なヤツめ！　さすがは我《わ》が家《や》のおちび学者だ！　すごくいいアイデアだぞ！」

「ぐわぁーっ！　息ができなーい！」

黙々《もくもく》と耳を傾《かたむ》けていたジェレミーが、出《だ》し抜《ぬ》けに手のひらで膝を思いっきり叩いたのはその時だった。弟妹たちが同時にチラッと見ている中で、ノイヴァンシュタインの獅子は、暗緑色の瞳を不気味に光らせ、ゆっくり、とてもゆっくり口を開いた。うー、という鳥肌《とりはだ》の立つうなり声が、喉《のど》の奥から響く。

「シュリーが本当に喜ぶかな？」

「……たぶん喜ぶんじゃないかな？　サプライズイベント嫌いな人はいないだろ？」

「ふん、わかったよ。それじゃ俺を人身御供《ひとみごくう》にして、サプライズ何とかを企画《きかく》してみよう」

「あ、あの、ジェレミー兄さま、わたしにもアイデアがあるんだけど……」

興奮して濡れた瞳をキラキラさせているレイチェルが、ちゃんと話せるようになるまで、少し時間がかかった。ノイヴァンシュタイン家の三人の男たちが彼女の言葉を忍耐強《にんたいづよ》く待っていると、ついにレイチェルは、ゼイゼイしながら提案した。

「偽者ママが来たら、わたしたちみんなで、お母さまって呼ぶの、どう？」

「どうせお前とレオンは偽者ママって呼ぶんだろ」

「違うわ！　ママって呼ぶわよ！　だからお兄さまたちも『お母さま』って呼んで！　普段みたいに突《つ》っかかったりしないで！　心を込《こ》めて、今まで育ててくれてありがとうって言うのよ！」

こんなふうに、あれこれイベントが企画された。シュリーを迎《むか》えに行くのは、レイチェルの役目になった。そして、その特別企画イベントは、ついに日の目を見ることがなかった。

すでに数カ月前から人々の間で噂になっていた、世紀の結婚式が開かれる場所は、ヴィッテルスバッハ中央聖堂だった。建国初期に建てられた由緒《ゆいしょ》正しい大聖堂には、数え切れないほどの人々が集まっていた。

都でいちばんの美女だと評判のハインリッヒ公爵令嬢と、すべての令嬢の憧《あこが》れの的、ノイヴァンシュタイン家の後継者の結婚式。

招待客の身分も宮中の宴《うたげ》に負けておらず、皇子たちまで参席する超豪華《ちょうごうか》版だ。

「レディー・ノイヴァンシュタインがまだお見えになっていませんね」

「本当ですね。まさか……」

「まあ、いえ、そんなバカな……」

頼《たの》むからみんな黙ってくれよ、そう思いながら、エリアスは焦《あせ》って時間を確認《かくにん》した。式が始まるまで、あと数分しかなかった。レイチェルのヤツ、いったい何でこんなに時間がかかってるんだ。ここから家までいくらもかからないのに……！

「まだか？」

「まだだ」

華やかな白い礼服姿のジェレミーも、彼らしくなく焦燥《しょうそう》した目をしていた。レオンは、やはり自分が一緒に行くべきだったとため息を吐いた。

「これじゃ式が始まっちゃうな。それどころか、披露宴《ひろうえん》まで始まっちゃうんじゃないか？」

「それならそれでかまわないが、みんな少し静かにしてくれないかな」

「自分の結婚式に来たお客に、静かにしてほしいなんて思う新郎《しんろう》は、たぶんジェレミー兄さんしかいないだろうね」

結局、式が始まってもレイチェルは戻らなかった。

蜘蛛《くも》の糸で編んだような白いドレス姿がまぶしいハインリッヒ公爵令嬢は、客席に座った男性に、感激のため息を吐かせるのに十分だったが、ジェレミーはまだ現れる様子のない、二人の女性のことで頭がいっぱいだった。

ジェレミーがそう思っているだけかもしれないが、シュリーは人の視線を集めるのに、ウエディングドレスなど必要なかった。いや、微笑《ほほえ》みさえも必要なかった。彼女は顔をしかめていても、周囲の男性を虜《とりこ》にしていたのだ。

……本人が気づいているかはわからないが。

とにかく、一つのことで頭がいっぱいになるところは、ジェレミーの長所であり、短所でもあった。そうなると、周りで何が起きても気づかないのだ。

ジェレミーはこの瞬間が彼の人生で最も重要な瞬間であること、悲運の後継者を脱《だっ》し、れっきとした侯爵《こうしゃく》になるのだということに、本当に欠片も関心を持っていなかった。

彼の無表情な瞳から流れ出る冷気を感じたのか、明るく微笑みながら祭壇《さいだん》の前に立ったオハラが、握り合った手に少し力を入れた。

ジェレミーは彼女を一度チラッと見て、刀で切ったように冷たく微笑んだ。別に考えがあって取った行動ではなかったが、どう見えたのか、一瞬、新婦の肩がビクッと震《ふる》えた。

「ジェレミー・フォン・ノイヴァンシュタイン。あなたは神の前でオハラ・フォン・ハインリッヒを妻とし……」

バタン！

式場のドアが予告もなく荒々しく開いたせいで、司祭の声が突然途絶《とだ》えた。ジェレミーが弾かれたように振《ふ》り向《む》く。客席にそわそわしながら座っていたエリアスとレオンも、立ち上がって同時に振り向いた。ついに、とうとう……！

「お、お兄さま！」

一瞬ジェレミーは、レイチェルのとんでもない入場が、興奮しているせいだと思った。真っ青になった顔の中で、唯一《ゆいいつ》生々しく光るエメラルド色の瞳が、彼を切なく呼んでいた。

しかし、なぜか秘密警察の制服姿で妹のそばに立っているニュルンベル公子を見た時、ジェレミーはすぐに、何か間違いが起きたことを本能的に感じた。

「お、お兄さま！　お兄さま！」

床《ゆか》にうずくまって嗚咽《おえつ》しながら身もだえするレイチェルに、エリアスとレオンが駆け寄った。いったい何を騒いでいるのか、まるで聞こえなかった。

一瞬で大騒ぎになった人々をかき分け、スタスタと近寄ってきた公子が、氷の彫刻のように無表情な顔で、ジェレミーに向かって片方の手を差し出した。黒い手袋をはめた厚い手のひらの上に載ったペリドットのブローチが何なのか、ジェレミーはすぐに理解した。わからないはずがない。四年前の建国記念祭の時、彼が市場を歩き回って、彼女に買ってやったものなのだから。つまり、彼女に、シュリーに、彼らの母親に。

「お兄さまぁっ！」

ジェレミーは目の前の、陰《かげ》のある青い瞳を見つめていたが、ゆっくりと頭を動かした。妹が床にうずくまって泣いていた。裏庭の隅《すみ》で、一人うずくまって雨に打たれたままの十三歳の妹が、泣きながら彼に向かって叫《さけ》んだ。

「今度、誰かが偽者ママに悪いことしたら、お兄さまが殺しちゃって」

ジェレミーはしばし目をギュッとつぶってから開いた。あの時は答えようとしても、声が出なかった。それより、うまく息が吸えなかった。

「そうするよ」

「ホントに殺してよ。騎士として誓って」

「ああ。誓うよ」

三章　冬の夢（二）

私が夫と結婚《けっこん》して二年間、実家の家族で私を訪ねてきた者は誰《だれ》もいなかった。連絡《れんらく》すらなかった。したくてもできなかったのだろう。売り飛ばした娘《むすめ》のおこぼれに預かるつもりならおかしな話なのだが、そうできない理由があった。夫が厳重に接近を遮断《しゃだん》していたのだ。

その夫が死んだのだから、彼《かれ》らが待ってましたとばかりにやって来るのも、不思議ではなかった。博打《ばくち》と闘犬《とうけん》に溺《おぼ》れていた父が、娘を売り飛ばした対価で借金を清算したからといって、悪い癖《くせ》が直るはずがなかった。母と兄も、一度味わった一獲千金《いっかくせんきん》の甘《あま》さを忘れられなかった。

夫の傍系《ぼうけい》親族がそうだったように、実家の家族も、私や子どもたちの様子など眼中になかった。母は、史上例を見ない若い寡婦《かふ》になった娘を、彼女《かのじょ》が望む相手と再婚《さいこん》させたがった。それに失敗すると、物質的な要求を突《つ》きつけ、ずるずるとすがりついた。

過去のように、雇用契約《こようけいやく》した愛人を引《ひ》っ張《ぱ》り込《こ》んだりしていない今、私は自ら血縁者《けつえんしゃ》と縁を切らなければならなかった。

「こないだは悪かったよ、なあ、俺《おれ》、ちょっと興奮しちゃって……お前もちょっと言いすぎだったよな」

私が何も言わず、無表情で座《すわ》っている間、絶えずしゃべっている兄ルーカスとは違《ちが》い、母は、苦虫を嚙《か》みつぶしたような顔で、私をにらみつけていた。正確に言うと、豪華《ごうか》な外出用のドレスに、アクセサリーをぶらぶらつけた私の姿を見ていた。私と同じ若草色の瞳《ひとみ》に宿る陰険《いんけん》な光に、今さらほろ苦さが込《こ》み上《あ》げた。こんな人が、私を産んだ母だとは……。

「お兄さまがこんなに謝《あやま》っているのに、返事一つしないの？」

案の定、気に入らないどころか、ぐつぐつ煮《に》えたぎるような母の怒声に、思わず失笑《しっしょう》が漏《も》れ出た。

「ああ、お母さま、俺は大丈夫《だいじょうぶ》……」

「大丈夫なもんですか！　まったく生意気なんだから。いつまでここにいられると思ってるの？誰のおかげでここにいられるのかわかってたら、身《み》の程《ほど》知《し》らずにも生意気な顔はしていられないわよね？」

「もう、お母さま。よしてくださいよ。落ち着いて。さあさあ、力を抜《ぬ》いて……」

芝居《しばい》をしている役者のような母子の姿を見ながら、私はどうして過去に、こんなお粗末《そまつ》な雰囲気《ふんいき》を感知できなかったのかと考えた。あの頃《ころ》はここまで無関心で冷たい気持ちではなかった。一度も温かく接してくれたことのない両親だったけれど、悪態をついても、涙《なみだ》で訴《うった》えられると弱気になったものだ。

子どもを相手にした親のゲームに、心が動かなかったと言えば嘘《うそ》だろう。そして、不信感から抜《ぬ》け出《だ》したい気持ちもあった。

親子の関係というのは、どうしてこんなに複雑なのだろう？　矛盾《むじゅん》した感情の衝突《しょうとつ》に苦しみながら、自分の手で縁を切ることもできずに、人の手を借りてまで追い出した家族。

……だけど今は、私にとっての家族は、子どもたちだけだ。

私が何も言わず無関心な表情を維持《いじ》していると、母は強気の態度を改め、私の顔色をうかがってすぐに言いくるめるような口調に豹変《ひょうへん》した。

「だって、寂《さび》しかったのよ！　二年ぶりに会った娘が、こんな惨《みじ》めな母親のことなんて眼中にもないみたいだから！　いくら憎《にく》くたって親子なのに、手紙の一通も……」

「帰って」

しばし静寂《せいじゃく》があった。母もルーカスも、一瞬《いっしゅん》自分の耳を疑ったようで、私をじっと見つめている。私は片方の唇《くちびる》を少し吊《つ》り上《あ》げて、自分で聞いてもジェレミーとてもよく似ているなと感じる口調で言い放った。

「何のお話か聞いてみようと思ったんですけれど、やはり時間のムダでしたね。アグファ夫人、嫁《よめ》に出した娘は他人だとおっしゃったのはあなたです。あなたはもう、私とは何の関係もない方なんです。お望みが何かわかるんですけど、残念ながら私は仮の当主で、財産はすべて子どもたちのものです。ですから、わざわざお金をかけてここまで来ないで、田舎《いなか》の家で気楽に暮らしてください。こんなに愛している息子《むすこ》さんとご一緒《いっしょ》にね」

私が話している間、ルーカスは顔を赤くしたり青くしたりしながら、外にいる騎士《きし》たちの存在を意識して、何とか自制しているように見えた。しかし母は、そうではなかった。テーブルに置いたティーカップが音を立てて倒《たお》れたと思ったら、次の瞬間《しゅんかん》、強烈《きょうれつ》な力で私の髪《かみ》をつかんでいた。

「生み育ててやった恩も忘れた、動物の子にも劣《おと》る娘が！　ちょっとかわいい顔してるからって、運よく金持ちに見初《みそ》められた娼婦《しょうふ》と変わりないくせに、母親の顔もわから……」

バタン！

母がその後吐《は》いた暴言が何だったのか、どちらにしてもそれは、気配もなく中に飛《と》び込《こ》んできて、何の予告もなく彼女の上半身をテーブルに荒々《あらあら》しく押《お》し付《つ》けた騎士たちによって遮《さえぎ》られた。激しい悲鳴が響《ひび》く。

「奥様《おくさま》、大丈夫ですか？」

私は乱れた髪を手で整えながらうなずいた。癇癪《かんしゃく》を起こす子爵夫人《ししゃくふじん》や、固まっているルーカスには目もくれず、私の様子を見ていた騎士たちが、冷静な声で尋《たず》ねた。

「どのように処理しましょうか？」

「な、何を言ってるの！　いえ、あの、騎士の皆《みな》さん、無礼でしょう!?　私はこの子の母親なのよ！　この家の子どもたちのお祖母《ばあ》ちゃまなのよ！」

「お黙《だま》りなさい」

砂色の髪の騎士が剣《けん》を抜いてうなり声を出すと、大騒《おおさわ》ぎしていた母は、一瞬で静かになった。

私は騎士たちに、放してやるように目で合図をして立ち上がった。

「おわかりかしら、子爵夫人。二度と来ないでください。今度私や子どもたちの周りをうろついたりしたら、今よりもっとひどい目に遭《あ》いますよ」

子どもの頃は、あれほど彼女を愛して、愛されることを望んでいたのに。今は血は水よりも濃《こ》いということわざに笑ってしまう。何を望んで彼女を中に入れたのか。どうせこうなるとはわかっていたのに……。

鉄のような騎士たちの手から逃《のが》れた母が、床《ゆか》にうずくまってゼイゼイあえいでいる。そうかと思うと、いきなり声を上げて号泣《ごうきゅう》し始めた。彼女が身の上話を並べ立てむせび泣いている間に、素《す》早《ばや》く動いたルーカスが、土下座をして、私のドレスの裾《すそ》をつかんだ。私はそれを振《ふ》り切《き》って、近づく騎士たちを手で制してから、少し首を傾《かし》げた。

「シュリー、かわいい妹よ、子どもの頃を覚えているなら、お母さまを追い出したりしないでくれ。寂しかっただけなんだ。俺は止めたんだけど、お前の顔を見たら感情が、その、お母さまの性格、知ってるだろ。それでなくてもつらいのに、お前にまで無視されて寂し……」

「おい！」

それこそいきなり響いた、予想もしなかった人物の大声が聞こえてきたのはその時だった。冷たい顔で立っていた私も、私の服の裾をつかんで哀願《あいがん》していたルーカスも、世界の終わりのように泣いていた母も、同時にギョッとして、声のほうに顔を向けたのは言うまでもなかった。騎士たちは妙《みょう》に戸惑《とまど》った視線を交《か》わし始めた。

「いえ、その、公子《こうし》様！　奥様がここには誰も入れるなと命じ……！」

慌《あわ》てて追いかけてきた忠実なロベルトの声が、微《かす》かに流れた。ベテラン執事長《しつじちょう》がもの悲しく哀願するような顔をして、私の叱責《しっせき》を帯びた視線を避《さ》けようとしていた。

……もちろん、相手が相手だから、ロベルトが阻止《そし》するのにも限界があったのだろうが、いや、いったいコイツはなぜそこで出てくる⁉

予定の時間より早く来た理由はわからないが、オオカミ公子様は、片手にジュースのグラスを持ち、口にはメイドたちにもらったに違いない、巨大《きょだい》なクッキーをくわえたまま、とても大きな声で叫《さけ》んだ。

「貴様、オレが確かに警告し……クソッ、待て、これ食ってから」

驚《おどろ》いたことに、その巨大なクッキーを口の中に突《つ》っ込《こ》み、バリバリと噛んで飲《の》み込《こ》んだノラが、すぐにこちらにスタスタと近づいてきた。そして、背筋がゾッとするような恐《おそ》ろしい声でうなった。

「貴様、オレが、に、ど、と、この子……いや、この方にかまうなと言っただろ！」

私が戸惑っている間に、ルーカスは気を取り直したようだった。彼はすぐに弾《はじ》けるように立ち上がり、公子と堂々と向き合った。……歳の差があるにもかかわらず、二人は似たような体格だったから、特に堂々と、というほどでもなかったが。

「あ、青二才のくせに、大人のことに口を挟《はさ》むな！　コイツは俺の妹だぞ⁉」

「おとなぁ？　最近の大人はチビなんだな？　考えても夢で見てもダメだって警告、忘れたのか⁉」

「こ、このガキが、妹のそばをうろつきやがって……」

「お前は生まれつき阿呆《あほう》なのか、それとも、阿呆になろうと頑張《がんば》ったのか？」

初めて聞くような言葉を吐いた公子が、ティーカップが倒れたテーブルの上に、ジュースのグラスを注意深く下ろした。そして、平凡《へいぼん》な動作とは似合わない、素早く荒々しい勢いでいきなり脚《あし》を上げてルーカスの腹部を蹴《け》った。ルーカスは大変切ないうめき声を上げ、床に崩《くず》れ落《お》ちた。

「蹴られてうれしいか？　クラッとするか？　声が小さいぞ、この野郎《やろう》！」

「うわあぁーっ！」

「ルーカス！」

楽しそうに蹴られながら悲鳴を上げる息子のそばに駆《か》け寄《よ》った母が、すぐに私をにらみつけた。私とよく似た目だけれど、私の目もあんなふうに醜《みにく》く光るのだろうか、とても想像できなかった。

「こんなことだと思ったわ、今度は若造まで引っ張り込んでるのね？　侯爵《こうしやく》家に嫁《とつ》いだからって、騎士を呼ぶだけじゃ足りずこんな……」

「何だよ、このおばちゃん。顔が形而上学的《けいじじょうがく》に怖《こわ》いんだけど？　ここの騎士は仕事してないのか？」

忠実な騎士たちが、若い公子をにらんだのは当然だ。人の家に来て勝手に暴れているくせに、堂々としているのだから。私は公子の腕《うで》をがっちりとつかんだ。

「ニュルンベル公子？」

公子はしばらく返事もせずに、その真っ青な瞳で私の顔をじっと見ていたが、口にした言葉と言えば。

「ただのノラです」

……何にも言えない。とにかく、この前のことだけでも十分恥《は》ずかしいのに、またこんな姿を見られるとは、大恥《おおはじ》なんだけど！

私が痛嘆《つうたん》の涙を禁じ得ず、ため息を吐《つ》いている間に、ロベルトが騎士たちに素早く合図をした。騎士たちが待ってましたとばかりに動いて、母と兄を引きずり出したが、二人はもう何も言わなかった。いや、言いたいけれど、言えなかったのだろう。

「おい、今度オレの前に現れたら、マジで皮を剝《は》いでやるからな。その出来損《できそこ》ないの頭でよく覚えておけ！」

最後まで威圧《いあつ》的にうなり続ける若い公子に、騎士たちの限りなく険しい視線が注がれた。どうやら彼の行いが気に入らないみたいだ。

「チッ、まったく最近の大人ときたら、一度言っただけじゃわからないんだから……」

「……」

「コホン、その、だから、夫人……？　大丈夫ですか？」

「……大丈夫よ。予定より早く着いたのね。こんなところを見せてしまってゴメン――」

「なぜ夫人が謝るんですか？　社交辞令にも程《ほど》がありますよ」

最近の子どもたちは、どうしてこんなに人の話の腰《こし》を折るのかしら？

熱くなった頰《ほお》を鎮《しず》めようと顔を上げると、例の清涼《せいりょう》な秋空のような青い瞳が、私の顔をじっと見つめていた。こういうところは第一印象と違わないんだけど……。

「さっきの人たち、ホントに家族？」

大胆《だいたん》な質問だ。私は苦笑いしながら頭を振《ふ》った。

「今は違うわ」

「まあ、そう心に決めてるならいいんだけど……」

「あのう、公子。この間のこともそうだけど、今日のことも、知らんぷりしてくれるでしょう？」

「ノラですってば。それと、心配しないで。誰に話すって言うんですか？」

頭を掻《か》きながら爽《さわ》やかに返事をする公子の姿は、どう見ても、以前公爵邸《こうしやくてい》で見た反抗的《はんこうてき》な姿とは違っていた。いったいどちらがこの少年の本当の姿なのか？

「ああ、ところで、どうして母はオレに、夫人に会えと言うんでしょうね？　会話のレッスンとか言ってたけど」

……うーん、どうやらか弱い公爵《こうしやく》夫人は、息子を言いくるめようと言い訳したみたい。むしろ私のほうが、語彙《ごい》と表現力が素晴《すば》らしい少年から学ぶ必要がありそうなんだけど？

「まあ、母の考えることなんて、見《み》え透《す》いてるんですけどね……オレはこんなふうに縛《しば》られるのはまっぴらです。つまり、夫人が母に頼《たの》まれて、オレと親しくなろうとしているなら遠慮《えんりょ》させてもらいます」

ああ、そうですか。まったくひねくれてるけど、理解できないわけじゃない。そう、そっちの立場なら当然そうだろう。そういう年頃《としごろ》だ……。

「そうねえ、必ずしも公爵夫人に頼まれたからじゃないのよ。私はお母さまとお近づきになってからいくらも経《た》っていないし……公子にはこの間のこと、その沈黙《ちんもく》を守ってくれたことに、お礼を言いたかったの」

微笑《ほほえ》みながら話すと、青い瞳が私をじっと見つめた。どうやら疑っているようだ。だけど、私の言葉はある程度本気だったから、後ろめたいこともない。

「ノラだって何回言わせるんですか？」

「……わかったわ。それじゃノラ、ノラが私と会話したくないなら仕方がないわね。ただ……時々、退屈《たいくつ》な時は連絡して。誰でもいいから話したい時とか」

しばし沈黙が流れた。つかみどころのない少年が、鋭《するど》く青い瞳で私を穴の開くほど見つめる間、私は、この少年の未来について考えていた。

そうそう、ジェレミーと同じ日に騎士に任命されるのだから、来年には騎士になっているのね……。そして、ジェレミーは宮殿《きゆうでん》の近衛隊《このえたい》に入るのだけれど、コイツはどこに入るのだったかしら……？

「そんな丁寧《ていねい》な言葉で話さなくていいのに。気まずいです」

「……」

「とにかく、少し考えてから決めましょう。今日はちょっとあれですから、このまま休んだほうがいいと思います。もしもさっきの人たちがまた迷惑《めいわく》をかけたら、いつでも連絡し……」

「チョコレート、好き？」

「え、あるんですか？」

そうしてノラは、うちの南部産特製チョコレートを食べ尽《つ》くして帰っていった。子どもたちには他のおやつがたくさんあるからよかったものの。

若い公子が意気揚々《いきようよう》とお屋敷《やしき》を出ていった時、それを見ている騎士たちの顔が尋常《じんじょう》ではなかった。まるで主のいない獅子《しし》の洞窟《どうくつ》に勝手に入《はい》り込《こ》んでひっかき回したオオカミの子をにらみつけるような目つきだった。

ジェレミーとエリアスは、夕方遅《おそ》くに帰ってきた。双子《ふたご》がキツネの赤ちゃんと叫びながら、先を争って駆け寄る中、馬からサッと飛び降りたジェレミーが、凱旋《がいせん》将軍のように威風堂々《いふうどうどう》とした様子で、力強く咆哮《ほうこう》した。

「見ろよ、シュリー！　お前の襟巻《えりまき》だ！」

つまり、本当に狩《か》りに成功したのだった。それも一匹《ぴき》ではなく、三匹《びき》仕留めた！　実に未来の最強騎士らしい行動だ。いやあ、奇特《きとく》なヤツ！

「一匹はオレが仕留めたんだろ！」

「ハン！　誰も相手にしないような小細工するな、弟よ」

「ああ、オレが仕留めたんじゃないか！　だから、オレがさっき……」

「キツネの赤ちゃんは!?　わたしとレオンの、連れてきてって言ったじゃない！」

「この季節に子ギツネがいるわけないだろ、このバカ！」

「ママ！　お兄さまたちが約束破ったわ！　パパが、男は一度口にしたことは必ず守らないとダメだって言ってたのに！」

「守っただろ⁉　キツネの襟巻、ちゃんと作っただろ⁉」

子どもたちが大騒ぎしながら着替《きが》えに行き、私は善良そうな笑《え》みを浮《う》かべて、馬から降りたテオバルト皇太子に挨拶《あいさつ》した。

「お疲《つか》れでしょうに、わざわざお寄りいただいて……」

「ハハ、大事な息子さんたちをお借りしたんですから、ご挨拶《あいさつ》しないとね」

「お食事は？　夕食を召《め》し上《あ》がっていかれませんか？」

「それはまた、うれしいご招待ですねえ」

柔《やわ》らかくうなずいたテオバルトが、ふと優《やさ》しげな金色の瞳をしかめて、私をじっと見下ろした。何か言いたいことがあるようなので、訝《いぶか》しげな顔で様子をうかがっていたら、次の瞬間、まるで想像もしていなかったとんでもない言葉が、それこそいきなり聞こえてきた。

「夫人。どうやら私は、夫人に惚《ほ》れてしまったみたいです」

……え？

私が聞き返すこともできず、何とも表現できない間の抜けた顔をしている間、唐突に皇太子様は顔を赤らめ、戸惑いながら金色の瞳を瞬《またた》いて、急にたどたどしくなった。

「いえ、で、ですから、申し訳ありません。お、思わず、とんだ失礼を……」

「……」

「あ、あの、無礼をお許しください。夫人をからかっているわけでは決して……その、ですから、私は完璧《かんぺき》に本気なんですが、あー、その、私はどうやら帰ったほうがいいみたいです」

一人でしゃべりまくって、慌てて帰っていくテオバルトの後姿を、私は引き止めるでもなく、見つめるだけだった。いったい今、何が起きたの？

「シュリー、腹減った！」

ダダダッと階段を駆《か》け下りてきたジェレミーとエリアスが、私を料理人扱《あつか》いして叫ばなければ、私は固まったまま、夜通し立ち尽くしていただろう。

私は素早く気を取り直して頭を振った。落ち着こう、落ち着こう！　私の聞き違いか、あのとんでもない皇太子が失言しただけだろう。そうだ、惚れたなんて言葉は、いろんな意味に解釈《かいしゃく》できるんだから……。

「あれ、テオ殿下《でんか》は何で帰っちゃったの？　腹減って死にそうだって言ってたのに」

「私が追い出したの」

少しのためらいもなく答えると、ジェレミーの輝《かがや》くエメラルド色の瞳が、すぐに丸くなった。

「何で？」

「うん、殿下がキツネ肉の料理を食べたいって言ったんだけど、私が一度決めたメニューは変えられないって言ったの」

「は？　何だよ、テオ殿下、自分では一匹も仕留められなかったくせに、意外と欲張りなんだな！」

一匹も仕留められなかったくせに、人の獲物《えもの》を食べたがる、欲張り皇太子になってしまった若き

鷲《わし》に、心からの謝罪を表し、二人の息子を連れて食堂に向かった。

双子はすでに夕食を済ませていたので、私を含《ふく》めて三人だけで食卓《しょくたく》を囲んだ。先程の出来事のせいか、すっかり食欲がなくなった私とは違い、二人の息子は、どこかの家畜品評会《かちく》に出された動物のように、料理をきれいに平らげた。

「あー、だから一匹はオレが仕留めたんだってば！」

「小細工するなよ！　俺が仕留めたのを横取りしたくせに！　シュリー、コイツの言うことは聞かなくて……」

「何だよ、兄貴は全部自分の手柄《てがら》にできなくて焦《あせ》ってんのか？　野卑《やひ》な野郎め！」

「……とても楽しかったみたいね」

私がため息を噛《か》み殺《ころ》して話に入ると、豚肉《ぶたにく》料理を飲み込むと同時に大騒ぎを始めた二人の息子が、宝石のような瞳をキラキラさせて、手柄自慢《じまん》を始めた。

「そうなんだよ、すっごく面白《おもしろ》かったんだ！　コイツとテオ殿下がのろのろしなければよかった……」

「笑わすなよ、獅子がどうしたとか言って大騒ぎして、最初っから獲物が逃《に》げちまってたんじゃないか！」

「おい、いつ俺がそんなことしたんだよ⁉」

うーん、想像がつく。プライドが爆発《ばくはつ》して、かわいそうな森のお友だちに、獅子の咆哮を浴びせるジェレミーの姿が。見たかったわあ。結局、兄にナイフで頭を叩《たた》かれたエリアスが、ゴシゴシと頭をこすっていたが、私の顔を見て目を輝かせた。

「とにかくシュリー、今度はアンタも一緒に……」

「絶対ダメェーーー！」

ジェレミーが中身のいっぱい詰《つ》まったパイを解剖《かいぼう》するのをやめて、いきなり叫んだせいで、エリアスは言葉が続けられず、派手な音を立ててフォークを落とした。牛乳を注いでいたメイドたちは、危なく牛乳瓶《びん》をテーブルクロスの上でひっくり返すところだった。

「ああ、びっくりした。兄貴ってば、何でいきなり大声出すんだよ!?」

「お前がおかしなこと言うからじゃないか、このバカ！　とにかく、絶対ダメだ。危ないよ」

「ふん、最近はご令嬢《れいじょう》たちも狩りに行くのが流行《はや》ってるそうじゃないか、遅《おく》れてるなあ！」

「それはそれ！　これはこれ！」

「何がそれはそれ、これはこれだよ！　兄貴は黙っててよ！　オレが守ってやればいいだろ!?」

「おやおやそうですか？　矢を地面に刺《さ》しちゃうヤツが、誰を守るのかね!?」

ジェレミーの手のつけられない反応とは違い、エリアスの言葉には一理あった。正確に言うと、ご令嬢よりも貴婦人の間で流行り始めており、本当に狩りをするのではなく、狩りをする男たちを見物しながら、晩餐《ばんさん》を楽しんでいるのだけれど。

ただし、完全に流行するのはまだ先だった。そのうえ私は今、夫と死別してからいくらも経っていない寡婦《かふ》なのだ。

「そうね、あなたたちがもう少し大人になったら、一緒に行くわ」

ニヤッとしながらそう言うと、食事用のナイフで勇敢《ゆうかん》に戦っていた二人の息子が、実に見ものな顔になったのは言うまでもない。ハハハッ、ざまあみろ、このガキめ。あんたたちが私を守るとか何とか言えるのは、まだまだ先の話なのよ。

まちがいなく私が過剰《かじょう》反応したのだと思《おも》い込《こ》もうとしたが、残念なことにテオバルト皇太子はどうやらあの日、失言したのではないようだった。そうでなければ、このいいお天気の午後に私を訪ねてきて、緊張《きんちょう》した顔で座っているわけがないではないか?

きっちり閉じた応接間の窓は、白く曇《くも》っていた。季節外れの花が満開で、生誕節が待ち遠しい時期だった。

温かいお茶とお菓子《かし》を用意したメイドたちが完全に下がってから、テオバルトがもじもじと口を開いた。

「レディー・ノイヴァンシュタイン。どうか無礼をお許しください。夫人が今、どれほどたくさんのヤツ……方々から苦しめられているのかはよくわかっています。決してその中の一人になろうというのではありません」

こういう言葉に、どう答えたらいいのだろう。

彼の言うように、ノイヴァンシュタイン家の仮の当主である私に接近してくる者はたくさんいた。

身分の上下や年齢《ねんれい》は無視して、あからさまにつきまとう者もいた。だから過去の私は、愛人と契約していたのだ。

もちろん、今ならそんな人間は適当に追《お》い払《はら》うことができるが……。続々と届くラブレターのようなものは、すべて燃やしてしまえと、ロベルトに指示してあった。そしてロベルトは、その任務に熱中しているようだった。いや、ところが……。

半分うなだれて、しどろもどろになっていた皇太子《こうたいし》が、とうとう顔を上げた。皇家の象徴《しょうちょう》である優しい金色の瞳が、限りなく妙な感情を宿して、私を凝視《ぎょうし》していた。切ないような、何かを恋《こい》しがっているような、どこか遠くを見ているようなまなざしだった。

「私もこんなことは初めてで戸惑っているのですが……夫人を見ていると、亡《な》くなった母を思い出すんです」

「……はい？」

「本当なんです。夫人は……今は顔さえろくに覚えていない母を思い出させてくれる方です。だから夫人と一緒にいると、懐《なつ》かしくて温かい気持ちになるんです」

厳格な皇太子に、亡くなった前皇后を思い出させるとは、光栄だと思うべき……？　前皇后がどんな方だったのかは知らないけれど、現皇后のエリザベートは、実の息子より義理の息子をかわいがっていると聞いている。もちろん、だからと言って、実の母を完全に忘れることはできないだろう。私の子どもたちもそうだから。ふー、他人の子を育てるのは、本当に簡単じゃない……。

とにかく、戸惑ってしまう状況《じょうきょう》だった。いずれ帝国《ていこく》の未来を背負《しょ》って立《た》つ、皇座の後継《こうけい》者である若き獅子が、今、私を目の前にして、初恋《はつこい》に落ちた少年のような顔をしている。皇太子の伴侶《はんりょ》になるつもりで、子どもの頃から歯を食《く》い縛《しば》ってきた、たくさんのご令嬢を差し置いて、なぜ私に……？

戸惑ってきょとんとする一方で、こんなに純粋《じゅんすい》な感情と対面するのは久しぶりだから、胸の片《かた》隅《すみ》が妙に揺《ゆ》れていた。

「殿下のお母さまに似ているとは光栄です。でも殿下、ご存じのように私は今……」

「ええ、言わなくてもわかっています。私がうかつに行動したら、夫人を困らせてしまうことも、よくわかっています。ただ私は……つまり、夫人に何かを強要するつもりはまったくありません。ただ私が今この瞬間、死ぬほど真面目に本気だということをわかっていただきたいのです」

確かに、死ぬほど真面目には見える。彼が本気かどうかは問題じゃないのが問題だけど。

「殿下、私の目には殿下が今……差し出がましいようですが、一時的に勘違《かんちが》いをしてらっしゃるように見えますわ。私が亡くなられた皇后様とどこが似ているのかわかりませんが、母親に対する恋しさと、男女間の愛情はまったく次元が違う……」

「私は勘違いなどしていません！」

びっくりした。いつも品のある姿ばかり見ているから、こんなふうにカッとなる姿を見るのは意外な気分だ。私が大きく目を見開くと、テオバルトは自分の声に自分で驚いたのか、大声を出したのが嘘のように、気まずそうに口元をいじり出した。

「ああ、なんと、大声を出してすみません」

「かまいませんが……」

「単純に、夫人が母を思い出させるのではありません。誰かのことを考えて、こんなに胸が高鳴ったのは本当に初めてなんです。こんな私の気持ちを、勘違いと言われては悲しいです」

まったく似合わない、熱を帯びた口調で語るテオバルト。もう一度勘違いだと言ったら、大ごとになりそうだ。

確かに、私が見た目より精神年齢が高くても、男女の愛情問題なんてろくにわからない。二十三歳《さい》まで恋愛《れんあい》なんてろくにしたことがないんだもの……くすん。

「その……とりあえずわかりました。勝手なこと言って申し訳ありません」

「いいえ。夫人がそう思うのは当然……つまり、私が本気ではないという意味ではなく、戸惑いながらも、少しうきうきした気分だというのは理解しています。私が夫人に望むのはただ……」

大きく深呼吸したテオバルトが、とても悲壮《ひそう》な顔をして、片方の手をギュッと握《にぎ》った。決戦を控《ひか》えた司令官のような悲壮感だった。

「ただ、今後、もしも誰かを受け入れる気持ちになったら、私を優先順位一位にしていただければうれしいです」

「……」

「もう一度言いますが、強要しているのでは決してありません！　ただ、そうだったらいいなというだけなんです」

ただそうだったらいいと言うこと自体が、相手にはどれだけ大きな負担になるのか、この厳格な皇太子はわかっているのかしら？　常識的に考えて、一般《いっぱん》の貴族の御曹司《おんぞうし》でもない、いずれ帝国の皇帝《こうてい》になる皇太子が、いくら名家とはいえ、れっきとした寡婦である私に求愛するなんて、話になる？　もちろん、皇室に身分を超えた結婚の事例がないわけではない。この世間知《こ》らずな皇太子の母である前皇后だって、皇帝との結婚当時、私と似たりよったりの男爵《だんしゃく》家の令嬢だったのだから。当初は相当な反感を買ったが、しまいにはみんな「なぜ皇帝が惚れたかわかる気がする」と噂《うわさ》したらしい。しかも、彼女はちゃんとご令嬢だった。私みたいな寡婦ではなく。

「殿下《でんか》、殿下が今私に抱《いだ》いているお気持ちは、誠《まこと》にありがたく光栄なのですが、すぐに冷めると思います。他のご令嬢とお付き合いしてみれば、間違《まちが》いなく……」

「そんなことはありません。私の気持ちはそんなに軽いものではないのです」

「……人の気持ちは移ろいやすいものですわ。もし、殿下が今日、私に本心を打ち明けたのなら、どうか忘れるよう努力してくださいませ。私は皇太子殿下を受け入れるだけの器《うつわ》ではないのです」

皇太子殿下の伴侶になる必須《ひっす》条件のうち、最も重要なのは、純粋な処女であることだ。皇太子妃《ひ》や皇后の候補者が、純潔であることを調べる方法があるくらいなのだから。そんな場所に、裏事情はどうであれ、婚姻《こんいん》経験のある女性を入れるなんて、想像もできないことだ。だから、ここははっきりさせておくべきだ。

私の断固とした言葉に、テオバルトは一瞬しょんぼりしたように見えた。善良な金色の瞳、その目尻が垂れ下がっているのは気の毒だが、どうすることもできなかった。私と皇太子だなんて、とんでもない！　いったいどうして、過去には起きなかった複雑なことが今起きるのだろうか？

「努力はしてみましょう。でも、夫人もさっきの私のお願いを忘れないでください」

「お願い？」

「今後、もしも誰かを受け入れる気持ちになったら、私を優先順位一位にしてくださいというお願いです。そうなるように、すべての面で努力します。ですからどうか……」

まったくそうは見えないのに、しつこい。他でもない皇太子が、こんなに切ない瞳で私に哀願するなんて。いったい何で私なんかにここまで……。

「考えてみましょう。あくまでも考えるだけですよ」

嘆息《たんそく》するように答えると、テオバルトの顔がすぐに明るくなった。まるで天国の扉《とびら》が開き、栄光の光が降り注いだかのようだった。本当に考えるだけなんだけど、何がそんなにうれしいの？　神よ、未来のエリートを、天から見守ってくださいませ！


私にはわからない不思議な理由で、来た時より一層明るい顔になったテオバルトが、お屋敷を出る支度《したく》をした。私は彼を見送りに出たところだった。入り口で待機中の宮中の馬車に付いている、白い鷲の徽章《きしょう》を見ていると、私たちの距離《きょり》を実感するのだが、初恋に目がくらんだ銀髪《ぎんぱつ》の青年は、そう思ってはいないようだ。

「今日は大変失礼しました。これからもしばしばお目にかかれたらうれしいです。慎重《しんちょう》を期しますので、どうか負担に思わず、避けたりしないでください」

「……わかりました。気をつけてお帰りください」

「ハハッ、ここから宮殿までの帰り道で、危ないことなどないでしょう？」

きっぱりと答えたテオバルトが、いつまでも出発せず、もたもたしながら、まだ何か言いたいことがある様子で、私をチラチラ見ていた時だった。いつもいるかいないかわからない、寡黙《かもく》にお屋敷の入り口を警備している騎士の、咎《とが》めるような声が不意に響《ひび》き渡《わた》った。

「またいらしたんですね。何の御用《ごよう》ですか？」

「君に会いに来たんじゃないから、かまわないでくれ」

……この生意気な声の持ち主は誰だろう。私が知っている人のようだけど？

呆《あき》れた私の目に、勝手にスタスタと階段を上がってくる、ツンツンした黒い髪の少年が見えた。

連絡もなかったうえに、馬車に乗ってきた様子でもなかった。そのうえ雰囲気も、前には見たことがないほど暗くて、どこか具合でも悪いのか、それとも何かよくないことでもあったのか、表情があまり良くなかった。

「ノラ？」

私に負けずに、戸惑いの表情を浮かべていたテオバルトが、首を傾《かし》げて従弟《いとこ》の名前を呼んだ。すると、階段を半分くらいまで上がって来ていたノラが頭を上げて、並んで立っている私たちのほうを見つめた。青い瞳が訝しげに瞬《まばた》きしたかと思ったら、次の瞬間、一気に鋭く輝いた。

「これはまた……殿下はいったいここで何をしてるんです？　皇太子ってのは、まったくムカつくほど暇《ひま》なようですね」

「私は……いや、それより君はいったいここに何の用だ？」

「私が個人的な用件まですべて殿下にお伝えしなければならないのですか？」

「そういう意味じゃないだろう、ひねくれ者の従弟よ。いったいお前はここに何を……」

「シュリー、何してる？　腹減ったよ！　あれ、殿下はいついらしたんですか？」

剣を持ったまま汗《あせ》びっしょりで駆けてきたジェレミーの登場で、テオバルトは、自分をとても嫌《きら》っている従弟に話しかけていたのをやめて、気まずそうに瞬きしだした。そんな皇太子を微妙《びみょう》な目で見つめていたジェレミーが、視線を逸《そ》らした。正確に言うと、庭園まで続く白い花崗岩《かこうがん》の階段の中央に立っている、宿命のライバルを見たのだった。

「何だ？　お前、何でついて来たんだ？」

「……」

しばし沈黙が流れた。テオバルトが、実は今来たのではなく帰るのだと打ち明けるタイミングを逃した状態で、訝しげな目で皇太子と宿命のライバルを交互《こうご》に見つめていたジェレミーが、片手に持った剣をヒュッヒュッと回しながら尋ねた。

「何でお前までここにいるんだよ。殿下、コイツとは仲よくないんじゃなかったんですか？　どうして二人で仲よく来たんです？」

「いや、それが、説明すると長くなるんだが……」

厳格な若き鷲が、本当に困った顔で何らかの言い訳を口にしようとしていたが、すぐに獅子の子に向かって言葉を放ったオオカミの子の蛮行《ばんこう》で、中途半端《ちゅうとはんぱ》に途切れてしまった。

「飢《う》えてるらしいな……」

「何？　おい、コイツ、人の家に来て、いきなり言いがかりか？　親に構ってもらえないのか？」

「ジェレミー！」

思わず声が高くなった。

訓練用の剣で、宿命のライバルを楽しそうにメッタ切りにしそうな険悪な雰囲気で、がなり立てていたジェレミーが、一瞬、目を丸く見開いて私を見つめた。そして、すぐに呆れた顔をして見せた。

「わぁ……！　おい、てめえ、お前のせいでお母さまが俺に腹を立ててるじゃないか、この家庭崩《ほう》壊《かい》野郎め！　どうしてくれるんだよ⁉」

聞くに堪《た》えないジェレミーの一喝《いっかつ》に、ノラはそれ以上返事をしなかった。自分勝手な公子は、体をヒュッと返したかと思うと、後ろも振《ふ》り向《む》かず、そのまま正門を出て行ってしまった。その後姿が尋常ではなくて、目を離せずにいたのだが、ジェレミーが顔をしかめて舌を出した。

「何だあれ？　また逃げるのか？　アイツは何であんなに一貫《いっかん》してるんだ？」

「……」

「コホン、シュリー、怒《おこ》ってるのか？」

「……いいえ」

ため息を飲み込んで返事をすると、私の顔色をうかがっていたジェレミーは、金色の頭を掻きながら、待ってましたとばかりにニヤッと笑った。

おや？　まったく小賢《こざか》しいヤツ。

「俺、腹減ったよ」

お腹《なか》が空いたなら、料理長や侍女《じじょ》にせがめばいいのに、なぜ私に訴えるのよ。まったく、ちょっとでも私をいじめないと、うずうずするってわけね。

「茶菓《さか》をいただきましょう。殿下、ご一緒にいかがです？」

「はい？　ああ、いいですね。ハハハ！」

「ところで殿下、本当にどうなさったんですか？　今日いらっしゃるとは知りませんでした」

「アハハ、そりゃ当然……お前とおしゃべりしに来たのさ」

「飽《あ》きないんですか？　まるでうちの誰かに惚れて、足繁《あししげ》く通ってるように見えますよ」

「……ゲホッゲホッ！」

うっかり忘れるところだった。思慮分別《しりょふんべつ》のない長男が、意外と勘《かん》がいいという事実を。さっきすでに何杯《なんばい》も飲んだお茶を、また口に含んだテオバルトが、すぐにむせてしまったのは言うまでもない。どうやら嘘がつけないタイプのようだ。

「ジェレミー、そんな話にならない……」

「バカなことを言うな！」

そんなに激しく否定すると、ますます怪《あや》しいということを、善良な皇太子は知らないようだ。お菓子を口に入れかけて、途端に目を鋭くしたジェレミーが、次の瞬間、ガバッと立ち上がった。根《ね》掘《ほ》り葉掘り私をいじりたくて躍起《やっき》になっている彼にしては、意外な反応だった。

「は!?　シュリーが殿下に釣り合わないということですか？」

「コホッ、いや、つまり、そういう意味ではなく、君がしょうもないこと訊《き》くからだろ！」

「違うならそれまでなのに、何をそんなにムキになってるんですか!? まったく、呆れちゃうな！

とにかく、自分の立場も把握《はあく》できない人が多くて問題ですよ！」

名実ともに帝国の第二人者である皇太子に、こんなことを言えるのは、たぶんジェレミーだけだろう。

……ジェレミーとノラだけ。

それよりノラは、いったい何の用でやって来て、あんなふうに帰ってしまったのか？ 間違いなく何かよくないことがあったようなのに、あんなふうに帰してしまって、気がかりだった。


「生誕の宴《うたげ》の予算削減《さくげん》とは、話にならないではありませんか？」

「教皇庁の公式見解です。贅沢《ぜいたく》な宴の予算を減らし、庶民《しょみん》を救うのがより……」

「いくら聖下《せいか》様でも、どうして皇帝陛下が自ら主催《しゅさい》される宴の予算を削減すると言えるのですか？」

「皆さんご存じのとおり、今年は時ならぬ飢饉《ききん》で、ずいぶん頭を悩《なや》ませたではありませんか。それでなくても民衆の気持ちが荒《すさ》んでいるのに、昨年のように豪華な宴を開けば、農民たちの反発はちょっとやそっとでは済みませんよ」

「それはつまり、憎《にく》まれ役《やく》は皇室と貴族に押し付けて、教団だけが国民のためを思っているフリをするということですかな？」

「お言葉が過ぎますぞ、ハインリッヒ公爵」

「さあさあ、静粛《せいしゅく》に。この問題について、意見はございませんかな、レディー・ノイヴァンシュタイン？」

温和なようでいて、高圧的な口調で割《わ》り込《こ》んだニュルンベル公爵が、私に発言権を渡《わた》したせいで、熱烈《ねつれつ》に不満を吐露《とろ》していた貴族たちも、事務的な口調で迎《むか》え撃《う》っていた枢機卿《すうききょう》たちも、一斉《いっせい》に私のほうを見た。都合十二組の瞳の大多数によぎる、明らかな軽視の色に、私は内ではため息を飲み込み、外では微笑《びしょう》を浮かべて口を開いた。

「教団の見解に大義名分がないとは言えませんわ。身分の上下を問わず、全国民の信仰《しんこう》の拠《よ》り所《どころ》となるべきところですから。仮に不満が爆発したとしても、教団にまで被害《ひがい》が及《およ》ぶのは、避けなければいけませんわ」

「あの、夫人、それでは……」

「今度の生誕の宴の費用は、ノイヴァンシュタイン家が負担しますわ。教団は余った基金を救済活動に使うという条件ですけれど」

過去にはこの問題で大論争になり、結局、昨年と同じ予算を充当《じゅうとう》するという結論が出た。

そのせいで、積もりに積もった不満が爆発したのが、一一一六年の初めに起きた、民衆の声事件だ。暴動は比較的《ひかくてき》早く鎮圧《ちんあつ》されたが、都のほとんどすべての貴族は、自宅から一歩も外に出る気にならなかった。騎士たちを伴《ともな》っていても、四方から浴びせられる礫《つぶて》や暴言、生卵の洗礼に耐《た》えられなかったからだ。あの時、予算削減案が多数決で通ったとしても、暴動は起きていたというのが私の予想だ。

何が救済活動だ！　年末まで続く生誕祭の時期に、いちばん贅沢でふしだらに遊ぶのが聖職者たちだ。議場が熱く盛り上がる今日のこの時点でさえ、変わらぬ沈黙を維持したまま私を注視している、あのリシュリュー枢機卿が、その仲間に入っているのかは疑問だけれど。

とにかく、私の提案は、やや破格だった。いくらノイヴァンシュタイン家でも、これだけの費用を単独で出したことはなかったから。

皇室も教団も、意外な支出防止ができるかわりに、心理的負担を抱くことになる。実利を取るか、体面を取るか、それが問題だ。

私の立場では、まったく損することはない。この程度の支出で損なんかしない。それに、救済活動云々《うんぬん》は、教団の体面も立ててやったと言えなくもない。黄金万能《ばんのう》主義？　当時はどうして、この莫大《ばくだい》な資産を、こういうことに使おうと思わなかったのだろう？

面白くなさそうな目つきのシュヴァイク侯爵が、それとなく笑いながら口を開いたのはその時だった。

「実に前例のない、破格の提案ですな、夫人。亡くなられた侯爵の時には、想像もできない提案です」

「シュヴァイク侯爵は、私が夫と違って、湯水のようにお金を使うという感想をお持ちのようですわね」

あちこちで、咳払《せきばら》いが響き始めた。美辞麗句《びじれいく》をぐるぐる回しながら傷つける、間接話法の攻防《こうぼう》にはうんざりしていたので、直接話法で答えると、案の定、シュヴァイク侯爵の被《かぶ》った品のいい仮面が、微妙に揺らぎ始めた。子どもの頃から徹底《てってい》して育ててきた社交用の仮面が、そう簡単に剝がれるはずもないのだが、相手が私のような若い女性なので、うっかり反応を見せたのだろう。彼らが最も重要だと思っている特権が、私という存在に侵犯《しんぱん》されたのだから。私が一緒に座っているということだけでも、十分、侮辱《ぶじょく》だと感じているだろう。

「とんでもございません。私はただ、心配しているだけで、飛躍《ひやく》するのはお控えいただきたいですな。まあ、過敏《かびん》になる時期で……」

「本当にご心配でしたら、シュヴァイク家でも費用を出していただければ親切ですわね。では、ノイヴァンシュタイン家で八割出しますので、残りはシュヴァイク家でお願いしますわ」

シュヴァイク侯爵は、言いたいことがたくさんあるようで、不快そうに咳払いをした。いきなり莫大な予算の二割を負担することになって、頭が痛いのはともかく、こちらが先に八割出すと言ったものだから、異議を唱えれば体面も何もなくなってしまうだろう。

いったい何を考えているのか。あやふやな笑みを浮かべて私を見守っていたニュルンベル公爵が、ついにうなずきながら仲裁《ちゅうさい》に入った。ノラと同じ豊かな黒髪《くろかみ》に、深くて青い瞳の公爵が、巧妙《こうみょう》に味方をしてくれる様子を見せながら話し出した。

「いいでしょう。シュヴァイク侯爵、人を困らせると、何倍にもなって自分に返ってきますからね。

では、今年の生誕の宴の予算は、八割をノイヴァンシュタイン家で出していただくことにいたしましょう。黄金の獅子が、その程度で子どもたちのプレゼントを買えなくなることはないでしょうから。教団では、先に言及《げんきゅう》した救済活動の内訳を、元日までに公開してください。この件は、これで終わりにいたします」

タンタンタン！

ガベルを叩く音が、実に軽快に響いた。親切の理由はわからないが、私が公爵に向かって微笑んでいる間、沈黙の鐘殿《かねどの》は、例の意味不明な視線を私から逸らすつもりはなさそうだった。以前は、ただ私が気に入らないのだと思って気にしていなかったが、再び同じ目に遭うと、今さら、とても重苦しく感じる。あの方は、いったいいつ私に不満をぶちまけるつもりなのだろう。

とにかく、この場にいる皆が、私を取って食おうと躍起になっている……。

議会が終わり、思い思いに挨拶を交わして、一人二人と席を立った。私は一人残って、最後に議場を出た。わざとそうしたというより、考え事をしていて遅くなったのだ。この前のテオバルト皇太子の出し抜《だぬ》けな告白、今度の生誕節をどうすれば意義深く過ごせるかなどについて考えていたのだ。

子どもたちのプレゼントは何にしよう。ジェレミーは間違いなく剣がいちばんで、エリアスにも剣を誂《あつら》えてあげるべき？　二人に同じものだと大騒ぎになりそうだけど。双子は今からプレゼントの目録をズラズラ書き出しているから、まだマシだ。過去に戻《もど》ってきてから、子どもたちと迎《むか》える最初の記念日なのだ。何か特別なイベントができればいいのだけれど……。

子どもたちのことを考えていたため、テオバルトの告白の件もきれいに忘れて、静かな廊下《ろうか》を横切っていた私を、意外な人物が遮《さえぎ》った。

私が出てくるのを待っていたのか、不意に飛び出してきた枢機卿に、私は危なく悲鳴を上げるところだった。

「枢機卿さま……？」

「……」

「驚きました。何か御用ですの？」

薄暗《うすぐら》く、不快な沈黙がしばし流れた。言葉もなく、その漆黒《しっこく》の瞳で私の顔をじっと見つめていた沈黙の鐘殿が、ついに口を開くと同時に、聞き慣れない低い声がはっきりと響いた。

「最近、皇太子殿下が頻繁《ひんぱん》に訪問していると聞きました」

「……うちの長男と親しいものですから。もしや、何か問題でも……？」

今度はどんなふうに言いがかりをつけられるのかと思い、わざと淡々《たんたん》と答えたのだが、ブラウンのまつ毛が一瞬ピクリとしたように見えた。いったい何がそんなに不満なのか、はっきりぶちまければいいものを、沈黙の鐘という別名の所有者らしく、リシュリュー枢機卿は、そのまま背を向けて遠ざかってしまった。

その姿を見ていて呆れてしまった。もう、この国の男たちって、年齢を問わず、どうしてみんなこんなに自分勝手なの？　私にだけそうなの？　みんなどうしてこんなに情緒《じょうちょ》不安定なわけ？

沈黙の鐘殿が醸《かも》し出《だ》す、薄暗くて陰気《いんき》な雰囲気に、私まで染まってしまったような気分だ。このまま家に帰ったら、家庭教師に嫌《いや》がらせをしている子どもたちにまで、伝染《でんせん》してしまうような気がした。

そこで私は、馬車が待っているバーベンベルク宮の入り口にはすぐに向かわずに、議場と比較的近い礼拝堂に向かった。そうだ、せっかく来たのだから、私と子どもたちの今後を見守ってくださいと、お祈《いの》りでもして行こう。

真っ黒なステンドグラスの天井《てんじょう》と、威厳《いげん》のある聖なる神と聖母の像が礼拝席を見下ろしている礼拝堂は、とても静かだった。確かに、こんな時間にここに寄る人はいないだろう。

……おや？

初め私は、誰かが誰も見ていないと思って、必死でお祈りしているのだと思い、静かに出ていこうとした。しかし、階段にひざまずき、祭壇《さいだん》の上に上半身をうつ伏《ぶ》せにしている少年は、間違いなくお祈りをしているのではなかった。

「あ……ノラ？」

どうしてノラがここに来ているのかは、それこそ神のみぞ知るだ。ああ、もしや、ニュルンベル公爵を訪ねてきたのだろうか？

「お父上に会いに来たの？」

首を傾げながら尋ねると、ゆっくり頭を上げた少年が、私をチラッと見上げた。ステンドグラスを通して入ってくる明るい日差しが、まだ産毛《うぶげ》がポヤポヤしている少年の顔を照らし、黒髪を明るいブラウンに見せる。

「……あの人に会いに来たんじゃありませんよ」

くぐもった声で言い放つ少年の、暗く沈《しず》んだ青い瞳に水気が光ったように見えたのは、私の錯覚《さっかく》だろうか？　私は思わず、足早に近寄った。少し前の様子の変だった姿が思い出されて、心配になったのだ。

「ノラ、いったいどう……したの？　どうして一人なの？　どこか痛いの？」

ノラは返事をしなかった。短く気まずい静寂がどれくらい流れただろうか。うなだれて座り、疲《ひ》労《ろう》に満ちたため息を吐《つ》いていた少年の肩《かた》が、ふと激しく震《ふる》え出した。

天の父よ、母よ！　私の心臓が一瞬ドキッとしたのは言うまでもない。

以前なら想像もできないことだった。帝国最強の剣、ジェレミーの唯一《ゆいいつ》のライバルであり、飢えたオオカミ、ニュルンベル家の公子が、こんな青臭《あおくさ》い少年の姿で、私の前で嗚咽《おえつ》する姿を見るなんて。

「ノラ……どうしたの？　いったい何事？」

男の子が泣くといつも困惑《こんわく》する。今ではおぼろげな過去のある日、ジェレミーが一人隠《かく》れて嗚咽する姿を見た時のように、込み上げる憐憫《れんびん》とともに、いったい何をどうすればいいのか、迷ってしまうのだ。

こんなに強い少年たちが泣いているなんて！　いったいなぜ泣いているのか？　恐《おそ》る恐る尋ねても、彼は答えない。それでも幸いなことに、私が伸ばした手を振《ふ》り払《はら》いはしなかった。

私は、祭壇の前でうずくまってむせび泣く少年のそばで、そっとひざまずいた。そして、ためらいながら、手で彼の肩と背中を優しく叩いた。なぜ泣いているのかわからないけれど、なだめてやりたい気持ちだったのだ。

「大《だい》……丈夫《じょうぶ》よ、ノラ。大丈夫だから……」

フーッ、と息を深く吸う音が聞こえた。ふいに頭を上げた少年が、潤んだ青い瞳で私を見上げていたが、くぐもった声で押《お》し殺《ころ》すように言い放った。

「シュリーさん……分別があるって、いったい何です？」

どう答えればいいのだろう。しかもいきなりシュリーさんなんて。他でもない公子から、こんなとんでもない呼び方をされるとは思わなかった。でも私は、そこは指摘《してき》せずに、ぎこちなく笑みを浮かべた。

「さあ。私もよく知らないわ」

私には何のアドバイスもできない。戻ってきたこの人生でさえ、新しいことを発見して驚きの連続なのに……。私は後の言葉を飲み込みハンカチを取り出して、少年の熱を帯びた頬にそっと当てた。一瞬ビクッとして私をじっと見つめていた彼が、再びうつむいた。そして手《て》の甲《こう》で濡《ぬ》れた目をこすりながら、疲《つか》れたように嘆息した。

「いっそ……皇太子のヤツがうちの息子だったら、みんなにとってよかったのに」

「殿下が？　だけどあなたは……」

「シュリーさんもそう思いますか……？　オレが救いようのない世間知らずで、口を開けば嘘ばかりついていると思いますか？」

「いいえ。決して」

少しのためらいもなく、断固として答えていた。ノラは弾かれたように青い目に込《こ》めて、私の顔を穴の開くほど見つめた。

「何でそんな質問を……」

「……みんながそう言うから」

「誰がそんなことを言うの？」

ノラは答えなかった。ただ、視線を床に逸らして、ざらざらしたため息を吐くだけだった。いったい何があったのか、詳《くわ》しい事情は知りようがない。ただ、自分なりに想像するだけだ。

追悼《ついとう》の宴で見た場面、あの時のニュルンベル一家の姿を思い出して、間違いなく、ノラと公爵の間に何かあったのだろうという想像はつく。ニュルンベル公爵は、私には珍《めずら》しいほど親切で優しい方だけれど、現皇后の弟で、貴族社会の大きな柱であるだけに、ただの温和で優しい性格とは言い難い。そのうえ病弱で内向的な妻との間の息子はノラ一人だけだ。そんな状況だから、一人息子に厳格すぎるのも無理はないのだ。だけど……。

「誰が何と言っても、私はあなたがそんな人だとは思わないわ」

「……どうしてそんなに確信があるんですか。オレのこと、よく知りもしないくせに」

くすん。壁《かべ》にぶつかった気分。こんなひねくれた口調は、誰かさんたちのおかげで死ぬほど慣れてるんだけど。

「あなたも私のことよく知りもしないくせに助けたじゃない？　私を何だと思ってるのよ」

「……」

「だから、私もあなたが間違いなくいいヤツだと信じてるの」

「……いいでしょう、そういうことなら」

何がいいのかよくわからないことをつぶやいて、目をゴシゴシこすっている少年を見ながら、私は自分が知っている彼の未来を、より詳しく思い出そうと頑張った。この小公子は、間違いなく来年、騎士に任命され、再来年の建国記念祭の剣術《けんじゅつ》大会で、ジェレミーと互角《ごかく》の闘《たたか》いをするはずだ。そして……そうだ、私の記憶《きおく》が正しければ、確か帝国の秘密警察隊に入ったはずだ。一般家庭の息子でもない、ニュルンベル大公爵の後継者が、なぜ厳しい秘密警察隊に入ったのか、みんながいろいろ噂していたのも覚えている。

「ふう……こんなつもりじゃなかったのに、みっともない姿を見せてしまいましたね」

まだ涙が完全に消えていなくて、くぐもった声でぶつぶつ言う姿がおかしい一方で、気の毒でもあった。それでも、思ったより早く気を取り直したようなので、これは幸いだと言うべきだろう。

「誰でもこういうことってあるわ。私だってあなたにみっともないところ二回も見られたじゃない」

「それとこれとは違うでしょう。男が恥も知らずにおいおい泣くなんて、父が知ったら、間違いなくびっくり仰天《ぎょうてん》ですよ」

「今だからそうやって泣けるのよ。大人になったら、本当に泣きたくても涙が出てこないことが多いんじゃないかしら？」

優しく言い聞かせると、涙が乾《かわ》き切らない青い瞳が瞬きして、私の顔をじっと見つめた。まだ少年らしい純粋さを宿した澄《す》んだ瞳。暗く危険な男の影《かげ》は、まだ探すことができない。私は年寄りくさいことを言ってしまったかと思って、バツが悪かったのだが、聞こえてきた声はこれだった。

「ところで、シュリーさんは会うたびいつも悲しそうに見えますね」

「……うん？」

「まあ、めそめそしていたオレが言うことじゃないし、シュリーさんみたいな人が、なぜ悲しい目をしているのかは、神のみぞ知るなんでしょうけど、もっと鼻を高くして歩いてもいいと思うんですよね。シュリーさんがそうしても、ムカつかないと思うんだけど……」

褒《ほ》めているのか、皮肉なのか？　子どもみたいにおいおい泣いてたくせに、まったくどうして最近の子はこんなに突拍子《とっぴょうし》もないの？

「それなりに図々《ずうずう》しく見えると思ってたんだけど、違うみたいね」

「図々しいなら、オレぐらいにならなきゃ」

肩をすくめた彼が、悲しく嗚咽していたのが嘘のように、軽快に立ち上がって片手を差し出した。

私はちょっとためらってから、その手をつかんで立ち上がった。

「今日は会ってくれてありがとうございました。オレの幸運を祈《いの》っていてください」

「幸運？」

「今から家に帰って、父と一発やらかすんですよ。オレが無事だったら、シュリーさんにその栄光を捧《ささ》げますよ」

「いったい何があって……」

「どうってことありませんよ。いつものことなんだけど、とにかくそれはオレの問題でしょ、シュリーさんの問題じゃなく」

大したことなさそうな口ぶりだったけれど、心配になるのはどうしようもない。他人の家庭のことに口を挟むのにも、適正水準があるのだろうけれど……。

「あのう、ノラ。この間私が言ったこと、覚えてる？　誰かをつかまえて話したくなったら、いつでも連絡してって言ったこと」

それが私にできる口出しのすべてだ。そして、若き公子は、返事のかわりにただニヤッと笑うだけだった。


初雪が降り始めて数日が経ち、生誕の宴が目前に迫《せま》ってきた。

聖なる父と母が、この世に初めて降臨したことを記念する生誕祭の祝日、朝早くから眠《ねむ》い目をこすって、ホールを埋《う》め尽《つ》くさんばかりの山のようなプレゼントの箱を見て、目をまん丸にする双子の姿を見るのは、本当に大変な妙味《みょうみ》だ。生誕節の前夜、良い子にプレゼントを持ってきてくれるサンタクロースは、こんな気分なのだろうか？

もちろん、当然私はサンタクロースの存在を、とっくの昔から信じていない。それはジェレミーとエリアスも同じだった。朝から弟妹《ていまい》たちの気分をぶち壊《こわ》そうとしているあの姿。生誕節の精神なんて、これっぽっちもないのだろう。

「うわあ、兄さん、これ見て！　サンタクロースはぼくが良い子だって知ってるんだよ！」

「誰が良い子だって？　そんなうさん臭《くさ》い話をまだ信じてるのか？」

「何がうさん臭いの？　兄さんたちは良い子じゃないからプレゼントもらえなくて、嫉妬《しっと》してるんじゃない！」

「誰が嫉妬なんてするもんか！　それに、俺もプレゼントあるんだけど？　そこにいる偽者《にせもの》サンタさんがくれるんだよ」

「ママ、兄さんたちが神様を冒涜《ぼうとく》してる！」

私は腰に手を当て、二人の礼儀《れいぎ》知らずな息子たちをにらみつけた。まったくコイツらときたら。

「ジェレミー、エリアス。サンタクロースがいないわけないでしょ。プレゼントが欲《ほ》しかったら、二人とも良い子にしなさい」

「俺はただ、愚《おろ》かな弟妹たちに、残酷《ざんこく》な現実を一日も早く教えてやりたいだけなんだけど？　子どもが一生バカみたいに生きてもいいのかよ？」

「そうね！　あんたたちとそっくりのバカになったら、言うことないわね！」

ついカッとして言い放つと、ニヤニヤ笑っていたジェレミーも、双子に皮肉を言っていたエリアスも、そろってぱちくりとしながら視線を交わした。そして、実に気まずそうに頭を掻きながら、弟妹たちがプレゼントの包装を解くのを手伝い始めた。ああ、このイタいヤツらめ。

「ジェレミー兄さま、これ、ジェレミー兄さまのじゃないの？」

「何……？　あれ、何だこれ⁉」

何を言ってるの。未来のレジェンドになる剣術マニアの長男のための、特注の剣じゃないの。名《めい》匠《しょう》が製作した長剣《ちょうけん》。真っ白い剣身に、柄《つか》が黄金とルビーでできていて、鞘《さや》も輝くエメラルドとルビーがびっしりはめ込《こ》まれた名品だ。これを用意するのに、いくらお金がかかったと思っているのだ。忠実なロベルトが、口をあんぐり開けたほどなのだから。

すぐに慣れた身のこなしで剣を抜き、まぶしく白い剣身を注意深く眺《なが》めていたジェレミーが、半ば魂《たましい》が抜けたような顔をして私を見た。まるで彼らしくないぐずぐずした態度に、思わず笑いが漏れるほどだった。

「これでも、サンタさんはいないの？」

「ああ……それは、だから……ありがと……」

「うわあ、兄貴にはマ～ジで似合わないんだけど？　サンタさんの正体は知らないけど、見る目がないんじゃない……わあっ！」

憎《にく》まれ口《ぐち》をきいてジェレミーに一発殴《なぐ》られたエリアスのためのプレゼントも、ちゃんとある。確かに兄と同じ武闘《ぶとう》派なのだけれど、子馬の次男には、剣とは違う才能があることを覚えていた私が用意したのは、特注の石弓《いしゆみ》だった。オプションで、銀の矢までつけている。これがあれば、またキツネ狩《が》りに行っても、楽に兄を追《お》い越《こ》してしまうだろう。

「ワッハッハ！　かかって来いよ、マヌケな兄貴！　昔から決闘《けっとう》は長距離《ちょうきょり》攻撃《こうげき》が最高なのさ！」

「調子に乗ってうっかり自分の顔を射るんじゃないぞ、未熟な弟よ。男なら剣で勝負するのが当然だ！　シュリー、これ、宴に持っていってもいい？」

「オレも！」

二人の息子が醜態《しゅうたい》を演じている間、私は見ないフリをして無視し、双子のかわいらしい姿に視線を移した。

脳が筋肉の兄たちとは違い、早くから知識人の容貌《ようぼう》を備えたおちびのレオンは、欲しかった新作の望遠鏡と百科事典を抱きしめて大喜びしていた。レイチェルは私が彼女のために選び抜いた靴《くつ》を履《は》いて、鏡の前でファッションショーをしている。レイチェルは普段《ふだん》から靴が大好きだった。流行遅れのドレスを着ることはあっても、新しい靴がないと決して外出しなかった。

とかく、子どもたちにはうれしいかもしれないけれど、生誕節というのは、まったくいろいろお金のかかる行事だ。子どもたちだけでなく、使用人たちや騎士たちのためのプレゼントをはじめとして、教団や宮殿に送るプレゼントも用意しなければならないのだから。さらに、今日開かれる生誕の宴にかかる費用、宴に着ていく服やアクセサリーの支度もある。お金なら腐《くさ》るほどあり余っているからいいようなものの、だ。やはり黄金万能主義は最高だ。

驚くべきことが起きたのはその時だった。かわいらしいシルクの靴をとっかえひっかえ履きながら、あちこちお披露目《ひろめ》していたレイチェルが、いきなり私にスーッと近寄ってきて、ローブのポケットの中から、何かをもぞもぞと取り出したのだ。

「お兄さまたちが、ママは大人だから、サンタさんにプレゼントをもらえないって言うの」

私が一瞬、言葉に詰まってしまったのは言うまでもない。

私は目を大きく見開いて、息子たちまでこの計画に賛同したのか確認《かくにん》しようとした。驚いたことに、息子たちのバツの悪そうな顔が、それを証明していた！　これこそ本当にびっくりなんだけど。

レイチェルの小さな手に握られていたのは、くねくねした刺繡《ししゅう》のあるハンカチだった。明るいあんず色のハンカチには、四匹《ひき》の獅子の子とウサギが一羽《わ》、仲よく刺繡されていた。

……うれしいんだけど、どうして私がウサギなの？

「ありが……とう、レイチェル。ホントにかわいいハンカチね」

「お兄さまたちが図案を考えて、レオンが糸の色を選んだの。わたしがしたのは刺繡だけよ」

それはつまり、結局、自分が全部やったということだ。私が、わかっているというように微笑むと、レイチェルはとても得意げな顔をして、役立たずの兄弟を交互に見つめた。

死んだ夫がこれを見たら、どんな顔をしただろう。

ノイヴァンシュタイン家とシュヴァイク家がそれぞれ八対二で費用を出した宮中の宴は、私が覚えているものよりもずっと豪華だった。シュヴァイク家が自発的に費用を出したという誠意を見せたいのか、五重のシャンデリアが下がった天井を刺すようにそびえるもみの木に、だらだらとぶら下がった宝石一つだけでも、貧民《ひんみん》のための一年分の救済基金になりそうだった。宴が開かれるクリ

スタル宮殿の入り口には、簡易ダーツが設置されていた。渦巻《うずま》きが描《えが》かれたゴムの的の中央に、木を削《けず》って作ったダーツを当てれば、華《はな》やかな包装紙に包まれた景品が一つもらえる。

宴が本格的に始まる前に、早々《はやばや》と到着《とうちゃく》した人たちがダーツをしたり、談笑《だんしょう》したりしている中、子どもたちと到着した私にいちばん最初に挨拶してきたのは、他でもないミュラー伯爵《はくしゃく》だった。

……夫のいちばん上の弟だ。

「お久しぶりですな、レディー・ノイヴァンシュタイン」

まったくだ。もっとも、都の貴族がほとんど出席する生誕の宴なのだから、傍系の親族たちと会わないはずがなかった。私は、わざとにっこり笑って返事をする。

「ええ、ご無沙汰《ぶさた》しております」

「コッホン、あのう、少し話せますかな？　長くはかかりません」

私は、水を噴《ふ》き出《だ》す石像のほうに駆けていった子どもたちを、肩越《ご》しにチラッと見てから、うなずいて見せた。ミュラー伯爵は、若い男女がキャッキャッと笑いながらゲームを楽しんでいるダーツ場の近くに私を引っ張っていき、低く微かな声で口火を切った。

「夫人、以前の忌《い》まわしい事件については聞いております。早くお訪ねしてお詫《わ》びするつもりだったのですが、機会がありませんで……」

「あら、謝罪でしたら当事者がするべきですわね」

私の声に混じった辛辣《しんらつ》な響きを感じたのか、古だぬき伯爵の緑色の目元が、一瞬鋭くなった。どうしてこの人たちは、うちの子たちと同じ目をしているのだろう。いくら血筋だと言われても、本当に気に入らない。

「夫人がお望みでしたら、当事者に謝るように伝えます」

「自発的でない謝罪は望んでおりませんわ」

「夫人、夫人が我々のことをどう思っているか知らないわけでは……」

「違いますわ、伯爵様。私はあなたたちのことを考えてはいませんもの。ですから、どう考えているかも何もないんですの。お望みは何です？」

他の人の目には、複雑な事情を抱《かか》えた兄嫁《あによめ》と義理の弟が会話しているだけに見えるだろう。実像は全然違うけれど。

私はミュラー伯爵が弟妹たちのように、家系特有の気性《きしょう》の激しさをさらけ出すのではないかと内心期待していたが、彼は意外と自制心が強かった。つまり、ノイヴァンシュタイン家にしては、だ。

ヨハンとそっくりの暗緑色の瞳が、一瞬光って火がついたと思ったら、すぐに事務的な冷静さを取《と》り戻《もど》した。

「いいでしょう、夫人。どうせこうなってしまったのですから、正直に申し上げます……」

プシューッ！

「キャアッ！」

多数の人が同時に短い悲鳴を上げた。私も悲鳴を上げそうになったが、何とか堪《こら》えた。それもそのはず、木製のダーツではなく、銀製の矢が素早く私たちのほう――正確に言うと、ミュラー伯爵の耳元をスレスレにかすめて、ダマスク模様の壁に刺さったのだ！

「ああ、そんな、失敗。自慢しようと的を狙《ねら》ったのに……」

一瞬の騒動《そうどう》に過ぎなかった。誰かが愉快《ゆかい》そうに大笑いしたのをきっかけに、会場はまたすぐに騒《さわ》がしくなった。私は瞬きしながら首を回した。一瞬、固まってしまったように見えたミュラー伯爵も首を回した。持っていくと言って聞かないから、放っておいたのが悪かったのだろうか？　唖然《あぜん》としている私の視野に入ってきたのは他でもない、弟の石弓を持って立っているジェレミーだった。

「お久しぶりです、叔父《おじ》さま。ずいぶん老《ふ》けましたね。ところで、どうしてそんな顔なさってるんですか？」

ミュラー伯爵は言葉に詰まったようで、甥《おい》をじっとにらみつけた。それに比べてジェレミーは、余裕《よゆう》の笑みを浮かべていたのだが、私から見ると、実に白々しい微笑だった。

「ああ、驚かれたんですねえ。機嫌《きげん》を直してください。まさか僕が、敬愛する叔父さまを本気で狙うとお思いですか？」

四章　母

「兄貴のろくでなしっぽい処世術には、時に尊敬を感じちゃうよ」

エリアスが口にした感想だ。ジェレミーは肩《かた》をすくめて得意げに答えた。

「よーく見ておけ、弟よ。これが獅子《しし》の家系の精神なのさ」

「笑わせるな！　どうしてオレの所持品で兄貴がカッコつけるのさ⁉」

「そりゃお前が間違《まちが》いなく自分の顔に当てるからだろ！」

獅子の家系の精神云々《うんぬん》はよくわからないが、とにかく少し前にジェレミーがやらかした、無礼で手のつけられない行動は、陰険《いんけん》なミュラー伯爵《はくしゃく》を歯ぎしりしながら退場させるのに十分だった。

古だぬき伯爵様は腹が立ったのか、「アイツが子どもの頃《ころ》、木馬に乗せてやったのに」だの何だのと愚痴《ぐち》をこぼしていたが、ジェレミーは年寄りの説教だと失笑《しっしょう》した。同じ血の気の多い血筋とはいえ、若者の反抗《はんこう》的な覇気《はき》には年輪など役立たずなようだ。

「はい、はい、二人とも。ショーは終わりよ。その石弓、おとなしく保管室に持っていって。矢も一緒《いっしょ》にね！」

私の容赦《ようしゃ》ない一刺《ひとさ》しに、ジェレミーとエリアスは、何かぶつぶつ言っていたが、意外と素直《すなお》に石弓と矢を持って歩き出した。二人が歩いている姿に、近くにいた十代前半のご令嬢《れいじょう》たちの視線は釘付《くぎづ》けだった。

「実に印象深い場面でしたな」

どうやら少し前の出来事をすべて見ていたらしく、いつのまにかこちらに近づいてきたニュルンベル公爵《こうしゃく》が、感想を述べた。鋼鉄の公爵様は、妙《みょう》な笑いを青い瞳《ひとみ》に宿し、いつものように、私を優《やさ》しく見つめていた。

「騒《さわ》ぎを起こして申し訳ございません」

「いいえ。奇特《きとく》な息子《むすこ》さんですな。うちの分別《ふんべつ》のない息子も、あのような一面を見せてくれればうれしいんですがね」

「アハハ……」

「ああ、息子にプレゼントを送ってくださいましたね。あんなヤツのどこがかわいくて、わざわざお気遣《きづか》いくださったのか、何とお礼を申し上げていいのかわかりませんよ」

……別に感謝の言葉を聞きたくてしたことじゃない。何だかバツが悪かった。

私がノラのために公爵邸《てい》に送ったプレゼントは、ジェレミーのプレゼントと同じところで製作した、ツヴァイヘンダーの剣《けん》だった。ノラから意図せず二度も助けてもらったうえに、あんなに悲しそうに泣いていた姿が気になって、少しでも慰《なぐさ》めになればと思ってしたことだった。プレゼントが少し大げさじゃないかと心配だったが、公爵様の反応が思ったより無難で幸いだった。

「公子《こうし》が喜んでくれたなら幸いですわ」

にっこり笑いながらそう言うと、公爵様は地面がへこむほどの深いため息を吐《つ》き、首を横に振《ふ》った。

「どうでしょうか……。サンタクロースからプレゼントをもらったから、一年の罪がすべて許されたといばっていたんですよ。いったい誰《だれ》に似てあの始末なのか……」

それが思春期の少年たちの、生誕節の精神というものなのでしょう、とはとても言えないので、不自然に笑っていると、ちょうど帝国《ていこく》の最高権威者《けんいしゃ》のお成りを知らせる、雄壮《ゆうそう》なラッパの音が響《ひび》いた。

「皇帝《こうてい》陛下のお成りです！」

帝国の守護者である皇帝陛下とエリザベート皇后、テオバルト皇太子《こうたいし》とレトラン第二皇子がそろってお見えになり、あちこち集まって騒いでいた人たちも、悠々《ゆうゆう》とダーツを楽しんでいた人たちも、一斉《いっせい》に話をやめて丁重《ていちょう》に挨拶《あいさつ》した。

「帝国を守る鷲《わし》に生誕の祝福を」

「帝国を守る鷲に生誕の祝福を、皇帝陛下」

皇家の象徴《しょうちょう》であるホワイトグレーの髪《かみ》の下にのぞく謹厳《きんげん》な金色の瞳が、会場に集まった貴賓《きひん》たちの姿を一瞥《いちべつ》して通り過ぎた。獲物《えもの》を監視《かんし》する鷲のような視線が一瞬《いっしゅん》私に刺《さ》さり、すぐに優しく打ち解けた。

「一年間、実に多くのことがあったであろう。悲しみを克服《こくふく》し、今年もこのような、祝福にあふれる生誕節を迎《むか》えられるよう頑張《がんば》ってくれた帝国の獅子に、感謝を表したい」

「もったいないお言葉でございます、陛下」

テオバルトがあんなふうに笑いながら私を見つめるのはやめてほしいと思いながらお辞儀《じぎ》をしている間、エリザベート皇后は例の冷たい瞳で、私をじっと見つめていた。にらんでいるのではなく、ただ見つめているのだけれど、彼女《かのじょ》が私を気に入らないと思っているのはよくわかっていたから、今さら気にかかることもなかった。皇后の横には、エリアスと同い歳のレトラン皇子が座《すわ》っていたのだが、蓄膿症《ちくのうしょう》にでもかかっているのか、鼻をぐずぐずさせながら顔をしかめている様子が、優《ゆう》雅《が》の標本みたいな皇太子と極端《きょくたん》な対照をなしていた。すべてのことが記憶《きおく》のままだといえるだろう。

「Adeste fideles, laeti triumphantes, venite,venite in wittelsbach Natum videte, Regem angelorum……」

「レディー・ノイヴァンシュタイン」

聖歌隊の清らかな歌声が厳《おごそ》かに響《ひび》き渡《わた》り、生誕の宴《うたげ》が本格的に始まった。挨拶をしてくるたくさんの人々の間を縫《ぬ》って、すぐに私のところにやって来たテオバルトに向かって、私はぎこちない笑《え》顔《がお》を見せた。そうならないようにしようと誓《ちか》ったのだけれど、思わずぎこちなくなってしまうのはどうしようもない。

「皇太子殿下《でんか》」

「素敵《すてき》なドレスですね。どうりで、今日に限って何だかまぶしいと思ってたんですよ」

意外とロマンス小説がお好きなんじゃないかと思うほどだ。それでも、別に気分は悪くない。そう、豚《ぶた》もおだてりゃ木に登るとも言うしね。

「ありがとうございます。殿下も素敵ですわ」

確かに、華《はな》やかなシルバーの礼服姿の皇太子は、多くのご令嬢の胸をときめかせるのに十分な容《よう》貌《ぼう》の持ち主だ。私の本気の称賛に、テオバルトは白い顔を少し赤らめていたが、急に口ごもった。

「夫人……もしかして、本はお好きですか？」

「好きだと言えるでしょうね」

「ああ、よかった。実は、夫人に私設図書館をお見せしたいのです」

ああ、さようでございますか……？　見《み》え透《す》いているのがおかしい反面、その純粋《じゅんすい》さが、胸の片隅《かたすみ》をくすぐる柔《やわ》らかい羽毛《うもう》のように感じられた。誰かが私に、こんなに純真な気持ちをさらけ出すのが久しぶりだからだろうか。

「皇太子殿下。レディー・ノイヴァンシュタイン」

「ああ、レディー・ニュルンベル、お久しぶりです」

私がニュルンベル公爵夫人《こうしやくふじん》に挨拶すると、テオバルトは了解《りようかい》を得て席を外した。そして、私に向かって限りなく意味深長なまなざしを見せたのだが、どうやら後で会おうという意味のようだ。くすん。

「プレゼント、ありがとうございました」

例の悲しげなまなざしで話をする公爵夫人。私はあの時の約束について、何か説明するべきか考えたが、結局、他の話をした。

「喜んでいただけて、うれしいですわ。ところで、公子の姿が見えませんわね」

「……ええ、それが……」

ただ遅《おく》れているのだと思って、何も考えずに尋《たず》ねたのだけれど、病弱な公爵夫人の反応は尋常《じんじょう》じゃなかった。いきなり唇《くちびる》をぎりぎりと嚙《か》みしめ、両手を握《にぎ》り合わせる不可解なふるまい。知らない人が見たら、私が生誕節のプレゼントに、領地争奪《そうだつ》の宣戦布告でもしたと思うだろう。

「夫人……？」

「ああ、ごめんなさい。ノラは用があって、今日は来られなくなりましたの」

ニュルンベル家の一人息子で皇后の甥《おい》でもあるのに、生誕の宴に参加しないなんて、いったいどんな用なのだろう？　過去にもそうだったかと思い、記憶をたどってみてもまるで思い出せない。

確かにあの時は自分のことに精一杯《せいいっぱい》で、人にかまっている暇《ひま》はなかったのだけれど……。

「具合でも悪いんですの？」

「いいえ、そんなことは……つまり、そんなところです。気にかけてくださって感謝しますわ。それと、あのう、夫人」

「はい？」

「以前私がお願いしたことは、どうか忘れてください。私が浅はかでしたわ」

私はしばし公爵夫人の真っ青な顔をじっと見つめた。そして、思わずこう訊《き》いていた。

「公爵様に叱《しか》られたんですの？」

「いえ、そんなことは……ただ、まだお若い夫人に、それでなくてもお忙《いそが》しいでしょうに、変なお願いをしてしまったような気がして」

うーん、やはり鋼鉄の公爵様が何か言ったに違《ちが》いない。振《ふ》り絞《しぼ》るような声で、つっかえながら言葉を続ける、か細い夫人の姿を見ていると、何だか切なくなる。

もう、私たちだけの秘密にしておけばいいのに、どうしてご主人に話しちゃうかなあ？　それに、さっきの公爵様のお話から想像すると、ノラが病気になったわけではなさそうなんだけど……。まさか、あの鉄も食べちゃいそうな子が、父親に殴《なぐ》られて寝込《ねこ》んでるんじゃないよね？　いや、まさか公爵様がそこまで……。

「あら？」

「まあ、あれ、ご覧になって」

「かわいいわぁ……」

人々の間で出《だ》し抜《ぬ》けに広がった小さなざわめきに、私も公爵夫人も、そろって視線を移した。次の瞬間《しゅんかん》、私の口から笑い声が出てしまったのは言うまでもなかった。

聖歌隊が歌う生誕節の声楽はいつのまにか終わって、はつらつとしたワルツが流れていた。まだひっそりしているダンスフロアの中央では、我《わ》が家《や》の双子《ふたご》、レオンとレイチェルが、仲よく手を取り合って踊《おど》っていた。まだ下手だけれど、年齢《ねんれい》を考えれば本当に完璧《かんぺき》なちびっ子カップルそのものだった。

「レオン、気をつけろ！　レイチェルがお前の足を狙《ねら》って……あっ！　何で叩《たた》くんだよ!?」

とてもかわいらしい姿を演出中の弟妹《ていまい》たちの気分を台無しにしようとしているエリアスの背中を、私が思いっきり殴りつけた。

「まったくあんたは、いい雰囲気《ふんいき》を台無しにしないと、どうにかなっちゃうみたいね？」

「あれのどこがいい雰囲気なんだよ？　みっともないったらありゃしない」

「じゃあ、あんたが教えてやったらいいじゃない」

「何でだよ？　それは我が家の兄貴の担当だろ！」

さりげなく人のせいにするエリアスのずる賢《がしこ》い立ち回りに、ジェレミーは少しのためらいもなく答えた。

「俺《おれ》は騎士《きし》になるんだ。踊りなんて素質も興味もないってわけさ。そういう意味でシュリー、お前が教えたらどうだ？　もちろんパートナーがいるという仮定……」

「レディー・ノイヴァンシュタイン、生誕の宴で一緒にダンスをする光栄な役目を私にくださいませんか？」

ジェレミーが次に言おうとしていたたわ言が何であれ、それはいきなり近寄ってきて、私に手を差し出したテオバルトによって、無残に打ち切られてしまった。私は、一瞬で渋面《じゅうめん》になった二人の息子を嘲笑《ちょうしょう》し、素直に皇太子の手を取ってダンスフロアに向かった。いつのまにか多くの男女が、踊りの列に合流していた。

「意外とお上手ですねえ」

「褒《ほ》めてるのかしら？　皇太子殿下もなかなかですわよ」

「アハハ、からかわないでください。今日のために、ものすごく練習したんですよ」

短いが楽しいワルツが一曲終わり、私は喉《のど》が渇《かわ》いて何か飲もうとしたのだが、テオバルトは何を考えているのか、そのまま私の手をつかんで引っ張った。会場の外につながる通路だった。人目があるので、私は文句も言えず、そのまま静かについて行った。

「どこに行く……」

「さっきお話ししましたよね。見せて差し上げます」

ああ、私設図書館のことね。まったくこの方も本当に即興的《そっきょうてき》だ。いや、あきらめることを知らないと言うべき？

とにかく、本を見るだけだし、うちのおちび知識人に見せる本があるかもしれないと思って、私はおとなしくテオバルトに従って、彼《かれ》の私設図書館に向かった。まあ、断る理由もなかったし。つまり、相手は仮にも皇太子なのだから。くすん、身分制度ってまったく……！

「わぁ……！」

でも、いざ皇太子の私設図書館に入ってみると、さっきまでの気乗りしない感じがサッと消えてしまった。

何と、天井《てんじょう》までガラスの透明《とうめい》な部屋に、天井を刺すようにそびえるたくさんの本棚《ほんだな》、テラスを埋《う》め尽《つ》くすように造った温室庭園。この季節には見られない春の草花がいっぱいの庭園を鑑賞《かんしょう》しながら、のんびりと読書を楽しめる場所だった。この分別のない皇太子が、どうしてこんなにここを見せようと躍起《やっき》になっていたのか、わかるような気がした。

「気に入りましたか？」

感嘆《かんたん》している私に、照《て》れ隠《かく》しに笑っていたテオバルトが、恐《おそ》る恐る尋ねた。ったく、初々《ういうい》しいんだから。

「美しいところですね。ここなら、一日中本を読んでいられるかもしれませんわ」

「そのとおりなんです。私も時々やっちゃうんですよ。外より室内が好きになってしまって」

「殿下はどんなジャンルの本がお好きなんですの？」

「ああ、主に歴史と政治学の本が好きなんですが、時には——」

熱っぽい口調で語りながら、巨大《きょだい》な本棚の前に近づいたテオバルトの声が、ガタン、という騒音《そうおん》でぷっつり途切《とぎ》れた。いったい何の音だろう。私たち以外に、誰かがここにいるのか……？

「ああ、これは、司祭。驚《おどろ》きました。また、古書を探しにいらしたのですか？」

騒音の正体は、まるで想像もしていなかった人物、リシュリュー枢機卿《すうききょう》だった。どうやら二人の間には暗黙《あんもく》の了解があるようなのだが、無邪気《むじゃき》に笑うテオバルトとは違い、沈黙《ちんもく》の鐘殿《かねどの》は、例の暗く黒い視線で私たちをじっと見つめ、ゆっくりうなずいた。

「そうなのですが……どうやら後にしたほうがよさそうですな」

「では、そうしてください。生誕の宴ですから、今日は枢機卿も楽しまなければ」

テオバルトの愉快《ゆかい》な発言にも、沈黙の鐘殿は何が気に入らないのか、私に向かって刺すようなまなざしを送って、悠々と図書館を出ていった。何度も経験したことなのに、今日に限って何だか気に障《さわ》る。この前もとんでもないことを訊かれたし、もしやあの方は、私が皇太子を籠絡《ろうらく》するのではないかと誤解しているのかしら？

「危《あや》うく邪魔《じゃま》が入るところでしたね」

「……殿下はあの方と親しいようですわね」

「さあ、親しいというより……有能ではあるのですが、なかなか腹のうちが読めなくてね。口数が少ないですから」

それは私も同意見。つまり、何か言わなきゃ、不満が何だかわからないでしょ？

「ところで、夫人」

「はい？」

「その……従弟《いとこ》のことです。ニュルンベル公子。アイツはこないだ、どうして侯爵邸を訪ねたのですか？　ジェレミーやエリアスに会いに行ったわけではないようですが」

……テオバルトが私に、こんな質問をするとは思わなかった。私がしばし言葉を失ってじっと見つめていると、テオバルトは視線を私に固定して、腕《うで》を伸《の》ばして本棚の上のほうで何か探しながら、慌《あわ》てて付け加えた。

「ああ、もちろん、私が口を出すことではないのはわかっているのですが、実際アイツと親しくしても、いいことは……ああっ！」

「キャッ！」

一瞬の出来事だった。正確に言うと、片足を卓上《たくじょう》に上げて、危なっかしく本を探していたテオバルトが、一瞬ふらついて、すぐにどどっと下に落ちたのだ！　もっと正確に言うと、私に覆《おお》いかぶさるようにして倒《たお》れてしまい、だから私も、床《ゆか》に激しく倒れてしまった。一瞬、涙《なみだ》が出そうになった。

「ま、まさか、夫人、大丈夫《だいじょうぶ》ですか？」

「だ、だいじょ……」

「水でもお持ちしましょうか？」

床に倒れたのに、どうして水が必要なんだろう。私が強くぶつけた肘《ひじ》に手を当ててうなっていると、テオバルトは慌てて私から体を離《はな》し、申し訳なくてどうしようもない様子であたふたしていた。

ところが、その時だった。

「二人で何し……」

聞き覚えのある声が聞こえるなあ、と思ったら、私は思わず目を丸くした。いったいどうしてジェレミーがここにいるの？　私たちがここにいることをどうやって知ったの？

でも、彼がどうやって知ったかは重要ではなかった。言いかけた言葉を飲み込んで、訝《いぶか》しげな顔で私たちを交互《こうご》に見ていたジェレミーの暗緑色の瞳が、暗く凍《こお》りついたのは一瞬の出来事だった。

目をうるうるさせたまま床に寝《ね》そべっている私と、中途半端《ちゅうとはんぱ》な姿勢で私から離れた皇太子をにらみつける視線が、限りなく他人行儀《たにんぎょうぎ》だった。何を誤解しているのか、一瞬、冷たい指が背筋を触《さわ》っているような感覚が襲《おそ》ってきた。

「ああ、ジェレミー、これはつまり……」

テオバルトも私も、状況《じょうきょう》を説明する暇はなかった。その場に立ちつくしていたジェレミーが次に取った行動は、皇太子に向かって拳《こぶし》を飛ばすことだった。

バシッ！

「ジェレミー！」

私が飛《と》び込《こ》んで止めようとしてもムダだということは、あえて口にする必要もないだろう。まったく、十四歳《さい》の男の子の力がこんなに強いだなんて。私がいくら止めようとしても、ジェレミーはまったくスピードを緩《ゆる》めず、テオバルトを殴り続けた。そしてテオバルトは、うろたえているのか、ただ殴られているだけだった。騒ぎを聞いて駆《か》けつけた近衛兵《このえへい》が、二人を引《ひ》き離《はな》すまで。

深刻なことになった。過去にエリアスが第二皇子を殴ったおぞましい日より状況は悪かった。あの時は一発だけだったたし、相手は生母である皇后でさえ、対外的に放任していることを認めている第二皇子だった。私が皇帝と皇后の前でひざまずいて哀願《あいがん》し、三年間、宮中の宴の費用を出すことで何とかもみ消したあの事件と、今度の事件は次元が違った。

エリアスならともかく、ジェレミーがこんな大事件を起こすとは、想像もしていなかった。

「裁判は避《さ》けられそうにありませんな」

皇太子と一緒にやって来たニュルンベル公爵が、頭を抱《かか》えて座っている私にそう言った。ジェレミーに殴られた痕跡《こんせき》が顔中に残っているテオバルトも、どうしようもなさそうに口を開いた。

「申し訳ありません、夫人。叔父上《おじうえ》と私が、何とか母上を説得しようとしたのですが、なにしろ強硬《きょうこう》で、裁判をあきらめるつもりはなさそうです」

「……いいえ、殿下。私のほうこそ面目《めんぼく》ありませんわ」

当然、テオバルトは何も悪くない。彼はあくまでも、誤解のせいで起きた暴行の被害者《ひがいしゃ》なのだから。彼が奥歯《おくば》を一本折ったというおぞましいことを経験しても、相変わらず親切だという事実に、ひざまずいて感謝しなければならないのは私のほうだ。

エリザベート皇后の反応は、思ったよりずっと破格に厳しかった。貴族の息子が皇族に手を出すということは、皇族殺害未遂《みすい》と反逆罪で、即刻《そっこく》、処刑《しょけい》されることもあるということだ。それでもうちの立場を考慮《こうりょ》して下された処分は、ジェレミーの右腕《みぎうで》切断だったのだ。

明日の裁判の処分内容がそれだった。皇后は何としても、自分の義理の息子に手を出した私の義理の息子の右腕を切ってしまおうと、闘志《とうし》を燃やしているところなのだ。そこには、私に対する彼女の個人的な敵愾心《てきがいしん》も、ある程度混じっているというのが私の予想だ。もしヨハンが生きていたら、ここまでこじれはしなかっただろうけれど……。

「とりあえず、議会では反対声明を出すつもりですが、多数決で決定されるので、あちらの勢いも侮《あなど》れず、どうなるか断言できないと思います」

ニュルンベル公爵の深刻に沈《しず》んだ声音《こわね》が、耳元でぐるぐる回っている。これを機会に皇后側についた人々が誰なのか、明らかになったのは当然だった。

ジェレミーはすでに万人《ばんにん》が認める優《すぐ》れた人材であり、正当な後継者《こうけいしゃ》だった。そんな彼の未来を、これを機に剝奪《はくだつ》すれば、ノイヴァンシュタイン家は、幼い仮の女性当主と、腕をもがれた後継者がともに一瞬で地に落ちるだけでなく、すべての人の格好の餌に転落するだろう。

特に、私に対する敵意はともかく、何とかして本家の財産を手に入れようと虎視眈々《こしたんたん》と狙っている傍系《ぼうけい》親族にとっては、またとない機会だった。

今さら、私が夫の遺言《ゆいごん》に忠実ではなく、いっそ幼いジェレミーに、一か八かで当主の座を譲《ゆず》っていればよかったのかもしれないと考えてしまう。ジェレミーが一介《いっかい》の御曹司《おんぞうし》ではなく、名家の当主の地位にあったなら、当主名誉権《めいよけん》条例によって、名誉の決闘審判《けっとうしんぱん》を申請《しんせい》できたかもしれないから。

だからといって、今さら私が当主の座を降りても、解決策にはならない。前当主だった夫の遺言状が存在するので、手続きを踏《ふ》んでも時間がかかるのだった。皇帝と皇后、議員全員と傍系親族及《およ》び教皇庁の承認《しょうにん》が必要で、以前なら待ってましたとばかりに承認してくれたのだろうが、今この状況では、あっさり承認されるはずがなかった。

決して彼らの望みどおりに事が流れるのを放っておくつもりはなかった。私にできることがあるとしたら、それは……。

「公爵様、皇太子殿下。不祥事《ふしょうじ》にもかかわらず、こうしてお越《こ》しいただき、ありがとうございます。どう感謝していいかわかりませんし、面目もございませんが……裁判を阻止《そし》できないなら、私からお二人に、一つお願いがあるのです。お二人にしかできないことですわ」

私の声に宿った尋常ではない空気を感じたのか、青い瞳を残念そうに光らせていた中年の公爵も、いたたまれず私の顔色をうかがっている若い皇太子も、そろって緊張《きんちょう》したまなざしで私を見つめた。

「夫人……？」

「裁判に先立って、証人を一人、召喚《しょうかん》したいのです。証人を呼ぶ際に、お二人の力が必要なんですの」

⚜

「エリアス兄さま……ジェレミー兄さま本当に腕を切られちゃうの？　じゃあ、騎士になれないの？」

「バカなこと言うなよ。そんなことあるはずないじゃないか」

「だけど、ジェレミー兄さまが皇太子殿下を……」

「何心配してんだよ、平気さ。シュリーが何とかしてくれる」

ジェレミーは裁判当日までビッテンベルクの塔《とう》に閉《と》じ込《こ》められており、エリアスと双子は不安そうにひそひそ話をしながら、以前にはなかったくらいお行儀《ぎょうぎ》よく過ごしていた。食事の時でさえおとなしかったのだ。

自分なりに頼《たの》もしく弟妹たちを安心させようとしているエリアスだったが、彼も不安なのは同じなのだろう。彼は、なぜこんなことが起きたのか根掘《ねほ》り葉掘り訊いたりせずに、私の顔色をうかがいながらそわそわしていた。

使用人や騎士たちも緊張した顔で行き来し、息を吸う音も聞こえない、嵐《あらし》の前の静けさが、侯爵邸を取り巻いていた。

「奥様《おくさま》、あのぅ、お客様がお見えです」

ニュルンベル公爵とテオバルト皇太子が帰った後、私が外出着に着替《きが》えていると、ロベルトが来てそう伝えた。

もう、日が沈む夕方だった。こんな時間に訪ねてくる人は誰だろうと思ったが、私は尋ねずに、半ばぼんやりした状態で忠実な執事長《しつじちょう》の後に続き、訪問客が待っている前庭に出ていった。

夜の間に降った雪のせいで、庭は一面、真っ白に染まっていた。いつもは子どもたちが雪だるまを作ったり、雪合戦をしたりしてにぎやかだけれど、今は寂《さび》しく、ひっそりしていた。

こんな状況でなかったら、三人の金髪《きんぱつ》の子と、一人の赤毛の子が、仲よく走り回っているはずの雪野原の真ん中に、予期せず目に入ってきた黒髪《くろかみ》の少年の姿に、思わず息が詰《つ》まった。どのくらいここにいたのか、ツンツンした黒髪の被《かぶ》さった耳たぶが、赤く上気していた。

「ノラ？」

椿《つばき》の横の岩にもたれていた少年が、顔を上げて私を見た。片手を振って青い瞳を瞬《まばた》きする姿が、状況が状況なのに、愉快に感じられた。

「いったいどうして……」

「生誕節のプレゼントのお礼を言いに来たんですよ。シュリーさんがどうしてるか心配だったし……」

胸の片隅がジーンとした。役に立つわけではないのだが、人の親切はいつもありがたい。特にこんな状況では……。

私はため息を飲み込み、彼に近づいて、岩の上に恐る恐る腰《こし》かけた。

「生誕の宴に来ていなかったから心配したわ」

「まあ、こんな姿であんな崇高《すうこう》な場所に出ていくのはちょっとね」

こんな姿……？　私はあらためて彼の顔をまともに見た。目を伏《ふ》せて眉間《みけん》にしわを寄せている少年の頬《ほお》には、色とりどりの痣《あざ》の花が微かに咲《さ》いていた。出来たてというより、何日か経《た》って徐々《じょじょ》に治りかけているという感じだった。誰がニュルンベル公子の顔に、こんな傷痕《きずあと》を残したのだろうか？

「まあ、これはいったい……」

「うーん、気にしないでください。どうってことありませんよ。とにかく、シュリーさんちののろま獅子が、あのキツネみたいな皇太子のヤツを思いっきり殴ったそうですね？　オレがその場にいたら、かわりに殴ってやったのに、残念ですよ」

どうってことなさそうにのんびりと話す様子が、何だか不思議だった。私はしばし彼の顔をぼんやりと眺《なが》めて、何とか笑《え》みを浮《う》かべた。

「そうなっていたら、それもまた見ものだったわね。それより、その顔、いったいどうしたの？　あなたも皇太子殿下と殴り合ったわけ？」

「いっそそうだったら名誉の負傷と言えたかもしれませんが、父との儀式《ぎしき》は日常《にちじょう》茶飯事《さはんじ》ですから、それほど自慢《じまん》にはなりませんね」

「ノラ……」

私が何を言っていいかわからず気の毒な思いで見つめていると、ノラは頭の上で咲いている白い椿《つばき》の花を、太い指でツンツンと突《つ》いていたずらした。そして出し抜けに私の目を真っすぐ見つめた。

「シュリーさん、オレと一緒に逃《に》げませんか？」

「……え？」

その瞬間、私がどんな顔をしていたのか正確にはわからないけれど、とても見ものだったようだ。真面目な顔をしていた彼が、待ってましたとばかりに、クックッと笑い出したのだから。

「プハハ、何て顔だ。冗談《じようだん》ですよ」

……コイツ、何なの？　この状況でそんな冗談が言える？　にらみつけて、大人をからかうもんじゃないと言うのが正しいのだろうけれど、そんなことをしたら、かえって滑稽《こつけい》に見えるような気がした。だから私は、彼に合わせてニヤッと笑った。

「ロマンチックな騎士道の典型ね。どこに逃げるつもり？」

「まあ、誰でも一度くらい、こんなこと考えるんじゃないんですか？　シュリーさんは何があっても逃げるタイプじゃないけど」

ノラが私のどんな面を見て、そう確信しているのかわからないけれど、まあ、正しい言葉だった。苦境に背を向けて逃げ出《にだ》すことができるなら、最初からそうしていただろう。私も、彼も。

ちょっとだけ笑顔を見せ、もう帰ろうというように立ち上がった少年が、帽子《ぼうし》を被ろうとして、ためらいながら私のほうを振《ふ》り向《む》いた。愉快そうに輝《かがや》いていた青い瞳に、一瞬、影《かげ》がよぎった気がして、ヒヤッとした。

「もう帰るの……？」

「シュリーさんも忙しいでしょうから、これで帰りますよ。オレがもう少し年を取っていたら、こういう時にどうやって励《はげ》ましてあげるべきかわかるんでしょうけど。ご存じのとおり、オレはまだガキだから」

「そんなことない。気持ちだけでも十分ありがたいわ」

本来なら私がコイツを慰めてやるはずなのに。どうやら反対になってしまったようだ。すべてが終わったら……。

「時間、作ってくれてありがとうございます。シュリーさんの幸運を祈《いの》ってますよ。あのマヌケなヤツの腕にもね」

一瞬、喉を何かでふさがれたみたいに、言葉がまるで出てこなかった。私にできるのは、作り笑いとともにうなずくことだけだった。

どうしてこの瞬間に、言葉に詰まったのだろうか。もしかしたらそれは、この事態が起きてから、無数の人から注がれた慰労《いろう》のうち、本心なのは彼だけだということに気づいたからかもしれない。

⚜

ビッテンベルクの塔は、裁判を控《ひか》えた貴族や皇族が主に収監《しゅうかん》される、仮の監獄《かんごく》だった。一般《いっぱん》の囚人《しゅうじん》が投獄《とうごく》される地下の監獄とは違い、施設《しせつ》は快適で、警備も緩かった。

しかし、どちらにしても監獄は監獄だ。私は短く敬礼する歩哨兵《ほしょうへい》にうなずいて、中に入った。

「どうしたの……？」

監獄の中は、分厚い石の壁《かべ》だった。格子《こうし》の張られた窓辺に、長い脚《あし》を伸ばして腰かけ、外をにらみつけていた金髪の少年が、ややつっけんどんに挨拶をした。

暗くかび臭《くさ》い監獄の空気の中で、暗緑色の瞳が瞬きしながら私を見た。

「何でそんなとこに座ってるの。寒くないの？」

「風は冷たいけど寒くはないよ。ところで何しに来たのさ？　見せ物じゃないぞ」

私は持ってきたランプを床に置いて、肩に掛《か》けていたショールを外し、少年の肩に掛けてやった。しばし気まずい沈黙が流れた。拳をギュッと握り右腕をにらみつけていたジェレミーが、嘆息《たんそく》するように口を開いた。

「お前がそんなに心配することないよ。右腕がなくても、左腕で剣を使うのなんて簡単さ。あのムカつくヤツの息の根を止められなかったのは悔《く》いが残るけどな。ふん、どうりでアイツがお前を見る目が尋常じゃないと思ったよ」

「ジェレミー……」

「違うのか？　あの時のことは誤解だったとしても、とにかくアイツがお前にイヤらしい気持ちを抱《いだ》いてたのは事実だろ。ふん、あの天下のクソ――」

「ジェレミー、そんなんじゃないの。あれはただ……」

暗く沈んだ暗緑色の瞳が、私の口をじっと見つめていた。私は一瞬ためらったが、ゆっくりと言葉を続けた。

「ただ……久しぶりで、あんな感じは久しぶりで、思わず流されてしまっただけなの。結果的に私のふるまいが間違っていたのね」

「何でさ、あのクソ野郎《やろう》が今さらお前のせいだって言ってんのか？　そうならそう言えよ。今からでも確実にぶっ殺してやるから」

明日になれば、輝かしい未来が奪《うば》われる状況にあるくせに、堂々を通《とお》り越《こ》して凶暴《きようぼう》なのは相変わらずだ。

それでもジェレミーの今の言葉、彼の取った行動がうれしかったと言ったら、私は利己的な女だろうか。涙が出るほどうれしかったと言ったら、私は利己的な継母《ままはは》だろうか。

「ジェレミー……私ね、お父さまのお葬式《そうしき》の前の日に……おかしな夢を見たの」

「おかしな夢……？」

「うん。おかしな夢。とても長くて……悲しい夢だった」

淡々《たんたん》と話している途中《とちゆう》で、息が荒《あら》くなってきた。どうしてこの瞬間に、こんな話をしているのだろう。自分でもよくわからない。ただきっと……たぶん、これから私がすることに、理解を求めようとしているのかもしれない。

「最初は予知夢かもしれないと思ったの。すごく生々しかったから」

「どんな夢なんだよ……」

「そうね、私たちの未来に関することなのかな？　夢で私は、今のように当主になって、あなたは望みどおり騎士になった。あなたたちはみんな、どこへ出しても恥《は》ずかしくない青年とご令嬢になったわ……。私は自慢に思っていたけど、本当に自慢に思っていたけど、それと同時に、私が顔に出さなくても、あなたたちが私の気持ちをわかってくれていると勘違《かんちが》いしていたのよ。人の噂《うわさ》をあなたたちがどう受け止めるか、どんなふうに傷つくのか、まるで考えていなかったの」

「何……」

「つまり、今とはまるで違ってたって話よ。あなたが大人になって結婚《けっこん》する日、あなたは私が結婚《けっこん》式《しき》に来ないことを望んで、私は傷ついて出ていこうとしたの。そういう夢よ」

ジェレミーは見たこともないような顔をして座っていた。鋭《するど》くなったエメラルド色の瞳が、父親とそっくりなその瞳が、限りなくあやふやな光を宿して私の目を穴が開くほど見つめていた。

しばらくして、彼が細く震《ふる》えた声を吐《は》き出《だ》した。

「シュリー、夢は夢だよ。お前が俺に何を言おうと、そんなことが起きるはずないじゃないか」

「そうね。夢は夢よね。私はただ……夢から覚めた時、そしてあなたたちが、夢とはまるで違って私に心を開いてくれた時、本当にうれしかったと言いたかったの。人生で二度目の機会みたいに感じて、本当にうれしかった……」

私は手を上げて、少年の波打つ金色の髪についたわらを取ってやった。そして、低く落ち着いた声でささやいた。

「だからジェレミー……腕のことは心配しないで。私は絶対に、あなたが夢と同じように偉《えら》ぶった騎士になるのを見なきゃならないから」

ジェレミーはじっとしていなかった。息もほとんどしていなかった。私が立ち上がって帰る時にも、彼はその場で固まったように座り、床を見つめているだけだった。

⚜

決戦の日の朝が来た。私は早々に入浴を済ませ、裁判に出頭するために用意した黒いドレスを着た。私がいない間、子どもたちが普段《ふだん》どおり食事をし、家庭教師の授業が受けられるようにと、グウェンに指示しておいた。

「シュリー……本当に一人で行くのか？　マジで大丈夫なのか？」

一緒に行くと言って聞かなかったが、私の無視できない強情《ごうじょう》に折れたエリアスの言葉だ。いつも機嫌《きげん》の悪い子馬みたいな彼が、こんなに不安なまなざしで私の顔色をうかがっているのは、とても珍《めずら》しい姿だ。何かを感じているのだろうか？　子どもの直感は大人より鋭いという言葉を思い出した。

「当然、大丈夫よ。何も心配しないで、弟妹たちとお留守番してなさい」

わざと元気よく笑って言ったのだが、訳もなく鼻の奥《おく》がツーンとした。相変わらず不安でいっぱいの目をして私を見ているエリアスと、前例なくエリアスのそばにぴったりくっついて、不安と混乱でいっぱいの顔をしている双子を見ていると、今さら気持ちが揺《ゆ》らいでくる。

「いいわね？　ジェレミーが戻《もど》るまでおとなしくしてなさい」

「ママは？　ママもジェレミー兄さまと一緒に戻るんでしょ？」

そんな、レイチェル。ずっとこんなじゃ困るのよ。

「……当たり前よ。だから、何も心配しないでいい子にしててね？」

こっくん。三人とも、らしくなく素直にうなずく姿が痛々しい。

私は子どもたちの珍しい姿をしばらく目に留《とど》めていたが、とうとう歩《ほ》を移して馬車に乗った。


裁判が開かれるのはビートドゥエン宮だった。議場があるバーベンベルク宮の東。数百名を収容できる広い法廷《ほうてい》には、数え切れないほどたくさんの貴族が、左右に分かれた傍聴席《ぼうちょうせき》に座っていた。見た目中には、ただ好奇心《こうきしん》で来ている人もいるはずだ。過去の聴聞会《ちょうもんかい》を思い出す光景だった。見た目には賛成派半分、反対派半分が混じっているようだが、実際はそうではなかった。この日だけを待っていたとばかりに、ハイエナのように目を輝かせている傍系の親族はともかく、大部分の貴族も、この裁判で下される決定による、自分たちの利得を考えていた。黄金の獅子が没落《ぼつらく》すれば、自然と自分たちの地位が上がりやすくなるのだから。

猛獣《もうじゅう》のくちばしを持つ白い鷲の徽章《きしょう》が、多くの人々を見下ろしていた。徽章の真下の壇上《だんじょう》には、皇帝と皇后が座っていた。テオバルトもそちら側にいた、当然に。彼は入廷してからずっと義理の母に切ないまなざしを送っていたが、皇后は一貫《いっかん》して徹底的《てっていてき》に無視していた。殺気に満ちた目で私を見つめている皇后とは違い、皇帝は腹のうちが読めないまなざしで眉間にしわを寄せていたのだが、皇太子の件で怒《おこ》っているというよりは、この状況自体が気に入らない様子だった。

皇后がこの裁判をあきらめてくれたら、すべてがなかったことになる。でも、私が知っているエリザベート皇后は、決してそんな人ではなかった。彼女は義理の息子が殴られたこと、もしくは皇室の尊厳が貶められたことに腹を立てているというより、それをきっかけに私への個人的な敵愾心《てきがいしん》を燃やしているようだった。

「罪人をこれへ」

皇帝の謹厳な声が響くと、私の長男が、シルバーの制服姿の近衛兵に引っ張られてきた。たくさんの人々の冷厳な視線の前で、気後《きおく》れする様子もなく、顔をしかめて被告人席《ひこくにんせき》に座る姿に、失笑が出そうになった。

「ジェレミー・フォン・ノイヴァンシュタイン。帝国暦《れき》一一〇一年生まれ、ノイヴァンシュタイン侯爵家の長男、次期後継者。そなたは帝国の皇太子、テオバルト・フォン・バーデン・ヴィスマルクに対する暴行及び殺人未遂容疑を受けている。容疑を認めるか？」

ジェレミーは一瞬、私を探すように暗緑色の瞳を伏《ふ》し目《め》がちにして傍聴席を見たが、すぐに驚くほど落ち着いた口調で答えた。

「尊敬する皇帝陛下。いいえ。認めません」

「ではそなたは、容疑を否認《ひにん》するのか？」

「私は母の名誉を守ろうとしただけです。いくら皇族でも、母親の名誉を汚《けが》そうとしているのを見過ごせますか。皇太子殿下に、故意に傷害を加えようという意図は、これっぽっちもありませんでした」

ああ……。私が思わず手で顔を隠《かく》すと、ぎっしり席を埋《う》めた貴族たちの間から、ざわめきが広がった。

テオバルトが不満そうな顔をして、幼なじみを見つめたのは言うまでもない。それに引《ひ》き換《か》え皇帝は、顔色一つ変えずに威圧感《いあつかん》を一層増していた。

「ジェレミー・フォン・ノイヴァンシュタイン。皇太子の主張によると、事件当時、皇太子とそなたの母親は、一緒に書物を見ながら談笑《だんしょう》していた。それがなぜ、そなたの母親の名誉を汚すことになるのかね？」

「そう思うだけのことがありました」

「どういうことかね？」

「私が母を捜《さが》し回《まわ》っていた時、ある枢機卿様に会いました。その方がおっしゃるには、皇太子殿下が私の母をご自分の書斎《しょさい》に無理やり連《つ》れ込《こ》んで、よからぬことをしていると。まさかと思ってすぐに駆けつけると、母は皇太子殿下に組《く》み敷《し》かれていました。どうして私が誤解せずにいられますか？」

同じ人物とは思えないほど落ち着いた口調なのはいいとして、その内容に、私の目は丸くなった。

枢機卿？　どの枢機卿がそんなことを？

確かに、あの日ジェレミーが、私たちがいるところへ入《はい》り込《こ》んできたのは偶然とは思えない節がある。それに、いくら誤解だったとしても、あんなに確信を込《こ》めてテオバルトを殴ったのも……。

でも、いったいどの枢機卿がそんなことを言ったのかしら！　すぐに思いつくのは一人だけど。

落ち着かないざわめきが、だんだん大きくなっていた。ガベルを一度強く下ろした皇帝が、怒気《どき》を含《ふく》んで落ち着きなく光る金色の目でジェレミーを見つめた。

「その枢機卿が誰なのか、覚えているかね？」

「フードを被っていたのでよくわかりません。とにかく、枢機卿様が嘘《うそ》をつくはずがないと思いました。……それに、父が亡《な》くなってから、以前からの知り合いは、誰も信じられなくなっていたのです」

私は視線を移して、枢機卿席に座っているリシュリュー枢機卿を見た。沈黙の鐘はいつものように、腹のうちの読めない無表情な顔で、被告人席を注視していた。

まさか、あの方が？　でも、だったらいったいなぜ……？

その時、皇后が口を開いた。

「被告人は誠《まこと》に厚かましい態度だけでは足りず、作り話をしているわ。いくら子どもでも適正水準というものがあるのよ。侯爵夫人が子どものしつけをどうしてきたか、見なくてもわかるわね。確かに……」

「姉上！」

鋭く一喝《いっかつ》したのは、他でもない、陪審員席《ばいしんいんせき》に座っているニュルンベル公爵だった。皇后の赤い唇が、片腹痛いとでもいうように歪《ゆが》んだ。

「あら、私が間違ったことでも言いましたか、公爵？」

私には理解しがたいほど、冷笑《れいしょう》混じりの一喝だった。ニュルンベル公爵は、さすがは弟だけあって、氷の牙《きば》のようにそっくりな声で答えた。

「裁判と関係ない発言はお控えください、皇后様。皇帝陛下？　弁護人側の発言の許可を要請《ようせい》します」

皇后が鼻で笑い、皇帝は黙《だま》ってうなずく。私は席を立ち、証人席に近づいた。歩いている間に私に刺さる無数の視線に込められた意味をいちいち取り上げていたら、書記官が死んでしまうだろう。嘲笑《ちょうしょう》、笑止《しょうし》、嫌悪《けんお》、敵意……あるいは憐憫《れんびん》と同情までが多様に入り混じった視線を浴びながら、私は姿勢を正した。実は心臓がドキドキするどころか破裂《はれつ》しそうだった。ニュルンベル公爵が私の頼みを聞いてくれることだけを願っていた。

「尊敬する皇帝陛下、皇后様。私、シュリー・フォン・ノイヴァンシュタインは、ノイヴァンシュタイン家の仮の当主であり、被告人ジェレミー・フォン・ノイヴァンシュタインの母親として、裁判に先立ち、証人出廷及び追加証拠《しょうこ》の提出を要請いたします」

「許可する」

「ありがとうございます、陛下」

よかった。私が皇帝に頭を下げると、再びざわめきが広がった。罪人と罪状が明らかなこの状況で、出し抜けに証人出廷とは、戸惑《とまど》っても仕方がない。低い嘲笑とともに、舌打ちの音が法廷を埋め尽くす中、私が公爵と皇太子に強く頼んだ証人が、ついに姿を現し入廷した。

「ごきげんよう、皇帝陛下、皇后様。聖母の祝福がありますように」

しばし静寂《せいじゃく》があった。

皇帝は他の貴族と同様に戸惑いの表情を浮かべ、私との約束を守ってくれた張本人である鋼鉄の公爵様は、すっきりしない顔をしていた。同様に、呆《あき》れたように嘲笑していた皇后が、辛辣《しんらつ》な口調で口を開いた。

「純白の神女《しんにょ》ではないか？　いったいなぜ純白の神女を証人に召喚したのです、レディー・ノイヴァンシュタイン？　この場で私の純潔を確認《かくにん》するおつもりか？」

「皇后様。私はこの場で皇后様を相手にふざけるつもりはございません」

結婚したばかりの皇后や皇太子妃《ひ》の純潔を確認する、秘められた任務を与《あた》えられている純白の神女たち。そのうちの一人でもこの場に召喚するのは、私の力では無理だった。皇室と密接に関連した者、例えば皇后の弟や皇子くらいでなければならないのだ。

「いったいなぜこんな荒唐無稽《こうとうむけい》なことをするのですか？　裁判を子どものお遊びだと思っているのですか？」

傍聴席から聞こえる怒《いか》りに満ちた叫《さけ》びに笑みを浮かべて、私は皇帝のほうに顔を向けた。

「皇帝陛下。私、シュリー・フォン・ノイヴァンシュタインは、この場で結婚の取り消しを要求いたします」

騒々《そうぞう》しくざわめいていた法廷の中に、再び静寂が訪《おとず》れた。尋常ではない表情で私を見守っていたニュルンベル公爵の顔に、驚愕《きょうがく》の色が浮かんだ。同様に、皇帝の謹厳な瞳にも、まさかの色が宿り始めていた。

「いったい何を言っているのだ。そなたは帝国法を……」

「もちろん、帝国法では女人《によにん》が離婚《りこん》を要求できないのは、私もよく知っております。同様に、帝国法では、夫婦《ふうふ》が五〇〇日以上、関係を持たなかったことが証明されれば、配偶者《はいぐうしゃ》のうちどちらからでも、婚姻関係の取り消しを主張できるというのも、よく存じております」

「今、そなたは……」

「そうです、陛下。亡くなったヨハネス・フォン・ノイヴァンシュタイン侯爵様と私は、八〇〇日ほどにわたる結婚生活の間、ただの一度も寝室《しんしつ》を共にしませんでした。陛下が証人の召喚及び追加証拠の提出を許可されましたので、私は証人である純白の神女様が今から見せてくださる証明により、即時《そくじ》、婚姻関係を取り消します」

言葉では何とも表現しがたい、途方《とほう》に暮れたような静寂が流れる中で、私は被告人席を見ないよう必死になっていた。今この瞬間、ジェレミーがどんな顔をしているのか、確かめる自信がなかったのだ。もし確かめてしまったら、私の心はこれ以上耐《た》えられずに、粉々に砕けてしまうだろう。

水を打ったような静けさの中、傍聴席から激しい叫び声が聞こえたのはその時だった。

「そんなはずないわよ……！　陛下、あの女は今、とんでもない戯言《たわごと》で、神聖な法廷を籠絡《ろうらく》していますわ！」

「私の発言がどうして戯言に聞こえるのか、論理的に理由を説明していただけませんか、レディー・セバスティアン？」

立ち上がったルクレツィアの青緑色の瞳が、凶暴に光って私をにらみつけた。あの美しい瞳があんなに醜《みにく》く歪むだなんて……。

「その兄上が、亡くなった兄上が、こんな不当な侮辱《ぶじょく》を受ける筋合いはありません！　前妻との間に四人も子どもがいるんですのよ！　兄上は間違いなく誰より精力あふれ……」

「兄上の寝室のそばで聞き耳を立てる趣味《しゅみ》でもあったのかしら、レディー・セバスティアン？　夫の精力の状態を、あなたがどうして知っているの？」

あちこちから咳払《せきばら》いやクスクス笑う声が聞こえる中で、ルクレツィアの白い彫刻《ちょうこく》のような顔が、すぐに赤くなった。その姿を見ていると、何だか不思議な気持ちになった。あんなに慈愛《じあい》に満ちた叔母《おば》を演じていたくせに、今さら甥の腕を切り落としたくてたまらないのだろうか？

血族同士でも噛みつくことができるのが貴族社会の実像とはいえ、寂しい気持ちになるのはどうしようもない。

「と、とにかく、あんな女と一緒に暮らしていて、一度も一緒に寝てないなんて、話にならないでしょう⁉」

「褒めていただいて光栄ですわ、レディー・セバスティアン。その件はここにいる証人が証明してくださいます」

私は再び皇帝に視線を移した。今、私を見ている皇帝の顔を、何と表現していいのかわからない。まるで私を通り越して、私の後ろにいる誰かを見ているような視線だった。

「レディー・ノイヴァンシュタイン。今のそなたの行為《こうい》を、故人が喜んでいると思うのかね？」

ごめんなさい、ヨハン。でも、あなたならわかってくれるでしょう……。今はあなたへの温かい記憶より、あなたが残した子どもたちのほうが大切だということを。

はあ、こんなふうに退場することになるとは想像もできなかったけど。私が今の立場から降りることになったら、どんなことが起きるのかな。歯ぎしりしている連中はたくさんいるし。生き残れるかしら。

「純白の神女様の証言なら、誰も疑わないでしょう。ですから陛下、証明が済み次第《しだい》、私はもうシュリー・フォン・ノイヴァンシュタイン侯爵夫人ではなく、シュリー・フォン・アグファ嬢《じょう》に戻ります。従って、ノイヴァンシュタイン家の当主の権限は、被告人席に座っているジェレミー・フォン・ノイヴァンシュタインのものとなり、被告人は当主名誉権条例の保護の下、名誉の決闘審判を要請することができます」

ノイヴァンシュタイン家に所属する騎士なら、誰もが喜んで決闘審判に参加するはずだ。私が十年近く見てきた彼らなら、間違いなく若き当主のために命を捧《ささ》げてくれるだろう。私は隣《となり》に立っている純白の神女を横目で見て、完全に沈黙の渦《うず》に巻《ま》き込《こ》まれている傍聴席に目を移した。

この場はすでに、一つの家の没落を見守るための喜劇の観覧席ではなかった。

当主名誉権条例は、すべての貴族にとって重要な条例だ。皇権と教皇権の横暴から貴族を守るために作られ、誰もその名分に反対意思を表さないのはもちろん、結局、貴族対皇室の構図ができるのだ。

ジェレミーがどんな理由で皇太子に暴行したかは、徹底《てってい》して自分たちの利得のために動く貴族にとって、もはや重要ではなかった。皇太子を暴行するくらい手のつけようがなく、無遠慮《ぶえんりょ》なこの少年が、ノイヴァンシュタイン侯爵になるということが重要だった。誰もが素早《すばや》く、こずるく動かなければならないだろう……。

「よろしいですか、皆《みな》さん。祭りは終わりました」

そして私は最後に、エリザベート皇后のほうを見た。ルクレツィアと同様に、私を八《や》つ裂《ざ》きにする勢いでにらみつけていると思ったのに、意外なことに皇后は、まるで予想もできない奇妙《きみょう》なまなざしで、私をじっと見ていた。見知らぬ他人を見ているような目つきだった。

おかしなことに、不意に彼女への憐憫が込み上げてきた。彼女がここまで強硬に出たのも無理はない。前皇后、皇帝がとても愛していたという女性の影の中で暮らし、実の息子より義理の息子を大事にしながら生きてきた彼女だ。乱れているという皇帝の私生活に耐えながら。

これだけ多くの人が一つ所に集まっているとは思えないほど、長く堅固《けんご》な静寂がどれだけ流れただろう。

この沈黙の壁に力いっぱい衝撃《しょうげき》を加えたのは、他でもないエリザベート皇后だった。彼女は高く結《ゆ》い上《あ》げた赤黒い髪と同じブラックレッドのドレスの裾《すそ》を厳《おごそ》かになびかせながら立ち上がった。

そして、相変わらずその場で凍りついたように座って私を凝視《ぎょうし》している皇帝に向かって言った。

「陛下」

「……何かね？」

「裁判の撤回《てっかい》を要請いたします」

出し抜けな皇后の裁判撤回要請にもかかわらず、法廷は相変わらず静かだった。

……確かに、この状況でうかつに口を開くのは何だけれど。とにかく、私が目を大きく見開いている中で、エリザベート皇后は、体をひょいと回して、私に向かってこう言った。

「レディー・ノイヴァンシュタイン。そなたが結婚を取り消す必要はなさそうね。すでに最も適切な場所に座っているようだから」

「……」

私は半ば魂《たましい》が抜《ぬ》けたようだった。皇后の言葉をちゃんと聞いていたのか怪《あや》しいが、黙々《もくもく》と私を注視していた皇帝が、視線を移して皇太子をにらみつけた。正確に言うと、テオバルトと被告人席を交互に見て、舌打ちするような口調でこう言った。

「あんな青二才の世間知らずに殴られたのが自慢なのか？」

「……」

かわいそうな皇太子が、疲《つか》れた顔で渋々《しぶしぶ》口にしようとした答えが何であれ、それはガベルを力いっぱい叩いて一喝する、厳格な皇帝の発言によって途切れてしまった。

「裁判の撤回を命じる。祭りは終わったから、皆、帰って年末の休暇《きゅうか》を楽しむように！」

……なぜか少し前の私の発言ととても似ているように聞こえるんだけど。それより、こんな時に年末の休暇云々《うんぬん》とのたまう姿は、なかなか皇帝らしいと言うべきだろう。

事を起こしたのは皇室なのに、今さら撤回とは、これを機会に「私たちを何だと思っているんですかあ！」と、降り注ぐ雨のように抗議《こうぎ》する貴族は少なくないはずだ。その頭の痛い問題を新年まで持《も》ち越《こ》すと宣布《せんぷ》して、退場してしまった皇帝の姿が、なぜか気の毒に感じられた。

「レディー・ノイヴァンシュタイン」

「レディー・ノイヴァンシュタイン……」

次々と行き交《か》う挨拶とともに、椅子《いす》を引く音、退場する足音などが入り混じって聞こえる中、私はふと、枢機卿席を眺めた。

そこには例の、寂寞《せきばく》で暗い視線が、相変わらず私から離れることを知らない視線が、低く構えた猛獣の目のように光っていた。

「私から一つお願いがあるのですが……夫人。今度からあのような計画をお持ちでしたら、どうか耳に入れておいていただけますかな？　どれだけヒヤヒヤしたか、ご存じですか⁉」

あらあら。落ち着いているニュルンベル公爵が爆発《ばくはつ》するように叫ぶのを見ると、相当驚いたようだ。

「申し訳ありません。でも、最初からお話ししてしまっては……」

「ふぅ、いいのですよ。あんな事情を私に打ち明けるのも何でしょうしね。出し抜けに純白の神女様を連れてこいと言われた時から何かあるとは思っていましたが……。とにかく、姉が夫人をここまで追《お》い詰めたこと、かわりにお詫《わ》びします」

公爵が謝《あやま》る必要はないのに。それより、皇后が最後に一瞬で状況を引っくり返すとは、まるで予想できなかった。あれで皇室の名分がなくなってしまうことを、彼女が知らないはずはないのに。

もちろん、私の結婚取り消しと引き換えに当主の継承《けいしょう》がなされる状況よりは危険ではないだろうけれど……。

裏事情はどうであれ、皇室の立場は当分の間、相当困難になるだろう。ノイヴァンシュタイン家の仮の当主につきまとった皇太子と、貴婦人として最も個人的な私生活を天下にさらけ出すよう仕向けた皇后。そのうえ、後先も考えず、裁判の撤回を強行してしまったのだから、むしろこちら側に名分を渡してしまったのと変わりない。ノイヴァンシュタイン家をはじめとする大貴族が一つになってうなり声を上げても、何も言えない立場なのだ。

意図せず貴族たちを一つにまとまらせてしまったなんて、何て奇妙なことだろう。時を遡《さかのぼ》って来たのに、過去とはまるで違う方向に伸びていくこの現実は、一寸先も予想できないということか……。

「皇帝陛下は相当頭が痛いでしょうね」

「当然そうでしょうな。自業自得《じごうじとく》ですが。とにかく夫人は、二度と結婚取り消しなどという恐《おそ》ろしい要請をしないでいただきたい。まったく驚きましたよ……！」

手で顔を覆い、泣き言のように話す公爵を見上げながら、私は笑みを浮かべた。この人の助けがなかったら、あんな手は使えなかったかもしれない。理由はわからないが私に好意的だということが、過去の聴聞会の時よりありがたいと思う。もちろん、皇帝にも。

だからといって、私に好意的な人を当てにして、なるようになれという気持ちで事を起こしたのでは当然なかった。帝国法では、女性は離婚を要求することはできないが、五〇〇日以上夫婦関係がないことを証明すれば、即刻婚姻関係を無効にできるというその法には、とんでもない罠《わな》があった。婚姻の当事者以外の人物は、皇帝や教皇であっても、選択《せんたく》を強要できないのだ。誰のためにそんなふうに作られたのかはわからないが、私にとってはまたとなく使えるカードで、だからこそあんなふうに強引《ごういん》に進めたのだ。

「私との約束を守って下さり、ありがとうございます。ところで、あのう、公爵様」

「え？」

私を訝しげに見下ろす青い瞳を見て少しためらい、考え直して頭を振った。

「……いいえ。良《い》い年末をお過ごしください」

皇后と私の間に存在する、理由の知れないわだかまりの謎《なぞ》を解くのは、とりあえず少し先に延ばそう。これ以上公爵様を引き止めるのは申し訳ない。何より……。

「奥様……！」

ようやく馬車のある場所まで到達《とうたつ》すると、緊張が一度に解けたせいか、体がふらついた。大急ぎで私を支えるお供の騎士たちの表情を、どう解釈《かいしゃく》すればいいのかわからない。

ジェレミーは先に家に帰していたから、法廷の中で何があったかは、すでに屋敷内に広まるだけ広まっているだろう。何だか気まずい。さっきまで、またこの馬車に乗ることになるとは思っていなかったのに。珍しそうに私を眺める騎士たちの視線を感じながら、私はようやく一言を口にした。

「家へ」

「家」へ帰るなり、正門の前で迎えてくれた忠実な執事長とメイド長、騎士団長と会話をする暇もなく、すぐに部屋へ向かった。そして、そのまま気を失ったように寝てしまった。

久しぶりに夢も見ず、本当にぐっすり眠《ねむ》った。目を覚ました時には、時間が流れるにいいだけ流れ、真っ暗な真夜中だった。グウェンが私の気配で目を覚ますのではないかと思い、シュミーズの上にローブを着てショールを羽織り、忍《しの》び足《あし》で恐る恐る階下に降りた。

完全な暗闇《くらやみ》に包まれたお屋敷《やしき》は、普段なら幽霊《ゆうれい》が出てきてもおかしくないと感じるのだが、今この瞬間、何だか安らぎを覚えるのだった。

……時々こうして、みんなが寝静《ねしず》まってから歩き回るのも悪くないんじゃないか。

裏庭に歩を移すと、雪の積もった庭の真ん中に、かわいらしい大小の雪だるまと、中途半端な雪の城が見えた。私が眠っている間に作ったのだろうか？　子どもたちが普段と変わらない毎日を維《い》持《じ》しているなら、それだけで十分だ。

もう永遠に会えないかと思った。私は自分で思っているよりずっと運がいいようだ。確かに、一度死んで二度目の人生を与えられる人なんてそうそういない……。

鼻の中に冷気が入り込み、私は野暮《やぼ》ったいのもかまわず鼻をクンクンさせて、降り注ぐ無数の星がきらめく夜空を見上げた。

死んだ夫があそこで私のことを見つめているなら、今頃《いまごろ》何を考えているだろう？　彼なら、激怒《げきど》することはないと思うけれど、いくら聖人君子のような人でも、こんな凌辱《りょうじょく》を受けたら少しは傷つくはずだ。くすん、ごめんなさい、ヨハン。でも、あなたが私に……。

ガサッ。

積もった雪を踏む足音が聞こえたのはその時だった。私は裏庭の真ん中で空を見上げながら、故人に謝罪していたが、音のほうに顔を向けた。

「ジェレミー……？　まだ起きてたの？」

寝間着《ねまき》姿で現れ、冷たい夜風に当たりながらこちらに近づいてきた少年が、五フィートほど離れたところで歩みを止め、私をじっと見つめた。少年らしく、いたずらっぽく輝く暗緑色の瞳が、奇妙に揺れているように見えた。

「ガウン着てないのね。そんな格好じゃ風邪《かぜ》をひくわ」

まったく世話が焼けるんだから。後の言葉を飲み込み、肩に掛けていたショールを外そうとした時だった。意味のわからないおかしな光を目に宿して私をじっと見ていた少年が、不意に口を開いてとんでもないことを言った。

「テオ殿下と、付き合いたければ付き合えよ」

「……うん？」

「だから、皇太子でも誰でも、お前を好きだってヤツがいるなら……そしてお前も好きなら付き合え。再婚《さいこん》したってかまわないぞ」

いったいなぜいきなりこんなことを言うんだろう？　もしや、私のこと怒ってる？　私がテオバルトの求愛をうまくかわせず振《ふ》り回《まわ》されたから？　それとも、昼間私が法廷で言ったことのせい？　どうやら両方みたい。うーん、そりゃコイツの立場では十分気分を害するよね……。

「ジェレミー……そんなんじゃないって言ったじゃない。私はただ、久しぶりで、こういうの久しぶりで、ちょっと押《お》し流《なが》されただけよ。私はまだ誰にも心を開く状態じゃないわ」

「そういう意味じゃないよ」

頭を荒々《あらあら》しく振った彼が、私のほうに近づいてきた。暗闇の中で微かに輝くエメラルド色の瞳が、一瞬グラグラと燃えているように見えて、思わずビクッとするほどだった。

「そういう意味じゃなく……お前がこれから俺たちに背を向けてもかまわないんだってば」

「何を……」

「お前を好きだって人、お前をきちんと扱《あつか》ってくれる人はたくさんいるだろう。これからはもっと。だから……だから俺は、シュリー……」

彼が言葉を続けるまでしばらくかかった。複雑な感情で沸《わ》き立《た》つ暗緑色の瞳に、微かな水気が光ったようだった。

「お父さまがお前に負わせた責任は不当だったんだ」

「あなた……」

「うちのことは……うちのことは俺たちが責任を持つべきだ。どうなるかわからないけど、お前がそんなに苦しむ理由は……お前が見た夢みたいに、一人で苦しみながら、感謝することも知らない、他人の世間知らずな子どもたちのせいで、傷つく理由なんか少しもないだろう」

……今、私がどんな顔をしているかよくわからないけれど、きっと昼間の法廷の皇后の顔ととてもよく似ているのではないだろうか。この子は今いったい何を言っているのだろう。今、私の目の前にいるのは本当にジェレミー？

「いったい何を……」

「お前がいちばんよく知ってるじゃないか。大して歳の離れてない他人の子どもの尻拭《しりぬぐ》いをしながら気苦労する理由も……昼間みたいに、俺なんかを守るために、みんなの前で個人的な事情をさらけ出して危ない橋を渡る理由も……死人の遺言守るために人生を浪費《ろうひ》する理由もないってこと」

「……ジェレミー」

「お前が見た生々しい夢みたいに……俺たちみたいなガキのために大事な人生を浪費するなよ。予知夢だと思って、今からでも自分が生きたいように、したいようにすればいいのさ。お前が自分の利得だけ考えて俺たちに背を向けても、俺たちは死なないし、お前を恨《うら》んだりもしないから……」

「……」

「お前はもうやるべきことはやったから、自分のことだけ考える資格が十分にあるから、俺たちの気持ちや顔色なんて気にしないで、自分がしたいようにしろよ。持っていきたいもの全部持っていなくなってもかまわないし、再婚してもかまわないよ。だからどうか……手を放せるうちに放してくれ」

「……」

「聞いてるのか？　振り向かずに、ためらわずに、途中で止まったりしないで……自分のことだけ考えて……！」

息が詰まってきた。私が固まっている中で、ジェレミーは息を激しく吸いながら、察しがたい切

ない瞳をしていた。

緑色の波のように揺れる瞳にあふれる水気が、私の目に移ったようだった。私はかすむ目に力を入れて瞬きし、片方の手を伸ばして、少年の蒼白《そうはく》な頬に流れる涙を拭《ぬぐ》った。そして、もう片方の手に握っていたショールを、彼の肩に載《の》せた。

「本当にそうしてほしいの？　私はまだあなたに何もしてあげていないのに。あなたたちにしてあげたかったことも、一緒にしたかったことも、何もできていないのに」

「……シュリー」

「バカな私の息子、私は何度夢でさまよっても、何度生まれ変わっても、今までと同じようにあなたたちのそばにいるわ。それが私の望む人生で、私があなたたちの母として生きる唯一《ゆいいつ》の方法だから」

冷たい風が一筋吹《ふ》いて、私たちの髪を揺らして過ぎた。いつのまにか暗黒のような夜が明けて、徐々に空が白んできていた。私たちの迷い多き青年期も終わろうとしていた。

五章　初の家族旅行

「だからこれ……」

短くも多事多難な一年の最後の日の朝、私は朝食を食べる前の早い時間から、私の前に立って実に押《お》しつけがましく、いや、危なっかしく目を輝《かがや》かせている執事長《しつじちょう》とメイド長を相手にしていた。

正確には、彼《かれ》らが仲よく差し出している、ぎっしり文字が書かれた紙切れを相手にしていると言うべきだろう。

「……いったいこれが何ですって？」

私が口を半開きにして、間の抜《ぬ》けた顔をしながら放った質問に、忠実なグウェンとロベルトは、駆《か》け寄《よ》るような勢いで先を争って叫《さけ》んだ。

「旅先の目録です、奥様《おくさま》！　この機会に、どうかこれまでの苦労を癒《い》やしてくださいませ！」

「そのとおりです、奥様。このババア……いえ、メイド長と私が、夜通し苦心して頭を突《つ》き合《あ》わせて作った目録なのです！」

「どうぞお気に召《め》したところを選んでくださいませ！」

「……あの、二人ともとりあえず落ち着いて、つまりこれが……何ですって？」

「旅行コースの目録です！　最近流行《はや》っている有名観光地は全部入れました！」

「つまり、今、私に旅行に行けって言ってるの？」

それなりに厳しく聞こえるように言ったつもりだったが、失敗したようだ。待ってましたとばかりにうなずく二人の姿を見ると。

「行けない理由がございますか？　このシーズンなら、他のお宅もみんな遊びに行きますよ。奥様も楽しんで、この機会に坊《ぼっ》ちゃまやお嬢《じょう》さまと家族の絆《きずな》を深めて、より良い時間をお過ごしください」

「グウェン、いくら今流行りだからって、もしも事故でも起きたら……」

「ご心配なく、奥様！　私どもがお守りいたします！」

ああ、びっくりした。いるかいないかわからない石像のように、黙々《もくもく》と持ち場を守るべき騎士《きし》たちが、出《だ》し抜《ぬ》けにうなるように叫んだせいで、私はうかつにもビクッとしてしまった。いや、ちょっと待って。これは……？

「何だか、みんなグルなんじゃないかって疑問が生じ始めたんだけど……」

「気のせいでございます、奥様」

「気のせいじゃなさそうなんだけど」

「気のせいでございます」

実に頑固《がんこ》に答える使用人たちを見ながら、私はうめき声を飲《の》み込《こ》んだ。みんなで仲よく悪いものでも食べたの？　何で出し抜けに旅行なのよ！

「今は時期がよくない……！」

「年末休暇《きゆうか》のシーズンでございます、奥様」

「そうだけど……！」

「坊ちゃまやお嬢さまも喜ぶはずです。間違《まちが》いありません。私の髪《かみ》を賭《か》けて断言いたします」

「……ロベルト、あなたの髪はいくらも残っていないじゃない」

「コホッ！　奥様、なぜそのように無慈悲《むじひ》なお言葉を……！」

代をまたいでこの家に仕えてきた忠実な執事長が、朝から涙《なみだ》を撒《ま》き散《ち》らしたせいで、私はそれ以上文句も言えず、旅先の目録を握《にぎ》りしめて食堂に向かわねばならなかった。何だかわざとらしいような気がするんだけど……。

「あれえ、奥様、それは何？」

ガタガタッ！

朝から旺盛《おうせい》な食欲を発揮しながら七面鳥の肉を切っていたエリアスが、いきなり椅子《いす》から落ちたせいで、座《すわ》りかけていた私はビクッとし、皮を食べると言い合って騒《さわ》いでいた双子《ふたご》は、同時に悲鳴を上げた。それにかまわず元気よく自分の足で立ち上がったエリアスは、凶暴《きようぼう》に光る瞳《ひとみ》でジェレミーをにらみつけた。

「兄貴、何だよ？　朝からおかしくなったのか？　その怪《あや》しいセンスゼロの呼び方は何なのさ？」

「国語を勉強し直すんだな、愚《おろ》かな弟よ。我《わ》が家《や》の女主人を奥様と呼ぶのは間違いなのか？」

エリアスがこれはどうにもならないという顔で口を半開きにし、私は黙々と席に着いた。怖《こわ》がっていたのが嘘《うそ》のように、七面鳥の皮を皿に集めていたレイチェルが言い放った。

「エリアス兄さま、すっごいブサイクなんだけど」

ガクッ！

すぐに顎《あご》を鳴らして口を閉じたエリアスが、今度は腕組《うでぐ》みをして、疑わしげに私を見つめた。正確に言うと、手にした紙切れを皿の横に置いた私と、くだらないこと言うなとばかりにケラケラ笑いながらパンプキンパイを分解中のジェレミーを交互《こうご》ににらみつけた。そして叫んだ。

「いったい二人の間でどんな取り引きがあったんだよ？」

「席に着け、マヌケな弟よ。目上の方が食事をしている時は、おとなしく座って待ってるものだぞ」

「……」

「いったい何をもらったんだよ」みたいなことをぶつぶつ言いながら、席に着いたエリアスの気の毒な姿を無視しようと頑張《がんば》って、私は何気なく口を開いた。

「これ、うちの頼《たの》もしい長男よ」

「なあに、お母さま」

大きなパイのかけらに噛《か》みついていたジェレミーが、くちゃくちゃと音を立てながら私を見た。

私はちょっとためらったが、手にした紙切れをひらひらさせた。

「みんなで旅行に行こうと思うんだけど、ジェレミーはどう思う？」

「旅行？　いきなり何で？　どこ行くの？　何見るのさ？」

「目録はいっぱいあるんだけど……とりあえず有名な温泉とか、剣闘士《けんとうし》ショーの見物みたいなのとか。あなたなら楽しめる……」

「おい、待てよ、そんな大事なことを何で二人だけで話すんだよ!?　オレもいるんだよ、オレも！　子どもを差別するのか！」

「エリアス兄さん、パパが食卓《しょくたく》で大声を出すもんじゃないって……」

「お前に言われたくないね、短足め！」

「エリアス、弟に短足って何？　あなたも見てごらんなさい。どこがいいかしら」

私が嘆息《たんそく》するように言い放つと、レオンは意気揚々《いきようよう》とエリアスに舌を出し、エリアスはぐだぐだ言いながら目録をのぞき込んだ。いや、のぞき込もうとした。

「どれどれ……わあ、これ、誰《だれ》が書いたんだ？」

「ああ、オレにも見せろよ。兄貴ばっかり見るなよ、この欲張りめ！」

「おやおや。どこかで犬が吠《ほ》えてるなあ」

片手でエリアスの赤い頭を押さえつけ、もう片方の手で紙切れを高く持ち上げて、しばらく隅々《すみずみ》まで見ていたジェレミーが、空気の抜けるようなため息を吐《つ》いた。

「剣闘士ショー以外はつまらなそうだな。全部、貴婦人や女の子が好きそうな場所じゃないか？」

「ああ、やっぱりそうよね？　じゃあ、この件はこれで終わり……」

「いや、行こう」

「つまらなそうなんでしょ？」

「わたくし、失言をいたしました。深い心でお許しください。ああ、ところで、温泉って何？　行ったことないからわかんないよ」

「温泉は熱いお湯に浸《つ》かって、泳いで遊ぶんだって。ママが買ってくれた百科事典に出てたよ」

おちび知識人レオンの回答だ。そのとおりなんだけど、何だか少し変形されてる気がする。とにかくジェレミーは「アハ〜ン」と誠意なくうなずいて、仲間外れにされてる気分だと顔に書いてあるエリアスが、突然《とつぜん》叫んだ。

「服着たまんま？」

「いや、服は脱《ぬ》いで入るんだって」

「ええっ？ 何だよ、それ⁉ 男と女は違《ちが》うのに、そんなヘンテコな流行が……」

「男と女は別々だって書いてあったよ。エリアス兄さん、変だよ」

「ほっときなよ。エリアス兄さまはもともと変じゃない。ママ、わたし、新しい靴《くつ》持ってってもいい？」

「もちろん、当然じゃない。向こうで新しいの買っても……」

「ああ、何で俺だけ仲間外れにするんだよおお！ この雰囲気《ふんいき》何なのさあああ！」

赤毛の獅子《しし》の子の響《ひび》き渡《わた》る咆哮《ほうこう》に、一瞬《いっしゅん》、静寂《せいじゃく》が訪《おとず》れたのは言うまでもない。私と双子は目を大きく見開き、エリアスは自分で叫んでおいて気恥《きは》ずかしいのか、不自然に瞬《まばた》きして、この変な雰囲気の元凶《げんきょう》になった人物、つまり、ジェレミーを見つめた。

そしてそれは、さほど賢明《けんめい》な選択《せんたく》ではなかった。静かにナイフを置いたジェレミーが、ナプキンで口を拭《ふ》きながらぶあいそうに言った。

「お前、今、俺《おれ》に向かって怒鳴《どな》ったのか？」

「……いや。敬愛する保護者様に質問したんだけど」

「ほう、このガキ、食事のマナーも知らないとは、少し甘《あま》やかしすぎたかな？　ちょっとこっちに来い。久しぶりに体を解《ほぐ》そうじゃないか」

「イ、イイ、イヤだああ！　来るな！　近寄るなよ。残忍《ざんにん》なヤツめ！」

ジェレミーがエリアスを捕《つか》まえて関節破壊《はかい》を試《ため》している間、私は二人を見ないフリして無視し、双子と一緒《いっしょ》に食事を済ませて牛乳を飲んだ。

私たちが食堂を出る頃《ころ》、二人は絡《から》み合《あ》って二階に駆《か》け上《あ》がり、長い廊下《ろうか》を走っていた。続いてドン、というドアが荒々《あらあら》しく閉まる音とともに、安全地帯を確保したエリアスの意気揚々とした声が聞こえた。

「ざまあみろ、兄貴は大人になっても絶対結婚《けっこん》できないぞ！　誰が兄貴みたいなＤＶ男と結婚しようと……」

「お前、今、ドアを強く閉めたな⁉　開けろ。開けないか⁉」

「違うけど⁉　勝手に強く閉まったんだけど⁉　それにここはオレの部屋なんだけど⁉」

ドンドンドンドン！

子どもは強く育てるべきだと昔から言われてるんだっけ？　結局その日、エリアスの部屋のドアを取《と》り替《か》える羽目になった。いったいどうすればあの堅固《けんご》なドアを壊《こわ》せるのか、驚《おどろ》くばかりだ。

あれこれと三日間にわたる旅行の計画を立て、私は山のような書類を整理して、あちこちから来たクリスマスカードを確認《かくにん》した。私が記憶《きおく》しているのよりずっと多くて、ちょっと驚いた。ざっと目を通した結果、どうやら先日の裁判事件以後、貴族派と皇帝《こうてい》派に分かれる動きが出てきたようだった。教皇庁の牽制《けんせい》だけでも十分頭が痛い皇室に、今から哀悼《あいとう》の意を表しておくべきだろう。私自身にも。ああ。

「これはいったい……？」

思わず独り言が出た。それもそのはず、たくさんのクリスマスカードの中に、皇室から来たものが混じっていたのだ。正確に言うと、皇帝を象徴《しょうちょう》する鷲《わし》の印章ではなく、皇后の象徴である白鳥の印章が押されていた。他でもない、エリザベート皇后が私にクリスマスカードを……？疑わしく気がかりで、私はすぐに白く輝く封筒《ふうとう》を開け、中を確認した。そして、呆《あき》れてしまった。

そのうちお茶でも飲みましょう。勘違いしないで。私はまだそなたが嫌《きら》いだから。

……はいはい、さようでございますか、皇后様。前からわかっていたけれど、本当に一貫《いっかん》してること。舌打ちをして、私は次に、ニュルンベル公爵《こうしゃく》家から来たクリスマスカードを開いた。公爵夫人《ふじん》からだった。黒い封筒に入った真っ青な便箋《びんせん》が、爽《さわ》やかな印象を与《あた》えた。

勇気のある姿に感嘆《かんたん》いたしました。私も勇気を出してみようと思います。良いお年を。

……どんな勇気かわからないけれど、とにかく軟弱《なんじゃく》な夫人が元気になったなら、よかったんだよね？

こんなふうにたくさんの手紙を一気に読んで、すべてに返事を書いて、ようやく終わったという気分になった。もちろん、これからが本当の始まりなのだけれど、短くも多事多難なこの冬が終わるのだなあという気分？

本当にいろいろな事件があった。私がいつか死んで、つまり、本当に死んで、あの世で夫に会ったら、この冬の事件の話をするだけで、夜を明かしても足りないはずだ。エッヘン、思いっきり自慢《じまん》してやらなくちゃ。私、これでも皇太子に惚《ほ》れられた女なんだから！

「敬愛するお母さま。これは本気で言ってるんだけど、お前は心配しすぎるところが欠点なんだよ」

ああ、びっくりした。ビクッとして振《ふ》り向《む》いた私の目に、半分開いた書斎《しょさい》のドアから頭を突《つ》き出《だ》し、余裕《よゆう》で笑っているジェレミーの姿が飛《と》び込《こ》んできた。あらまあ。私が心配してるように見えたの？

「そういうあなたは心配しなさすぎるのが欠点よね」

「まあ、それでバランスが取れてるんじゃないのか？　何見てるんだ？」

「そうねえ、あえて説明するなら、うわべだけの挨拶《あいさつ》に、それなりに本気で対応しようと努力してるってとこかな」

「わあ、すごい数だな。これだけあるなら、間違いなくラブレターもあるはずだってのは、俺の錯《さっ》覚《かく》かな？」

「何よ、あったほうがいいわけ？」

鋭《するど》く見つめると、暗緑色の瞳が意地悪く輝いた。

「そうじゃないよ。お前が好きで好きでたまんないってヤツでもできたんならともかく……」

「そんな相手ができたら、誰でもかまわないってわけ？」

「さあな、俺が気に入るとかどうとかじゃなくて、そいつがお前にどうするかで変わるだろ」

どうするかで？　私は首を少し傾《かし》げたが、ふといたずら心が発動して、彼につられてニヤッと笑った。

「私に悪いことする人間なら受け入れられないってわけね。ずいぶん奇特《きとく》だこと」

「今さら奇特も何もないだろ。そんなヤツがいたら……」

小さく舌打ちしたジェレミーが、手で金色の頭を搔《か》きながら、またニヤッと笑った。

「八《や》つ裂《ざ》きにして殺さないとな」

私はその姿をじっと見つめ、片手を上げて彼の背中を叩《たた》いた。大げさな悲鳴がギャッと響《ひび》いた。

⚜

「気をつけていってらっしゃいませ」

「気をつけていってらっしゃいませ、奥様」

「気をつけていってらっしゃいませ、奥様。留守はお任せください」

忠実な執事長とメイド長と騎士団長に見送られ、私は前世でも現世でも初めての、子どもたちと一緒の旅に出た。私らしくないことかもしれない。それでも、子どもたちが喜んでいるようでよか……。

「わたしが窓側に座るの！　どいて！」

「先に座ったもん勝ちだろ、噛《か》み殺《ころ》したいくらい愛《いと》しい妹よ」

「ママ！　エリアス兄さまがわたしのこと殺すって脅迫《きょうはく》するの！」

「ママ、ママ、ぼく、何だか吐きそう」

「プハハハ！　だから馬車の中で本なんか読むなよ、マヌケな短足め。昔から旅というのは……」

「エリアス兄さま、どいてったら！　そこはわたしの席なの！」

「ちぇっ、レイチェル、何でオレばっかり狙《ねら》い撃《う》ちなんだよ⁉　オレはそんなに甘くは……」

「だあれがお母さまの前で騒いでるんだ⁉　頼むから寝《ね》かせてくれ！」

「……ママ、ジェレミー兄さまが怖い」

順調な旅路になるはずがなかった。ああ、何てこと。


誰かが言ってた。黄金万能《ばんのう》主義の妙味《みょうみ》は、お金と人材で地上に天国を作れることだと。

一日半で何とか到着《とうちゃく》した、最近貴族の間で保養地として有名な、ベルヒテスガーデンの雄壮《ゆうそう》な山脈地帯には、雨後の筍《たけのこ》みたいに別荘《べっそう》と狩場《かりば》、温泉ハウスなどが尾根《おね》の真ん中に造られて、絶景を繰り広げていた。

長い馬車の旅に疲《つか》れて、大騒《おおさわ》ぎするのもやめてうとうとしていた子どもたちが、一斉《いっせい》に目を大きく開けて窓の外を眺《なが》める姿も、相当な妙味といえるだろう。

「こ、これ、何なんだよ！　お、オレはここから逃《に》げるぞ！」

……妙味じゃないか？

「エリアス、どうした……」

「オ、オレたちみんな死ぬぞ！　落っこちて死ぬぞ！　オレはここで降りるぅう！　家に帰してくれええ！」

誰が想像しただろう、怒《いか》れる子馬のようなエリアスが、高山地帯では手も足も出ないということを……！　十年近く見てきた私でさえ、今知ったのだから。

「ママ、エリアス兄さまどうしたの？」

「オレは帰るぅう！　帰るんだあ！　みんな死ぬぞ！」

「ぼく、帰りたくない！　ここがいい！　ママ、エリアス兄さん一人で帰るように言って！」

「うわあぁあぅぅう、助けてくれ！　ここにいたらみんな死ぬぞ！　早く引き返せぇえ！　みんな死ぬんだってばああ！」

みんな落っこちて死ぬだの、風に煽《あお》られて飛んでいくだの、聞いたこともないことを叫びながら大暴れするエリアスのせいで、多少の騒ぎがあった。ここまで来て引き返すべきか、私が真剣《しんけん》に考えたのは言うまでもない。らしくなく恐怖《きょうふ》に震《ふる》える次男を落ち着かせたのは、他でもない、頼もしい長男だった。

バシッ！

「ああっ！　殴《なぐ》りやがったな⁉」

「やがった？　それが敬愛する保護者の前で言うことか？　口閉じて男らしくしろよ、我が家の恥《はじ》さらしが。死ぬなんてもういっぺん言ったら、その口、裂《さ》いてやるからな」

おやおや。実に背筋がゾッとするような恐《おそ》ろしい宣布《せんぷ》だった。そして、片方の袖《そで》を肘《ひじ》までまくり上げて、平然と窓の外を見下ろしているジェレミーの気品あふれる姿に、引き返すのかと不安がっていたレオンが、親指を立てた。

予期せぬ恐怖と対面しただけでなく、一発殴られたかわいそうなエリアスは、どうやら二つ目の恐怖が一つ目の恐怖を押さえつけたようで、一言もしゃべらなかった。馬車から降りるまで緊張《きんちょう》した顔で、ずっとガチガチに固まっていた。かわいそうなヤツ。それでも、関所を通過して、予約していた別荘に着くと、みんな大喜びだった。

貴族たちの占有《せんゆう》区域にあり、帝国《ていこく》のお屋敷《やしき》に負けないくらい華《はな》やかでおしゃれな別荘には、使用人のかわりをする従業員がいて、お供の騎士たちの宿まで用意してあった。何より眺めが最高だ。帝国とは違う野性美にあふれる景色。高山地帯に来るのは初めてだからだろうか、赤と紫《むらさき》が混じり合った山脈の風景が一際《ひときわ》美しく感じるのだった。

「ここはカーテンがピンクだから、わたしの部屋よ！　入ってこないで！」

「まったく欲張りな妹だな。こんな広い部屋を一人《ひとり》占《じ》めするのか？　お化けが出るってしくしく泣くんじゃ……」

「じゃあ、エリアス兄さまも好きなところ選べばいいじゃない！」

「あのう、レイチェル、ぼくも入っちゃダメなの？」

「あんたはわたしの片割れだからいいわよ」

子どもたちが高級で華やかな寝室《しんしつ》を走り回って、それぞれ寝る場所を決めている頃、私は従業員に荷物を整理させ、夕食を何にするか考えていた。今すぐ温泉に入って、何も考えずに眠《ねむ》ってしまいたかったが、そういうわけにはいかないのだった。

「あのさ、奥様」

「なあに、ジェレミー」

「ここでは特産の香辛料《こうしんりよう》に漬《つ》け込《こ》んだ孔雀《くじやく》料理が有名らしいよ。ここのレストランのメイン料理は全部それだと思うけど？」

ああ、そうなの？　この子は何でそんなことまで調べてるわけ？　まあ奇特だこと、という目で頼もしい長男のほうを見た私は、次の瞬間《しゆんかん》、動きが止まった。

「……ジェレミー、あなた、最近背が伸《の》びた？」

「そうかな？　わかんないや。そうかもね」

首を傾げながら手で頭を触《さわ》っているジェレミーは、間違いなく、少し大きくなっていた。

……もともと私より大きかったのだけど、とにかくこの子たちの発育レベルは雑草と変わりないとわかっていても、何だか信じられないのだった。兄妹《きょうだい》のうちいちばん小さいレイチェルでさえ、数年以内に私より大きくなるという悲しい現実は、簡単に受け入れられなかった。くすん……。

「オレもだよ！　オレも背が伸びたんだよ！」

慌《あわ》てて駆《か》けつけ、私の前に立ち威張《いば》ってみせたエリアスも、間違いなく大きくなっていた。私と変わらなかった背が、いつのまにか指二節分ほど高くなっていたから。

それでも、ジェレミーに追いつくのはまだまだ先のことなのだけれど、どうやら私がもうすぐ、この世間知らずどもを見上げなければならないという悲しい現実は、変わりがないようだ。

「わははっ！　どうだ、マジで伸びてるだろ？」

「ホントにそうね。これからもっと大きくなるでしょう」

「あったりまえじゃん！　ところでシュリー、アンタはいつ背が伸びるんだ？　永遠のおちびちゃんじゃないだろうな？」

ちょっと前まで、ここはお前のいるところじゃないと大騒ぎしていたくせに、ニヤニヤしながら、手で私の頭をギュッと押《お》し付《つ》けるエリアスの憎《にく》らしい行動に呆れてしまう。よーしよし、そうそう、あんたたちの血筋は最高よ、最高！　体と同じように精神も成長すればいいのにね！

ちゃんちゃらおかしそうにエリアスを見ていたジェレミーが、不意に手を上げて、弟の赤毛の頭を殴ったのはその時だった。ぼかっ、という大きな音とともに、激しい悲鳴がギャッと響いた。

「ああっ！　何だよ!?」

「このガキが、生意気にもお母さまの頭を触りやがったな？　手首を切り落とされたいのか？」

「……あ、兄貴、マジでどうしちゃったのさ⁉　悪いものでも食べたのかよ⁉　オレに内緒《ないしょ》で何食べたんだ⁉」

積年の恨《うら》みがこもったエリアスの号泣《ごうきゅう》の甲斐《かい》もなく、私はジェレミーの出し抜けなくすぐったい演技に、何も言えなかった。とりあえず、調子は合わせておくけれど。

とにかく、あの裁判事件の後、私とジェレミーの間に交《か》わされた複雑なやり取りは、まだ分別のないエリアスには、理解させる方法はないのだった。

「わたし、ヘンなニオイする料理は嫌い」

「ぼくも！　ぼくたち、辛《から》くてクサい料理は食べないんだ！」

家族だけでなく、愛人との内密な休暇を楽しむ貴族が多数訪れる有名保養地らしく、別荘の近所にある豪華《ごうか》レストランは、カーテンで区切られた個室タイプになっていた。

これなら、せっかく旅先で食事をしているのに、犬猿《けんえん》の仲の人物と顔を合わせて気分を害することも、若い愛人との醜態《しゅうたい》を人に見られて軽蔑《けいべつ》のまなざしを送られることもないだろう。もちろん、いくら秘密にしても、知っている人はみんな知っているだろうけれど。

とにかく、他のお客と同様に、徽章《きしょう》が下がった円卓《えんたく》をみんなで囲み、この地域の名物だというメインディッシュを迎《むか》えたところで、双子が待ってましたとばかりに文句を言い出した。二人のやかましい好みに合わせて、毎日血の汗《あせ》を流している侯爵邸《こうしゃくてい》の料理人に、今さら申し訳ない気持ちになった。帰ったら新年のボーナスを手厚く用意する必要がありそうだ。

「ママ、ぼくは絶対……」

「レオン、いつまでも食べたいものだけ食べるわけにいかないじゃない。あなたの望みどおり美食家になるには、いろいろな料理を食べてみないといけないのよ」

「そうだけど……」

「ガキみたいにグズグズ言うな、この短足が。別に辛くねえだろ……」

「そういうエリアス兄さんも手をつけてないじゃないか！」

生まれて初めて見るこの珍《めずら》しい料理を前にして、平気で食べているのはジェレミーだけだった。

未来のレジェンドになる騎士の卵の食欲は、珍しさも気がかりも飛《と》び越《こ》えてしまうのだろうか？

不思議な気持ちでじっと見つめていると、私の視線をどう解釈《かいしゃく》したのか、異色な香りのする孔雀料理の、モモ肉部位をスッスッと切っていたジェレミーが、いきなりナイフを置いた。すぐにイライラした恐ろしい目つきで弟妹《ていまい》たちを取って食いそうににらみつけ、びっくりするようなことを言い出した。

「敬愛するお母さま。お母さまのお許しの下、この食事のマナーも知らないヤツらを、ボコボコにしてもよろしいでしょうか？」

「うん、あなたの好きなようにしなさい」

「聞いたか？　殴られたくないなら黙《だま》って食え、こら！」

しばし静寂があった。エリアスが世界の破滅《はめつ》でも目撃《もくげき》したような目つきで私たちをにらみつけ、双子はジェレミーが私の許しを求めたことに感銘《かんめい》を受けたようで、食事に邁進《まいしん》し始めた。

結論から言うと、正体不明の香辛料まみれの孔雀料理は、意外とおいしかった。味にうるさいレイチェルが、三皿たいらげたのだから。どうせおいしく食べるくせに、何であんなに文句を言ったのよ……！

デザートの山イチゴのパイとお茶をいただくと、みんなだんだんまぶたが重くなってきた。温泉や他の名所は明日行くことにして、私たちは真っすぐ別荘に戻《もど》った。

ピンクのカーテンが下がった寝室を自分専用だと宣言したレイチェルは、結局、私と一緒に寝た。

次の日の朝、いつものように早く目が覚めた私は、子どもたちを寝かせておいて、忠実なお供の騎士たちと一緒に、温泉の周囲にズラッと並んだ市場を見に行った。帰る頃には、お土産《みやげ》を見る余裕もないだろうと思ったのだ。

それに、今はエリアスが部屋の中だけで過ごしているからおとなしいけれど、遙《はる》かな絶景が見える通りに出れば、また騒ぎ出すかもしれなかった。

……はぁ、子どもたちのことは誰よりもよくわかっていると思っていたのに、何だかだんだん難解になっていくみたい。だから人は傲慢《ごうまん》になってはいけないのね。ええ、そうよ、簡単に自信を持ったりしちゃダメ、やはり人生は……。

「怖がらなくて大丈夫《だいじょうぶ》です、奥様。命を懸《か》けてお守りいたします」

……うん？　私、怖がってるように見えてるの？

私には理解できない何か独特な理由で、忠実なノイヴァンシュタイン家の騎士たちは、いつでも剣を抜く勢いで手を剣の柄《つか》に添《そ》え、目に入った者はただじゃおかないと、野獣《やじゅう》のような顔で私の後からぞろぞろついて来た。朝早くから生計のために、貴族客相手に元を取る準備をしていた商人たちが、一斉に目を伏《ふ》せ、忙《いそが》しいフリをしたのは言うまでもない。

「アルツ卿《きょう》、ボルフガング卿？」

「お呼びですか、奥様」

「……そこまで警戒《けいかい》する必要はないと思うんだけど」

「ご心配には及《およ》びません」

「いえ、あなたたちがそんなに緊張しなくてもいいんじゃないかと……」

「私どもは怖いもの知らずです、奥様」

「……」

何を言っても通じないかな。私はジェレミーが前に仕留めたキツネの毛で作った、温かいフードマントの襟《えり》をギュッと合わせて、どうにでもなれという気持ちで市場を回った。

こういう場所では、知り合いと顔を合わせても、知らないフリするのが暗黙《あんもく》のルールだけれど、それでも目についてしまうのはどうしようもない。例えば、あそこのスカーフの店で、私と同年代くらいの女と無防備にクスクス笑っているハインリッヒ公爵。いくら帽子《ぼうし》を深く被《かぶ》っていても、私の目はごまかせない。夫人と死別してまだ半年しか経《た》っていないのに、すぐに愛人を作ったのか、それとも前から付き合っていたのかはわからない。後者なら、ハインリッヒ公爵夫人がそのことに心を病み、自ら命を絶ってしまったという噂《うわさ》が、なぜ広がったのか理解できる……。

フー、過去の私を、人々がどんな目で見ていたのか、ようやく実感した気分だ。夫が死んでひと月も経っていないのに、愛人を引《ひ》っ張《ぱ》り込んだのだから……。

「泥棒《どろぼう》！」

辺りが五色の光に明けてくる温泉地帯の市場が、一瞬で騒がしくなったのはその時だった。誰かの鋭い叫《さけ》び声《ごえ》が響いた瞬間、私が歩いている場所の反対側で、薄汚《うすぎたな》い姿の男が飛び出してきたのに続いて、後を追う黒い制服の騎士が現れた。

「ど、どけ！」

まったく堂々と命令した泥棒が、私の横を通り過ぎた瞬間、私の後ろにいたアルツ卿が、泥棒に脚《あし》を掛《か》けて転ばせた。

ガタガタッ！

近くにあった看板が派手に倒《たお》れて、商人のしゃがれた声が響いた。

「この怠《なま》け者《もの》が、人の商売邪魔《じゃま》しやがって！　ここをどこだと思ってやがる⁉」

「グアアアッ！」

怒った商人が、人の商売の邪魔をした泥棒の頭を、釜《かま》の蓋《ふた》のようなもので殴り、私はその現場を無視して目を逸《そ》らした。こちら側に素早《すばや》く到達《とうたつ》した黒い制服の騎士が、私のお供の騎士と敬礼を交わした。待って、あの制服、どこかで見たような……。

「ヴェットシュタイン卿、あまり厳しく……あら？」

別の黒い制服の騎士と一緒に、慌ててこちら側に近づいてきた空色の髪《かみ》の貴婦人が、動きを止めて手で口を隠《かく》し、私のほうを見た。驚いたのは私も同じだった。

「レディー・ノイヴァンシュタイン……？　ここで何を？」

……こっちのセリフなんだけど？


「家族旅行ですわ」

同時に言葉が出た。つまり、朝早くから一人で出かけ、お土産を見て歩いていた私と、同じような理由で出かけて、運悪く泥棒に遭遇《そうぐう》したニュルンベル公爵夫人だ。

何だか少し照れくさい気分になったのは、私だけではないようだった。頼もしいお供の騎士たちを後に従えて、私と同じようにケープの裾《すそ》をぎこちなく触りながら踵《きびす》を返《かえ》した公爵夫人が、とても気まずそうにほのめかした。

「夫人、クリスマスカードに書いたのですが……」

「え？　ああ、ええ。読みましたが……」

「ええ、あの時、夫人が見せてくださった姿に……勇気をもらったと言いたかったんですの」

ああ、そのことね。勇気って、どんな種類の勇気なのか気になってはいたのだけれど、失礼になるかもしれないと思って、何も言わずただ笑いながらうなずいていると、目を伏せて磨《みが》かれた地面を見つめていた公爵夫人が、先に口を開いた。

「その、私、夫に言ったんですの」

「え？　いったい何を……」

「あんなこと言ったのは初めてで。もう我慢《がまん》しないと言ったんです」

何を我慢しないと言うの？　もしや、あの品のいいニュルンベル公爵まで、さっきの誰かさんみたいに愛人でも作ったの？　まぁさかぁ……！

それまで地面だけを見つめていた彼女《かのじょ》が、不意に顔を上げたのはその時だった。いつも悲しげに沈《しず》んでいた水色の瞳が、以前はなかった活気を含《ふく》み、力強く輝く様子に、私は固唾《かたず》を飲んだ。おお？

「つまり、もうこんなしごきには同意できないと、他人の言うことより子どもの言葉を信じるべきだと言ったんですわ」

「……」

「最初からそうすべきだったんでしょうけど、とにかく夫は少し驚いたようですの。そんなふうに会話をするようになったら、結局、家族旅行まで計画することになりましてね」

驚くほどの早口で話した公爵夫人が、肩《かた》を激しく上下させて私と目を合わせた。いつも寂《さび》しそうだった水色の目元が、自負心を含んでまぶしく輝いていた。私はただ、魂《たましい》が抜けたようになっていた。

まあ、人から見れば大したことない行為《こうい》なのかもしれない。でも、三十代前半なのに、ずっと若い私のほうが守ってあげたくなるようなか細い夫人が、人生で初めて夫に刃向《はむ》かうのに、どれだけの勇気が必要だったのか、想像すらできなかった。少なくとも私が思う分には。人の家の事情など知るはずがないのだけれど……。

「ノ……公子《こうし》がお元気そうで何よりですわ」

何とか感想を述べると、彼女はにっこり笑った。私が初めて見る明るい笑顔《えがお》で、一瞬、彼女が、成年式を終えたばかりの、十代のご令嬢《れいじょう》のように感じるほどだった。

「そうであってほしいですわ」

そうですとも。手遅《ておく》れではないという仮定の下で。


「誰もオレに話しかけるな！」

温泉浴の効能に関する伝説は、カイザーライヒ帝国の悠久《ゆうきゅう》の歴史を果てしなく遡《さかのぼ》った大昔から存在したという。こういうスタイルの大衆的な温泉施設《しせつ》ができてから、まだいくらも経っていないけれど、とにかく、ほとんど芸術品にしか見えない胸像がある豪華な露天風呂《ろてんぶろ》に、みんなで入る瞬間がついにやって来た。ところが、怒れる子馬のようなエリアスの様子が少しおかしい。

「何が問題なの？」

「知るか！　とにかくオレに話しかけるな！　特にシュリー！」

……つまり、エリアスの様子を見ると、どうやらすっかりふてくされているようだ。いったいどうして、かわいげなくふくれっ面《つら》をしているのか、理由がわかればいいのだけれど。

「ジェレミー、エリアスはどうしたの？」

「知らない。ほっとけば勝手にするだろ。ああ、それより、すでに暑いんだけど」

それはそのとおり。入場料を払《はら》って中に入ると、ドーム屋根の建物の内側から吹《ふ》き込《こ》んでくる熱気に、一瞬、外の季節を忘れてしまいそうだった。

「私はレイチェルと一緒に入るから、頼《たよ》りになるご長男殿《どの》が弟たちの面倒《めんどう》を見るのよ」

「まあ、努力はいたしますよ、敬愛するお母さま。ああ、ところでここ、食べるものはないのかな？」

お昼を食べてからいくらも経っていないのに、もう食べる心配をしているジェレミーが、二人の弟を連れて消えた後、私はレイチェルと一緒に女湯に入った。花崗岩《かこうがん》と大理石でできた二階には、数十人を収容できる広いプールがあって、三階にはしっかりした造りの岩壁《がんぺき》の間ごとに、個人用の小さなプールがあった。

いくら流行りとはいえ、他人と裸《はだか》の付き合いをするのは気が進まないので、私たちはすぐにガウンに着替《きか》えて三階に上がり、プールを一つ占領《せんりょう》した。ガウンを脱いでプールに入ると、私はすぐに温泉浴の効果を切実に感じた。

神よ！　これが天国なのですね！　こんないいものを、なぜ今まで知らなかったのでしょう？　家での入浴とは次元が違う。全身がへなへなと解《ほぐ》れていくぐだっとする感覚と、お肌《はだ》が自然にぷりぷりになる感じ？　単に気分のせいかもしれないけれど、本当に健康になりそうな感じだ。

「ママ、暑いよ。ここ、冷たいプールはないの？」

私は生まれて初めて経験する恍惚《こうこつ》の無我《むが》の境地に浸《ひた》っているのに、我が家のおちびレディーは、私ほど楽しめていないようだ。ぽっちゃりした白い頬《ほお》がいつのまにかバラ色に赤らんだ状態で、バシャバシャとバタ足をしている姿がとても切なそうに見えた。

波打つ金色の髪は、すでにびっしょり濡《ぬ》れて広がっている。

「ちょっとだけ我慢しよう、レイチェル。温泉浴は美容にいいのよ」

「熱いお湯できれいになるの？　どうして？」

どう説明すればいいのか、困ってしまう。私は微笑《ほほえ》んでプールの中で腕《うで》を動かし、口をとがらせている少女の肩をグッと引き寄せた。こんなふうに何でも知りたがる子ども時代もあとわずかだ……。

「そうねえ、あなたのお肌がもっと白く輝いて、傷跡《きずあと》や痒《かゆ》みもすぐになくなって、爪《つめ》にもツヤが出るんですって。レイチェルはきれいになりたくないの？」

レイチェルはしばらくもみじみたいな手で私の髪を触って黙っていたけれど、ついに頑《かたく》なな声で金色の頭をブルンブルン振《ふ》りながらこう言った。

「ママはこんなことしなくてもきれいじゃない。だからわたしもしない。きれいになるためにイヤなことを我慢するのは理不尽《りふじん》だもの！」

おっしゃるとおりでございます。でも、このくらいで理不尽なら、これからどうするの？　月に一度、わずらわしい日を迎えて、息もできないくらいコルセットを締《し》め上《あ》げる時が来るまで、あと何年もないのに。

もちろん、その時が来たらうまくやるはず。過去にもそうだったように。

結局、こんな理不尽には耐《た》えられない（熱くてたまらない）と、ギャアギャア主張する娘《むすめ》のおかげで、早々《はやばや》と温泉を出る羽目になった。息子《むすこ》たちはまだ遊んでいたので、私は別荘に戻って、レイチェルと一緒にテラスに座り、周りの景色を観賞《かんしょう》しながらお菓子《かし》をかじっていた。みんなが寝静《ねしず》まった夜に、もう一度こっそり行ってこよう……と考えながら。くすん、これじゃまるで年寄りじゃないの！

とにかく、せっかくの暇《ひま》な時間だ。燃え上がる暖炉《だんろ》の火のおかげで、テラスには暖かい空気が漂《ただよ》っていた。お昼寝《ひるね》の時間になったのか、うとうとし始めたレイチェルをベッドに寝かせ、一人テラスに戻って、悠々《ゆうゆう》と雑誌を眺めていると、何だかとても贅沢《ぜいたく》をしているように感じた。

私がこうしている間、都の我が家はちゃんと回っているだろうか。もちろん、何か起きたらすぐに連絡《れんらく》が来るだろうけれど……。くすん、私はいったいどうして気楽に遊ぶこともできないワーカホリックになったのかしら！

「ママ！」

あらまあ、驚いた。テラスの下から不意に聞こえてきた叫び声に、私は腰《こし》かけていたソファから体を起こし、欄干《らんかん》の下を見た。

私たち母娘《おやこ》とは違い、楽しく遊んできたのか、白くぽっちゃりした顔をほんのり上気させたレオンが、力いっぱい手を振って、別荘の入り口に駆け寄っていた。その後ろから、まだふくれっ面でずんずん歩いてくるエリアスはいいとして、ジェレミーはどうやら友だちと一緒のようだけど……

あれ？

「ヘイ、敬愛するマザーシュリー！　コイツと一緒に晩飯食べてもいい？」

……子どもはケンカしながら仲よくなるというけれど。私は言葉が見つからず、瞬きを繰り返するだけだった。それもそのはず、まだ乾《かわ》き切っていない金色の髪をなびかせて、元気いっぱいにこちらに向かって駆けてくるジェレミーのそばにいる少年は、私がとてもよく知っている人物だったのだ。そりゃ、今朝のことを考えたら、ここで顔を合わせないほうがおかしいのだけれど……。

「ごきげんよう、レディー・ノイヴァンシュタイン」

「……ここで会えるなんてね、公子。夕食、一緒に食べにいく？」

自分の声が、なぜこんなにぎこちないのかわからない。最後に会った時、気まずく別れたわけでもないのに、どうしてこんなに照れくさいのだろう？

宿命のライバルらしく、初対面からいがみ合っていたくせに、わだかまりがなくなったのか、ジェレミーの横に立ってこちらをじっと見上げているノラは、特に変わったところはないように見えた。父親そっくりのツンツンした黒髪《くろかみ》も、外で活動するのが好きな少年らしく、微《かす》かに焼けた顔の色もそのままだった。あえて違うところを探すなら……背が少し伸びた気がすること、そして、冷たく青い瞳に、前はなかった影《かげ》が差していること。

「ほら、言っただろ？　麗《うるわ》しいお母さまなら、快く許してくれるって」

「別にそこまで疑ってないよ、のろまのネコめ」

「ハッ！　照《て》れ隠《かく》しに怒ってるな、クソ犬野郎《やろう》め。一発やるか？」

「晩飯で会おうぜ。オレは一旦《いったん》帰らないと。それでは、またお目にかかりましょう、夫人！」

丁重《ていちょう》に頭を下げたノラが速足でいなくなると、ジェレミーも速足で中に入ってきて、弟たちと一緒にドタバタと階段を駆け上がった。途中《とちゅう》で響いたドン、という音は、どうやらエリアスが部屋のドアを閉めた音のようだ。ったく、おかしいわね。どうして未《いま》だにふてくされてるのかしら？

「楽しかった？」

「うん、すっごく面白《おもしろ》かったよ！　兄さんと潜水《せんすい》大会したんだけど、ジェレミー兄さんがほとんど勝つとこだったのに、いきなりさっきの髪の黒いお兄さんが飛び込んだんだよ、そしたらぼくが勝っちゃったの！　兄さんたち、すっごく怒ってたよ」

たやすく想像できる場面を、息もつかずダダダッと説明したレオンが、テーブルに置かれたジンジャークッキーを手に、ススズッと歩いて、ベッドの上でぐっすり寝ているレイチェルの横に座った。そして、姉が寝ている間、周囲を監視《かんし》するのだというようなまなざしをして、クッキーの端《はし》っこからかじり始めた。本当に愛らしい様子よね？

同じように輝くエメラルド色の瞳に、波打つ金色の髪をした双子の姉弟《してい》が、ピタッとくっついているなんて。

「ところでお前たち、何でこんなに早く帰って来たんだ？　思ったよりつまらなかった？」

生まれながらの男の子らしく、濡れて女の子みたいになった髪のうねりを伸ばそうと必死になりながら近づいてきたジェレミーが、私の横にペタッと座《すわ》り込《こ》んだ。そして私は、痛嘆《つうたん》の涙を飲み込んだ。楽しむのは私とレイチェルだと思っていたのに、その反対になってしまったようだ。

「レイチェルが温泉浴は理不尽だって主張したのよ」

「何だ、それ」

苦笑いを飲み込み、膝《ひざ》の上で開いていた雑誌をテーブルに投げるように置くと、あくびをしながら瞬きしていたジェレミーが、ソファの上に上体を伸ばして、ドサッと寝転《ねころ》んだ。正確に言うと、私の膝を枕《まくら》にして。私は一瞬固まってしまったが、すぐに気を取り直して、平然と口を開いた。

「誰かさんみたいにだんだん甘えっ子になってない？」

「お許しください。わたくし、与えられた任務を着実に完了《かんりょう》いたしました」

「任務？」

「弟たちの面倒見ろって言ったろ？　誰一人《だれひとり》死なずに生きて帰って来たんだから、面倒見ただろ。ああ、急に眠くなってきた」

もっともらしく聞こえるわね。反論する余地がない。私は納得《なっとく》して、図体《ずうたい》のでかい長男が私の膝を枕にして悠々と眠れるように、放っておくことにした。こうしているのも、別に悪くないような気がした。安らかで、優《やさ》しくなるような気分……。

「ところでさ」

「うん？」

「さっきのアイツ。クソ犬のくせに、自分はオオカミだと思ってるヤツさ」

「ニュルンベル公子のこと？」

オオカミだと思っているクソ犬とは、宿命のライバルらしいネーミングセンスだ。失笑《しっしょう》を噛み殺して視線を下に向けると、瞼《まぶた》を半分閉じていたジェレミーが、ふと尋常ではない様子を目に込《こ》めて言葉を続けた。

「アイツのお父さま、すごく怖いみたいなんだ」

「何で？」

「さっき温泉で見たんだけど、アイツの背中、痣《あざ》だらけだった。ほら、前にエリアスが叔父貴《おじき》に殴られた時みたいにさ」

「ホント？」

「ホントだってば。ほら、前にうちでやった宴《うたげ》でも、何かさ。間違いないよ」

「……そんなに殴られたの？」

「俺は知らないよ。訊《き》いたって言うはずないだろ？」

今朝の公爵夫人との会話を思い出した。私はしばしためらったが、頭の中をよぎるいくつかの疑問のうちの一つを注意深く口にした。

「ところで公子は……皇太子殿下《こうたいしでんか》となぜあんなに仲が悪いの？」

特に大きな期待をして質問したわけではなかったのだが、「アイツの話はするな！」と答えると思っていたジェレミーが、真面目に緑色の瞳を瞬きながら、ふーん、と声を出した。そしてすぐに、意地悪くケラケラ笑いながら口を開いた。

「そうだなあ、俺が思うに、テオ殿下って、ムカつくところがあるんだよね？」

「ムカつく？」

「何気にね、つまり、一緒にいる時はわからないんだけど、後で考えると、何気に人の気持ちを逆なでしてるところがあるんだよね。自分だけいい人のフリしたがるっていうか……。ああ、難しいな。見ようによっては、精神的に不安定なんじゃないかって。人が自分より注目されるのが耐えられないって言うのかな？」

人の事情になんてこれっぽっちも関心のないヤツが、どういうわけでこんな真面目な観察力を発揮するのかしら。確かに、決構勘《かん》が鋭いし、皇太子とは子どもの頃から親しくしていたのだから、意外な部分を人より多く把握《はあく》していてもおかしくはない。ちょっと意外すぎる部分なんだけれど……。

「ジェレミー、あのね、あなたが会ったっていう枢機卿《すうききょう》なんだけど」

「ああ、あの人が何？」

「顔を見てないのって、間違いない？」

「言っただろ。フード被ってて見えなかったって。声はわかるかもしれないけど……」

ドン、という荒々しい足音が聞こえたのはその時だった。私が驚いて振り向くと、何か言いたいことがありそうな顔で現れ、私たちが座っているテラスに前進してきたエリアスが、その場で立ち止まり、しかめっ面《つら》をした。

「二人で何してんだよ？　母子像かと思ったぜ」

以前受けた侮辱《ぶじょく》をそのまま返したエリアスの、意気揚々とした勢いを打ち消すように、ジェレミーがあくびをしながら平然と返事をした。

「どうやら正しい定義を見つけたようだな、愚かな弟よ」

「……クッソー、マジで何なんだよ、二人で⁉　似合いもしないのに息ピッタリじゃないか⁉　オレをのけ者にして何を企《たくら》んでる⁉」

「何も企んでないよ。お前の目には世の中すべてに暗い陰謀《いんぼう》が潜《ひそ》んでいるように見えるんだろ？」

「おー！　当たり！　とってもそのとおり！　特に兄貴がいちばん怪しい！　気色悪くて似合わないのにお母さまなんて呼んじゃうし、いきなり大人ぶって上品ぶって……」

「おい、このガキ吠えまくってるな？　帝国男児が母親をお母さまと呼べないのは悲劇だろ？」

「誰がお母さまだよ！　母さんは七年前に亡《な》くなったんだ！　コイツが何で母さんなん……！」

鬱憤《うっぷん》を込めて叫んだエリアスが、一瞬、言葉尻《ことばじり》を濁《にご》して瞬きし出した。熟睡《じゅくすい》しているレイチェルを除いた三兄弟が仲よくそろった寝室のテラスは、一瞬で静寂に包まれた。

ドン！

言い放った当事者でさえ凍《こお》りついてしまうような息詰《いきづ》まる静寂の中で、最初に行動を起こしたのはジェレミーだった。ジェレミーは寝そべっていたソファを拳《こぶし》で激しく殴りつけて立ち上がった。そしてすぐに、凶暴で恐ろしい雰囲気を込めた瞳を光らせた。

「もう一遍《いっぺん》言ってみろ。何だって？」

「オ、オレは……」

エリアスは口をパクパクさせながらそろそろと後ずさりして、大声を上げた。

「な、何だよ⁉　何か間違ってんのかよ⁉」

「このガキが……！」

「ジェレミー！」

ドタドタドタン！　最後のあがきを見せたエリアスが慌てて逃走《とうそう》を敢行《かんこう》し、すぐにその後を追ったジェレミーの腕を急ぎつかんだ。思わず背筋がゾクッとするほど物騒《ぶっそう》な殺気を吐いていた少年が、一瞬立ち止まって私を見つめた。私は彼の目を見ながら、できるだけ落ち着いて言った。

「放っておきなさい」

「は？　だけど……」

「いいの。ホントに大丈夫だから、とりあえず放っておくほうがいいと思う」

相手への配慮《はいりよ》なんてこれっぽっちも見つけられないエリアスの口の悪さには、慣れを通《とお》り越《こ》して飽《あ》き飽《あ》きしていた。それにこの子たちは、私のように過去の記憶を持って戻ってきたわけではなく、年齢《ねんれい》相応の子どもに過ぎない。ジェレミーでさえ。いくらジェレミーがこの数日間、演技でもするように私に接していたとしても、客観的に見れば、私とこの子たちは、せいぜい姉弟ほどの年齢差しかない赤の他人なのだ。

そう簡単に母親扱《あつか》いされるとは期待していなかったから、特にがっかりもしない。だけど！　くすん、まったくあのろくでなしめ！　いくら何でもあんな言い方はないわ！　気持ちは行ったり来たり、顔では平気そうににっこり笑っている私をじっと見つめていたジェレミーが、金色の眉《まゆ》をひくひくさせながら言い放った。

「お前さ、嘘ついてる時とそうじゃない時で、笑い方変わるの気づいてるか？」

「……気づいてないけど？」

「ったく、そのうちアイツの舌を引《ひ》っこ抜《ぬ》いてやらないとな。ふん……」

鳥肌《とりはだ》が立つほど恐ろしいことを何でもなく言ってのけ、舌打ちしている姿が何だか不思議だった。このとんでもない性格を自制できるのだから、目覚ましい発展と言うべき？　ああ、そうだ、ジェレミーでもここまで発展できたのだから……。

ベッドの端に腰かけていた知識人は、大きな目を不安そうに左右に動かしていたが、もそもそと私のほうに近づいてきて、服の袖をつかんだ。私が感じている動揺《どうよう》が伝染《でんせん》するかもしれないので、すぐににっこり笑ったのだけれど、そんな私をじっと見上げていたおちび知識人は、こう言い放ったのだった。

「ママ、エリアス兄さん、思春期なの？」

「……そうみたいね」

「家庭教師の先生が言ってたんだけど、最近の思春期の子は、殴られてないからダメなんだって」

険悪な雰囲気でグラスの水をゴクゴク飲んでいたジェレミーが、ゲホゲホと咳《せき》をし始めた。私は笑いながらレオンの頭をなでた。レイチェルがぐっすり寝ているからよかったものの、そうでなければ今頃《いまごろ》ここはジャングルに変貌《へんぼう》していたはずだ。

それはそうと、あの子馬みたいなエリアスはどうしたらいいだろう。はあ、一人がおとなしくなったらもう一人が悩《なや》みの種になる。どうにでもなれ！

日が沈む頃に、白い雪がちらつき始めた。私たちは厚い毛糸のマントで全身をきっちり包み、予約したレストランに直行した。

その時まで部屋に閉じこもっていたエリアスは、お腹《なか》が空いたのか、相変わらず口をとがらせたまま、一言もしゃべらずについて来た。私はともかく、ジェレミーもそんな弟に一言も声をかけなかった。

「ワーオ、ここがいちばん高貴な席らしいな？」

ジェレミーの感想どおり、私たちが夕食を取るのは、温泉施設の最上階にあるレストランの、いちばん高価なテラス席だった。テラスとはいえ、厚いガラスが外部の空気を遮断《しゃだん》していて、冷たい風に当たることはなかった。

中で食事をしている人の視線が少し気になりはしたが、とにかく、雪に包まれた山脈の絶景を観賞しながら温かい夕食が取れるなんて、同じ貴族でも、お金があったほうが絶対にいいようだ。

「よう、来たのか？」

温かい湯気が上がるシチューと、ワインに漬《つ》けたイノシシ料理が出てきた頃、ノラが現れた。若い公子は、黒貂《くろてん》の毛皮の襟巻《えりまき》をわずらわしそうに片手で外して畳《たた》みながら、私たちが座っているテラスに入ってきて、箱を一つ私に差し出した。

「母からです」

「夫人が……？」

「ええ。ホワイトチョコレートって言ってたかな。とにかく、ご招待ありがとうございます」

ほお、ホワイトチョコレートなんてものがあるんだ？　たかが夕食を一緒に取るだけなのに、こんなものをくれるなんて。こちらからも何かあげないといけないかな……。

「ところで公子……家族旅行に来たのに、こんなふうに別々に食事しても平気なの？」

「両親はオレがちょっとでも消えてくれることを、切実に願ってるんですよ。どうせここにいますから、後でご挨拶《あいさつ》されますか？」

肩をすくめて返事をしたノラが、ケラケラ笑っているジェレミーのそばの席に座った。宿命のライバルが、こんなに仲よく食卓に着いているところを見るなんて、運命って、ホントに自分勝手なのね。

「ようこそ獅子の洞窟《どうくつ》へ。クソ犬が」

「のろまのくせに何言ってんだよ。最近はヤマネコのことを獅子って呼ぶのか？」

「おっと、コイツ、やる気か？」

「こっちのセリフだ」

宿命のライバルがテーブルの下で脚を蹴《け》り合《あ》うという幼稚《ようち》な行為に及んでいる間、双子は不思議なものでも見るような目でノラを見つめていた。その最中にも、相変わらず一人でふてくされて騒々《そうぞう》しくシチューの皿をかき回しているエリアスのことは、見ないフリしておこう。

ところで、私はどうして気まずい気分になるのだろう？　ノラは、我が家の獅子の子たちの前だからか、それとも人の視線を意識してなのか、今までになく礼儀正《れいぎただ》しくて、それは私も同じだった。

とにかく、ジェレミーと仲よくおしゃべりしながら、旺盛な食欲を発揮しているノラは、大丈夫そうに見えた。さっきのジェレミーの証言や、最後に会った時に見た顔の傷跡が信じられないほど、快活に見えたのだ。それでも、どこかが妙《みょう》に変わったように見えるのはなぜだろう？

「よーし、食事が済んだら対決だからな、クソ犬が！」

「負けてもニャーニャー泣くなよ、興奮状態《じょうたい》のガキネコめ。剣はあるのか？」

「当たり前だろ？　すべからく騎士ならば剣は手放さぬべし、俺はサンタクロースが生誕節のプレゼントにくれた名刀が……」

「サンタクロースは世間で言われてるよりずっと寛大《かんだい》なんだな」

興味なさそうに受けたノラが、ふと私のほうに視線をよこし、微笑んだ。話しても別にかまわないのだけれど、あえてこの場で、私から生誕節にプレゼントをもらったと打ち明けない慎重《しんちょう》さに、今さら感嘆した。見直したぞ、コイツ！　うちの息子たちと同じで分別《ふんべつ》がないとばかり思っていたのに……！

前世でパイと敵同士だったかのように、静かにデザートのパイと格闘《かくとう》中だったエリアスが口を開いたのはその時だった。

「ああ、マジうるせえ。人が気分よく食事しているところに割《わ》り込《こ》んできたくせに、ちょっと黙っていられないのか？」

ガシャン！

ジェレミーが持っていたナイフを落とした音がけたたましく響いた。出し抜けな言いがかりの的になったノラは、意外と落ち着いて、ゆっくりとエリアスのほうに顔を向けた。

「人と話をする時は目を見て話すのが礼儀《れいぎ》だそうな。今、オレに向かってほざいたようだが、違うのかな、ビビりおちびさん？」

ビビり呼ばわりされたエリアスが、逆上してパイ皿を荒々しく押しのけたのは言うまでもない。赤毛のならず者は乱暴に立ち上がり、レストラン全体が崩《くず》れるような声で咆哮《ほうこう》した。

「何だよ、不満なのか⁉　不満があるなら失《う》せろよ！　入っていいところとダメなところの区別もできない野犬め！」

ヤクザのような発言に、ノラはただ顔をしかめ、ジェレミーはもう我慢できないという反応を見せた。

「コイツ、勝手に一人でへそ曲げてたくせに、見当違《けんとうちが》いなところで八つ当たりしてんじゃねえよ⁉　マジで殴《なぐ》り殺《ころ》されたいのか⁉」

「あ、兄貴はいつからそいつの味方になったんだよ⁉」

「味方も何もないだろ⁉　さっきからいい雰囲気ぶち壊《こわ》してんのお前じゃねえか、この野郎！」

「どこがいい雰囲気なんだよ⁉　そいつがさっきからニヤニヤ目で笑いやがってムカつく……」

「エリアス！」

思わず声がオクターブ上がった。それまでめげずに食べることに専念していた双子が、そろって目を剝《む》き、私を見つめた。ジェレミーといい勝負でうなっていたエリアスも、肩をビクッとさせ、目を見開いて私のほうを見た。まったく呆れたザマだ。

「そんな無作法、いったいどこで覚えたの⁉　すぐに謝《あやま》りなさい⁉」

「ヤ、ヤダね！　何で……」

「このガキが、一度で言うことを聞けないの⁉　あんたが私をどう扱おうと、私があんたの保護者だってことに変わりはないんだから、すぐに言うとおりにしなさい！　あんたのせいで家同士が争うことにもなりかねない、みんなで死にたいわけ⁉」

もちろん、子ども同士がいがみ合ったからといって、うちとニュルンベル家が争う可能性は非常に低い。ただ、怒れる子馬のようなエリアスに対する私の忍耐心《にんたいしん》が、そろそろ限界に来ていたのはもちろん、ここで騒動《そうどう》が起きれば、血を見るのは誰なのかは明らかだった。

腹の内はどうであれ、ノラは裁判事件の時、本気で心配してくれた何人もいない人の一人なのだ。そんな彼が気分よく食事をしに来て、話にならない八つ当たりに巻《ま》き込《こ》まれて、また父親と問題を起こすなんてこと望んでいない。

私が爆発《ばくはつ》するように叫んで、激しく呼吸している時、エリアスは完全に魂が抜けたみたいに、口をパクパクさせていた。この機会に弟の舌を抜いてしまおうと腕を上げていたジェレミーは、祈《いの》りのような言葉をつぶやきながら席に着いた。落ち着きなく揺《ゆ》らぐ暗緑色の瞳が、複雑微妙《びみょう》に光って私をじっと見つめた。

その間、何とも言えない表情で唇《くちびる》を噛みしめていたノラが、私と目が合うと、素早く微笑んでその表情を消して立ち上がった。彼はまるで何事もなかったかのように平然として、片側に掛けていた黒貂《くろてん》の毛皮の襟巻を、手にぐるぐる巻きつけた。

「オレはこれで……失礼するのがよさそうですね。いろいろ失礼いたしました」

「でも公子……」

「いいんです。よその家族旅行にうかつに割り込んだこと自体が失礼でしたね……。残念だがお前をやっつけるのはまたにするよ、のろま野郎」

「おい、貴様、また逃げるのか？」

「悔《くや》しかったらお前が訪ねて来いよ。それじゃ、オレはこれで！」

言うだけ言ってさっさと帰ってしまったライバルの姿に、ジェレミーは何か尋常ではない雰囲気を感じたのか、それ以上引き止めようとはしなかった。そして、不満いっぱいの目で分別のない弟をにらみつけた。

「まったく空気を読むってことを知らないヤツだ。お前は家庭崩壊《ほうかい》の元凶だよ」

エリアスは自分がなぜ家庭崩壊の元凶にされたのかただしもせず、非常にぎこちない格好で椅子に座っていた。そして私は、ため息を吐いてジェレミーのほうを見た。

「ジェレミー、私は先に戻ってるから、弟妹たちと一緒に食事を済ませて」

「ああ、俺も食べ終わったんだけど」

「わたしも全部食べたわ、ママ」

「ぼくも」

どうやらみんな、私がらしくない凶暴な姿を見せたことにショックを受けたようだった。そうして私たちは、苦い食事を終えて、山海の珍味《ちんみ》が並ぶレストランを出て別荘に戻った。

⚜

別荘に着くなり、すっかり眠ってしまったようだ。何か鋭いもの同士がぶつかり合う音が聞こえた気がして、目を覚ました時にはまだ真夜中だった。私はしばしぼんやり横になったまま天井《てんじょう》を見ていたが、すぐにガバッと体を起こした。確かに何か音が聞こえたみたいなんだけど……。

夢で聞いたのではなかった。音はとても近いところ、つまり、私が寝ている寝室のすぐ外側から聞こえてきていた。私は寝ぼけ眼《まなこ》のままフラフラしながら窓辺に近寄り、カーテンをサッと開けた。

私の目に入ってきたのは、暗い雪野原で楽しそうに剣を振《ふ》り回《まわ》している二人の少年の姿だった。宿命のライバルらしくなく、ケラケラ笑いながら剣を合わせている様子が、とても不思議でならなかった。

いや、ところでこの子たち、何で夜中にこんなことを……？

白い月明かりに照らされた黒髪と金髪《きんぱつ》が、そろって蒼白《あおじろ》く輝いていた。そして、彼らがそれぞれ持っている剣は、他でもない、私のプレゼントだ。ジェレミーには白い剣身にゴールドの柄がついたロングソード、ノラには黒い剣身にプラチナの柄がついたツヴァイヘンダー……。

私はしばしぼんやりとその光景を眺めていたが、他の子どもたちはちゃんと寝ているか確認しようと、フラフラと歩《ほ》を移した。そして驚がくに目を見開く。レイチェルが寝ているはずの、ピンクのカーテンの寝室が、もぬけの殻《から》だった。他の寝室も同じだ。いったいどうしたことなのか、レオンもエリアスも、まったく姿が見えないのだ！　私はその足で下階に駆《か》け下《お》り、二人の少年が楽しそうに対決している裏庭に出た。冬用のシュミーズだけで飛び出した私のあられもない姿に、少年たちはすぐに動きを止め、こちらを向いた。

「俺たちのせいで起き……」

「ジェレミー、あの子たち、どこに行ったの？」

この寒空に、ダラダラ流れる汗を拭きながら呼吸していたジェレミーが、それは何のことかというように、目を大きく見開いた。その姿に背筋が凍りついた。

「さっきまでみんな寝てたけど？」

「出ていくとこ見てないの？　今、中に誰もいないのよ！」

「はあ？」

大騒ぎになった。宿に集まってラム酒を飲みながら、静かな旅の夜を楽しんでいたお供の騎士たちも、子どもたちが出ていくのにまるで気づかなかったところを見ると、どうやら計画的に出ていったようだ。案の定、一階の厨房《ちゆうぼう》の窓が大きく開いていた。一体全体なぜこの寒空に窓からこっそり出て行ったのか？　それも、双子まで一緒に！

「ご心配なさらずに、奥様。この辺りは警備が徹底《てってい》していますから、何事も起きませんよ」

この辺りの警備が徹底しているどころか物々しいのは私も知っているけれど、得体の知れない恐怖が込《こ》み上《あ》げてくるのはどうしようもなかった。いくら治安のいい保養地とはいえ、ひったくりのような輩《やから》も歩き回っているところだ。もしも強盗《ごうとう》にでも遭《あ》ったら？　或《ある》いは、絶壁《ぜっぺき》から滑《すべ》り落《お》ちでもしたら？　それにエリアスは高所恐怖症《きょうふしょう》だ。雪がこんなに積もって、辺りは危険がいっぱいなのに、いったいどこに行ったのよ！

「とりあえず落ち着いて、もう少し待ってみよう。間違いなくしょうもないもの見物しに行ったんだよ。脚折れるのがイヤなら、すぐに戻ってくるさ」

焦《あせ》ってじたばたしている私の肩を押さえて、落ち着いて話すジェレミーが、顔を動かしてノラを見つめた。同様に尋常ではない顔で立っていたノラがうなずいた。

「うちの騎士たちにも一緒に捜《さが》させましょう。たぶん遠くには行っていないと思います」

不本意ながら迷惑《めいわく》をかけているにもかかわらず、私にできるのは、ただ首を縦に振ることだけだった。二人の少年が騎士たちと一緒に子どもたちの捜索《そうさく》に出ている間、私の頭の中には様々な考えが押《お》し寄《よ》せた。もしかして、私がさっき大声を出したせいで、へそを曲げて家出でもしたのだろうか？　例えそうだとしても、どうして双子まで連れていったのだろう？　どうして過去にはしなかったことをするのよ……！

「レディー・ノイヴァンシュタイン？」

一秒が数分のように感じる不安な時間がどれくらい流れたのだろう？　別荘の入り口にもたれて、居ても立ってもいられず待っていると、ニュルンベル公爵がやって来た。確かに、ノラがお供の騎士たちを動かし、うちの騎士と一緒に捜索に出ているのだから、訪ねてこないほうがおかしいだろう。

「公爵様」

「いったい何事ですか？　外はかなり騒々しいですよ。もしや、うちの息子が何かしでかしたのですか？」

「いいえ、そうではなくて……」

私がどうしていいかわからず右往左往しながら、エリアスと双子が消えた経緯《けいい》について打ち明けると、鋼鉄の公爵様は落ち着いた顔で黙々と聞いていたが、すぐに、わかりますよ、というように微笑んで見せた。

「いやいや、あの年頃《としごろ》の子どもたちがやりそうなことですな。心配には及びません。何事もなく無事に戻ってきますよ」

相手が相手だからだろうか？　ややベタな言葉なのだが、父親ほどの大人の言葉だからか、先立っていた不安が少し落ち着く感じがした。私がいくら時を遡って来たといっても、この方の精神年齢と比べればまだまだみたい……。

「本当にそうでしょうか？」

「断言しましょう、もうすぐおいおい泣きながら捕まえられて来ますよ。ですから中で待ちましょう。風が冷たいですよ」

妙に気の毒そうな様子がにじみ出た口振《くちぶ》りで返事をした公爵様が、フロックコートを脱いで私の肩に掛けてくれた。手足が凍りつくような感覚が一気に押し寄せて、ちょっと恥《は》ずかしい気分になった。何でもないことなのに子どものように騒いでしまった気がして……。

「ところで、公爵様はおやすみになっていたのでは……？」

「いいえ。妻は先にやすみましたが、私は考え事をしていましてね。ご存じのとおり、今度の休暇が終われば、大変なことが始まりますからな」

今から頭が痛いとでも言うように、眉間《みけん》にしわを寄せ、笑《え》みを浮《う》かべる公爵様。こんなに上品で優雅《ゆうが》な方が、一人息子には鬼《おに》のように厳しいという事実が信じられない。

「あのう、息子さんは……本当にいい子ですわね」

思わず飛び出た言葉だった。公爵様は首をちょっと傾げて私を見ていたが、フフッと失笑を嚙み殺した。

「そう思っていただければありがたいですな。ああ、先日は妻が息子のことでとんでもないお願いをしたそうで、お詫《わ》びをしなければなりませんな」

「いいえ、お詫びだなんて……その、特に面倒なことでもありませんでしたから」

「夫人はご自分のお子さんの世話だけでも大変ではありませんか。今もそうです」

おっしゃるとおりだ。私が何も言えずぎこちなく瞬きしていると、親切な公爵様は、ノラとそっくりの深く青い瞳に、見当のつかない憐憫《れんびん》と言おうか、寂しさと言おうか、そんな光を込めて私の顔をじっと見た。以前にもたびたびぶつかった妙な視線。不純だとか、つまらない感情が入っているわけでは決してなかった。ただ……。

「奥様！」

周囲が明るくなってきたと思ったら、何人かの騎士が一斉に叫ぶ声が聞こえてきた。私はすぐに体を起こした。そして、うわっ、何てこと！　向かい側から松明《たいまつ》を持った騎士たちと一緒にこっちに前進してくるジェレミーと、ジェレミーの片手にうなじをつかまれているエリアスが見えた。ところで、双子は……⁉

「エリアス！　あんた……！　いったいどこ行ってたのよ⁉」

「うわぁぁーん！」

「どうしてここで泣くのよこの子は⁉　双子はどこにいるの⁉」

私の凶暴な叫びなどおかまいなしに、エリアスは地面に足を投げ出して座り込み、おいおい号泣しながら理解できない怪しい言葉を叫ぶだけだった。呆れて言葉が出ない私のために、説明を買って出たのは当然ジェレミーだった。ジェレミーは弟に向かって痛烈《つうれつ》に舌打ちをし、ちゃんちゃらおかしいとでも言うように口を開いた。

「月夜に花を摘《つ》もうと尾根まで這《は》い上《あ》がったはいいが、高所恐怖症でブルブル震えてるところを見つけたんだ。まったくバカなことをいろいろやってくれるよ」

何を摘みに行った……？　呆《あき》れ返《かえ》った私の目に、エリアスの片手で白く光る花がようやく見えてきた。雪が積もる高山地帯にしか見られない希少植物、雪蓮花《れんげ》が、大騒ぎのど真ん中で妖《あや》しく光を放っているのを見ていると、ますます呆れてしまった。雪の上に咲《さ》く

「いったいどういう風《ふ》の吹き回しでこの夜中に花を摘みに行ったの⁉　双子はどこにいるのよ⁉」

「うわぁあーん、痛いよおぉー！」

「話逸らしてんじゃないわよ⁉」

「そうじゃなくて、ホントに腕をケガしたんだよ！　うわぁあーん、双子が、レオンが、雪蓮花、うわぁぁあーん！」

エリアスがしようとしている話を理解するまで、しばらくかかった。悔しそうにおいおい泣いていたヤツが自慢げに言い放った話を総合するとこうだった。

双子が夕食の時のことでエリアスを責め立てて、レオンが私の怒《いか》りを抑《おさ》えるために、本で見た珍しい花のことを持ち出したので、エリアスを含めた三人で花を摘みに行くという冒険《ぼうけん》を強行することになった。何とか尾根を登っていたが、気がついたら三人で花を摘みに行くという、エリアスが高所恐怖症のせいでパニックになり、双子がジェレミーを呼んでくると言って、先に帰ってしまったそうだ！

私がとても言葉を見つけられず、口を開けてバカみたいな姿をさらしている間、どういうわけか笑いを必死で噛み殺しているような顔で見守っていたニュルンベル公爵様が、ジェレミーに向かって口を開いた。

「他の捜索隊は？」

「さっき、公子と分かれて捜すことにしたんです。あの子たち、今頃どこをほっつき歩いてるのかわかりませんが、戻ってみる……」

「ママァ！」

タイミングよく、少し離《はな》れたところから聞こえてきたとてもうれしい声に、白い息を吐きながら言葉をつないでいたジェレミーも、騎士たちも、同時に顔を動かした。私も同じだった。

「レオン！　レイチェル！」

神よ、ありがとうございます！　感激の涙でいっぱいの私の視野に、黒髪の少年の姿が入ってきた。レイチェルを肩車《かたぐるま》して、片手に剣を持ち、もう片方の手でレオンと手をつないでいるノラだった！

自分たちのせいで夜中にこんな騒ぎが起きているのを知ってか知らずか、にっこり笑って手を振っている双子を見ていると、怒りが込み上げて憎らしいのに、大笑いしてしまった。

「ママ、エリアス兄さまが……あ、兄さま、ここにいたのね？　でも、どうして泣いてるの？」

しばし静寂があった。私は手で顔を隠して嘆息を堪《こら》え、ノラの肩から飛び降りたレイチェルとレオンが、先を争って駆け寄ってきて叫び出した。

「ママ、ママ、雪蓮花摘んだの！　ホントに光ってるの！　これ、ママのだよ！」

「ママ、まだ怒ってる？　女の人はお花が好きだって本で読んだのに！」

ジェレミーが「わざとらしいぞ、コイツら」と、舌を突き出す音が微かに響き渡った。双子を見つけてくれたノラは、まるで英雄《えいゆう》らしからぬ落ち着いた顔で私をじっと見つめていた。彼の父親がため息交じりの口調で口を開くまでは、だが。

「こんな問題が起きたら私の耳に入れるべきなのに、なぜ勝手に騎士たちを連れて出たのだ？」

「……」

「ノラ！」

「あのう、公爵様。不本意ながらご迷惑をおかけして、どうお詫《わ》びしていいかわかりませんわ。公

子には本当に感謝しております」

私が素早く割り込むと、公爵様はだんまりを決め込《こ》んでいる息子に向かって声を荒《あら》らげそうになるのを抑え、私のほうを見て、何か考えがあるのか、いっそう柔《やわ》らかい表情で首を横に振った。

「迷惑だなんてとんでもない。みんな無事に戻って本当によかったですな」

「本当にありがとうございます。あのう、公子にお礼がしたいのですが、ご迷惑でなければ、お茶を召《め》し上《あ》がってからお帰りいただいてもよろしいかしら？」

幸い鋼鉄の公爵様はあっさり承諾《しょうだく》し、家族と若き公子は、無事に別荘の中に入った。


寝る時間がとっくに過ぎている双子は、すぐに仲よくベッドに横になり眠《ねむ》り込《こ》んだ。真夜中に花《はな》摘《つ》みという冒険に出て、高所恐怖症に震えただけでなく、どこで転んだのか腕までケガしたエリアスは、暖炉のそばに座り、例のふてくされた顔で沈黙《ちんもく》を守っていた。もしものために救急箱を持ってきていたのは幸いだった。ようやくエリアスが口を開いた時、私はすでに彼の腕にできた小さな生傷に軟膏《なんこう》を塗《ぬ》り終わっていた。

「……オレ、実はもう母さんの顔がちゃんと思い出せないんだ」

実に突拍子《とっぴょうし》もない話だ。そういえばジェレミーもいつだかそんなことを言っていた気がする。次に何を言い出すのか、しばらく待っていたのだが、エリアスはそれ以上何も言わなかった。だから、私がかわりに口を開いた。

「私は、あなたたちの記憶の中にいる実のお母さまの存在を消して、そこに居座《いすわ》ろうなんて気持ちは少しもないの」

「……」

「わかった？　あなたたちにそんなことを強要するつもりはこれっぽっちもないのよ。だから、もうそんなふうに不安がる必要はないの」

そりゃそうよ。私がこの子たちの実の母親を追い出せるわけないじゃない。この美しい子どもたちを産んでくれた人なのに。それに、いつか見た彼女の肖像画《しょうぞうが》は、私とこれっぽっちも似ていなかった。私が欲を出すなんて、とんでもない話よね……。

苦笑いを噛み殺して軟膏のふたを閉め、テーブルに散らばった雪蓮花をそろえ集めていると、エリアスが不意に言い放った。

「……だからって、アンタが家族じゃないってわけじゃないよ」

私は一瞬動きが止まったが、相変わらず頑固に目を伏せている少年に向かってにっこり笑った。

「わかってる」

エリアスが眠り込んだ寝室を出てリビングに入ると、深夜の英雄になった二人の少年が、ソファにてんでに伸びて、うとうとしていた。そりゃあこんな夜中に苦労させられたんだから、疲れて当たり前だ。

いずれ宿命のライバルになる獅子の子とオオカミの子が、仲よく伸びて眠っているのは、本当に皮肉で切ない。こうして見ると、二人ともまだまだ子どもなんだなあ……。

暖炉でパチパチと薪《まき》が跳《は》ねる音がした。私はちょっとためらったが、厚い毛布を持ってきて、少年たちに掛け、姿勢を直してやった。いや、直してやろうとした。

「……うーん……」

ジェレミーと同じように、片腕《かたうで》に剣を抱《だ》きしめた姿勢で眠るノラが、具合の悪そうな息をし始めた。不本意に冷たい風に当たり、風邪《かぜ》でもひいたのかと思って恐《おそ》る恐る様子を見る。

「……う、ううっ……お父さま……」

「ノラ?」

「……オレではありません。オレではないんです……」

私の目が思わずまあるくなってしまったのは言うまでもない。私が固まっている間、ノラはいったい何の夢を見ているのか、冷《ひ》や汗《あせ》をダラダラ流し、苦しそうに呼吸し始めた。そして、子どものように小さく細い声でつぶやいた。

「本当にオレでは……ハァ、オレではないんです……本当に嘘じゃないのに、どうしてオレの言うことを聞いてくれないんですか……?」

息が詰《つ》まるって、こういうことなんだろうか? いつか礼拝堂で会ったノラの姿を思い出した。祭壇《さいだん》のそばにうずくまって涙を流していた姿、彼が救いようのない世間知らずで、口を開けば嘘ばかりついていると思っているのかと私に訊いた姿。あの悲惨《ひさん》な生誕節の宴以後、最後に私を訪ねてきて、意味もなくふざけていた姿が浮かんでは消えた。

彼が今、再び経験している苦痛から救い出してやらなければと思い、そっと手を伸ばし、ソファの下に伸びている腕に持っていこうとした時だった。厚みのある手が私の手をつかんだと思ったら、次の瞬間、ビクッと震えるように少年が上体を起こした。

「ノ、ノラ？」

「……」

うなじまで冷や汗でびっしょり濡れたノラは、一瞬、自分がどこにいるのか理解していないように見えた。暗闇《くらやみ》の中で真っ青に光る瞳が、見たこともないような影を含んで、私の顔をじっと見つめた。その尋常ではないまなざしに、私は固唾を呑んだ。

「ノラ、あなた……大丈夫？」

しばし沈黙があった。ノラは荒く呼吸しながら、私をしばらく穴の開くほど見つめていたが、その後言い放った言葉がこれだった。

「シュリーさんは大丈夫？」

……言葉が出てこない。それより、ようやく以前に戻った感じがする。やはりこの子がらしくなく礼儀正しかった姿を、不自然に感じていたのだろうか？　私がグズグズしていると、ノラは手を放して辺りを見回し、完全に起き上がった。そして、汗に濡れた髪をかき上げて、私に向かって微笑《びしょう》んだ。少し前の姿が信じられないほど、平然とした微笑だった。

「とにかく、大変ですよね。オレみたいな息子は一人でも大変なのに、二人もいて、やかましいおちびちゃんも二人ですから」

……まあ、そのとおりなんだけど。出し抜けなのは相変わらずってことかな？

「ホントにそうよね」

「みんな、どれだけ幸運なのか知るべきですよね。ちょっと思わずうとうとしちゃったみたいで、これで失礼します」

「あら、泊《と》まっていったら……」

「いいえ。これでも十分ご迷惑ですよね」

迷惑はこっちがかけてるんだけど。このまま泊まっていってもよさそうなものなのに、何を急いでいるのか慌てて立ち上がったノラが、ふと動きを止めて私のほうを見た。

「ああ、それと……」

「うん？」

「その……裁判の時ですけど、シュリーさん、ホントにカッコよかったって言いたかったんです。あんな勇気、誰でも出せるものじゃないでしょう？」

なぜか普段《ふだん》より深く感じる声だった。冷たく青白い明け方の空気の中で、同じように冷たく光る瞳が私の目を見つめた。こんな言葉には、いったい何と答えればいいのだろう？　ずっと言葉に詰まってばかりみたい。

「ありが……とう。今日のこともだけど、全部……。いろいろ、毎回、お世話になってばかりね」

「別に大したことはしていませんよ」

「……大丈夫よ、ノラ」

少々口ごもりながら話を逸らした。もしかしたら、前に目撃したことのせいで、思わず口をついて出たのかもしれない。

「ああ、つまりね……これから変わっていくと思うけど、もしも私にできることがあったら、いつでも言って」

言葉の意味を理解したのだろうか？　ノラは真っ青な瞳を見開いて、口元に妖しい笑みを浮かべた。大人っぽく見えると同時に、辛辣《しんらつ》にも見える、得体の知れない雰囲気の微笑だった。

「もう、何ともありませんよ」


短くも多事多難だった休暇が終わり、私たちはついに帰宅の途《と》についた。帰り道は、ありがたいことに雪が止《や》み、日差しが明るく降り注ぐいいお天気だった。

「お前、家に着いたら覚えとけよ」

「ああ、何で脅《おど》すかなあ⁉　終わったことじゃないか！」

「終わった？　誰が決めた？　俺はまだ終わってないんだけど？」

……うーん、どうやらエリアスの武運《ぶうん》を祈ってやるのがよさそうだ。ジェレミーが待ち構えているようだから。まあ、別に止めるつもりもないんだけど、ハハッ。

せっかくの休暇だったが、旅の疲れがたまったのか、双子は馬車に乗るなりすぐに眠ってしまい、不安で焦《あせ》った様子で凶暴な兄の顔色をうかがっていたエリアスも、いつのまにかうとうとし始めていた。私は荷物をちゃんと積んだことを確認すると、別荘の従業員がくれた棒付きキャンディをくわえて馬車に乗《の》り込《こ》んだ。

「休暇が終わった気分はどうかな、敬愛するお母さま？」

私はキャンディを口から出し、わざと取《と》り澄《す》ました顔をして一瞥《いちべつ》した。

「もういいわ、ジェレミー。演技はやめなさい。ずっと聞いてるといい加減吐《は》き気《け》がするんだけど」

窓側の席に座って意地悪く目を光らせていたジェレミーが、私のキャンディを勝手に奪《うば》って自分の口に入れた。そしてケラケラ笑い出した。

「そりゃお前の歳で年取った母親扱いされたらちょっと悔しいよな」

「今気づいたの？」

同じように意地悪い口調で言い返すと、彼が片手で私の手を握り、自分のほうに引き寄せた。そして、鼻歌を歌いながら握った手を振った。

「そうだな。まあ、お母さまでもお姉さまでも、保護者でも何でも、家族なんだから、これからずっと一緒にいればいいのさ。違うか？」

そう、そのとおりだ。これから私たちの前途《ぜんと》に何があっても、これからどんな変化が起きても、とりあえず、一緒にいることが大事だ。誰が何と言っても、私たちは家族なんだから。

ビハインドストーリー

ある皇太子とある聖職者

『ある皇太子』

子どもの頃《ころ》、つまり、まだ彼《かれ》が十二歳《さい》足らずの頃に、従弟《いとこ》の家で、華《はな》やかな作りのパイプを見たことがあった。東方の商品であることが明らかなそのパイプは、虹色《にじいろ》をたたえたガラス製で、名前も知らない五色に輝《かがや》く宝石が繊細《せんさい》に施《ほどこ》された姿がとても耽美《たんび》だった。まだ成年になるのはずっと先の彼でさえ、一度吸ってみたいと思うほどだった。

だが本気でそう考えていたわけではなかった。彼は、その気になれば何でも手に入る地位にあったが、誰《だれ》が見ても高価な贈《おく》り物《もの》であることが明らかな物を欲《ほ》しがったことで、いわゆる、分別《ふんべつ》がないという烙印《らくいん》を押《お》されるのはまっぴらだった。特に、相手が彼の尊敬する叔父上《おじうえ》ならなおさらだった。だから彼は、ただ一度だけ使ってみようとしたのだ。本来の意図はそこまでだった。

カイザーライヒ暦《れき》一一一五年十二月二十七日。

後世の人々にずっと喜劇ネタにされた裁判事件の当日の夕方。

「皇太子殿下《こうたいしでんか》……？」

召使《めしつかい》たちが恐《おそ》る恐る顔色をうかがっている様子が、今日に限って気に障《さわ》って仕方がない。さっきのことを考えれば無理はないのだが、テオバルトはいつものように自分を心配してくれる召使を、優《やさ》しく微笑《ほほえ》んで退けた。今は一人だけの時間が必要だった。

誰が見ても彼は今、心乱れてやまない状態だった。前代未聞《ぜんだいみもん》の、寡婦《かふ》に手を出したという汚名《おめい》が広がったうえに、十四歳の侯爵家《こうしやくけ》の御曹司《おんぞうし》に殴《なぐ》られ放題だったという、やや恥《は》ずかしい誤解まで受けていた。踏《ふ》んだり蹴《け》ったりで、裁判は完全に皇室に不利な状態で終わった。

それでも、現在、十七歳の皇太子の頭の中に潜《ひそ》んでいる考えは、そういうこととは次元の違《ちが》う種類のものだった。むしろ彼は、先立つ問題については、まるで気にしていなかった。

紫色《むらさきいろ》のベルベットの重い徽章《きしよう》が下がった回廊《かいろう》は、以前にはそれほど立ち寄らなかった場所だ。子どもの頃には時々、本当に時々訪《おとず》れていたに過ぎなかったのに、なぜか最近、頻繁《ひんぱん》に足を運ぶようになっていた。

華やかな壁面《へきめん》にずらりと掛《か》けられた肖像画《しようぞうが》のうち、彼が釘付《くぎづ》けになるのは一つだけだった。今は死んで、もういない彼の生母、ルドヴィカ前皇后の肖像画だ。

「ふう……」

今は顔も覚えていないと言ったのは、半分嘘《うそ》だった。彼が望む時に、いつでもここに来て、死んだ母の顔を見ることができるのだから。

やや冷たく落ち着いた彼の表情とは対照的に、肖像画の中の女性は明るく笑っていた。この肖像画を描《か》いている間、画家はどれほど心血を注いだのだろうか。紫《むらさき》がかったシルバーの髪《かみ》の一筋一筋が、星をたたえているように光るレモン色の瞳《ひとみ》が、生々しすぎる感じを与《あた》えた。

肖像画の中の女性は、侯爵家の女性当主とは髪の色も、瞳の色も違った。しかし、顔の造作だけは驚《おどろ》くほど似ていた。彼の父親や叔父が、若い侯爵夫人に甘《あま》くなるのも無理はないのだった。

一時は疑問を持ったこともあった。ルドヴィカをあんなに愛していた皇帝《こうてい》が、なぜ彼女《かのじょ》が生んだ子である自分にこんなに無関心なのか。もちろん、そんな疑問など、子どもの頃の話に過ぎない。今は特に気に障ることでもなかった。彼の継母《ままはは》であるエリザベート皇后が、対外的には彼に献身《けんしん》的でも、実際には実の息子《むすこ》であるレトラン第二皇子を気の毒に思っている事実のように。

彼らの心の奥深《おくふか》くに居座《いすわ》る本心が何であれ、彼が関心を持つのは表に現れる姿だけだ。口にも出さず、行動にも見せない腹の内など、使い道がないではないか？　彼にとって人の本心など重要ではなかった。どれだけ彼を最優先してくれるかが重要だった。そのような観念で、今まで満足な人生を送ってきたと自負していた。

それでも……それでもこの瞬間《しゅんかん》、テオバルトは、生まれて初めて人の本心を手に入れたいという思いを燃やしていた。

肖像画の中の彼の生母と、少し前に法廷《ほうてい》を引っくり返した女性の容貌《ようぼう》はとてもよく似ていた。しかし、ルドヴィカはあの女性のような姿を見せたことはない。見せる機会がなかったというほうが正しいだろうか。早くに死んでしまったのだから。

正直言って、初めは見た目に惹《ひ》かれただけだった。死んだノイヴァンシュタイン侯爵が、なぜ年老いてから分別のない行動を取ったかわかる気がすると噂《うわさ》されるほどに、美しく若い侯爵夫人。その独特な美貌《びぼう》はともかく、彼の母親とよく似た姿に関心を持っただけだった。そんな中で、彼女が侯爵家の子どもたちに揉《も》まれている事実に好奇心《こうき》を覚えた。正確には、彼らに対する彼女の姿に。ようやく成年式を迎《むか》えた若い女が、いったいどうすれば、あんなに本気の愛情がこもった目で、前妻の子どもたちである、同年代の世間知らずどもに接することができるのか。

それは絶対に虚飾《きょしょく》や見せかけではなかった。この手のことで自分の目はごまかせないとテオバルトは断言できた。

そうだ。その姿に好奇心が発動して、理由をつけては侯爵邸《てい》に立ち寄った。そして、侯爵邸の長男が寝込《ねこ》んだある日、普段《ふだん》のように訪問してうっかり眠《ねむ》ってしまい、夢の中で聞こえるような甘い子守歌《こもりうた》の声に、彼女を手に入れたいと思い始めたのだ。子どもの頃、尊敬する叔父上の愛情を一人《ひとり》占《じ》めしたい一心で、事を起こしてしまったように。

だからといって、彼が子どもたちに悪意を抱《いだ》いただとか、計画的に事を運んだとかいうのではない。生まれつき左利《ひだりき》きの人が自然に左手を使うように、それは彼の生まれつきの本能であるだけなのだ。

彼が十二歳の頃、叔父上の家に遊びに行って、豪華《ごうか》なパイプに手をつけたのも、初めから計画したことではなかった。ただ、一度吸ってみたかっただけなのだ。その年頃《としごろ》の少年たちによくあるように、大人の真似《まね》をしてみたかっただけなのだ。ただ、初めて扱《あつか》うものだから未熟で、葉の入れ方もがさつで、何服か吸って床《ゆか》に落としてしまったのも、意図せぬミスに過ぎなかった。その時、よりによって大人たちが現れたのも、よりによって幼い従弟が近くで遊んでいたのも、すべて彼が意図したことではなかった。

彼はただ本能的に行動しただけだった。してはいけないことをする分別のない皇太子の烙印を押されるよりは、そばにいる幼い従弟に全部なすりつけるほうがずっと楽だったから。

困った役割を人に押《お》し付《つ》けるとどれだけ楽か、誰もが認める悪役がいるとどれだけ便利か、本格的に悟《さと》ったのは、その頃だった気がする。

いつも上品で善良な犠牲者《ぎせいしゃ》の立場を守ることで輝けるという事実を知らない人は意外に多い。ただ愛情を独占《どくせん》しようとする行為《こうい》がどうして悪いのか？　世間にはびこる罪悪と比べれば、特に間違《まちが》っているともいえない。

そのうえ、彼は皇太子だった。いずれ皇帝になる人物として、多くの人の羨望《せんぼう》を集めることが、どうして間違っているのか？

そんなことを繰《く》り返《かえ》して、しまいには彼の腹違《はらちが》いの弟を、幼い従弟を、救いようのない悪ガキにしてしまったのには、それなりの価値があった。それだけ彼の株が上がったのだから。

だから、今まで彼は、自分の処世術を疑ったことがなかった。そう、今日までは。

限りなく珍《めずら》しいことだった。彼の継母も、彼が尊敬する叔父も、あれほど簡単に彼の奸計《かんけい》にだまされたのに、本心がどうであれ、あんなに簡単に彼によって自分たちの息子に背を向けたのに、今日あの女性は、想像もできない方法で、彼を含《ふく》むすべての人に不意打ちを食らわせた。

低い嘆息《たんそく》がテオバルトの美しい唇《くちびる》の間から漏《も》れた。

「困ったなあ……」

ここまで深入りしたことはなかったのに。今までそうしてきたように、常にナンバーワンであろうとしただけなのに。

……本気で、欲しくなってしまった。

彼には理解しがたい堅固《けんご》な献身と愛情、貴婦人として最も致命《ちめい》的な寝室《しんしつ》の事情まで明かして愚《おろ》かな世間知らずの少年を守ろうとしたその心。そのすべてが彼にだけ向けられたら、どれほど感激するだろう。もうこれ以上望むことはないと感じるだろう。

彼にまるで希望がないわけではなかった。とりあえず、彼女が彼を恨《うら》んでいるわけではないのだ。だから、彼らの関係が完全に破綻《はたん》したとは言えない。……ただ、これからは少し方法を変えなければならないようだ。そして、テオバルトはその方法を見つけるだろう。今までそうして来たように。

『ある聖職者』

「苦行の部屋」は聖職者が自分の罪を神に告げ、自らに鞭打《むちう》つ場所だ。比喩《ひゆ》的な意味の鞭打ちではなく、文字どおりの鞭打ちだ。だからといって、苦行を実行する枢機卿《すうききょう》が、本当に存在するわけではなかった。大部分の聖職者は、壁《かべ》を鞭《むち》で打ち、音を出す方法を使っていた。本気で聖職に骨を埋《う》めるつもりでいる者はそれほど多くないのに、誰がそんな苦痛に耐《た》えるものか。

もちろん、どこにでも少数の例外は存在するものだ。例えば、あの「沈黙《ちんもく》の鐘《かね》」と呼ばれる若い枢機卿のように、若いほど熱心に聖職にすべてを懸《か》けるケースは案外に多い。

みんなが卑怯《ひきょう》な手を使ってでも避《さ》ける苦しみをあえて受け入れる理由は、一つが心の平穏《へいおん》のため、もう一つが対価としてついてくる評判を得るためだった。

「司祭が……」

「もう四時間です」

「ふう、本当に珍しく真面目な方ですからね……」

しかし、今日の沈黙の鐘、リシュリュー枢機卿は、苦行の部屋に閉じこもっている状態ではあったが、普段のように本気で自虐《じぎゃく》行為はしていなかった。四時間、何の音も聞こえてこないにもかかわらず、みんながぼそぼそと心配や感嘆《かんたん》を分け合っているのは、普段から忠実に積み上げてきたイメージのおかげだ。

それならば沈黙の鐘殿《どの》は、いったい何をしているのだろう?

いくら苦行の部屋だといっても、酷寒《こっかん》期に融通《ゆうずう》を利《き》かせて暖炉《だんろ》の火をつけるのは、中央修道院の基本的な常識だった。二十一歳の若い枢機卿は、もう何時間も身動き一つせずに、メラメラ燃える暖炉の火を見つめていた。火が消える頃に、積んである薪《まき》をくべるために動くのを除けば、ほとんど完全に凍結《とうけつ》状態だと言えるだろう。

オレンジの火花がちろちろしている巨大《きょだい》な暖炉の左右には、実際の人間ほどの大きさの神と聖母の像が、謹厳《きんげん》な顔をして枢機卿を見つめていた。熱い火に照らされた枢機卿の顔は、かなり美しかったが、明るい茶褐《ちゃかっしょく》色の髪の下の、それとは対照的な暗黒のような瞳のせいで、ややゾッとする印象を醸《かも》していた。年を取った先輩《せんぱい》の枢機卿でさえ、彼に対しては教皇との接見と同じくらい注意深い態度を取るのだ。

リシュリュー枢機卿はそんな人だった。男ばかり五人兄弟の末っ子として生まれ、六歳の時に聖職に足を踏《ふ》み入《い》れて以来、彼は今まで、その長い歳月を、神の前で一点の曇《くも》りもないように、自分に鞭打ってきた。表向きは真面目なフリをして、裏では醜悪《しゅうあく》な享楽《きょうらく》に耽《ふけ》る他の聖職者と比べれば、彼はほとんど完全無欠といえた。都のすべての聖職者が地獄《じごく》の火の中に落ちたとしても、彼だけは免《まぬが》れると信じられるほどに。

彼にとって、世の中の唯一《ゆいいつ》の真理は聖書だけで、その面倒《めんどう》な教理と清貧《せいひん》、盟約した純潔などを徹《てっ》底《てい》して守りながら、ただの一度も信仰《しんこう》に疑いを持つことはなかった。たまに、本当にたまに、至らない肉体の欲望が隙《すき》を狙《ねら》って、口を広げた悪魔《あくま》のように襲《おそ》ってくることがあったが、彼は徹底して自制してきた。どんなに美しい女性を見ても、どんなに乱れた聖職者たちのどんちゃん騒《さわ》ぎに出くわしても、彼はただの一度も肉体の欲望に負けたことはなかった。そして、その事実は、目の前の神と聖母もはっきりと認めている。

ところが……。

片腕《かたうで》の赤ちゃん天使を抱いて立っている聖母像をじっと見つめる黒い瞳が、一瞬《いっしゅん》、燃え上がるように光った。ほとんど憤怒《ふんぬ》に近い激情的な火花だった。

憤怒、あるいは、恨みだろうか。もしかしたら、絶望と呼べるかもしれない。いくら夜通し祈禱《きとう》をしても、いくら自らを断罪し苦行を繰り返しても、一度彼の内部に居座った罪悪の種は消える様子がなく、むしろ素早《すばや》く、しつこい芽を吹《ふ》かせていたのだ。

帝国《ていこく》のすべての人間の中で、彼ほど敬虔《けいけん》な人はいないということは、聖母様が誰よりよく知っているはずだ。それなのに……どうしてこんなふうに彼を試《ため》すのだろうか。どうしてちろちろと燃え上がる火花まで、彼女の髪の毛のように美しい色に見えるのだろうか。

リシュリュー枢機卿が初めてノイヴァンシュタイン夫人を見たのは二年前頃、彼女が夫とともに祈禱に来た時だった。その時、彼女はたったの十四歳に過ぎなかったが、リシュリューの考えでは、教皇の正夫人、エカテリーナよりもきれいだった。

とにかく、彼は侯爵の隣《となり》に座《すわ》った妖精《ようせい》のような少女から目が離《はな》せない自分に驚き、また軟弱《なんじゃく》な肉体が彼を試しているのだと信じ、すぐに祈禱室に駆《か》けつけ、半日も贖罪《しょくざい》の時間を過ごした。そうしてすぐに彼女の姿を忘れた。

いや、忘れたと思った。夫と死別してから、侯爵家の仮の当主となって議会に参加した彼女と再び顔を合わせるまでは。

初めて見た時より魅惑的《みわくてき》に成長した女性の姿を思《おも》い浮《う》かべる彼の暗い瞳に、さっきとは次元の違う火花が揺《ゆ》らめき始めた。さっきのそれは、神々に向かった憤怒と恨みだったが、今は完全に一人の人間に対する遙《はる》かな憎悪《ぞうお》と渇望《かつぼう》で、メラメラと燃え上がっていた。

単に彼だけの問題ではなかった。少なくとも彼はそう思っていた。議会に出席した他の枢機卿たちはもちろん、位の高い貴族まで、彼女の出席を渋《しぶ》っているのと同時に、彼女から目が離せないとは思わなかった。

どれほど滑稽《こっけい》で皮肉な光景だろう。もし、彼女が寡婦ではなく、社交界にデビューしたてのご令《れい》嬢《じょう》だったら、今頃《いまごろ》社交界では、騒《さわ》ぎを通《とお》り越《こ》して、血の雨が降っていただろう。今だってこの状《じょう》況《きょう》なのだから。

徹底して無視しようと毎回心に決めても、顔を合わせるたびに視線が釘付けになってしまうのは、彼の力ではどうしようもなかった。彼を壊滅《かいめつ》させるために来た悪魔なのだと、自らに繰り返し言い聞かせるのも虚《むな》しく、食事をする時も、祈《いの》りを捧《ささ》げる時も、聖書を読む時も、懺悔《ざんげ》をする時も、苦行の時も、彼女の姿が眼裏《まなうら》にちらつくのだった。

日差しを浴びて波立つように揺れるピンクの髪、明るい若草色の瞳、繊細に作られた砂糖人形のように甘い顔、ハトの羽ばたきのような仕草一つひとつが、彼を解き放ちもせず、しつこく追いかけてきた。

永遠不滅《ふめつ》の信仰から彼の目を逸《そ》らすために、悪魔が彼女の姿を借りて現れたのだろうか。悪魔でなければ、誰もその中にこんな渇望を吹《ふ》き込《こ》めるはずがない。

いつのまにか彼は、一度でいいから指先で彼女の髪に触《ふ》れることができたなら、彼のすべてを放り出してもいいと思うほど、危険な状態に突入《とつにゅう》していた。

そんな中でテオバルト皇太子が彼女に関心を見せる事態になってしまった。彼はただの一度も外と内が違う皇太子を好きだと思ったことはなかったが、今度ばかりは魔女《まじょ》に惑《まど》わされている皇太子を救ってやらなければという義務感にとらわれていた。

……いや、そうなのだと自分を洗脳するために骨を折った。決して俗《ぞく》っぽい嫉妬《しっと》などではなく、神のしもべとして、帝国の後継《こうけい》者を救う使命があるのだと、自らを洗脳した。

いっそ彼女が、どこかのろくでもないヤツと恋《こい》に落ちて、イチャイチャするところでも見せてくれれば、やはり魔女らしい行いだと思って冷笑《れいしょう》できたかもしれない。しかし、相手は皇太子だった。教皇の篤《あつ》い信頼《しんらい》を得ている若い枢機卿である彼よりも、ずっと高い身分に生まれた皇太子。

彼はとても見過ごせなかった。だからいつも目障《めざわ》りだった美しい金髪《きんぱつ》の少年に、いつも彼女のそばにくっついて、ニヤニヤしているのが気に障る幼い獅子《しし》に、事件を起こすきっかけになるようなネタを放り投げたのだ。

しかし……どうして悪魔は人間よりずっと強いのだろう。どうして人間が想像もできないような方法で、魂《たましい》を籠絡《ろうらく》することができるのだろう。

どうしてあんなに神々《こうごう》しくも高潔な姿でいられるのだろう。

今日の裁判で女性が見せた行動は、彼には想像もできない種類のものだった。

女性が、しかも年若い後妻が、前妻の子を守るために、公衆の面前であんなことができるものだろうか。

聖書によれば、悪魔は人間がまるで想像もできない形で近寄ってくるという。まさしくそのとおりだ。一人の少年の未来を守ろうと、純白の神女《しんにょ》の証明を求める悪魔など、誰が想像しただろう？

彼は、彼女が今日しでかした行動が、純粋《じゅんすい》に愛情または母性によるものとは信じられなかった。被告人席《ひこくにん》に座った少年は、彼女とわずか二歳の差しかない次期侯爵だ。彼らの関係が本当に目に見えているとおり純粋だとは、決して信じられなかった。

今日のことで、彼女はこれからますます世間の注目を浴びるだろう。純潔を立証したのと変わらないのだから、皇太子もますます遠慮《えんりょ》がなくなるはずだ。侯爵邸の少年も、ますます彼女のそばにくっつくことになるだろう。

メラメラ燃え上がる暖炉の火花が、地獄の炎《ほのお》のように見えるのは錯覚《さっかく》だろうか。膝《ひざ》の上に載《の》せたロザリオを握《にぎ》る手に力が込もった。力が強すぎて、手の甲《てのこう》に血管が浮き出《うで》るほどだった。

世間からの印象はどうあれ、リシュリュー枢機卿は、信仰以外の世俗《せぞく》的な権力欲とは距離《きより》がある人物だった。教皇の信任や聖職者たちの間の評判も、すべて彼の徹頭徹尾《てっとうてつび》の誠実さについて回る付随《ふずい》的な褒賞《ほうしょう》なのだ。少なくても今日までは。押しつぶされたようなため息が、彼の口から漏れ出た。苦痛のうめきに近かった。神よ、我らを憐《あわ》れみたまえ。聖母よ、我らを憐れみたまえ……。崖《がけ》っぷちに追《お》い込《こ》まれた彼がこれから選択《せんたく》できるのは二つだけだ。徹底して手に入れるか、徹底して破壊《はかい》するか、二つに一つだ。

六章　ある年の夏

厚い木の壁《かべ》の内側から聞こえてくる音は、不思議なほど一定のリズムで繰《く》り返《かえ》されていた。ガタガタという騒音《そうおん》と共に、響《ひび》くうめき声。

レイチェル・フォン・ノイヴァンシュタイン――この春、十三歳《さい》になった侯爵家《こうしやくけ》のご令嬢《れいじよう》は、息を殺して耳を澄《す》ませると同時に、必死にすぐ上にある窓に手を伸《の》ばした。

ドン。

……やっと成功した。小さな拳《こぶし》で窓を叩《たた》いた彼女《かのじよ》がしばし動きを止めて息を吸《す》い込《こ》むと同時に、中から聞こえていた騒音もピタッと途切《とぎ》れた。そして。

「……何だよ、レイチェル、お前！」

ドタドタドタン！

けたたましく響く足音を後ろに聞いて、金髪《きんぱつ》の少女は慌《あわ》てて逃《に》げ出《だ》した。狭《せま》くて急な階段を駆《か》け下《お》り、初夏の夕日に明るく染まった庭に入った時に、すぐ後ろから恐《おそ》ろしい声が響いてきたのは、予定どおりだった。

「ガキのくせに盗《ぬす》み聞《ぎ》きかよ!?　逃《に》げるのか!?」

「盗み聞きなんてしてないわ！　呆《あき》れちゃって、ほどほどにしとけって意味で邪魔《じゃま》しただけなんだけど⁉　今度はどこのご令嬢なの⁉」

「お前に関係ないだろ⁉」

カッコ悪いと思っているのか、顔を髪《かみ》と同じように赤くした少年が、たった一人の妹を捕《つか》まえようと、庭をグルグル回っている間に、倉庫の中で息を殺していたご令嬢が、慌てて服を羽織って飛び出してきた。息詰《いきづ》まる鬼《おに》ごっこの末に、とうとう捕まった少女の、キャッキャッという悲鳴が、夏空の下、軽快に響いた。

「放して！　放してよ！　おっさんクサイ！　離《はな》れて！」

「このアマ、何がどうしたって⁉　最初から邪魔しなきゃいいだろ！」

「不思議なのよ、まったく！　その顔でどうして女が引っかかるのかと思って！」

水も滴《したた》るいい男でも、一緒《いっしょ》に育った兄妹《きょうだい》だと人には見えないということか？　エリアスはしばし自分の優《すぐ》れた容貌《ようぼう》について演説をぶとうと思ったが、やめることにした。彼《かれ》は妹を放して息を吸い、芝生《しばふ》の上に座《すわ》り込《こ》んだ。レイチェルも舌打ちしながらその前に座《すわ》った。

「ママが聞いたらびっくり仰天《ぎょうてん》よ」

「そんな心配してるヤツが毎日告げ口かよ？」

「告げ口してないけど？　わたしが言わなくてもぜーんぶお見通しだけど？　もともとあんなじゃなかったのにおかしくなったってママが言ってたよ」

「もともと？　ガキの頃《ころ》と今と比較《ひかく》になるかよ？」

低くつぶやいたエリアスが、一つに結んだ長く赤い髪を軽く揺《ゆ》らした。これだから、本物の馬の尻尾《しっぽ》みたいに見えるんだと思いながら、レイチェルは本来の目的、つまり、昼間から倉庫に隠《かく》れて、恥知《はじし》らずな行為《こうい》をしていたエリアスを捜《さが》していた理由を口にした。

「明日、ママの誕生日じゃない。どうするか相談しなきゃダメでしょ」

「頭脳はお前とレオンが全部持ってっちゃってるんだから、お前たちで決めれば最高のアイデアが出るんじゃないのか」

「あーん、もう！　レオンは奇抜《きばつ》だけどすっきりしたのがいいって言うの。お兄さまはいい考えないの？」

いい考えか。エリアスはしばしうめき声を飲み込み頭を掻《か》いた。何をどうすれば奇抜ですっきりしたイベントになるのか？

「兄貴は何て？」

「まだ訊《き》いてないの。帰ってきたら訊かないとね」

「じゃあ、兄貴と相談してみろよ。オレはまったくお手上げだよ」

「仮にも天下のプレイボーイが、どうしてこっち方面には頭が回らないわけ？」

「ハン！　オレは何にもしなくてもモテモテなんだけど？　つまらないプレゼントやわずらわしいイベントなんかなくても、向こうから女が寄ってくるってわけさ！」

本当に自信にあふれた発言だった。ジェレミーがこの場にいたら、間違《まちが》いなく「抜《ぬ》かしてやがる」と、一発殴《なぐ》っていただろう。開いたっきりふさがらないレイチェルの口から、痛烈《つうれつ》な嘆息《たんそく》が漏《も》れ出た。

「お兄さまと結婚《けっこん》する女性ってかわいそう。間違いなく一年もしないうちに逃げちゃうわよ」

「自分の心配しろよ、ブタめ」

「どうしてわたしがブタなのよ⁉　わたしのどこがブタなの⁉　ニンジン頭のくせに！　まったく少しも役に立たないんだから！」

「おい、お前、兄上に対してちょっと言いすぎじゃないのか？」

「何が言いすぎなのよ、そのとおりじゃない！　お兄さまの存在自体が、わたしとレオンの情緒《じょうちょ》教育に深刻な弊害《へいがい》を及《およ》ぼしていること覚えておいて！」

「へーがいぃー？　オレみたいなカッコいい兄上がいるということに感謝することを知らないとはな！」

手で胸をバンバン叩きながら、得意満面で答えるエリアスに、レイチェルは首を横に振《ふ》った。コイツに何かを期待した自分が悪いのだ、まあ、そんなことを考えながら。

「最初からエリアス兄さんにちょっとでも頭脳的な部分を期待したのが間違いさ」

ジェレミーの十三歳の頃とそっくりなようでいて、より痩《や》せて知的な容貌の少年、レオン・フォン・ノイヴァンシュタインが、悲壮《ひそう》な口ぶりで言い放った。レイチェルはこれ以上同意しようがないという勢いでうなずいた。

「そうね。エリアス兄さまが去年のママの誕生日に何をあげたか覚えてる？」

「あれは忘れられないね。ホントにゾッとしちゃったよ」

あの日のことは、思い出すだけでもおぞましいというように、そろって身震《みぶる》いする双子《ふたご》。

「いったいどうしてママみたいな大人の女性に、あんな食欲なくしちゃうようなぬいぐるみなんかあげようと思うのかしら？」

「ママは優《やさ》しいから顔には出さなかったけど、どうしてあそこまでセンスのかけらもないのかな。やっぱり、頭脳は僕《ぼく》たちが全部もらっちゃったのは間違いないね」

「そう、そう」

満足げに自画自賛し合う双子の姉弟《してい》は、同じように考《かんが》え込《こ》んで頭を突《つ》き合《あ》わせた。人々が気楽に遊んでいる時、頭を抱《かか》えて真剣《しんけん》に悩《なや》んでしまうのが頭脳派の宿命だ。


遅《おそ》い時間までレオンと頭を突き合わせて悩んでいたせいか、まるで眠《ねむ》れなかった。

ジェレミー兄さまはいったいいつ帰ってくるのかしら、心の中でつぶやきながら、レイチェルは部屋を出て、寂寞《せきばく》とした暗闇《くらやみ》に包まれた階段をそっと下り始めた。何かが必要なら、ベッドのそばの紐《ひも》を引いてメイドを呼べば済むことなのだが、今、彼女は、何かを飲んだり食べたりするつもりで出てきたのではなかった。大きなエメラルド色の瞳《ひとみ》が、暗い空気の中で心配そうに光った。

「またじゃないわよね……」

彼女の心配をよそに、幸い今夜、お屋敷《やしき》の一階と裏庭には誰《だれ》もいなかった。それでも、もしかしてと思ってじっくり見てみたが、この時間帯には、暗闇の中で蒼白《あおじろ》く光るピンク色のお人形はどこにもいなかった。ふっくらしたバラ色の唇《くちびる》の間に、安堵《あんど》のため息が漏れ出た。幸い今夜は大丈夫《だいじょうぶ》みたいだ。

初めはどれほど驚《おどろ》いたかしれない。つまり、彼女たちの保護者である女人《にょにん》が、真夜中にシュミーズ姿でお屋敷中をさまよっている姿を初めて目撃した時のことだ。メイド長が恐《おそ》る恐る呼ぶ声に部屋を出て、その姿を発見した時、レイチェルはシュリーが夜の散歩を楽しんでいるのだと思った。しかし、何度呼んでも振《ふ》り向《む》く様子がなく、何かに惑《まど》わされたようにフラフラしている様子に、それが間違いであったことに気づいた。夜中に勇敢《ゆうかん》な騎士《きし》たちをドッキリさせた張本人は、歩きながら眠っていたのだ。

レイチェルが次の日、何気なく探《さぐ》りを入れると、シュリーはそのことについて何も覚えていないようだった。もしもと思い、騎士たちに、またこんなことがあったら自分に知らせるように言いつけておいたレイチェルは、すぐにそうしておいてよかったと思うことになる。つまり、一度では済まなかったのだ。

主治医が言うには、明らかに夢遊病だそうだ。もちろん、こっそり呼んで訊いたのだ。彼女と、彼女の兄弟たちが。当事者には少しも素振《そぶ》りを見せなかった。騎士たちと使用人たちにも徹底《てってい》して口止めをした。自分が真夜中に夢を見ながら歩き回っていることを知れば、間違いなく、ものすごく恥《は》ずかしがると思ったからだ。

「ホッ……！」

安心して部屋に戻《もど》ろうと踵《きびす》を返《かえ》したレイチェルは、次の瞬間《しゅんかん》、危なく悲鳴を上げるところだった。

「……びっくりした！　人を驚かせて殺すつもり？」

いったいいつ現れたのか。いや、いつからそこにいたのか、暗いホールのソファに外出着姿で腰《こし》かけていたのはジェレミーだった。広い肩《かた》のあたりに着けた華《はな》やかな肩章《けんしょう》をはじめ、腰に差した剣《けん》も髪《かみ》も、同じように金色に輝《かがや》いている。

「シュリーは？」

「今日はぐっすり寝《ね》てるみたいだけど。何よ、そんなにママに会いたかったの？」

「当然じゃないか」

人を驚かせて殺しかけたくせに、まったく図々《ずうずう》しいこと。舌打ちをしながら、レイチェルは暗闇の中でうずくまる獅子《しし》のように座っている兄のそばに、のしのしと近づいた。

「ママの誕生日のプレゼントは考えた？　十代最後の誕生日だから、何か特別なことをしてあげたいじゃない」

「お前たちは何か考えたのか？」

「エリアス兄さまはいつもどおり、自分には脳がないって言い張ってて、わたしとレオンは……わたしは自分で描《か》いた絵をあげることにして、レオンは手紙を書くことにしたの」

「アッハ。それがお前たちが考えた特別なことなのか？」

「そういうお兄さまは！」

カッとしたレイチェルのツッコミに、ジェレミーは平然と肩をすくめてニヤッとしながら腕組《うでぐ》みをした。

「建国記念祭の剣術《けんじゅつ》大会で優勝するのが、俺《おれ》にできる最高のプレゼントだと思うんだがな」

「まったく大したアイデアよね、それ。誕生日過ぎてしばらく経《た》ってからじゃないの！　どうしてそれが誕生日のプレゼントなわけ⁉」

「アヒルの子みたいにギャアギャアわめくなよ、だから今、限りなく賢《かしこ》い妹御《いもうとご》の識見を求めているんじゃないか。ネックレスがいいか、それともイアリングか？」

レイチェルは「お兄さまがそんなことに頭を使うなんてどういう風の吹《ふ》き回し」などと皮肉ったりせずに、すぐに返事をした。

「ネックレスよ。ママは誰かさんのせいで髪をアップにできないじゃない？　だから、目立つためにはネックレスなの」

「これはまた慧眼《けいがん》だな。それで、その誰かさんは何も考えてないのか？」

「そういうことよ。どうせ頭の中は今度はどこのご令嬢を口説こうかって呆れた考えだけよ。お兄さまからも何とか言ってやって」

やや鼻声で言いつけるように騒《さわ》ぐ妹に、手で顎《あご》を触《さわ》っていたジェレミーは、真面目にうなずいた。

「わかった。俺のジレンマを解決してくれたご褒美《ほうび》に、ヤツをやっつけてやろう」

ざまあ見ろ！　レイチェルはまるで役に立たないエリアスに対して少しの同情心もなく、満足げに笑《え》みを浮《う》かべ、ふと大きくため息を吐《つ》いた。ジェレミーが首を傾《かし》げた。

「何でいきなりため息なんだよ？」

「……ううん。お兄さまの体格を見ていたら、わたしたちがホントに同じもの食べて育ったのかなと思ったの」

「俺は十七歳だよ、おちびさん。お前もレオンもまだまださ」

そんな憂《うれ》いはともかく、レイチェルも同じ年頃《としごろ》のご令嬢たちと比べると、かなり背が高かった。もう、保護者と同じくらいになっているのだから。ジェレミーと比べるのが問題なのだ。

「それはそうだけど……それより、いったい何を食べたら全身にそんな気持ち悪い筋肉がぼっこりついちゃうわけ？」

「まさか、俺みたいになりたいわけじゃないよな？　お前のロールモデルは俺じゃなく、麗《うるわ》しいお母さまであるべきだと思うがな」

「お兄さまみたいになりたい気持ちは欠片もないんだけど？　ところでお兄さまは、付き合ってる人いないの？　いえ、誰かと付き合う気はないの？」

「お前は俺がエリアスみたいになればいいと思ってんのか？」

「そんなんじゃ絶対ないんだけど、お友だちがお兄さまを紹介《しょうかい》してくれってうるさいのよ」

「俺がお前なら、愛する妹よ、俺の意中を探るより、素敵《すてき》な人を紹介してくれないかと頼《たの》む……」

舌打ちしながら話を逸《そ》らしたジェレミーの声がくぐもったのはその時だった。レイチェルがどうしたのかと訊こうとした時、彼が片手を上げて静かにしろという仕草をした。

「お兄さま？」

「シッ。……まただ」

え？　レイチェルは慌てて振り向いた。そこには案の定、薄《うす》いシュミーズ姿に裸足《はだし》でゆっくり階段を下りてくる、か細い人形がいた。窓から入ってくる月明かりが、ふさふさしたピンクの髪を白く染めている。

「あれじゃ転んじゃうかも……」

レイチェルが焦《あせ》ってささやく声を聞き流したジェレミーは、静かに立ち上がった。二人は注意深く近づき、真夜中の散歩人は手すりにつかまりながら、ゆっくり階段を踏《ふ》みしめていた。明るく降り注ぐ月明かりの夢幻的《むげんてき》な雰囲気《ふんいき》が加わり、動くガラス人形のように見えた。夢の中をさまよいながら、どうしてあんなふうに平気で歩けるのか、不思議で仕方がなかった。

「お兄さま……」

「静かにしろってば」

ジェレミーは駄々《だだ》っ子《こ》のような妹に冷たく言い放って、ゆっくりと彼女のそばに近づき、白い月明かりに染まった彼女の横顔をじっと見つめた。予想どおり、彼女の瞳はまったく焦点《しょうてん》が合っていなかった。

ジェレミーが注意深く手を上げて肩をつかむと、階段の下に脚《あし》を伸ばしていた動きが止まった。シュリーはまるでゼンマイ仕掛《じか》けの人形のように立ち止まり、それ以上動かなかった。予想していたとおりにだ。

二人はしばし目を合わせ、すぐに行動を開始した。ジェレミーがシュリーを両腕《りょううで》で抱《だ》き上《あ》げて踵《きびす》を返し、レイチェルはだらりと下に伸びたシュリーの手を握《にぎ》ってついて行った。

「いっそグウェンにママの部屋のドアをこっそり閉めちゃうように言おうか？」

「うーん、どんな夢を見てるのかもわからないのに、うかつにそんなことをして、危ないことでもしたらどうするんだよ」

「危ないこと？」

「窓から飛び降りるかもしれないぞ。やみくもにドアに体当たりするかもしれないし」

そうか！　そこまでは思いつかなかったレイチェルが、感激いっぱいの目で見つめると、ジェレミーは複雑な顔をしてベッドの上に寝かせた女性を見つめた。少なくともレイチェルが知っている限り、ジェレミーがこんならしくもない深刻な姿を見せるのは、保護者と関連する時だけだった。

本当に笑える反面、感動的だといえるだろう。

「お兄さま……ママ、最近どうしちゃったのかな？　昼間はホントにフツーなのに」

「お前がいちばん長く一緒にいるんじゃないか。最近ストレスたまってるとか、不安がってる様子はないのか？」

珍《めずら》しく低く落ち着いた声だった。そして、こんな時は絶対にとぼけたり、ふざけたりしてはいけないということを、レイチェルは何度かの経験からとてもよくわかっていた。

「そんなふうじゃないんだけど……不安がってるようでもないし。すっごくフツーよ。エリアス兄さまのせいで時々悩んでるようには見えるけど、それ以外は……」

「悩んでるように見える？　アイツ、俺がいない時に何かしでかしたのか？」

「ううん、そうじゃなくて。ママが前についでみたいに言ってたんだけど、エリアス兄さまがもともとはそうじゃなかったのに、ヘンなふうに変わっちゃったって」

もともと？　もともとってことは、子どもの頃のことを言ってるのか？　……それとも以前、三年くらい前に彼に打ち明けた夢の話だろうか？　ジェレミーは暗緑色の瞳に真面目な光をたたえて、うめき声を漏らした。もしかして、また同じ夢を見ているのだろうか？　知りようがないことだけれど。

「お兄さま？」

「とりあえず、お前ももう寝ろよ。お前が何度も強調してたように、明日は大事な日だから」

「お兄さまはどうするの？」

「俺はもう少し様子を見てから寝るよ」

レイチェルは素直《すなお》にうなずいた。以前なら想像もできなかったことだ。少し前までジェレミーはレイチェルにとって、我慢《がまん》ならない兄だった。四歳上の意地悪い兄などみんなそうだろう。ところが、その我慢ならない兄が頼もしく感じる時が来たのだ。やはり人は、長く一緒に暮らさなければわからないものだ。

十三歳らしくないことを考えながら、レイチェルは踵を返しかけ、立ち止まって思わず口にした。

「他の人たちに知られたら、何て噂《うわさ》されるかしら……？」

ベッドのそばに椅子《いす》を引っ張ってきて座り、寝入《ねい》った女性の顔をじっと見下ろしていたジェレミーが、ゆっくりと顔を上げ、彼女を見つめた。金色の眉《まゆ》が一瞬《いっしゅん》ピクリとしたように見えた。

「徹底的《てっていてき》に口止めしてるだろ？　外に漏れたにしても、俺たちと関係ない他人が何を言おうと、別にどうでもいいんじゃないのか？」

「どうでもいいけど、ママが傷つくじゃない」

そうか！　そこまで考えられなかったジェレミーは、思わず舌を巻いた。妹は時々こんなふうに、思いもしない鋭《するど》いところを突《つ》いてくることがあった。やはり頭脳は双子に全部持っていかれたのは間違いないようだ。

「お兄さま」

「うん？」

レイチェルはちょっとためらった。そして、すぐにニコッと意地悪そうに笑いながら言葉を続けた。

「誰かがママをいじめたら、お兄さまが殺しちゃって」

「何言ってんだよ」

「お兄さまの口癖《くちぐせ》みたいに、八《や》つ裂《ざ》きにしちゃって」

「わかったよ」


人は適応の動物だそうだ。誰が言ったのかは知らないが、その深い見識に尊敬を禁じ得ない。

私、シュリー・フォン・ノイヴァンシュタイン、嘘《うそ》みたいに時を遡《さかのぼ》って過去から戻ってきてから三年、私が記憶《きおく》している過去と同じようで違《ちが》うこの現実に、慣れすぎてしまったようだ。そうでなければ、朝から月日の経つのは早いだなんて哀《あわ》れっぽいことを考えるはずがない。

「十九歳のお誕生日、おめでとうございます、奥様《おくさま》！」

「十代最後の誕生日、おめでとう、ママ！」

……そうだ。今日で私は十九歳になったのだ。二十三歳までの記憶があるくせに、その事実が信じられない私も私だけど。

とにかく、仲よく相談でもしたのか、朝からお屋敷を壊《こわ》す勢いで合唱する騎士や使用人たちはいいとしよう。いつのまにかグンと背が伸びた双子が、結婚式《けっこんしき》に使ってもいいくらいの巨大《きょだい》な五段ケーキを差し出す姿に涙を禁じえなかった。

「ワハハハッ、誕生日といえば、やっぱりバースデーケーキだな！」

「キャア！　エリアス兄さま、何するのよ!?　夕方までこのまま置いとかなきゃなんないのよ！」

「兄さんは本当に気品ってものがこれっぽっちもないね」

……明け方から苦労していた料理人と厨房《ちゅうぼう》のメイドたちが心血を注いだ真っ白な大型ケーキに、品位なく手をグッと刺《さ》して、私に投げつけようとしているエリアスは見ないフリしておこう。

レイチェルのかわいらしい掌《てのひら》が、エリアスの背中を容赦《ようしゃ》なく叩き、私はどうにかありがとうという言葉を口にした。

くすん、私がこの感激を具体的に口にしたら、こらえた涙《なみだ》があふれてしまいそう！　それでなくとも最近昔の夢を見て落ち着かないのに、こんな奇特《きとく》な姿を見せてくれるなんて！

「おめでとう、ママ。プレゼントは晩餐会《ばんさんかい》の時に渡《わた》すね！」

愛《いと》しい娘《むすめ》が、期待しててというように、目をキラキラ輝かせてそう言った。もちろん、期待してますとも！

「ワハハッ、ちびたちが用意したプレゼントなんて、大したことないだろ。オレのプレゼントは……」

「エリアス兄さん、まさかまた去年みたいに、不気味なぬいぐるみなんか持ってくるんじゃないよね？」

「おい、不気味とは何だ！　あれはとても貴重なものなのに、世間知らずな短足め！」

あの人間ぐらいの大きさのウサギのぬいぐるみが、そんなに貴重なものだったの？　去年の今頃《いまごろ》、エリアスが元気いっぱいに担《かつ》いできたウサギのぬいぐるみを思い出した私の口から、思わずうめき声が漏れた。まあ、とっても柔《やわ》らかくてふかふかで、抱《だ》いて寝ると気持ちいいんだけど。私の年を考えてほしかったな……！

「どうしてぼくが短足なの⁉　そういう兄さんはどれだけ……」

「短足だから短足なんだよ！　お前がオレぐらい長い脚の所有者になるには、あと十年はかかるな。この……ぐわっ！」

ぼかっ！

けたたましい音が響くのと同時に、いきなり頭を強く殴られたエリアスが、わめきながら飛《と》び跳《は》ねたのは当然だった。レオンの口元に、本当にいい気味だというように嘲笑《ちょうしょう》が浮かんだ。

「ぐわぁあ……ああ、何で朝からいきなり殴るんだよ⁉」

「だからそんなとこに突《つ》っ立《た》ってたら邪魔に決まってるだろ？」

殴りたかったから殴ったと言えばいいものを、巧妙《こうみよう》に人のせいにしたジェレミーが、水気を含《ふく》んだ金色の髪を手で払《はら》いながら食卓《しよくたく》に着いた。そして、向かいに座った私に向かってニヤリと笑う。

「十九歳になった気分はどう？」

「うーん、教えてあげない」

「ったく、冷たいなあ。それよりあのケーキ、人が中に入れるほどでかいな。どうだ？」

何がどうだというのだ……？

事が起きたのは一瞬だった。私がその意味を把握《はあく》して立ち上がる前に、ジェレミーはすでに、そのエメラルドのような瞳を邪悪《じやあく》に光らせ、こちらに近づいていた！

「キャアアッ！　何するのよ！　やめて！　やめなさい！」

「プハハハ！　兄貴ってば、すごいセンスを発揮してるな！」

「ああ、ジェレミー兄さままで何なの⁉　これ、夕食の時に使うのよぉぉ！」

私とレイチェルの先を争う悲鳴も虚《むな》しく、ジェレミーは本当にたやすく、片腕《かたうで》でひょいと私を持ち上げると、そのまま巨大なケーキの上に放り投げたのだ！　神よ！

忠実な騎士たちの顔に浮かんだ何とも表現しがたい葛藤《かつとう》の色は、見ないフリしてやり過ごすほうがよさそうだ。ああ、彼らがどんな手を使っても、この凶暴《きようぼう》な獅子を阻止《そし》することはできないだろう。

「ウェッ、ペッペッ！　このバカ者が……！」

全身がクリームだらけになってしまった私が、口の中に入った甘《あま》い塊《かたまり》を半分飲み込めず品なく吐《は》き出《だ》すと、ジェレミーとエリアスはお腹《なか》を抱えて大笑いした。レオンまで笑いを堪《こら》えようと必死になっている。くすん、やはりそれなりの常識を兼《か》ね備《そな》えているのは娘だけだわ！

「お兄さまたち、ホントにしょうがないんだから！」

「何だよ、お前も一緒にやってやろうか？」

「キャア！　や、やめて！」

「あんたたち、ペッ、こんなことがそんなに面白《おもしろ》いわけ⁉」

ポン！　私が力いっぱい投げたクリームの塊が、いい具合にジェレミーの肩に当たった。そして、それが合図になってしまったのは言うまでもないだろう。

結局、忠実な料理人と厨房のメイドたちの汗《あせ》の結晶《けっしょう》である五段の特製ケーキは、雪合戦の道具に成り下がってしまった。私と四人の子どもたちはクリームだらけになって戦闘《せんとう》を繰《く》り広《ひろ》げ、気の弱い使用人たちは、息が詰《つ》まる一歩手前になり、騎士たちは十字を切った。


バタークリームだらけになった髪をきれいに洗い流すため、普段《ふだん》より入浴時間が長くなった。舌打ちしながら私の髪を梳《す》いてくれているグウェンのまなざしが、とても冷たく感じられた。くすん、私だって自分があんな子どもじみた真似《まね》をすることになるとは、予想もしていなかったのよ……。

トントン。

着替《きが》えを終えて一人で鏡の前に立ち、外出用の空色のドレスの着こなしをチェックしている時、ノックの音が響いた。私は振り向きもせずに叫《さけ》んだ。

「素直に敗北を認めたらどう？」

「何言ってんだよ？　勝者なら戦利品が必要だよな」

戦利品？　何をふざけてるのかと思い、鋭い目つきで開いたドアのほうを見た私は、次の瞬間、思わず魂《たましい》が抜けてしまった。

「これはいったい……」

「おちびお母さまの十九回目の誕生日をお祝い申し上げます。これからもずっと、健康を通《とお》り越《こ》してピンピンされることをお祈《いの》りしております」

いたずらっ気いっぱいのジェレミーの大きな右手が持っている物体は、他でもないネックレスだった。ネックレスはネックレスだけど、こんなに華やかなネックレスは初めて見た。精巧《せいこう》に象嵌《ぞうがん》された黄緑色の宝石を数えたら、数百個になりそうだ。ネックレスというより、スカーフに近い感じだ。スゴい。

「お前の目の色なら、エメラルドよりペリドットだろ」

ペリドットか。そういえばこの年の建国記念祭の時、コイツが私にペリドットのブローチを買ってくれたのだった。その時はコイツがどうして私にプレゼントをくれるのかと思いながら、余計なことは言わずに受け取ったのだけど、誕生日のプレゼントにしては、ずいぶん遅かった。今とは違って。

一瞬、何を言えばいいのかわからなくなり、お茶を濁《にご》していると、ジェレミーがネックレスを持って私の後ろ側にそっと立った。鏡に映った私たちの姿を見ていると、コイツがいつの間にこんなに大きくなったのかと思う。

まあ、もともとわかってはいたのだけれど、こうして並んでみると、すごい体格の差だ！　それとも、私が小さいの？　やはり自然の法則は不公平だわ。

「夜に枕《まくら》の下に入れて寝ると、悪夢を退治してくれるらしいよ」

アハ、そーお？　それでなくても最近夢見が悪いからちょうどいいわ。私は気を取り直して、下ろした長い髪を片手でアップにしてみた。目が離せないほど華やかなネックレスは、幸い着ているドレスともそれなりによく似合った。

「ありが……とう。ところで、こんなネックレス、いったいどこで買ったの？」

「まさか俺がどこかでちょろまかしてきたと思ってるのか？　野原で摘《つ》んできたと言えば信じるのか？」

うーん、なぜだかコイツなら、それも可能なような気がする。つまり、野原で宝石のネックレスを育てているってことが。世界を支配したような気になっている年頃だもの。

私が記憶している過去と似たような部分は残っていた。例えば、ジェレミーが騎士に任命されて、去年起きた名もない旗とかいう盗賊《とうぞく》団の討伐《とうばつ》に参加したこともそうだ。たった十六歳で、かなり目立った活躍《かつやく》をした二人の少年に、正規軍の総司令官がいたく感服したという。

もちろん、違う点もたくさんある。

まず、あのエリアスの、以前にはなかった女遊び。いったい誰に似てあんなクセがついたのか、都のご令嬢みんなに手を付けているのだ！　どうせならきれいに終わらせればいいものを、少し前にあるご令嬢の兄だという人がやって来て、エリアスに決闘《けっとう》を申《もう》し込《こ》んだ時のことを思い出すと、頭がズキズキする！

変わったのはジェレミーも同じだった。いつも一緒にいる人物が変わったのだから。以前はいつもテオバルト皇太子と一緒だったのに、今は……。

「敬愛するレディー、いつも言ってるけど、お前は考えすぎるのが欠点なんだよ」

すぐ後ろから聞こえてくる快活な声に、私は現実に引《ひ》き戻《もど》された。特に考え事をしていたとまでは言えないのだけれど。

「レディーをケーキに放り投げたヤツが言うことではないと思うけど？」

「それなりに楽しんでたくせに何だよ。ところで、どこか行くのか？」

「皇后様にお目にかかるのよ。突然《とつぜん》お茶を飲みに来いって」

「ほほう、二人は何気に仲よしなんだな？　彼女が俺の腕《うで》を切り落とそうとしたってのに？」

「仲がいいわけじゃないけど？　それに、あなたの腕はピンピンしてるじゃない。今じゃ皇帝《こうてい》陛下でもあなたの腕を狙《ねら》ったりできないはずよ」

そうですとも。誰がコイツの腕を狙うというの？　あの時、コイツの右腕を守れなかったら、今頃ノイヴァンシュタインの獅子とは呼ばれていないでしょう。そんなことを考えてにっこり笑うと、彼は何かぶつぶつ言っていたが、すぐにケラケラ笑って、私の頬《ほお》に口づけした。

「確かにお前なら、あの怖《こわ》い女もうまくあしらうんだろうな。とにかく、夕食の時に会おう」

「あなた、今日……」

「ああ、ついにお前と似てきたな。したくないことも我慢してしなきゃならないんだから」


「ふん、相変わらず趣味《しゅみ》が悪いこと」

「ありがとうございます。皇后さまもいつものようによいご趣味ですわ」

「いったいどこでそんな粗雑《そざつ》な装身具を買っているのか知らないけれど、私に自慢《じまん》しようと着けてきたのは間違いないわね。でも、ノイヴァンシュタイン家がいくらあり余るほどお金持ちだといっても、私の目を満足させるにはまだまだだね」

「お目に留《と》めていただいて恐縮《きょうしゅく》ですわ。皇后様の装身具も素晴らしいですわね」

……皇后と侯爵夫人の会話がなぜこんな調子なのかと訊かれたら、何も言えない。私にもよくわからないのだから。

この三年間、何度か会合をもった末に、私とエリザベート皇后の関係は、何とも説明しがたい状況《じょうきょう》になっていた。最初はその場で気絶してしまいそうな勢いで震《ふる》えていた他の貴婦人たちも、今では「また始まったわ」とでも言うように、のんきな微笑《ほほえ》みで応じているくらいだ。ああ、いったいどうしてこんなことになったのかしら？

「本当に美しいネックレスですわね。プレゼントですの？」

今日、この席に一緒に参加している、優しいバイエルン伯爵《はくしやく》夫人の質問に、私はにっこり笑いながらうなずいた。

「ありがとうございます。上の息子《むすこ》が誕生日のプレゼントにくれたんですの」

「まあ……」

それは本当にかわいいこと、というように笑みを浮かべている伯爵夫人とは対照的に、エリザベートは、ハッ、と鼻で笑った。

「そういうこと？　私は見る目が少しもない召使《めしつかい》が、夫人に惚《ほ》れ込んでプレゼントしたのかと思ったわ」

「皇后様、羨《うらや》ましいなら羨ましいと正直におっしゃってくださいませ」

「ふん、羨ましくなんかないわ！　私にだって息子がいるの知ってるでしょ？」

はいはい、おっしゃるとおりでございます。私が肩をすくめてティーカップを傾《かたむ》けると、バイエルン夫人は小さく笑い声を立て、エリザベートは鼻で笑った。そしていきなり話題を変えた。

「ところで、ノイヴァンシュタイン夫人は、子どもたちの結婚をどうするつもり？　あの生意気な長男は、もう成人しているでしょ？」

「正直申し上げると、陛下、まだよくわからないのです。ただ、子どもたちが望む相手と結ばれることを望んでいるので……」

「まったくロマンス小説みたいなことを言ってるのね。皇太子もまだ結婚が決まっていないから私が言うことではないのだけれど、それでもそなたの立場では、一日も早く結婚を決めてしまうほうが楽ではないの？」

いつものようにつっけんどんな口調ではあるが、鋭く私を見つめる青い瞳には、微妙《びみょう》に心配している様子が見て取れた。そして、私も彼女が何を心配しているのか、よくわかっていた。

帝国《ていこく》の国民は、男女にかかわらず、成年になるのは十六歳だ。

本当に大人として扱《あつか》われるのは十八歳頃《ごろ》からだが、とにかく、法的には成年だった。すでに成年を過ぎたジェレミーが、誰とも婚約《こんやく》をしていない状況で、私がわざとそうしているのだと噂されないはずがなかった。

つまり、私が少しでも長くノイヴァンシュタイン家の当主の座を一人占《ひとりじ》めしようと、わざと結婚させずにいるというわけだ。過去にも経験したことだった。

だけど、とにかく今の私は、子どもたちの誰にも政略結婚を強要するつもりはこれっぽっちもなかった。

もちろん、ジェレミーに対する結婚の申し込みはたくさんある。その中には当然ハインリッヒ公《こう》爵《しゃく》家も含まれていた。数日前にはハインリッヒ公爵令嬢から栞《しおり》が送られてきた。

過去のこの頃《ごろ》、私はジェレミーとハインリッヒ公爵令嬢の婚約を進めていて、結果的にジェレミーは、長々と四年間、結婚を引き延ばし続けた。その時はただ漠然《ばくぜん》と、もしかして心に決めた女性でもいるのかと思っていたのだが、今にして思えば、無理強《むりじ》いされるのが耐《た》えられなかったのだと思う。

……だから私を結婚式に参列できなくしたのかもしれないな。くすん。

⚜

眩《まばゆ》い初夏の太陽が、ニュルンベル公爵邸《てい》の小石を敷《し》き詰《つ》めた細道を照らしている。ノイヴァンシュタイン侯爵邸と比べると、あっさりしているようだが、それなりに古風な趣《おもむき》を醸《かも》し出《だ》している場所だった。

公爵夫人に軽く挨拶《あいさつ》してから、彼はすぐに親友の部屋に歩《ほ》を移した。

「よう、クソ犬、何してんだ？　こんな時間までグズグズしてるのか？」

朝早くからオオカミの洞窟《どうくつ》に入り込み、堂々とのたまう獅子の蛮行《ばんこう》に、ベッドに腰かけていた黒《くろ》髪《かみ》の青年が、ゆっくりと顔を動かした。

眠気《ねむけ》に満ちた鋭い青い瞳が、相手の柔らかい暗緑色の瞳をしばらくにらみつけていたが、ついに響かせた声がこれだった。

「行かないよ、この狂犬病《きょうけんびょう》の子ネコめ」

「行きたくないのは俺も同じだけど、俺たちはもう、やりたいことだけしていた贅沢《ぜいたく》な時代は過ぎたじゃないか」

「さあ、以前からやりたいようにしたことはないからな。それはそうと、プレゼントはちゃんと渡したのか？」

「おかげでな。早く動けよ、終わったらうちに来て晩飯食おうぜ」

「それはまったく魅力《みりょく》的な提案なんだけど、途中《とちゅう》の過程に気が進まないな」

相手が気乗りしない返事をしようがしまいが、ジェレミーはそそくさと窓に近づき、カーテンをパッと開いた。暗かった部屋の中が、一瞬で明るくなった。

今日、参加することになっている狩《か》りの主催《しゅさい》は皇室と教皇庁。つまり、退屈《たいくつ》このうえなく、会いたくない人も何人か混じっている。

それでも招待されれば、当然参加するのが義務だった。特に彼らのような特別な家の後継《こうけい》者ならば。気は進まなかったが、会いたくない人物と顔を合わせて、何気に怒《おこ》らせてやるのもささやかな楽しみといえるだろう。

「お前が行かないなら俺も行かないぞ？」

「脅《おど》してんのか？　弱虫皇太子たちだけじゃなく、うちの親父《おやじ》やら、年寄りのくせに人をにらみつける力だけはあり余ってる親戚《しんせき》のじいさんまでいるそうじゃないか。お前んとこの生意気な弟を連れていけよ」

「会いたくない親族がいるのは俺もおんなじなんだけど？　それと、その生意気なヤツは俺の弟だけど、お前は俺の戦友じゃないか」

黒髪の騎士はしばらく何も言わず、まぶしそうに顔をしかめていた。金髪の騎士は、壁に掛《か》かっている巨大な剣を友人に放り投げ、最後にこう言った。

「服を着たまえ、戦友よ。俺一人にヤツらの相手をさせないでくれよ」

私が皇后宮を出た頃には、もう辺りは暮れなずんでいた。夕食の時間に遅《おく》れそうで、帰途《きと》を急いでいた私は、皇后宮に近づいてきた予期せぬ人物と顔を合わせた。

「レディー・ノイヴァンシュタイン」

「皇太子殿下《こうたいしでんか》」

慌ててお辞儀《じぎ》をする私をじっと見下ろすシルバーヘアの美青年、テオバルト皇太子だった。こうして顔を合わせるのもずいぶん久しぶりだ。三年前の裁判事件以後、彼はうちのお屋敷を訪問することも、連絡《れんらく》してくることもなかったから。時々、公式行事で会うのがすべてだった。幸いだと思う一方で、私に抱いていた気持ちがそんなにすぐに冷めてしまったのかと思い、ホッとする気持ち半分、残念な気持ち半分だった……コッホン。

「お久しぶりです。母上に会ってこられたのですか？」

「ええ。殿下は狩りに行ってらしたのですね？」

「狩り祭とでも言うのか、まあ、そんなところですね」

柔らかい口振《くちぶ》りで答えた彼が、金色の瞳を優雅《ゆうが》に細めて笑みを浮かべた。何だか寂《さび》しそうに見える微笑《びしょう》だったので、私は無礼を承知でこう訊くしかなかった。

「それほど楽しくなかったようですわね」

「ええ、まあ……父上と司祭が主催する行事ですから。夫人もご存じのとおり、私を嫌《きら》っている人が多いですからね」

「まさか。殿下のような方を嫌う人がいるんですの？」

「夫人はいつもお優しいですね。私の従弟《いとこ》や幼なじみもそう思ってくれれば、何も望むことはありませんよ」

従弟と幼なじみ……？　ああ、そういえば今日、そこにノラとジェレミーもいたんだったわね。あの子たちと何かあったのかしら？

私の記憶が正しければ、最近の情勢も、私が経験した過去とは微妙に違う様子だった。あのクソッタレ聴聞会《ちょうもんかい》のかわりのような裁判事件以来、議会と教皇側が前例のない結束力を見せ始め、皇室を牽制《けんせい》しているのはいいとして、すべての貴族が、親皇室派と反皇室派に分かれて対立しているのだ。そして、その反皇室派の中心には、昇《のぼ》る太陽であるノイヴァンシュタイン家の獅子と、ニュルンベル家のオオカミがいた。

もちろん、二人が何かを主導したというのではなく、そういう雰囲気だということだ。子どもの頃から皇太子との絆《きずな》が深かったジェレミーが、最近はノラとくっついて周りをかき回していることも、若い御曹司《おんぞうし》たちに影響《えいきょう》を与えていた。

小さな蝶《ちょう》の羽ばたきが台風を起こすこともあるのだろうか？　皇太子の一時の淡《あわ》い恋心《こいごころ》が、これほどに情勢を変えてしまうことになるとは誰が予想しただろう？　もし、あの時、私とテオバルトが、彼の私設図書館にさえ入らなければ起こらなかったことなのだ。

「ジェレミーは……殿下を嫌っているのではありません。意外に照れ屋な子ですから、殿下と仲直りする方法を見つけられずにいるだけですわ」

間違いなくジェレミーは、テオバルトに対する誤解といえない誤解を、とっくに解いていた。私からもよく説明していたし。ただ、彼がそれでも相変わらず幼なじみである皇太子を避《さ》けているのには、私にもわからない理由があるような気がする。

「アハハ、そうだといいんですけどね。何だか、仲間外れにされてる気分ですよ。夫人もご存じのとおり、最近彼と仲よくくっついている従弟が、もともと私のことを嫌っているので、望《のぞ》み薄《うす》だと思いますがね」

「公子《こうし》も殿下を本気で嫌っているわけではないと……」

「優しいお言葉はありがたいのですが、誰が見てもはっきりしてるでしょう」

つらそうにささやくテオバルトが、銀色のまつ毛を寂しそうに伏《ふ》せた。妙《みょう》に切なく見えるまなざし――人を気の毒な気分にさせる寂しいまなざしだった。

「なぜそのように……」

「さあ、子どもの頃、事件があったんですが、考えてみたらそのせいだと思います」

「事件ですって？」

「それが、ちょっと恥ずかしいんですが……私が十二歳の頃だったか、叔父上《おじうえ》の家に遊びに行ったことがあるんです。従弟は当然私より幼かった。八歳だったか、九歳だったか」

私はただ黙々《もくもく》と耳を傾けていた。孤独《こどく》な皇太子は、憂《うれ》いに満ちた瞳で、悔恨《かいこん》がにじむ声で言葉を続けた。

「彼がその時、叔父上が大事にしていたパイプで遊んでいて、壊してしまったんですよ。私はいじるなと言ったんですけどねまったく……よりによってその瞬間に大人たちが現れたのが不運でした」

「初々《ういうい》しい姿だったんでしょうね、二人とも」

「ハハ、そうでしょうか？　とにかくノラは、まだ子どもでしたから、私がやったと騒いだんです。まあ、誰も信じている様子はありませんでした。今にして思えば、あの時私がやったと言えばよかったんでしょうね。私は年上で皇太子ですから、そんな些細《ささい》な事件はもみ消すこともできたのに、そうしなかったのです。ね、大した話じゃないでしょう？」

「ああ……」

「間違いなく、信じていた従兄に対する信頼《しんらい》が壊れてしまったのでしょう。子どもの頃の些細な事件で、今日まで恨《うら》まれることになるとは思ってもいませんでした」

激しい口調でそう言った彼が、おかしいでしょうとでも言うように、私の目をじっと見つめた。

うーん、理解できる一方で、何だか疑わしい気分になるのは、私が純粋《じゅんすい》じゃないからだろうか？

ノラがそんなことで、ずっと恨みを抱くような人物とは思えないんだけど……。

「ああ、しまった、長々と引き留めてしまいましたね。申し訳ありません」

「いいえ」

「お気をつけて。そうだ、誕生日おめでとうございます。今日は何ですから、プレゼントは建国記念祭の時にお渡ししますよ」

と、丁重《ていちょう》に挨拶する若き鷲《わし》は、意外とすっきりしているように見えた。私は彼に感謝の言葉を述べて、家に向かった。

「どうしてお前がうちにいるんだよおおお！」

怒れる子馬エリアスの、怒《いか》りに満ちた咆哮《ほうこう》が響いている。呆れている私とは違い、激しい歓迎《かんげい》の挨拶の対象になった侵入《しんにゅう》者は、泡《あわ》を噴《ふ》いて飛び回る赤い獅子の子を完全に無視して、私に挨拶した。

「誕生日おめでとうございます」

「うん、久しぶりね。素敵になって」

ジェレミーとはずっと前から親しくしているけれど、私はノラと半年ぶりに会ったのだ。そして久しぶりに見たノラは、もう子どもの頃の面影《おもかげ》が探せないほど成長していた。何だか見知らぬ人のように感じるのは彼も同じなようで、私をじっと見つめる青い瞳が妖《あや》しく輝いていた。ふん、あんたたちは知らないけど、私は変わってないわよ。

とにかく、子どもの頃は荒々《あらあら》しいけれどどこか気の毒な子犬みたいだった少年は、今は近づきがたい野性的な雰囲気の青年になっていた。背もものすごく高くなって、ジェレミーと並んで立っていると、怖いくらいだった。何だか太陽の騎士と暗闇の暗殺者の組み合わせみたいな……コッホン。何てこと、私ったら何を考えてるの。

「ああ、アイツが何でここにいるんだよおお！　オレ、アイツが嫌いだ！　シュリー、オレ、あの黒いヤツが嫌いなんだよ！　早く追い出せ！」

「私はそういうあなたの態度が嫌いよ」

私が少しのためらいもなく言《い》い放つと、今すぐにでも石弓を持ってきそうな勢いだったエリアスは、一瞬でショックを受けた顔になり、固まってしまった。毒気が消えた緑色の瞳が、地震《じしん》でも起きたかのように、やるせなく揺れている。チッチッ、だからどうしてお客様に暴言を吐くのよ。ところで、どうして成年騎士まで瞳孔《どうこう》に地震が起きているように見えるのかしら？

とにかく、久しぶりに私の好きな料理だけを厳選した晩餐を前に、みんなで食卓を囲み、おちびレディーがいちばん最初にプレゼントをくれて、口を開いた。

「誕生日おめでとう、ママ。これ、わたしが描いたの。一生懸命《いっしょうけんめい》描いたんだから、大事にして……」

「レイチェル、お前が描いた絵なんてたかが知れてるぞ！　誕生日のプレゼントにするためにずっと描いてたって言うけど、何だよこれ？」

「ああ、もう、エリアス兄さまはちょっと黙《だま》っててよ！　のたれ死にすればいいのに！」

「お嬢《じょう》さんは、絵の才能がありますね。素敵ですよ」

若いオオカミが青い目を伏せながらゆったりと賛辞を口にすると、レイチェルはいい雰囲気になると必ず水を差さずにいられないエリアスにフォークを投げようとしていた手を止めて、何事もなかったようにはにかんで笑った。

「才能だなんてそんな……まあ、ただの、趣味ですわ」

「オレも一時、油絵を趣味にしていましてね。昔の話ですが」

「わあ、お前、そんな趣味があったのか？　想像がつかないけどな」

「子どもの頃の話だよ。芸術は爆発《ばくはつ》だという憎《にく》い現実に気づきさえしなければ……」

「爆発ってことは、お前のおっさんのことだな」

「そのとおり」

ジェレミーとノラが、そんなふうに厳格な大公爵をないがしろにしている間、今度はレオンがプレゼントを差し出した。白い夏のバラの花束と五枚の手紙だった。おやおや、手紙とは、何だか去年の交換日記《こうかんにっき》事件が思い出されるのは気のせいかしら？

「まったく幼稚《ようち》だな。誕生日のプレゼントに手紙って何だよ？」

「ふん、じゃあエリアス兄さんはどれだけ素晴らしいものを用意したのさ!?」

「少なくともお前みたいな短足とは比較にならないんだよ！　ほら、これがオレのプレゼントだよ！」

意気揚々《いきようよう》と叫んだエリアスが私に差し出したのは、厚手の紙に包まれた四角い物体だった。見たところ本のようなのだけど、このお調子者がどうしてこんな高尚《こうしょう》なプレゼントを思いついたのかと、すぐに包装を開けた私は、次の瞬間、首を傾げた。

「変わった表紙ね。タイトルもないし、赤い表紙って初めて……」

ドタドタドタン！

室内が一瞬で騒々《そうぞう》しくなったのはその時だった。エリアスが何か悪いものでも食べたみたいに椅子から落ち、ジェレミーが立ち上がったのだ！　双子は悲鳴を上げて、ノラはうんともすんとも言わず、私の手の中の本を横取りした。いきなり何を……。

「エリアスウウ！」

「ち、違う、違うよ！　そんなんじゃないんだって！　オレが勘違《かんちが》いしたんだよお！」

「それが言い訳のつもりか!?　コイツ、こっちに来い。こっちに来ないか!?」

「ああっ！　ホントに間違いなんだよ……ぎゃあああっ！　間違ったんだよおおお！」

エリアスがジェレミーの鉄の塊みたいな拳で面白いように殴られている間、私は呆気《あっけ》にとられた表情で、ノラのほうを見つめた。

ノラは、その正体不明の赤い表紙の本を片手で開き見て、意味深長な笑いを漏らしていた。みんなで悪いものでも食べたの？

「それはいったい何？」

「限定版の春画です」

……今、私の顔がどんな状態なのかよくわからないが、たぶん、今朝の料理長と似たようなものだったろう。それにしても、我《わ》が家《や》の次男殿《じなんどの》だ。どこの世界に義理の母親に春画をプレゼントするヤツがいるのだ。

もちろん、勘違いしたという言い訳が、まるで説得力がないわけではないのだが、それにしても、なぜそんなものを注文したのよ！　どうやらしばらくお小遣《こづか》いは渡せない……。

「ところであなたたち、どうしてそれが春画だとわかったの？　表紙しか見てないのに？」

「……」

「ママ、エリアス兄さん、また出てったよ」

騒々しい晩餐会が終わり、メイドたちにお茶を出すように指示して、二人の青年がいる応接間に向かっているところにレオンがやって来てささやいた。私は思わず立ち止まり、眉間《みけん》にしわを寄せた。

「いったいいつ……今度は誰に会うつもりなのかしら？」

「知らない。でもねママ、エリアス兄さんまた金貨を持ち出したんだけど、どうやらデートじゃないみたいなんだ」

……どうにかなりそう。いっそどこかのご令嬢と密会してるならまだマシだけど、まさかホントにヘンな趣味にハマってるんじゃないでしょうね？

初めはエリアスが夜になると黙って外出するので、単純にデートなのだと思っていた。最近アイツはすっかり色気づいていたから。

でも、おちび知識人レオンがつかんだ情報によると、どう見てもデートではないそうなのだ。本人を追及すると、あくまでもしらを切った。何でもないよ、デートしに行くだけさ。それでも疑ってしまうのはどうしようもない。

最近、御曹司たちの間で流行《はや》っているカードゲーム。まさかエリアスも、そっちに手を染めたのだろうか？

もしやと思い、騎士たちに後をつけさせたが、どうしてわかるのか、毎回まかれてしまうのだという。賭博《とばく》については、父のうんざりする記憶があるので、戦々恐々《せんせんきょうきょう》としてどうにかなりそうだった。いったいどうしてガラでもないことを……。ふう、ジェレミーに言うべきか言わざるべきか。とりあえず、はっきりするまでは保留することにしたけれど、ホントにそうならば、ちょっと殴られるだけでは済まないだろうな。

そんな複雑なことを考えながら応接間に入っていくと、ジェレミーとノラが、ソファに長い脚を伸ばして座り、実に仲よくじゃれ合っていた。ったく、二人がこんなに親しくなるなんて、誰が想像しただろう？

「やはり、剣術大会がいちばん待ちどおしいな。優勝者はすでにはっきりしているが……」

「つまり、お前が負けるのがはっきりしてるんだな？」

「いや、お前が俺に負けるのがはっきりしてるという意味だ、クソ犬よ」

「お前みたいに偉《えら》ぶってるヤツが、いちばん先に転げ落ちるってこと知らないのか」

四年に一度開催《かいさい》される建国記念祭の花は、断然剣術大会だと言えるだろう。すべての男性のロマンであると同時に、女性の憧れでもある剣術大会の結末がどうなるか、私はとてもよく知っている。

外国人訪問客まで呼吸を合わせて声援《せいえん》を飛ばす、その決闘の結末を。ふーん、今から優勝の座を意気揚々と狙っている二人を見ていると、口がムズムズするなあ。

「あなたたち、楽しそうね。私は今から頭が痛いわ」

半分ふざけ気分で何気なく言っただけなのに、二人とも図々しい物言いをやめて、同時に真顔で私を見つめた。形も色もまるで違う二組の瞳にじっと見つめられて、わけもなくきまり悪かった。ん？　私が何かを台無しにしてしまったようなんだけど？

「何で頭が痛いんだ？」

「いえ、だから、最大規模の行事じゃない。いろんな人の相手をすることを考えたら、今から頭が痛いってことよ」

そうですとも。会いたくないいろんな人と、仕方なく顔を合わせるのはいいとして、今年はエリアスが第二皇子に拳を飛ばしたあの年じゃないの。本当に事件事故が多い年だったわ……。まさか、今度もあんなことが起きるんじゃないでしょうね？

黙々と私の表情を探っていたジェレミーが、突然いたずら心が発動したのか、ニヤニヤ笑い始めたのはその時だった。彼は私の手を握って引っ張り、手の甲《てこう》に口づけすると、例の図々しい口調でこう言った。

「こんなのはどうかな？　お前をいじめるヤツらを、俺が全部亡《な》き者にするのさ。そして、このクソ犬に全部なすりつけるんだ。クソ犬、どうだ？」

この図々しい提案に、若き公子は目を鋭くして私たちを見つめていたが、ソファの背もたれに長い腕をかけ、とても慎重《しんちょう》にうなずいた。

「それはまったく名誉《めいよ》な濡れ衣《ぬれぎぬ》だな。できないことはないだろ。お前が本当にそうするかはわからないが」

「できないわけがないだろ？　ああ、どうせやるなら、死体を食《く》い荒《あ》らす鷲も全部すげ替《か》えちまうのも悪くないんじゃないか」

「皇権交代もよし、どうせやるなら教皇庁も追い出しちゃおうぜ」

「いいね、二人で帝国を掌握《しょうあく》するのさ。どうだ、シュリー？　お前が望むなら、帝国最初の女帝《じょてい》にしてやるぜ」

一人は黄金の獅子、侯爵家の後継者。もう一人は皇后の実家である公爵家の後継者のくせに、危険千万なことを平気でほざいている。こんなことで息が合っちゃダメなんだけど。

それでも、私の口元にはいつのまにか笑みが浮かんでいた。私は手を上げてペリドットのネックレスを触りながら、同じようにいたずらっぽく返事をした。

「悪くないわね。帝国最初ってタイトルは、私の専売特許だから」


いろいろな面で過去とは違う建国記念祭が近づいていた。

余談だが、エリアスが私に間違って贈《おく》った赤い本は、どうやらノラが持っていったようだ。なぜあれを持っていったのかはまるでわからないが。そして、記念祭の前日のお天気のいい午後、意外な訪問客がやって来た。過去に私の未来の嫁《よめ》だった少女、ハインリッヒ公爵令嬢だった。

「レモンバームティー、いかが？」

「はい、いただきます」

恭《うやうや》しく答える幼い公爵令嬢、まだ十六歳になる前のオハラ・フォン・ハインリッヒの姿は、私の記憶と同様に、ケチのつけようがなかった。些細な仕草一つひとつにも節度が感じられると言おうか。併《あわ》せて優雅に結《ゆ》い上《あ》げたプラチナブロンド、涼《すず》し気な目元の紫《むらさき》の瞳と同じ色の、流行最先《さいせん》端《たん》のドレスなど、さすがは都いちばんの美女と謳《うた》われるご令嬢らしい姿だと言うべきだろう。

……それでも、私の目にはレイチェルのほうがずっとかわいいけど。エヘン。

私が彼女を観察している間、オハラもまた、謙虚《けんきょ》なフリをしながら鋭い目つきで私を観察していた。私が覚えている姿のままだ。

今にして思えば、彼女はいつも私に最大限の礼儀《れいぎ》で接していたが、それほどうれしそうではなかった。あの時の私の評判を考えれば、当然のことではある。レイチェルともそれほど仲がよくなかったのだが、それはレイチェルがいつも未来の兄嫁《あによめ》を嫌っていると、あからさまに態度に出していたからだ。

とはいえ今日、この時点でオハラが何を望んで私を訪ねてきたかは、わかり切っているのだが……。

「突然お伺《うかが》いして申し訳ありません」

「いいのよ。そうだ、栞《しおり》、どうもありがとう。素敵なデザインね」

「気に入っていただけてよかったですわ。あのう、わたくしが今日こちらに伺ったのは、夫人にお願いがあるからなんです」

これはちょっと予想外なんだけど。お願いですって？　まさか、この高慢《こうまん》なお嬢さんが、ここであからさまに婚約させてほしいと言うつもりじゃない……。

「夫人に、わたくしの礼法の先生になっていただきたいんです」

あはあ、そういうことね。私はティーカップを置いて、椅子の背もたれに体を預けた。私の顔を探るように見つめている紫の視線が、そろそろわずらわしく感じていた。

「私が公女に教えることなどないと思うのだけど？　むしろ公女に、うちの娘をお願いしたいくらいだわ」

「ご迷惑《めいわく》をおかけするつもりはないんです。わたくしはただ……そうしてでも夫人とお近づきになりたいんですの」

「迷惑というより、意外だと言うべきね。公女のようなご令嬢が、なぜ私のような退屈な女と近しくなりたいのかしら？」

「よくご存じではありませんか」

すぐに答えた彼女が、目尻《めじり》を下げて、優しい笑顔《えがお》を作った。本当にすべての男性の胸をときめかせる笑顔だったが、私は女性に興味はない。ええ、そうですとも！　それでも、かわいいには違いない。

「いいでしょう、公女。はっきり言わせてもらうわね。公女なら、いい縁談《えんだん》がいくらでもあるでしょうに、どうしてうちとの結びつきを望むのかしら？　それとも、これは公爵様の意思なのかしら？」

私がオハラを前にして、こんなふうに直接話法を使う日が来るとは思わなかった。以前はどうしてこのお嬢さんがあんなに苦手だったのだろう？

反応を見るために視線を上げると、公爵令嬢の色白の顔には思いがけず赤みが差していた。あら？

「わたくしの意思でもあります。ノイヴァンシュタイン家とのご縁《えん》を望む家がたくさんあることも知っていますわ。こんなふうに抜けがけするのはレディーらしくないということも。でも、獅子の洞窟の一員になるには、人とは違う覚悟《かくご》を見せるべきですよね？」

小利口《こりこう》だと言えるくらい自信に満ちた口調だった。まるで本で読んだ文章をそらんじているようだな。ふーむ、確かに以前はこのお嬢さんがこんなに初々しくは感じなかったはずなんだけど。当時の私を見ていた大人たちも、今の私と同じ気持ちだったのかしら？

「特にものすごい覚悟が必要とは思わないわ。それに、聞きようによっては、まるで我が家が本当に野獣《やじゅう》の巣窟《そうくつ》みたいね」

苦笑いを嚙《か》み殺《ころ》して優しく答えると、自信満々だった紫の瞳が、一瞬すぼんだように見えた。ったく、これだから貴婦人たちは若いご令嬢をからかうのを趣味にするのね……同じ公爵家でもハインリッヒ家とニュルンベル家のステータスが違うように、爵位《しゃくい》の高低と家の勢いが比例するのではなかった。ノイヴァンシュタイン家は侯爵家だが、その威厳《いげん》はハインリッヒ公爵家といい勝負だ。さらに財務的な側面と私兵の数から見れば、ノイヴァンシュタイン家を凌駕《りょうが》するのは、ニュルンベル家ぐらいだろう。

「決してそういう意味では……」

「さあ、正直に答えてごらんなさい。公女は自分がジェレミーとうまくやっていけると思っているの？」

「わたくしは女豹《めひょう》です。十分うまくやっていけると思ってますわ」

断固とした、自負心あふれる声だった。残念ながら、私が望んでいた答えとは違うと言わなければならないけれど。

「私が言ってるのは、あの子の心をつかむ自信があるかということよ。ハインリッヒ公女、私はうちの子の誰一人《だれひとり》、愛のない政略結婚の犠牲《ぎせい》にしたくないの。それはきっと公女のお父さまも同じでしょう」

オハラはしばし例の探るようなまなざしで私を見ていたが、妙な疑問を含んだ声で質問した。

「わたくしが息子さんの心を動かしたら、二人の婚約を快く許してくださいますか？」

「あら、私が個人的な感情で、ロマンス小説に出てきそうな言い訳をすると思ってるの？　それとも、自信がないのかしら？」

「とんでもない。そんな不穏《ふおん》な意味ではなく……」

「二人の気持ちが通じ合うのなら、すぐに結婚式を挙げさせるわ。公女も知ってのとおり、私が座っている場所は、とても疲《つか》れるから」

しばし沈黙《ちんもく》が流れた。プライドが傷ついたのか、それとも、すでに二人の結婚式の想像でもしているのか、耳たぶを赤く染めてきょろきょろしていたオハラが、再び口を開いた。

「夫人が約束を守ってくださるなら……あのう、彼の好みを教えていただけます？」

「それは公女が自分で調べることじゃないかしら」

「でも、夫人はお子様たちととても仲がよろしいですよね。未来の嫁に助言してはいただけませんか？」

どうやらこのお嬢さんの頭の中では、結婚式が終わっているようだ。だけど、私がジェレミーの女性の好みなんて知ってるはずないじゃない？　過去にもせっかく結婚を決めてあげたのに、私に小言を言われるまで花一つ贈らない、ロマンなんか少しもないヤツなんだから。

ふー、エリアスはそっち方面が盛《さか》ん過ぎるのが欠点だし、ジェレミーは関心がなさすぎるのが欠点。私は苦笑いしながら、できるだけ優しく答えた。

「息子の女性の好みに、私の権限はないのよ」


「お待たせ。麗しいレディーたち！　今夜、君たちの心臓を燃やしてあげるよ！」

……そろそろ慣れてもいい頃なのに、思わずため息が出てしまうのはどうしようもない。朝早くから起きて、全身ピカピカにめかし込んだのだけでは足りず、肩に装飾《そうしょく》用の弓を載《の》せたエリアスが一人芝居《ひとりしばい》をしている間、私はゆっくりと支度《したく》をしていた。確かに宴《うたげ》に出かけるはずなのだが、なぜ戦闘に臨《のぞ》む司令官のような悲壮な気持ちになるのかわからない。半分酔《よ》ったようにぼんやりして、今日のために用意した薄ピンクのドレスを着て、髪のセットも終わった頃、ジェレミーが迎《むか》えにきた。

「鏡よ、鏡、この世でいちばんきれいなのはだあれ、なんてことやってたのか？　何でこんなに時間がかかるんだよ？」

「ええ、そうよ。実は鏡に訊いてたの」

「それで、鏡は何だって？」

「私が帝国一の美人になるには、娘を殺さなければならないんですって」

「鏡殿の目は節穴のようだな」

私は美しく見せようと最善を尽《つ》くしたのに、不公平なことに、生まれつき美しい血筋のジェレミーは、今日に限ってとても華やかに見えた。黄金と朱色《しゅいろ》がポイントの、新しい制服のせいかもしれない。今日の宴で出会うご令嬢の心に、今から冥福《めいふく》を祈《いの》ろう。恋人《こいびと》を強奪《ごうだつ》される危機に瀕《ひん》する御曹司たちにも。

「顔色がよくないみたいだな。何か悩みでもあるのか？」

「いえ。ただ、エリアスがどうしてあんなふうになったのかなあと思って」

「気にするな。他の悪さをするより、いっそああしてるほうがマシだろ」

……そ、それって何だかドキッとする発言なんだけど。そう、いっそああして、帝国一のプレイボーイとして悪名を轟《とどろ》かせることに夢中になっているほうがマシだ。万一、もしや……。

「シュリー、俺に言ってないことがあるのか？」

まったくコイツは鈍《にぶ》いようでいて何気に勘《かん》が鋭いんだから。私は慌てて首を振り、思いつくまま適当に話を逸らした。

「そうじゃなくて。ジェレミー、あなたはどうなの？　付き合ってる人、いないの？」

ジェレミーは腕組みをして、金色の頭を少し傾げたと思ったら、出《だ》し抜《ぬ》けに目をしかめてみせた。

「さあ、今のところは女より剣のほうが面白いな。ところで、何でいきなりそんなこと訊くんだ？」

「いえ、その、あなたにもしかして心に決めた人がいるなら、今から婚約をしておくのも悪くないと……」

「誰かに言われたのか？　お前が義理の息子の縁談もまとめられないって？」

……直接言われたわけではないけれど、そういう言葉が出てこないわけではない。婚約をさせた過去にも、息子が結婚を延ばしているのは私のせいだという声があったのだから。

「そんなんじゃないけど……私はあなたに好きな人と結ばれてほしいの。あなたに降ってきている縁談はたくさんあるんだもの」

「俺が永遠に結婚しないと言ったらどうする？」

「あなたは次期当主じゃない」

「そんなの、エリアスのヤツに譲《ゆず》ってやるさ」

おぞましいことを平気で言うんだから。いっそ双子に譲ってよ！

私が首を横に振って笑みを浮かべると、ジェレミーも暗緑色の瞳を意地悪く光らせてクックッと笑った。

「シュリー、他人の言うことは気にするなよ」

ペリドットのネックレスとできるだけ合わせた、エメラルドのイヤリングをいじっていた私の手が、一瞬止まった。それもそのはず。その言葉は、いつか私が子どもたちに言った言葉だったのだ。

「気にしてないわ……ただあなたたちに矢が飛んでいくんじゃないかと心配なだけよ」

「誰が矢を飛ばすんだ？　言ってみろよ」

ドアのそばから離れ、私のそばに近づいてきたジェレミーがその大きな手で私の手を包み、いたずらっぽく訊いた。つないだ手から伝わってくる温かさになぜか安心して、私は同じようにいたずらっぽく返事をした。

「言ったらどうするの？」

「俺がいちばん得意なこと、脚を八つ裂きにして……コッホン、殺してやるのさ」

「そんなことしてたら、一瞬で周りが敵だらけになるわよ」

「望むところさ。世の中がうちの家族だけになるまで殺せばいい。そのうち、本当の獅子の時代が到来《とうらい》して、俺たちは天下に号令することになるのさ。だから、もう結婚の話は二度としないでくれ。何だか俺、うまいこと口車に乗せられたみたいだな。これじゃダメだ、マザーシュリー、絶対にこんなことじゃダメだ」

四年に一回開催される帝国の建国記念祭は、国交のある国からも使臣団《ししんだん》が宴に参加している。サファビ国のアリー・パシャ王子をはじめ、チュートン王国の王子・王女が異国情緒あふれる姿を見せて、帝国民の視線を釘《くぎ》づけにしていた。

そんな中で、登場するなり周りの視線を強奪したのが、うちの家族だった。黄金色《こがねいろ》で合わせたドレスとスーツ姿の双子、装飾用の矢を持って、新調した黒いスーツを着たエリアス、最近は昇る朝日の勢いの、ノイヴァンシュタイン家の獅子ジェレミー。ああ、ホントに満足だわ。

会場の入り口に到着《とうちゃく》するなり獅子の子たちに向けられる、老若男女《ろうにゃくなんにょ》の別ない憧《あこが》れと妬《ねた》みの混じった視線。もちろん、この子たちの麗しい容貌の裏に隠された本性《ほんしょう》を知ったらみんな怖気《おじけ》づくだろうけど。まあ、どうってことない。ヨハン、見てる？　あなたが残してくれた子どもたちが、もうこんなに大きくなったのよ。

「ヒュー、まるで花畑だな」

「エリアス兄さま、お願いだから浅はかなこと言わないで！」

「ああ、何だよ！　どこが浅はかなんだ？　何でオレだけ狙《ねら》い撃《う》ちするんだよ？」

……精神年齢《ねんれい》も成長してほしいんだけどね。ああ、この暴《あば》れん坊《ぼう》の次男をどうしよう？

「よう、クソ犬、早いんだな」

「お前が遅いんだろ。どうも、レディー・ノイヴァンシュタイン？」

片手に杯《さかずき》を持ってこちらに近づいてきたニュルンベル家の若きオオカミが、私に丁重に挨拶すると、人々の視線は私たちから離れるどころか、ますます釘づけになっているようだ。

今日のノラは、青と黒がポイントの制服姿だが、親友と好対照を成していると同時に激しい野性美を醸し出しているのは、集まった女性たちの心臓にはよくないと思う。

類は友を呼ぶ？ 仲よしのライバルが一緒にいると、ご令嬢たちの胸がざわめくどころか、真っ黒に焦《こ》げてしまうだろうに。まあ、目の保養にはなるわね。

満足している私とは違い、エリアスはまったく満足していないようだった。

「コイツは何でいつもオレたちの行くところに現れるんだ？」

「オレがいるところにお前が現れてるんじゃないのか。もしものために言っておくが、オレは男色の趣味はないぞ」

「この黒いヤツが何言いやがる⁉ ああ、兄貴はいったい何でこんなヤツと一緒にいるんだよ⁉」

「俺の友人関係にお前の助言は必要ないんだよ、おバカな弟よ。ところで、お前のご両親はどこにいるんだ？」

「人の両親のことをむやみに訊くもんじゃないぞ」

「アハ、ごめん」

「ああ、オレ、コイツ嫌いなんだよ！」

「どうしろってんだよ」

どうしてこんな会話になってしまうのかわからないが、とにかく漫才《まんざい》のように和気あいあいとした雰囲気の中、少し離れた場所で、ご令嬢たちに囲まれて高慢に扇《おうぎ》を使っていたハインリッヒ公爵令嬢が、うれしそうに笑みを浮かべて私のほうにやって来た。華やかに下ろした波打つプラチナブロンドはツヤツヤだ。

明るく上気した顔は、咲《さ》いたばかりのチューリップのように初々しく爽《さわ》やかだった。

「レディー・ノイヴァンシュタイン」

「ハインリッヒ公女。素敵なドレスね」

「ありがとうございます。夫人も素敵で……」

優雅に言葉をつないでいた彼女が、突然、押《お》されたように片側に傾き始めたのはその時だった。正確に表現すると、ドレスの裾《すそ》でも踏んだみたいにいきなりフラついて、ジェレミーとノラとエリアスが仲よくじゃれ合っているど真ん中に、突進《とっしん》するように倒《たお》れたのだ！

「あらら……！」

「キャア！」

ドン！

バッタン！

しばし静寂《せいじゃく》があった。私が腕を半分伸ばして口を開けたまま固まっている間に、実に軽《かろ》やかな瞬発力《しゅんぱつりょく》で素早《すばや》く後ろに下がった三人の男が、瞬《まばた》きしながらとぼけた顔で私のほうを見つめた。それと同時に、私の左右で現場を見守っていた双子が、本当に邪悪な大笑いを始めた。

「プハハハ！」

「アハハハ！　お兄さまたちったら、抱き留《だと》めてあげなきゃダメじゃない！　プハハ！」

華やかな金の床《ゆか》と激しく抱擁《ほうよう》したご令嬢への配慮《はいりよ》などこれっぽっちもない、けたたましい爆笑《ばくしよう》に、あちこちで同様にクックッとあざ笑う声が響き始めたのは当然の成り行きだった。だから私は、込《こ》み上《あ》げる同情心を禁じ得ない顔をして、床に倒れた過去の嫁を見つめた。

まったくみんな冷たいわね。二人は騎士で、一人は天下のプレイボーイなのに、どうしてこっち方面の配慮がまったくないんだろう？

「公女、大丈夫？　ケガはしてない？」

幸い都いちばんの美少女は、大ケガはしていないように見えた。顔全体を真っ赤にして、慌てて姿を消したのは気の毒だった。

「ああ、マジおかしい……ククッ！」

双子はずっとお腹を抱えて大笑いしており、私は腰に手を当てて、配慮という言葉をどこかに置いてきた連中をにらみつけた。すると、三人の男は実に純真無垢《むく》な顔をして、目を丸くしているのだった。おや？

「抱き留めてあげたら損するわけ？」

「何でさ？　そんなのは騎士である兄貴の役目だろ」

「何を言う。レディーの体にうかつに手を触《ふ》れるのは騎士道に反する行為だ。親友よ、そうだろう？」

「ああ、まともな騎士なら、力はいざという時のために取っておくものだ。オレたちが手を触れたせいで粉々になったヤツは一人二人じゃない……」

……それは論理的に一理ある弁明だわ。返す言葉がないわね。

ビハインドストーリー

ある童話の結末（二）

窓の外に見える黒い雲でいっぱいの空はどんよりして、まるでこの場に集まった人物の心情を代弁しているようだった。それもそのはず、数カ月前から期待されていた世紀の祝祭が、史上類を見ない亀裂《きれつ》のもとになったのだから。

いつも噂《うわさ》の種を探して騒《さわ》ぐことをささやかな日常の楽しみにしている人々でさえ、今度のことについてはうかつに口を挟《はさ》める状況《じょうきょう》ではないのだった。おそらく、帝国《ていこく》の歴史上、初めてだろう。祝福にあふれる結婚式《けっこんしき》の最中に、新郎《しんろう》が新婦の首を絞《し》めるという、初めての事態が起きたのだ。

もし、事件発生当時、新郎のすぐ近くにいた若公爵《わかこうしゃく》が間に入らなければ、一日のうちに帝国の高貴な女人《にょにん》が二人も変死するという記録ができたかもしれない。

「……つまり、結婚などどうでもいいということかね？　その主張の重みについて、そちがどのくらい理解しているのか、実に疑問であるぞ」

話しているのは、険悪を通《とお》り越《こ》して、ゾッとするほど厳しい表情の皇帝《こうてい》、マクシミリアン・フォン・バーデン・ヴィスマルクだった。獲物《えもの》を狙《ねら》って群がる猛禽《もうきん》類のように飄々《ひょうひょう》とした金色の瞳《ひとみ》が、めらめらと燃え上がっていると同時に、何とも表現しがたい憐憫《れんびん》の光を含《ふく》んで、金髪《きんぱつ》の青年を凝《ぎょう》視《し》していた。

接見室に集まったのは全部で三人。皇帝と、彼《かれ》の妻の弟であるアルブレヒト・フォン・ニュルンベル公爵、そして、このすべての事態の中心にいるジェレミー・フォン・ノイヴァンシュタイン若侯爵だった。いや、もう侯爵と呼ぶべきか？

「遺体を……確認《かくにん》させてください」

三十分以上も一言もしゃべらず口を閉ざしていた青年が、ついにつぶやくように言い放った。沈《ちん》痛《つう》を通り越して惨憺《さんたん》たる顔でパイプをくわえていた公爵が、首を振《ふ》りながら止めた。

「君の母上は残忍《ざんにん》な殺され方をしたそうだ。生前の美しい姿を覚えておくほうがいいだろう。君にとっても、故人にとっても」

青年は答えなかった。いつも意地の悪い活気と若さで輝《かがや》いていた暗緑色の瞳が、荒《すさ》んで暗く沈《しず》んでいた。膝《ひざ》の上に載《の》せている手は、見えない何かを粉々になりそうなほどギュッと握《にぎ》りしめていた。強く握りすぎて、指の関節に血管が浮《う》き出《で》るほどだった。その時、皇帝が口を開いた。

「そちの母上は、侯爵邸《てい》を出る前に、そちのために印章と相続状を置いていった。婚姻《こんいん》が完璧《かんぺき》に成立したとは言えない状況であるから、そちが本気で破談を望むなら、そのように進めることも難しくはない。むしろ余《よ》にとっては幸いだとも言える」

「……」

「……そちの父上がなぜあのような遺言状《ゆいごんじょう》を遺《のこ》したと思うか？　余が故人の遺志に背《そむ》いて黄金の獅子《しし》を一人《ひとり》占《じ》めすると思っているのか？　あの世でどんな顔をして親友に会えばいいのだ？」

「方法がないわけではございません、陛下」

「方法？　親愛なる義弟よ、それはいったい何かね？」

辛辣《しんらつ》な皇帝の問いに、公爵は沈痛なまなざしとは対照的な、事務的な口調で説明に入った。

『前当主の遺志』です。現時点で前当主はヨハネスではなく、シュリー・フォン・ノイヴァンシュタインですから。結婚式の前に、長男に印章と相続状を残していったのですから、それを彼女《かのじょ》の遺志として尊重することができます。帝国法上、前当主の遺志尊重権はあっても、前々当主の遺志に対する権利の前例は存在しません」

数年前、彼女の当主権を守るのに大きな役割を果たした前当主の遺志法が、今は彼女自身《かのじょじしん》に適用されて、義理の息子《むすこ》につながっていた。何と皮肉なことだろう。

もちろん、公爵の言ったことは、一種の小細工だ。それでも、相当に真っ当な小細工だった。法の網《あみ》をくぐって、都合よく抜《ぬ》け道《みち》を見つける手段は、権謀術《けんぼうじゅつ》に秀《ひい》でたニュルンベル家らしい処世術だ。

「それが本当に通じると思っておるのか？」

「できないことはないではありませんか。母上を死に追いやる原因を作った女と一生ともに暮らすのは、過酷《かこく》すぎると思います」

「誰《だれ》が一生ともに暮らせと言った？　適切な時期に離婚《りこん》すればいいではないか。まったく、融通《ゆうずう》の利《き》かんヤツらだ……」

舌打ちする皇帝の言葉にも一理はある。しかし、少なくとも公爵は、このまま婚姻が成立したらまもなくノイヴァンシュタイン侯爵邸で、新婦の死体が発見されたという噂が聞こえてくるかもしれないと思っていた。事実若い騎士《きし》は、一瞬《いっしゅん》理性を失って、みんなの見ている前で新婦の首を絞めたではないか。

彼の下には凶暴《きょうぼう》な弟妹《ていまい》たちがいる。侯爵邸の全家族が歯ぎしりしているのだから、愚《おろ》かな新婦が死んでもおかしくはないのだ。何もそんなおぞましい新婚《しんこん》生活をさせなくても、新婦は十分に奈落の底に落ちていた。この婚姻が成立しなくても、この後良縁《りょうえん》を求めることは永遠に無理なのだから。結婚がダメになったどころか、夫になるはずの男に首を絞められた女だ。その原因を知っているのは、この場にいる二人を含めてごく少数だったが、隠《かく》そうとすればするほど尾《お》ひれがついて広がるのが噂というものだ。そのうえ彼女はハインリッヒ家の一人娘《ひとりむすめ》だ。まともな婿《むこ》を取ることは難しいのだから、しばらくは頭が痛いはずだ。

そんなことを考えながら、青年に視線を移した公爵は、次の瞬間《しゅんかん》、思わずぎくりとした。荒んだまなざしでぼんやりと床《ゆか》を見つめているとばかり思っていた青年が、無表情な顔で、父親と同じ世代の中年男たちをじっと見つめていたのだ。

沈んだ暗緑色の瞳に、落ち着きなく、計り知れない乱暴な光が宿り、公爵は一瞬、身の毛もよだつ恐《おそ》ろしさを感じた。

「それで……母を殺した人物の背後には誰がいるのですか」

公爵はパイプを口から放し、皇帝を見つめた。皇帝は手を上げて顎髭《あごひげ》をいじるという天下泰平《たいへい》な態度を取りながら、動揺《どうよう》を隠していた。

「明らかになり次第《しだい》、そちにいちばん最初に知らせるとしよう。秘密警察でも全力を尽《つ》くして捜査《そうさ》しているから、長くはかからないだろう。疑わしい者たちは……一人二人ではないのだろうが、結果が出るまでは軽はずみな行動は慎《つつし》みたまえ。そういえば、この件では公爵の息子が大きな役割を果たしてくれたな」

ヴィッテルスバッハを抜《ぬ》ける山脈の付近で起きたこの事件が、いちばん先に秘密警察の隊員の目についたのが天の助けだった。そうでなければ、背後が誰であれ、望みどおりに山賊《さんぞく》の襲撃《しゅうげき》による不運な事故としてうやむやにされていたであろう。

襲《おそ》われたのは夫人と、彼女を守っていたノイヴァンシュタイン家の騎士たちだった。山賊のほうが人数が多かったのはともかく、疑わしい点は多数あった。もし、本当に誰かが背後にいるのなら、その時刻に、どうして彼女がそこを通ることを知っていたのかが、重要なカギの一つだった。

見ないほうがいいという公爵の助言も虚《むな》しく、ジェレミーは北の塔《とう》にある秘密警察の管轄室《かんかつしつ》に歩《ほ》を移しているところだった。何かに取りつかれたような顔で歩いている彼の横には、下の弟レオンがついていた。一人で行くと言い張っても聞く耳を持たず、やむなくついてくることになってしまったのだが、まったく兄弟らしい行動だ。

ジェレミーは「レイチェルとエリアスは、どうしている」などと訊こうともせず、黙々《もくもく》と暗い地下の廊下《ろうか》を歩いていた。彼の行く手を遮《さえぎ》ったのは、他でもない、結婚式で悲劇を知らせた張本人――彼の生涯《しょうがい》の宿敵だった。

「ここは誰もが来られる場所じゃないんだが」

相手が誰だかわかっていても言い放つ皮肉に、ジェレミーも一分も違《たが》わない皮肉な口調で返した。

「俺《おれ》はお前じゃなく、母上に会いに来ただけだ」

「母上？」

からかうように相手の言葉を繰《く》り返《かえ》した男が、腕組《うでぐ》みをしてじっと彼を見つめた。暗くじめじめした地下の空気の中で、濃《こ》く青い瞳が冷たい光を発していた。

「まったく不思議だな。腐《くさ》っていく肉の塊《かたまり》と変わりない死体ごときを、なぜ確認しようと必死になるのだ？」

ドン！

「兄さん！」

レオンの切ない叫《さけ》び声《ごえ》も虚しく、ジェレミーは片手で公子《こうし》の胸《むな》ぐらをつかみ、壁《かべ》に力いっぱい押《お》し付《つ》けていた。メラメラと燃え上がる緑の瞳と対照的に、胸ぐらをつかまれた男の青い目は、一分《いちぶ》の揺《ゆ》れもなく乾《かわ》いていた。

「何だよ、何か間違《まちが》ってるか？」

相変わらず辛辣で、あざ笑うような声だった。ジェレミーはなぜか突然《とつぜん》、怒《いか》りが一瞬で冷めていくような感覚にとらわれた。

ハッ、という気の抜けた笑いが、彼の口から漏《も》れた。

「秘密警察に入ると、みんなお前みたいになるのか？」

「さあ、知らないな。他のヤツがどうなのか」

「お前は……故人に対する敬意がないようだな？　遺体にそんな態度しか取れないんだな？」

「後ろめたいことがあるヤツがお前みたいにカッカとするんだよ。お前も知ってるはずだろ？　人が死ねば残るのは腐っていく肉の塊だけだって。魂《たましい》の抜けた死体を抱《だ》きしめて悲しんだら何か変わるのか？　死体に敬意を表して涙《なみだ》を浮《う》かべれば、死んだ人間が戻《もど》ってくるのかよ？」

妙《みょう》に骨身にしみる一撃《いちげき》だった。ジェレミーは手を緩《ゆる》め、一歩退いた。彼は自他公認《こうにん》のライバルである相手について、知ろうとしたことは一度もなかったが、今、この瞬間、なぜ公子の評判が険悪どころかおぞましいのかわかった気がした。

少なくともジェレミーが知っている他の秘密警察の隊員たちは、これほど死者に無感覚ではなかった。徹底《てってい》して皇帝の命令にのみ従う秘密警察の組織だが、全員が騎士出身なだけに、それなりに名誉《めいよ》と騎士道を重んじるのだ。

ところが、目の前のコイツは、名誉も道徳も眼中にないように見えた。

しばし、薄氷《はくひょう》のような沈黙《ちんもく》が流れた。

にらみ合うライバル間の沈黙は、オオカミが口を開いて終わった。

「まだ遺体の調査が終わってないんだ。いくら遺族でも軽々しく見せるわけにはいかない。オレがお前なら、ここでこんなふうに時間をムダにせずに、お前の家の使用人を締《し》め上《あ》げるけどな。お前の母上が死ぬことを望んでいた者は一人二人じゃないだろ？」

「お前……」

「もちろん、お前たち兄妹《きょうだい》のうちの誰かが犯人じゃないという前提でな」

青い氷のような瞳に、一瞬、ゾッとするような何かが光った気がした。ジェレミーは普段《ふだん》のようにすぐにカッとしたりはしなかったが、思わず顔をしかめていた。

「兄妹の誰か……？」

「本当の捜査というのは、誰も容疑の線上から除外しないものだ。お前は別だと思ってるのか？すべてがお前の自作自演である可能性も濃厚《のうこう》だと思うがな」

まったく呆《あき》れてものも言えない。それと同時に、本当に妥当《だとう》な論理だと思った。頭に血が上るどころか、むしろ冷めていく気分だ。そんな感覚にとらわれて、ジェレミーは愛想《あいそ》が尽きた顔をして歯を食いしばった。

「しゃべりと同じくらい行動力も優《すぐ》れてるんだろうな。わかった、それじゃ力いっぱい捜査してもらおうか、秘密警察の旦那《だんな》。ただし、ここまで大口叩《たた》いておいて、何の手がかりも見つけられなかったら、お前がいちばん最初に死ぬことになるからな」

たいていの人間にとっては、脚《あし》がガクガクするほど恐ろしい警告だろうが、若い公子の顔には嘲笑《ちょうしょう》が浮かんでいるだけだった。ジェレミーは体の向きを変え、図々《ずうずう》しい顔を後ろにして、うんざりする場所から抜《ぬ》け出《だ》した。

そうして家に、いつも待っていた人がもういない家に向かいながら、おかしなほど無感覚で、無《む》頓着《とんちゃく》な気分になった。

彼に恐《おそ》る恐る声をかける弟の声も、馬車の車輪が回る音も、馬の蹄《ひづめ》の音も、はるか遠くに感じられた。生々しく感じるものがあるとすれば、片手の中にギュッと握られている、ペリドットのブローチの感覚だけだった。

背後にいるのが誰であれ、彼らの継母《ままはは》が残忍に殺害されたのは間違いない。そしてジェレミーは、その背後を暴いてやりたかった。いや、暴かなければならなかった。

いちばん最初に思《おも》い浮《う》かぶ容疑者は、彼らの親戚《しんせき》たちだった。その次は、その親戚たちと関連する別の人物、もしくは、シュリーの実家の人物かもしれない。もしかしたら問題のハインリッヒ公爵家も絡《から》んでいるかもしれないのだ。

本当に、誰が彼女を殺したのだろう？

人々は彼のことを、世の中の本質を見抜《みぬ》いている騎士だと噂していた。しかし、今の彼は、何かを見抜くどころか、何からどう始めればいいか迷っているのだ。この瞬間、彼が感じているのはただ一つ、虚しさだけだった。

ニュルンベル公子の言ったことは正しい。魂の抜けた死体を前にして悲しみに濡《ぬ》れても、いったいどうなるというのだろう？　何を言っても彼女はもう彼の声を聞けないのだ。謝罪も、感謝も、告白も、何の役にも立たない虚しい響《ひび》きにすぎないのだった。

今さら彼が背後にいる人間をすべて殺したとしても、彼女は戻ってこない。彼女の死に少しでも関与《かんよ》した人物に対価を払《はら》わせても、彼女は生き返らないのだ。

そんなことをしたって、もう二度と会えないとわかっていても、どんなことをしても、取《と》り戻《もど》せないとわかっていても、残酷《ざんこく》な衝動《しょうどう》が口を開けて、休む間もなく襲ってくるのだ。

ジェレミーはため息を堪《こら》え、手を上げて頭を抱《かか》えた。胸が鎖《くさり》に絡まったようにギュッと締《し》めつけられ、息の根が止まるような苦痛が始まった。彼女がこんなふうにいなくなるなんて、ただの一度も想像したことはない。まるで童話の世界に住む子どものように、彼女が永遠に彼らのそばにいるという、虚しい勘違《かんちが》いにとらわれていたのだ。

彼女は死んだりしないと思っていたのだろうか？　いつもその場にいると、微笑《びしょう》も、涙も、小言を言う声も、いつまでもそのままだと思っていたのだろうか？　今この瞬間にも、その声が生々しく耳元で聞こえている……。

「もう、ホントに、どこにでも足載せちゃダメだって何回言わせるのよ？」

「頼《たの》むから慌《あわ》てないでってば。だからいつもそそっかしく忘れ物するのよ」

ジェレミーは本当に「もしも」を云々《うんぬん》したくなかった。いや、もしも、ということ自体を考えたくなかった。だが、本当にもしも、彼が結婚式の前の晩すぐに彼女を訪ねていたら、すべての誤解を解くために会話を試みていたら、彼女がいなくなることはなかったのかもしれない。

だが、彼はそうしなかった。いつものように照れくさくて、何がそんなにきまり悪かったのか、彼女の前に立つとがさつでバカみたいになってしまう自分がイヤで、最後の機会まで逃《のが》してしまった。

そして彼女はいなくなった。残ったものはただ……彼がいつか妹に誓《ちか》った約束だけだ。その約束を果たすのもまた、一歩遅《おく》れてしまったのだが、何もしないよりはマシだろう。

窒息《ちっそく》するような嘆息《たんそく》が、彼の食いしばっている歯の間から漏れた。ほとんどうめき声に近かった。

水気を帯びた暗緑色の瞳の中で、怯《おび》えた幼い少年が、ブルブル震《ふる》えて泣いていた。悲鳴を上げていた。

人は俺が真実を見透《みす》かしていると噂する。いつも答えを知っていると、怖《こわ》いものなど何もない本物の獅子だと。だが、今は何も直視できない。何をどうしていいのか、何もわからない。

俺は何をどうすればいいのだ？　俺にどうしてほしい？　シュリー、どこにいるんだ？

「ご苦労だった、公子。そちがいなかったら、このまま終わっていたであろう。捜査権はすべてそちに委任するから、もう少し頑張《がんば》ってくれたまえ」

皇帝の沈痛な声は、単純に旧友の後妻の死を悲しんでいるというより、個人的な感情が混じっているように感じられた。それは、あまり似合わない悲惨《ひさん》な顔で、パイプをくゆらせている公爵も同じだった。

そして、彼の義理の叔父《おじ》と父親が、似たような反応を見せている理由を、ノラはとてもよく知っていた。

「力を尽くして背後を明らかにします。お任せください」

低く流れる声は、自分の耳で聞いても冷たく事務的だった。最近は特に、自分といちばん近い関係だといえるこの二人が、悲痛であろうと、そうでなかろうと、彼には関心がなかった。

「ノラ」

静かに退こうとした時、彼の父親が不意に彼を引き留めた。ノラは接見室の出口に向かっていたが、振《ふ》り向《む》いて、どうしたのだという顔で公爵をじっと見つめた。

「……家にも一度寄りなさい。お母さまがずいぶん心配している」

ああ、そういうことか。ノラは父親の顔を真っすぐ見つめた。どこか寂《さび》しく気の毒な目をしている父とは違い、息子の瞳はまるで温かみがなく冷たかった。形も色も同じ瞳なのに、まるで違って見えるのだった。

「私が家に寄ったところで、心配が倍増するだけですよ。私はここでお父さまとたびたび顔を合わせるだけで十分ですがね」

「ノラ……」

「この状態をずっと維持《いじ》するほうが、お互《たが》いにいいのではありませんか。では、私はこれで」

公爵が次に言おうとした言葉が何であったにせよ、それは振り向きもせず踵《きびす》を返《かえ》した公子の蛮行《ばんこう》により遮られた。皇帝がわざとらしく咳《せき》ばらいをしたのは言うまでもない。

一方、どうやら年を取ってあんなふうになったのだろうと考えながら接見室を出たノラは、次の瞬間、予想もしなかった人物と顔を合わせた。正確に言うと、慌てて彼のそばに近づいてきたご令《れい》嬢《じょう》のか細い声が、彼を引き留めたのだった。

「あのう、公子……」

今度はまた何なのかと思い、横を向いたノラの視野に入ってきた人物は、他でもない、今度の事件の中心人物であるハインリッヒ公爵令嬢だった。何かを嘆願《たんがん》しにきたのか、それともハインリッヒ公爵について来たのか、身軽なドレスにスカーフをぐるぐる巻いた姿で彼を引き留めた公爵令嬢は、頬《ほお》を紅潮させてもじもじしていた。

「何でしょう」

「あのう……他でもないのですが、あの時わたくしを助けてくださったこと、お礼を言いたくて。どうやってお返ししようかと思ってましてぇ……」

はにかんで語尾《ごび》を伸《の》ばした女が、伏《ふ》せたまつ毛の下で紫色《むらさきいろ》の目をきょろきょろさせて、彼の顔色をうかがっていた。

「なぜ、私がお嬢《じょう》さんを助けたと思うのですか？」

「え？　ああ、あの……」

「まあ、理解しますよ。結婚を取り消される危機にあるうえ、今後まともな縁談《えんだん》を望むのは無理でしょうから……お嬢さんに惚《ほ》れたと勘違いさせた公子に取りすがるのも仕方ないでしょう」

どうやら図星だったようだ。フラフラと後ずさりした公爵令嬢が、顔を赤く染めて瞬《まばた》きし出した。

「わたくしは、ただ……」

「公女のようなか弱い方には、私のようなヤツは耐《た》えがたいと思いますよ。自信があるなら、一度試《ため》してみるのも悪くはないでしょうがね」

のんびりと話す青い瞳が暗く光って、頭のてっぺんから足の先までゆっくりと公爵令嬢を舐《な》めるように見た。瞬間的に鳥肌《とりはだ》が立って、オハラは思わず後ずさりした。彼女が仕掛けたゲームで、相手がこれほど野生的な魅力《みりょく》を発揮すると予想できなかったのはうかつだった。

「振《ふ》る舞《ま》いにお気をつけなさい、公女。それでなくても評判が地に落ちているのですから」

冷笑《れいしょう》に満ちた皮肉を最後に、ノラは真っ白い顔で中途半端《ちゅうとはんぱ》に固まっている女に背を向けた。まったく、勘違いしやがって。

確かに、あの結婚式場で、いきなり何かに取りつかれたみたいに目を剥《む》いて、新婦の首を絞め始めたジェレミーを制止したのはノラだった。ただし、その行動は騎士道だとか、名誉だとかいう普《ふ》遍《へん》的な理由に起因したものでは決してなかった。あの時ノラは、半ば理性を失った獅子の腕《うで》をつかみこう言ったのだ。

「お前に、そんな資格はない」

そうだ。それを教えてやろうとしただけだった。お前たち、そんなふうに怒《おこ》る資格はないのだと。

ノラ・フォン・ニュルンベル公子が子どもの頃《ころ》、世の中が童話の国だと思っていた子どもの頃、彼の家を訪問した従兄が、お盆《ぼん》の上に置いてあったパイプを吸って、壊《こわ》したことがあった。

それがどれほど大事なものだったのかはよく覚えていない。覚えているのは、ちょうど横で木剣《もっけん》を持って遊んでいた従弟に、罪をなすりつけた従兄の卑怯《ひきょう》な姿と、彼の肩《かた》をつかんで目を剥きながら責め立てた父の冷たい姿だけだった。

「お前じゃないだって？　証人がすぐそばにいるのに違うだと？　皇太子殿下《こうたいしでんか》が嘘《うそ》をついていると言うのか？」

続けざまに浴びせられる冷厳な質問に、彼はやみくもに違うと叫《さけ》んで頭を左右に振った。そしてその時、生まれて初めて父にビンタをされた。もしかしたら、大したことないのかもしれない。子どもの頃のことなのだから、どうってことないのかもしれない。

問題は、彼の従兄であり、帝国の皇太子である人物の小細工が、その一回で終わらなかったことだ。

テオバルト皇太子は、子どもの頃から優雅《ゆうが》と善良の見本のような人だった。見た目には、だが。初めの何度かは、ノラ自身も、自分が何か誤解をしているのかと真剣《しんけん》に悩《なや》んだほどだった。子どもの頃から懐《なつ》いていた従兄が、それとなく自分と父親を仲違《なかたが》いさせているということに気づいた時には、すでに彼らの間の信頼《しんらい》は壊れていた。そして、彼の厳格な父親が、いちばん我慢《がまん》できないのが嘘だった。ある瞬間からノラは、親戚の間で救いようのない世間知らずで、口を開けば人のせいにする頭の痛い少年になっていた。自分なりに誤解を解こうと努力してみたが、一度烙印《らくいん》を押《お》されてしまうと、何をしても悪化するだけだった。希望が持てる人物は彼の母親だけだったが、病弱で気が弱い人だったから、それほど役には立たなかった。

実に暗鬱《あんうつ》でつらい少年期だった。見ようによっては、世の中で誰よりも彼の味方になるべき人々が、彼に背を向けていたのだから。父親の厳しいしごきより、母親の小心な対処より、さらに傷ついたのはその事実だった。彼をこの世に生み出した人々が彼を信じていないのに、誰が本気で彼の味方になってくれるだろうか？

だからノラは宴《うたげ》が嫌《きら》いだった。宴だけでなく、すべての公式行事が嫌いだった。何事もなかったように和気あいあいとした家族の姿を演じることもだが、隙《すき》があれば現れて、巧妙《こうみょう》に彼をこき下ろす従兄と顔を合わせるのが何よりイヤだった。だが、そんな様子を見せれば、血を見るのは彼のほうだった。

そんなある日、彼が十四歳《さい》の生誕祭の日だった。その時彼は、前日に、我慢できなくて父親と大ゲンカになり、思いっきり鞭《むち》で打たれて、一人家に残された。宴はもともと嫌いだからいいのだが、父親を困らせてやろうという幼稚《ようち》な考えで、遅れて皇宮《こうぐう》に向かった。片側の頬を覆《おお》った色とりどりの痣《あざ》を隠すつもりもなかった。

だが、いざ到着《とうちゃく》してみると、怖くなって会場の入り口をのぞきながら、しばらくためらっていた。少年らしい負けん気で来てしまったが、いざ来てみると少しばかり後悔《こうかい》した。恥《は》ずかしいとも思った。だからそのまま戻ろうとした時、会場の入り口から少し離《はな》れた静かな庭で、一人で立っている女性を見た。

女性はなぜか一人で泣いていた。長く下ろした薄《うす》ピンクの髪《かみ》の上に白い雪が降り、蒼白《そうはく》な頬が冷たい風に当たって赤く染まっているのに、寒くないのか、その場に立って泣いていた。そして彼は、こんな女の子を初めて見たから、半分好奇《こうき》心で、思わずそちらに近寄った。

「何で泣いてるんだ？」

不思議だった。彼が話しかけると、何がそんなに悲しいのか、一人で息を殺してむせび泣いていた女性が、ピタッと泣きやんだ。そして、素早《すばや》くハンカチを取り出して涙を拭《ふ》き、彼に向かって微笑《ほほえ》んだのだった。

「泣いているのではないわ。あなたのご両親はどこにいるの？」

ヘンな口調だった。どう見ても同じ年頃《としごろ》に見えるのに、口調だけなら母親世代のようだった。彼がもじもじしていると、こちらに完全に体を向けた女が、濡れた若草色の目を大きく見開いた。

「まあ……ケガしてるようだけど、大丈夫《だいじょうぶ》？」

「ケガじゃない。お前は何で泣いてるんだ？」

彼のマセた反問に、彼女は一瞬動きを止めたが、清らかな笑《え》みを浮かべた。

「そうね、生きていればイヤなことをしなければならないこともあるでしょう。それが理由よ。あなたはなぜ泣いているの？」

泣いてる……？　自分は泣いていない。背中の皮が剝けるほど鞭《むち》で打たれたばかりか、何時間も正座させられていた夕べならともかく、今はそうじゃない。なのに何でこんなことを言うのだろう？

「オレは泣いてなんかいないんだけど？　自分がホントに関心があることじゃなければ、ムダに涙を流したりしないんだよ」

つっけんどんにまくし立てると、冷たく柔《やわ》らかい手が、彼の痣ができた頰に触《ふ》れた。まるで予想していなかった行為、彼は思わずその手を振《ふ》り払《はら》い、一歩後ろに下がった。

「な、何するんだよ……？」

彼女は相変わらず笑みを浮かべて彼を見つめるだけで、だから彼は本当に泣いていないと言おうとした。だがその時、中から飛び出してきた人形のような金髪の少女が、勇ましい声で彼らの出会いを妨害《ぼうがい》した。

「ああ、偽者《にせもの》ママ、ジェレミー兄さまが呼んでるってばあ！」

「あら、ごめんなさい」

「もう、勘弁《かんべん》してよね！」

文句を言いながら先を行く金髪の少女に静かについて行く女性の後姿を、彼はしばらくじっと見つめていた。間もなくノラは、その時出会った女性が「偽者ママ」と呼ばれていた理由が何なのか、そして、彼女の口調がなぜあんなにおかしかったのか知ることになる。

ノイヴァンシュタイン侯爵邸の仮の当主で、死んだ前侯爵の後妻。夫が死んでひと月で愛人を連《つ》れ込《こ》んだだけでなく、子どもたちの親戚を全部追い出したノイヴァンシュタイン城の魔女《まじょ》、鉄血の未亡人。まったく大した別名の持ち主だったのだ、彼女は。

それでもノラは、彼があの時偶然《ぐうぜん》出会った女性が、会場を抜け出し一人寂しく泣いていた女性が、世間の噂どおりの、あくどくて欲張りな魔女だとは信じられなかった。

それにしては彼女は悲しすぎて……甘《あま》やかに見えた。そして、彼が見てきたどんな令嬢も、彼女ほど美しくなかった。

もしかしたら、彼女もまた彼のように、ひどい誤解に苦しんでいるのではないだろうか。彼がどこにも吐《は》き出《だ》す場所がなくて、一人礼拝堂に忍《しの》び込《こ》んで泣いていたように、彼女もそうなのではないだろうか。もちろん、単純に容貌《ようぼう》に惑《まど》わされた少年の欺瞞《ぎまん》に満ちた推測に過ぎないのかもしれないが、あの時見た彼女の姿。そして彼女の子どもたちの彼女に対する態度を観察しながら、彼の推測はだんだん確信に変わっていった。

皮肉なことに、これには彼の父が母に何気なく言った言葉も一役買っていた。

「かわいそうな人だ。ヨハンのヤツ、本当にひどいことをして逝《い》ったよ」

ああ、そうだった。彼の父親はノイヴァンシュタイン侯爵夫人に限って、相当甘いところがあった。それは彼の義理の伯父である皇帝も同じだった。ただ、彼の伯母《おば》、エリザベート皇后はきっぱり拒絶していたが、その理由を知ったのは、もう少し歳月《さいげつ》が流れた後、彼が十八歳で秘密警察に志願した時、皇帝の執務《しつむ》室の壁に掛《か》かっていた前皇后の肖像《しょうぞう》画を偶然に見た時だった。

男爵《だんしゃく》家の娘《むすめ》のくせに、皇后の座まで昇《のぼ》りつめたルドヴィカ前皇后。テオバルト皇太子の生母でもある前皇后は、どうやら若い頃、帝国の中心人物といってもいい三人の男の心を、しっかりとつかんでいたようだ。皇帝、ニュルンベル公爵、そしてノイヴァンシュタイン侯爵まで。

そういうことか、と思った。彼女が前皇后とそっくりだからなのだ。

ノラは彼女が、侯爵家の女性当主が気の毒になった。彼女に好意的な人々は、みんな彼女を通して他の誰かを思い出しているだけで、敵対的な人もまた同様なのだ。

もしかしたら、彼女自身を見ているのは子どもたちだけなのかもしれないのだが、彼が遠巻きに見たところ、子どもたちの彼女への接し方は、とんでもないと同時に皮肉なところがあった。もちろん、彼が人の家の事情をすべて知っているわけではない。人が彼の家族の事情を知らないように。

初めてノラが秘密警察に志願すると言った時、公爵は火がついたように怒った。当然に。たった一人のニュルンベル家の後継《こうけい》者が、どの騎士団より危険で過酷だという秘密警察に志願するなどと、反対するのも当然だった。

それでもノラは、こっそり試験を受け、結局受かってしまった。血圧が爆発《ばくはつ》する寸前になった公爵とは違い、皇帝は面白《おもしろ》がっていた。男の子らしい反抗《はんこう》の仕方だと思ったのか、最強の剣《けん》の実力を持つ甥《おい》が、皇帝直属の秘密警察に入ることを喜んでいた。

しかし、それはノラにとって単純な反抗心の表れではなかった。そして、もしかしたら彼の予想よりも、帝国の醜《みにく》く内密なあらゆる事件を担当する秘密警察の業務は、存外に相性《あいしょう》がよかったのかもしれない。その中で何よりもノラの興味を引いたのは、ノイヴァンシュタイン家と関連したことだった。

皇帝と死んだ前侯爵は、若い頃、親友だったという。それでなのだろうか？　それで皇帝が死んだ親友の遺志を守ろうと、自分の直属部隊に、あれほど内密な指示を出したのだろうか？　それは知り得ないことだった。

とにかく、ノラがそんなふうに、ノイヴァンシュタイン家と関連したすべての人物の、過去の行跡《ぎょうせき》から現在の動態まで、隈《くま》なく把握《はあく》することになったのは、決して故意ではなかった。業務に過ぎないのだから。その過程で、子どもの頃出会った女性の行跡を新たな目で見ることになったのはおまけだった。

結果的には彼が確信していた推測が当たっていたと言うべきだろう。彼女がそれまで行ってきたことの裏には、世間に知られれば頭が痛い真実が隠れていた。例えば、不法に傭兵《ようへい》を雇用《こよう》したことなどだ。

妙な憐憫や同質感と同時に、不思議な気持ちもあった。不思議なこと、いや、不思議な人だった。実の子でもないうえに、自分と歳の差も大して変わらない子どもたちのために、ここまでできるものなのか。

そう思う反面、子どもたちに対する冷笑的な気分が込み上げてきた。もし、彼女のような人が彼の家族だったら、彼は決して彼女をあんなふうに扱《あつか》わなかっただろう。彼女が後ろ指をさされるのを放っておかなかったはずだ。

彼の父親と母親が、彼に彼女のような愛情を半分だけでも見せてくれていたのなら、彼は今頃《いまごろ》、帝国最高の孝行息子になっていただろう。

どんなことがあっても自分の味方になってくれる人がすぐそばにいるのに気づかないとは、何て情けなくてかわいそうなのだろう。

ちょうどスパイを捜索《そうさく》する時期だったのが幸いした。ヴィッテルスバッハを抜ける最後の道、アロフ山脈で発生した事故があれほど早く発見されたのは、少数精鋭《せいえい》の秘密警察が付近に潜伏《せんぷく》していたからだ。獅子の足の爪《つめ》だという、自負心あふれるお供の騎士たちの遺体が散らばる谷間の下で、壊れた馬車が発見された。馬車の中は空っぽだった。山の中を隈なく捜索した末に、滝《たき》の近くで発見した女性の遺体は、人々の予想よりずっと残酷だった。

いったいどんな思惑《おもわく》でこんなことをしたのか、遺体は悲惨にバラバラにされていた。どうやら身元を隠そうとしたようだ。頭も何とか、本当に何とか見つけることができた。

ノラはいつもどおりの無表情で隊員たちに指示を出した。バラバラの遺体を袋《ふくろ》に集めて入れる過程で、輝く物体が彼の膝の上に落ちた。いつか会った彼女の瞳とそっくりな色の、ペリドットのブローチだった。

これには気づかなかったのだろうか？　いや、どう見ても一介《いっかい》の山賊の仕業ではない。すべての状況がそう物語っていた。

彼はブローチを内ポケットに入れ、死体の包みを抱《だ》き上《あ》げた。ヴィッテルスバッハに戻る道すがら、彼はいつものように冷たい顔を維持したまま、両腕《りょううで》で包みを抱きしめていた。

オオカミが覚えている獅子たちの姿は、童話の主人公のように明るく美しかった。燦燦《さんさん》とした日差しを浴びながら立っているのがいちばん似合う子どもたち。彼らの裏事情がどうであれ、都のすべての人が、ノイヴァンシュタイン家の子どもたちに憧《あこが》れ、羨《うらや》んでいた。

しかし、彼らがそうしていられるようにしてくれたのは誰なのか。確かなことは、彼女も生前は彼と同じくらい孤独《こどく》だったのだろうということだ。人に羨まれる場所に座《すわ》っていながら、いつもつらくて寂しかった彼のように。

それでもノラは、彼女と自分なんかを比べることはできなかった。彼はただ、孤独で悲惨な、群れから離れた卑怯な一匹《ぴき》のオオカミに過ぎないのだから。あのマヌケな獅子のヤツが、彼にあれほど愛想を尽かした顔を見せたのも無理はないのだ。

一時はヤツが羨ましかった。今も別の意味でヤツが羨ましい。父親の、そして美しい継母の遺志どおりに侯爵の座に収まるなり、何かに取りつかれたように、傍系《ぼうけい》の親族たちを破滅《はめつ》させている彼が羨ましかった。帝国のやんごとない名家が続々と変事に見舞《みま》われても手の施《ほどこ》しようがないほど、圧倒的《あっとうてき》な復讐《ふくしゅう》の刃《やいば》を振《ふ》り回《まわ》しているヤツの、能力と人望が羨ましかった。

誰が予想しただろう？　当然、継母を恨《うら》んでいるはずの童話の主人公たちが、実はその真逆の気持ちを抱いていたという事実を。問題があるなら、遅《おそ》すぎたということだ。彼と父親の関係のように、きちんと正すには遅すぎた。

どうして人は失ってから後悔にとらわれるのか。今さら怒りにとらわれている彼らが滑稽《こっけい》だった。滑稽と同時に羨ましかった。少なくとも彼らは愛されたのだから。世の中の何とも替《か》えられない温かな記憶《きおく》が残っているはずだから……彼とは違って。

ノラは短剣《たんけん》を置いて片手で顎《あご》を触《さわ》った。一つの手がかりから、別の手がかりが芋《いも》づる式に上がってくる。関係する人、関係する勢力が多すぎた。何よりも彼が最も理解できなかったのは、なぜ教皇庁がこの件に絡んでいるように見えるのかということだった。彼女はそんなに周りから憎《にく》まれていたのだろうか？　こんなに多くの人から生贄《いけにえ》として目をつけられていたのだろうか？　この事実が明らかになれば、帝国はどうなるのだろう。

ノイヴァンシュタイン家の血気盛《さか》んな獅子は、死んだ女性への恋《こい》しさで理性を欠いた状態だ。もし、そのためらいのない刃が教皇庁に向かったら、そうなったら、内戦は避《さ》けられない。

この事実を皇帝に報告したら、皇帝は間違いなく伏せろと言うだろう。どのみち彼は皇帝だから。

死んだ女性に対する私的なやるせなさで、帝国を危機に陥《おとしい》れることはできないはずだ。

だったら、皇帝ではなく、怒りをたぎらせている獅子の洞窟《どうくつ》に先に知らせたらどうだろう？　かなり面白い結末だ。そうではないか？　まったくいいザマだ。

ノラはしばし顔を上げて、山の麓《ふもと》を見回した。いつのまにか冬が過ぎ、暖かな春がやって来ていた。ピクニックや乗馬をするのにちょうどいい。そして彼女がここで死んでから、もう四カ月が過ぎていた。

静かなささやきが彼の口から漏れた。あなたが生前愛していたすべての人は、破局を免《まぬが》れないでしょう……。

自分たちがどれほど恵《めぐ》まれていたか、今さら気づいたバカな子どもたちを助ける気持ちからではなかった。この数カ月間、徹夜《てつや》で捜査に邁進《まいしん》していたのも、残されたバカな獅子たちのためではなく。ただ……それが彼にできる唯一のことだったからだ。

その昔、雪の降る庭で一人泣いていた彼女に、彼の涙を拭いてくれたただ一人の人に、彼が捧《ささ》げられるたった一つのことだったからだ。

そして、誰よりも皇家に忠実であるべき地位にある彼が皇室を裏切る姿に、人々がどう反応するかも気になった。

傍目《はため》には悪辣《あくらつ》で卑劣《ひれつ》に見えるかもしれない。だが、これがまさに彼、ノラ・フォン・ニュルンベルだった。

どうしてこんなふうになってしまったのだろう？　子どもの頃の彼は、ただ誰かの騎士になりたかっただけで、それが彼の望みのすべてだった。

それなのに今この瞬間、彼は子どもの頃の夢に完全に反することをしようとしていた。彼がなるべき情熱あふれる正義の味方は、すでに少年時代の涙の中に溶《と》けてしまっていた。彼にとって名誉とは、幼年時代に惨《みじ》めに踏《ふ》みにじられたもので、血縁《けつえん》への愛情や忠誠心も同様だった。

あの頃、祭壇《さいだん》の上にひざまずき泣いていた少年は、もうここにはいなかった。

帝国を生贄にして儀式《ぎしき》を行えば、死んだ人が生き返るのだろうか？　生き返って、このすべての間違いを正してくれるのだろうか？

……もちろん、妄想《もうそう》に過ぎない疑問だ。

酷寒《こっかん》が去った後に吹《ふ》く春の風は暖かい。もうすぐ桜が咲《さ》き始めるだろう。自分とはまるで似合わない春の暖かな日差しを頭上に感じながら、ノラは乗った馬に鞭を打った。

すべてを白く覆った冬は終わった。これから本格的に血の嵐《あらし》が起きるだろう。その過程で、彼の命もまた保証されない状況だったが、別にどうでもよかった。そして彼はついに、いつか彼女に話したとおりに涙を流した。

「ある継母のメルヘン」1巻　終

ある継《まま》母《はは》のメルヘン

2024年3月15日　初版発行

著 Spice&Kitty《すぱいす あんど きてぃ》　イラスト 南々瀬《ななせ》なつ　訳 簗田順子《やなだじゅんこ》

発行者　山下直久
発　行　株式会社KADOKAWA
〒102-8177　東京都千代田区富士見2-13-3
0570-002-301（ナビダイヤル）

デザイン　みぞぐちまいこ（cob design）
印刷・製本　TOPPAN株式会社

【お問い合わせ】
https://www.kadokawa.co.jp/　（「お問い合わせ」へお進みください）
※内容によっては、お答えできない場合があります。
※サポートは日本国内のみとさせていただきます。
※Japanese text only

ISBN978-4-04-737752-3　C0093

四六判
単行本
外科医
エリーゼ
SURGEON ELISE
Yuin
イラスト mini
訳 鈴木沙織
元悪女が天才外科医に転生!?
話題のコミックの原作ノベル、待望の発売!
詳細は
ここを
チェック★
悪女皇后として処刑され、一度目の人生を終えたエリーゼ。前世の過ちを償うため二度目の人生では外科医としての人生を歩むも、またも不慮の死を遂げることに！　だが目覚めると……前世のエリーゼに戻っていて!?
©Yuin・mini / KWBOOKS

シリーズ累計
170万部
突破！
11
外科医
エリーゼ
Surgeon Elise
漫画 mini
原作 yuin
KIDARI STUDIO
コミックス版
©mini・yuin / Kidari Studio, Inc.
FLOS フロースコミック COMIC

四六判
単行本
できるメイド様
A Talented Maid
Yuin―著
まち―イラスト
alyn―訳
メイドに扮した亡国の王女が……
万能の力を手に入れた!?
詳細はここをチェック★
特技もなく冴えないメイドのマリはいじめられてばかりだったが、ある日突然、奇跡が起こる。夢の中の人物の能力を得られるようになっていたのだ！　万能の力を手に入れたメイド、マリの奇跡の物語がここに始まる!!
©Yuin / KWBOOKS

不思議な夢の力で…
不器用な私が「完璧なメイド」に大変身!?
できるメイド様
Capable Maid
漫画 Sanho
原作 yuin
コミックス版『できるメイド様』第1巻
2024 4.5 FRI RELEASE
©Sanho・yuin / CARROTOON
FLOS COMIC フロースコミック

神様、こんなの……
鉄血の未亡人と呼ばれた継母人生。
ようやく解放されると思ったら…まさかのリスタート!?
あんまりです……!
コミックス版
ある継母のメルヘン
漫画 ORKA
原作 Spice&Kitty
フルカラーで大好評発売中!!
試し読みはこちら
FLOS COMIC フロースコミック
©ORKA・Spice&Kitty / CARROTOON